1765

**Das Buch**
Süditalien in den Sechzigerjahren, kurz vor der amerikanischen Mondlandung. Im verschlafenen Girifalco geht alles seinen gewohnten Gang – die anstehenden Kommunalwahlen sind schon das Aufregendste, was auf absehbare Zeit zu erwarten ist. Doch im Geheimen zieht ein guter Geist die Fäden, ohne dass die anderen Dorfbewohner es ahnen: Denn der Postbote des Ortes ist ein melancholischer Einzelgänger, der die Philosophie liebt und Zufälle sammelt – und nebenbei heimlich in den Briefverkehr des Dorfes eingreift. So versucht er, den Dingen die richtige Richtung zu geben: Unglücklich Liebende werden zusammengeführt, politische und amouröse Betrugsversuche verhindert, und Mütter bekommen plötzlich Post von ihren in der Ferne verschollen geglaubten Söhnen. Der Postbote von Girifalco scheint sich in seinem zurückgezogenen Dasein eingerichtet zu haben – bis ein mysteriöser Brief aus der Vergangenheit auftaucht, der das Dorfleben im Allgemeinen und seines im Besonderen gehörig ins Wanken bringt. Ein charmanter, lustiger, rührender Roman mit einem zu Herzen gehenden Protagonisten, der uns mitnimmt auf eine nostalgische Italienreise.
Mit Personenregister

**Der Autor**
Domenico Dara, geboren 1971 in Catanzaro, Kalabrien, aufgewachsen in Girifalco. Sein Debütroman »Der Postbote von Girifalco oder Eine kurze Geschichte über den Zufall« ist in Italien von Lesern und Kritik gleichermaßen begeistert aufgenommen worden. Domenico Dara war damit nominiert für den renommierten Italo-Calvino-Preis und hat zahlreiche weitere Preise gewonnen, u. a. den Premio Palmi, Premio Viadana und die Debütpreise des Premio Corrado Alvaro und des Premio Città di Como. Auch sein zweiter Roman »Der Zirkus von Girifalco« erscheint bei Kiepenheuer & Witsch.

**Die Übersetzerin**
Anja Mehrmann, geboren 1965, studierte Romanistik in Osnabrück. Dort lebt sie auch heute und übersetzt aus dem Englischen, Französischen und Italienischen.

Domenico Dara

# *Der Postbote von Girifalco*
## *oder*
## *Eine kurze Geschichte über den Zufall*

Roman

*Aus dem Italienischen von*
*Anja Mehrmann*

Kiepenheuer
& Witsch

Aus Verantwortung für die Umwelt hat sich der Verlag *Kiepenheuer & Witsch* zu einer nachhaltigen Buchproduktion verpflichtet. Der bewusste Umgang mit unseren Ressourcen, der Schutz unseres Klimas und der Natur gehören zu unseren obersten Unternehmenszielen. Gemeinsam mit unseren Partnern und Lieferanten setzen wir uns für eine klimaneutrale Buchproduktion ein, die den Erwerb von Klimazertifikaten zur Kompensation des $CO_2$-Ausstoßes einschließt.

Weitere Informationen finden Sie unter *www.klimaneutralerverlag.de*

Gefördert durch das Europäische Übersetzerkollegium, Straelen

Nachgestelltes Motto zitiert aus: Platon und Gernot Krapinger (Hg.): Der Staat. S. 447 f. Ditzingen 2017. Übersetzt von Gernot Krapinger. Reclams Universalbibliothek, Bd. 19512; mit freundlicher Genehmigung der Philipp Reclam jun. Verlag GmbH

Verlag Kiepenheuer & Witsch, FSC®-N001512

4. Auflage 2021

*Titel der Originalausgabe* Breve trattato sulle coincidenze
© 2014 Nutrimenti srl
All rights reserved
Aus dem Italienischen von Anja Mehrmann
© 2019, 2021, Verlag Kiepenheuer & Witsch, Köln
Alle Rechte vorbehalten. Kein Teil des Werkes darf in irgendeiner Form (durch Fotografie, Mikrofilm oder ein anderes Verfahren) ohne schriftliche Genehmigung des Verlages reproduziert oder unter Verwendung elektronischer Systeme verarbeitet, vervielfältigt oder verbreitet werden.
*Umschlaggestaltung* Sabine Kwauka
*Umschlagmotiv* © Archivi Alinari, Firenze
Gesetzt aus der Celeste ST
*Satz* Dörlemann Satz, Lemförde
*Druck und Bindung* CPI books GmbH, Leck
ISBN 978-3-462-00146-4

*Für meine Mutter,
Assunta Teresa Rosanò*

*Ich schickte Liebesbriefe
den Himmeln, Winden, Meeren,
all den verschwimmenden Formen des Universums.*

Lorenzo Calogero

I

*Vom Reiter, der sich irrt, und vom Mond,
von der wohlriechenden Carmela, dem
Dialektdichter Francesco Zaccone und von
einem mit dem Herzen versiegelten Liebesbrief*

Colajizzu wurde von seinem Esel abgeworfen. Er war gerade von den Feldern in Cannavù zurückgekehrt und schien wütender als üblich, denn er prügelte das arme Vieh mit dem Stechginsterzweig windelweich. Das Tier ertrug es geduldig, schrie nur iah! und hinkte weiter, doch als Colajizzu zielte, um ihm einen kräftigen Tritt unter die Flanke zu versetzen, dort, wo es sich am Tag zuvor an einem Dornbusch eine Schramme geholt hatte, blieb der Esel schlagartig stehen und rührte sich nicht mehr vom Fleck. Colajizzu, außer sich, weil Rocco Pìrru ihm das Wasser von seinem Acker gestohlen hatte, versuchte, dem Tier auf die Kruppe zu springen und es damit zum Weitergehen zu bewegen, doch je wütender er auf ihn einschlug, desto stolzer wurde die Haltung des Esels. Er hatte es satt, von Pìrru verhöhnt, verraten und verkauft zu werden und sich bei seiner Heimkehr von den Vorwürfen seiner Frau erniedrigen zu lassen, und nun musste er sich noch dazu in aller Öffentlichkeit auf der Piazza von seinem Esel verspotten lassen. Um die verwirrten Gedanken mit einer einzigen Geste aus seinem überlasteten Verstand zu verjagen, ließ er die Gerte mit aller Kraft auf den ohnehin schon ramponierten Bauch des bemitleidenswerten Tiers hinabsausen. Eine unwirkliche Stille senkte sich auf den Platz. Die wenigen Anwesenden befürchteten schon, er habe den Esel totgeschlagen, doch nachdem er einige Sekunden unbeweglich wie die Steinlöwen am Rathaus stehen geblieben war, verfiel dieser wieder in Schritt und markierte die Straße mit winzigen Tropfen seines Blutes.

*Ich hab hier das Sagen, ich werd dir schon zeigen, wo's langgeht,* stieß Colajizzu erbittert hervor, doch sein Triumph war nur von kurzer Dauer. Der Esel keilte mitten auf dem Platz unter den Blicken der gemütlich dasitzenden Dorfbewohner aus und warf den Bauern ab, der auf dem Boden landete wie eine weich gekochte Birne. Alle fingen an zu lachen, griffen sich an den Hintern und überschütteten ihn mit Spott. Alle bis auf drei: Franco Mendicisa, ein Freund des Unglücklichen, der ihm zu Hilfe eilte; Pepè Mardente, dem ein unbarmherziges Schicksal das Augenlicht geraubt hatte; und ein Herr mit einer großen, schweren Umhängetasche, der sich niemals über das Unglück anderer lustig machte und Colajizzus weltliches Scheitern als Beispiel für die Worte betrachtete, die er wenige Tage zuvor niedergeschrieben hatte:

*Wir leben in der Überzeugung, die Welt und das Leben unter Kontrolle zu haben, doch eine kleine Abweichung reicht aus, damit die Illusion zutage tritt. Es ist wie beim Reiten: Wir glauben, das Tier am Zügel zu führen, aber es muss nur eine Maus über die Straße laufen, und schon erschrickt das Pferd und wirft uns ab.*

*Was sind unsere Gewissheiten wert, wenn jedes Tierchen sie zerstören kann?*

*Kommen wir im Leben einigermaßen zurecht, dann liegt das nicht an unseren reiterlichen Fähigkeiten. Vielmehr verdanken wir es dem Mut des Pferdes und der Großherzigkeit der Maus.*

Der Postbote des Dorfs war ein einsamer Mann ohne nennenswerten Ehrgeiz, dafür mit einer umso größeren Leidenschaft fürs Philosophieren und einer Begeisterung für Liebesbriefe. Er erkannte sie, ohne sie zu öffnen, als trügen sie auf dem Umschlag den Stempel der Liebenden. Er hatte Liebesbriefe jeder Art gesehen: elegante, unechte, solche, die auf die Rückseite eines Wahlkampf-Flugblatts oder auf Klopapier geschrieben worden waren, auf die herausgerissene letzte Seite eines Romans oder auf noch mit Mehl bestäubtes Brotpapier. Liebesbriefe, die einen träumen lassen und um den Schlaf bringen, magische Liebesbriefe, die dieselben Dinge mit immer neuen Worten sagen, so sorgfältig ziseliert, als wäre die Unvollkommenheit des Briefs furchterregender als der furchterregendste Rivale. Und dann die ganz besonderen Liebesbriefe, die er am behutsamsten öffnete, ganz zuletzt ...

Dreieinhalb Stunden vor Colajizzus Kapitulation hatte der Postbote den Postsack geleert, um die Briefe in der Reihenfolge ihrer Zustellung zu ordnen. Vor ihm lag kein Haufen Papier, sondern eine Mustersammlung menschlicher Gefühle: ungelebte Träume, heimliches Begehren, zurückgenommene Versprechen, Erklärungen, Beleidigungen, Erinnerungen, Sehnsüchte und Hoffnungen, in Einsamkeit niedergeschriebene Worte, die durch ihn an ihren Bestimmungsort gelangten, und es machte ihn stolz, wenn er die letzte und entscheidende Rolle bei der Erfüllung eines Schicksals spielte.

An jenem Morgen, er war fast fertig mit dem Sortieren, fiel ihm ein ungewöhnlicher Brief in die Hände. Der Umschlag bestand aus dickem Papier und war mit einem Siegel aus rotem Lack verschlossen, in den der Buchstabe S geprägt war. Einen solchen Brief hatte er nie zuvor gesehen, und gequält von dem Drang, ihn zu öffnen, steckte er den Umschlag in ein Fach der Posttasche. Er setzte die Dienstmütze auf und begab sich auf seine gewohnte Runde.

Als er beschlossen hatte, sich als Postbote zu verdingen, hatte er nicht geahnt, dass diese Arbeit, die weder Berufung noch Kunst war, ihn so nah an die Geheimnisse der Menschen heranführen würde, und darum versuchte er, sie so gut wie möglich zu verrichten. Um Postbote zu sein, braucht man nicht nur gesunde Beine und starke Schultern. Man muss den Inhalt der Briefe erahnen, die Schriftzüge der Menschen erkennen und dann ein Gleichgewicht herstellen: bemessen, verzögern, beschleunigen, lächeln, ablenken … Er achtete auf jedes Detail. Musste er zum Beispiel einem abwesenden Empfänger eine Liebeserklärung zustellen, steckte er sie gut sichtbar oben in den Schlitz im Eingangstor, sodass der Glückliche nur die Hand ausstrecken musste, um den Brief zu pflücken wie eine Frucht vom Baum. Handelte es sich hingegen um einen Abschiedsbrief, ließ er ihm dieselbe bescheidene Behandlung angedeihen wie einer Todesanzeige und schob ihn unter der Tür hindurch in der Hoffnung, der Empfänger möge beim Heimkommen darauftreten und seine Fußspur auf dem Umschlag hinterlassen, als Mahnung an Kummer und Verzagtheit.

Der Postbote von Girifalco war ein würdiger Vertreter einer Berufsgruppe, deren lange und ehrenvolle Geschichte zurückreicht bis zu Hermes, dem Argostöter, *deorum nuntium,* Göttersohn, scharfäugiger Bote und Wohltäter, der, angetan mit schönen goldenen Sandalen, über das Meer glitt wie eine Möwe auf der Jagd nach Fischen, getragen vom Wind, in Händen den Stab, der die Menschen verzaubert. So wanderte der Postbote auf seiner täglichen Runde durch die Straßen, und zwischen Guten Morgen, Hallo und zu überbringenden Botschaften dachte er an den Mond.

Es war der 7. April 1969; er hatte in der Zeitung gelesen, dass die Amerikaner im Begriff waren, auf dem Mond zu landen. Er blickte in den Himmel: Vielleicht würden Postboten eines fernen Tages auch dort oben Briefe zustellen.

Giovannuzzu hingegen wusste nichts von dieser Mondfahrt. Die Kinderlähmung fesselte ihn an den Rollstuhl, und darum verbrachte er sein Leben auf dem Balkon und betrachtete die Menschen von oben. Da er für immer zum Sitzen gezwungen war, hatte er beschlossen, im ersten Stock zu leben, denn so betrachtete er die Welt aus einer Perspektive, die ihm sonst nicht mehr gehörte. Er konnte die leeren Taschen seiner Existenz mit Fragmenten aus dem Leben anderer füllen, sie ihnen von der Höhe seines Observatoriums aus entwenden: Streit, Verrat, Leidenschaften, Gesichter und Gebärden von der Straße waren sein vergangenes, gegenwärtiges und zukünftiges

Leben. Für ihn bestand die Welt in dem, was er betrachten konnte.

»Hast du schon gehört, dass wir zum Mond fliegen, Giovanni?«

Der Postbote erzählte allen die Geschichte von der unmittelbar bevorstehenden Mondlandung und ähnelte dabei Zarathustra, der vom Berg hinabsteigt und sich unter die Menschen begibt, um die Wahrheit zu verkünden. Doch anstelle des Hirten begegnete er Carruba, dem Plakatkleber mit dem unvermeidlichen Zahnstocher zwischen den Lippen, der gerade dabei war, Plakate für die Democrazia Cristiana anzuschlagen. Mit der Seelenruhe war es nun vorbei, denn das verschlafene Girifalco erwachte anlässlich von Erdbeben und Kommunalwahlen zum Leben, und zum Glück kam so ein Erdbeben nicht alle Vierteljahre vor.

Fest entschlossen, einen der letzten ruhigen Vormittage vor der Wahl zu genießen, begab sich der Postbote auf den Rückweg und dachte erneut an den Mond. Während er die Via Petrarca hinter sich ließ, sann er darüber nach, dass es gar nicht nötig war, an die Grenze der Galaxie zu reisen, um den Mond zu sehen. Es genügte, gegen neun hier vorbeizukommen, wenn die wohlriechende Carmela ohne Höschen auf dem Balkon die Wäsche aufhängte, denn sobald sie sich zu den Leinen emporstreckte, drückten sich die Falten ihres Rocks zwischen die Eisenstäbe des Balkons und blieben dort, wobei sie Einblicke gewährten, die einem den Atem raubten. Als er noch ein Junge war, hatte Carmela gegenüber gewohnt, und damals hatte er sich in ihre braun gebrannte Haut verliebt, in die durchsichtigen Trägerkleidchen, die zum Trocknen aufgehängten Spitzenunterhöschen, heimliche Objekte seiner Begierde, unter denen er herging, solange sie noch tropften, sodass ihm das Wasser in den Mund lief, er es kosten und über die Natur des Bächleins fantasieren konnte. Trotz ihres Alters war Carmela das Verlangen, das Glück, alle Frauen dieser Welt in einem Körper: Sie war der Grund, warum es nicht nötig war, zum Mond zu fliegen, um sich als Herrscher des Universums zu fühlen. Es genügte, vor der Via Petrarca 23 stehen zu bleiben, neunzehn Stufen hinaufzusteigen und sie in ihrem Bett vorzufinden, üppig und nackt.

Am Nachmittag zu Hause holte der Postbote die Briefe des Tages aus der Tasche und nahm seine tägliche geheime Tätigkeit auf: Er öffnete und las sie, schrieb sie ab und steckte sie wieder in den Umschlag. Getreu der kindlichen Gewohnheit, sich die besten Bonbons bis zum Schluss aufzubewahren, tat er mit dem versiegelten Brief dasselbe. Er betrachtete ihn von Nahem und drehte ihn mehrmals hin und her. Adressiert war er an Maria Migliazza, Contrada Vasia 12, Girifalco/Catanzaro. Er staunte, weil die Schrift seiner eigenen so sehr ähnelte. Maria Migliazza, zweitgeborenes Kind einer Familie mit fünf Schwestern und zwei Brüdern, Tochter des Krankenpflegers Peppino und Donna Rosinuzzas, war keine schöne Frau.

Nicht nur hatte die Natur an Schönheit und Anmut gespart, nicht nur lastete seit der Spritztour ihrer älteren Schwester mit Vincenzo Campese nach Winterthur das Gewicht des Haushalts allein auf Marias Schultern, was sie ziemlich strapazierte. Nein, zu allem Überfluss hatte sie sich auch noch eine Blutkrankheit zugezogen, die ihre

Haut weiß und empfindlich werden ließ, sodass schon eine leichte Berührung genügte, um an der betreffenden Stelle ihres Körpers augenblicklich hartnäckige blaue Flecken erblühen zu lassen. Maria hatte noch nie einen Brief bekommen, und dieser an sie adressierte Umschlag, der aussah, als wäre er hundert Jahre alt, weckte die Neugier des Postboten.

Der Stempel war unleserlich. Der Postbote hielt den Brief gegen das Licht, aber das Papier war sehr dick. Das Siegel erschwerte ihm das Öffnen. Er versuchte es abzulösen, zuerst mit den Händen, dann mit der Klinge eines Taschenmessers, aber vergeblich. Also beschloss er, es aufzubrechen. Ein trockenes Geräusch erklang, wie wenn etwas Lebendiges entzweibricht. Das Siegel zersprang sauber in zwei Teile, sodass der Konsonant wieder zusammengefügt wurde, wenn er die Stücke aneinanderhielt. Er öffnete den Umschlag und las:

*Liebe Teresa,*
*falls Du Dich fragst, wo Du diese Schrift schon einmal gesehen hast, falls Du im Abstellraum der Erinnerung nach der Schublade suchst, in der Du sie versteckt hast ...*
*Teresa mia, noch immer lässt Dein Name mich erzittern wie Laub, Teresa mia, das Gebet, das ich so lange im Stillen aufgesagt habe und jetzt hinausschreie, Teresa mia, endlich finde ich Dich wieder auf meinem Weg wie ein spät gehaltenes Versprechen, und diesmal für immer!*

Es kam ihm vor, als ginge er in der Zeit zurück zu seinem kurzen Aufenthalt in der Schweiz damals, als hielte er einen anderen Brief in der Hand. Zum zweiten Mal hatte er eine Schrift wie seine eigene vor Augen, und er konnte nicht glauben, dass drei Menschen auf dieser Welt auf dieselbe Weise schreiben.

Kein Absender, weder Unterschrift noch Herkunftsort, und was hatte Teresa eigentlich mit Maria Migliazza zu tun? Das Geheimnis zog ihn in seinen Bann.

Zuallererst musste er ein ähnliches Papier finden, sich Siegellack besorgen und das Siegel nachbilden. Er fügte den zerbrochenen Lack wieder zusammen, legte ein Stück Papier darauf und pauste den Buchstaben mit einem Bleistift durch. Dann nahm er das Blatt und ging aus dem Haus.

Zaccone Francesco, ein bedeutender Dialektdichter, besaß die einzige Druckerei in der Gegend. Am frühen Nachmittag war die Werkstatt geschlossen, aber Zaccone, ein sympathischer, freundlicher Mann, war dort. Der Postbote klopfte, und sogleich kam der Dichter zur Tür, die Hände von Druckerschwärze verschmiert. Er war guter Dinge. Der Tag zuvor hatte ihm eine besondere Würdigung seines Gedichts *Das Schneckenhaus* beschert, und sein Gesicht leuchtete noch wegen dieser Weihe.

»Mein lieber Postbote! *Trasìti,* hereinspaziert«, sagte er, schloss die Tür und ging ihm voran ins Hinterzimmer. »Ich war gerade dabei, Einladungen für eine Taufe vorzubereiten. Welchem Umstand verdanke ich die Ehre?«

»Ich bräuchte ein wenig Briefpapier.«

Zaccone ging zu einem Tisch, auf dem einige große Kartons dicht beieinanderstanden.

»Falls es Sie interessiert: Das hier ist vor ein paar Tagen gekommen. Sehen Sie es sich selbst an, ich mache nur alles schmutzig.«

Sie fingen an, über Politik und Poesie zu sprechen, und

nach einer Weile hatte der Postbote etwas gefunden, das ihm geeignet erschien.

»Ich brauche ungefähr zwanzig Bögen davon.«

»Nehmen Sie, so viel Sie wollen, das ist für eine Lieferung Briefpapier für Rechtsanwalt Tolone.«

Der Postbote zählte zwanzig Blätter und zwanzig Umschläge ab und schlug sie in ein altes Plakat ein.

»Können Sie zufällig auch ein wenig Siegellack erübrigen?«

Zaccone gehörte nicht zu der Sorte Mensch, die Fragen stellte; er ließ die Maschine kurzerhand stehen, putzte sich die Hände an der Schürze ab und ging zu einem alten Holzkasten.

»Hier vielleicht ...«, sagte er und nahm eine Papiertüte heraus, »ja, roter und schwarzer ...«

»Ich hätte gern ein Stück roten.«

»Nehmen Sie ruhig alles, ich brauche ihn sowieso nicht.«

Der Postbote griff nach der Tüte. »Was bin ich Ihnen schuldig?«

»Sie machen wohl Witze! Das ist doch nicht der Rede wert!«

Er begab sich zur Tür.

»Eine Sache noch«, sagte er und zog das Blatt heraus, auf das er das S des Siegels gepaust hatte. »Haben Sie so einen Buchstaben?«

Aufmerksam betrachtete Zaccone die Zeichnung.

»Ein hübsches kleines Emblem, wirklich. Haben Sie sich das für eine Todesanzeige ausgedacht?«

Das reichte. Der Postbote dankte ihm und ging fort, nicht ohne Zaccone noch nach seinem neuen Gedichtband zu fragen. Er hatte Siegellack bekommen und ein Papier gefunden, das dem des Briefes ähnelte. Jetzt musste er sich nur noch den Stempel besorgen. Auf dem Heimweg dachte er, dass er vielleicht nach Catanzaro hätte fahren sollen, um ihn dort anfertigen zu lassen. Doch als er vor Alfreduzzus Laden Filumena Cicora begegnete, die ein Fässchen mit qualmendem Heidekraut auf dem Kopf trug, dachte er erleichtert, dass es vielleicht gar nicht nötig sein würde, den Überlandbus in die Hauptstadt zu nehmen, sondern dass es reichte, wenn er am nächsten Tag in Rigantaddu haltmachte.

## 2

*Von einem Siegelstempel, einem Gauner, der Monte Covello verpesten will, und von einem Brief, den der Postbote nicht besitzt, den er aber auch selbst hätte schreiben können*

Rocco Melina mit den schwarzen Fingernägeln wohnte an der schmalen Schotterstraße, die vom Kirchlein zum Brunnen von Riganìaddu führt.

Ebenso abgeschieden und abschüssig wie diese Straße verlief zu jener Zeit das Leben von Rocco, Jahrgang 1899, der gleich nach dem Ende des Ersten Weltkriegs in die Vereinigten Staaten von Amerika emigriert war. Er war in New York gewesen, in Los Angeles und sogar in Chicago, und er hatte sich in jedem infrage kommenden Handwerk versucht, bis er durch einen seltenen Glücksfall eine Stelle in einer Druckerei fand, und mithilfe einer Abendschule und seines eisernen Willens war es ihm gelungen, sich niederzulassen und schließlich zu heiraten.

1946 war er nach Italien zurückgekehrt und hatte sich von seinen Ersparnissen zwei Druckmaschinen gekauft, den Druckereibetrieb jedoch einige Jahre zuvor eingestellt.

Der Postbote betrat die offen stehende Garage.

»Ja, bitte?«

Rocco Melina saß mit dem Rücken zu ihm an der Werkbank unter dem großen Fenster. Es roch durchdringend nach Druckfarbe. Der große Raum wurde fast vollständig von den Maschinen in Anspruch genommen, die, in einer Ecke stehend, mit ihm zusammen gealtert waren. Wie die vielen Holzspäne zu seinen Füßen verrieten, war der passionierte Handwerker in seine Lieblingsbeschäftigung vertieft. In den ersten Jahren seiner Tätigkeit waren Gussformen und Lettern Mangelware gewesen, sodass er sich sehr hatte plagen müssen, und da er als Kind häufig in der Tischlerwerkstatt seines Vaters geholfen hatte, beschloss er, seine Lettern selbst herzustellen, indem er sie aus Heideholz schnitzte: zuerst alle Buchstaben in Druckschrift, dann in Schreibschrift und schließlich sein Meisterwerk, die Darstellung des Gemeindewappens mit dem Turm und dem Falken. Er wollte das althergebrachte Handwerk nicht aufgeben, und wie es oftmals demjenigen geschieht, der die Vergangenheit nicht als vergangen betrachten will, hatte die Zeit ihrerseits beschlossen, ihn als Teil der Vergangenheit zu betrachten.

Er verbrachte seine Tage und diesen Augenblick damit, kleine Holzwürfel mit Landschaften, Gesichtern, Buchstaben und Erinnerungen zu versehen. Auf diese Art hielt er seinen Geist beschäftigt und dachte weder an seinen Sohn Pietro, der ebenfalls nach Amerika gegangen war, noch an seine Gewissensbisse, weil er nicht in der Lage gewesen war, ihn zu Hause zu ernähren. In irgendeiner Schublade steckte noch der erste Brief, den ihm Pietro geschrieben hatte, überschäumend vor Hoffnung und Begeisterung nach dem ersten Jahr auf der Abendschule:

*Dear Tata,*

*ich schreibe Dir diesen Brief, um Dir zu sagen, dass ich möchte, dass auch Du hierherkommst, jetzt, wo Dein Sohn in Amerika ist, denn in Italien gibt es für uns nichts mehr zu tun.*

*Dein Sohn ist ins bisiness eingestiegen: eine Druckerei, lauter langweiliges Zeug (Gesetze der Bruderschaft) für die ehrenwerten Freimaurer der Mazzini-Loge, auch habe ich mir das Leben – genannt laif – für tensausend und sikstin dollari versichert, das sind zehntausendsechzehn Dollar.*

*Ich wohne in der Malberri Stritt, so heißt die Straße, und ich habe viel Geld. Die Frauen heißen hier uimen, die Liebe lav, das Papier peper. Wenn Du fragen willst: Hast Du mich verstanden?, musst Du nur sagen: Anderstend-ju? Das Unglück, das wir so gut kennen, heißt hier trabbel, und uai sagt man, um zu fragen: warum? Und nicht beleidigt sein, wenn sie fuzzi zu Dir sagen, der fuzzi ist hier nämlich der Fuß, und stell Dir vor, uns Kalabresen nennen sie Italiener.*

*Die Namen der Orte überall sind sehr nais: Labbock, Filladelfia, Cicàco, Nuiork, Wichita. Mein lieber, guter Papa, schwere Arbeit hat hier einen hässlichen Namen, der mir Angst macht: uork. Die Hacke nennen sie einfach schowwel. Und wenn Du einen fragen willst: Was hast Du?, dann musst Du sagen: Wazza-metta-visju?*

*Ich weiß noch, als ich ein Kind war, bin ich barfuß gegangen, und Nasci und Bifaru haben mich verspottet. Gesegnet seien der Tag und die Tränen und die Trauer, als ich in dieses freie Land gefahren bin, denn wenn ich geblieben wäre, säße ich jetzt vielleicht im Gefängnis. Hier dagegen lasse ich es mir mit den Misses und Görls gut gehen, denn die Americani sind nicht eifersüchtig wie wir Calabresi, die sind nämlich dumm: Wenn Du vor ihren Augen ihre Frau anfasst, schreien sie noch hurra!*

*Sobald Du diesen Brief bekommst, nimm schnell Deinen Reisepass, schreib nach Neapel und nimm die beste Kabine, verkauf den Gemüsegarten und gib den Hausschlüssel dem Bürgermeister. Und jetzt stop raiting, das heißt, ich höre auf zu schreiben, brich unbesorgt auf, Tata, und wenn Du in Gibraltar bist, sag mir mit Marconis Telegraf Bescheid. Gudbài: Um den Rest kümmert sich Dein Sohn, der Dich umarmt und immer an Dich denkt.*

Pietro hatte fast einen Monat gebraucht, um diesen Brief zu schreiben; er hatte sich dabei von Michele Pane helfen lassen, einem befreundeten Emigranten aus Kalabrien, einer, der Gedichte schrieb, die einem das Herz aufgehen ließen. Doch im Alter von siebzig Jahren noch einmal den Atlantik zu überqueren, fiel Rocco überhaupt nicht ein, denn er wünschte sich, im Dorf zu sterben und neben seiner Gattin – Gott hab sie selig – begraben zu werden. Kein Spaziergang auf der Seventieth Street war so viel wert wie die Ewigkeit an ihrer Seite. Das Letzte, was er sich auf dieser Welt noch erhoffte, war ein nach Salz und Meer duftender Brief, der die lang ersehnte Rückkehr seines Sohnes ins Dorf verkündete, und sei es nur für wenige Tage, gerade lange genug, um ihn daran zu erinnern, dass er Pietros Vater war.

»Darf ich reinkommen?«

Rocco drehte sich um. Seine Haut war dunkel wie mit Druckerschwärze gefärbt, der Schnurrbart schwarz und gepflegt, die Brille, an der ein Bügel durch einen Draht ersetzt war, saß ihm tief auf der Nase. Er trug eine dunkle Baskenmütze und einen grauen Kittel.

»*Trasìti*, herein.«

Er legte die Ahle auf das Tischchen, nahm die Brille ab

und erhob sich. »Wenn man immer so krumm dasitzt, macht man sich den Rücken kaputt«, sagte er und legte die Hände auf die schmerzende Stelle. »Hat mir jemand geschrieben?«

Der Postbote hatte ganz vergessen, dass er für gewöhnlich nur deshalb mit der Dienstmütze auf dem Kopf ein Haus betrat, um etwas abzuliefern, wodurch sein Erscheinen eine unvorhersehbare Abfolge von Hoffnungen auslöste.

»Nein, verzeihen Sie, ich wollte Sie nur um einen Gefallen bitten ...«

Roccos Enttäuschung war offenkundig, und der Postbote bedauerte, dass er nichts für ihn in seiner großen Tasche hatte, denn am Abend zuvor – *Ich Esel!* – hätte er sich an den Schreibtisch setzen und ihn schreiben können, den ersehnten Brief von Pietro aus New York, als Entschädigung für den Gefallen, um den er Rocco bitten würde. Nichts Außergewöhnliches hätte es sein müssen – *Uns geht es gut, und Dir, wie geht es Dir so ganz allein? Es tut mir weh, nicht bei Dir zu sein, kann es kaum erwarten, Dich wiederzusehen, ich denke immerzu an Dich ...* –, all die abgedroschenen Worte der Zuneigung, die der einzige Trost für einsame, alte, sich selbst überlassene Eltern sind.

»Nur eine Kleinigkeit.«

»Ja?«

Er zog das Blatt aus der Tasche, auf das er am Tag zuvor den Buchstaben des Siegels gepaust hatte.

»Ich wollte Sie fragen, ob Sie so einen Stempel für mich anfertigen können.«

Melina streckte die Hand aus. Sie sah aus, als habe sie

jahrelang in einem Tintenfass gesteckt, und als er nach dem Blatt griff, kam es dem Postboten so vor, wie wenn seine Fingerkuppen ihren Abdruck auf dem Papier hinterlassen hätten, und er dachte, dass auf allem, was Rocco berührte, diese Spur zurückblieb und dass er mit diesen kleinen Tintenflecken das Zeichen seiner Durchreise auf der Erde hinterließ.

Schon lange war niemand mehr mit einem derartigen Wunsch an den Drucker herangetreten. Er hielt sich den Brief dicht vor die Augen, musste aber dennoch die Brille aufsetzen. Den Draht klemmte er sich hinters Ohr, wie man es auch mit einer widerspenstigen Haarsträhne macht.

»Ja, das kriege ich hin«, nickte Rocco zufrieden.

»Wann soll ich wiederkommen?«

»*Aspettàti*«, antwortete er und trat an die Werkbank heran, »warten Sie einen Moment.«

Er setzte sich wieder. Aus einem schäbigen Weidenkorb links neben dem Tisch nahm er ein Stück Heideholz und betrachtete es, wobei er es dicht vor die Augen hielt und es hin und her drehte. Mit einem spitzen Bleistift zeichnete er den Buchstaben vom Blatt mit wenigen geschickten, knappen Strichen auf den ebenmäßigsten Bereich der Oberfläche. Er spannte das Holz in einen Schraubstock, griff nach einem Hohlmeißel mit hauchdünner Klinge und fing an zu schnitzen. Hin und wieder hielt er inne und betrachtete sein Werk, wechselte einige Male die Spitze, um die Umrisse zu vervollkommnen. Wie ein Traumbild bestaunte der Postbote diesen Mann, der an jedem Tag seines Lebens etwas in die Oberfläche eines Stücks Baumheide geschnitzt hatte, und hätte er alle

Formen aneinandergereiht, dann wäre eine Trajanssäule dabei herausgekommen, kaum bescheidener in den Ausmaßen als das Original.

Fünf Minuten vergingen. Sie kamen dem Postboten vor wie ein Augenblick in einem Mythos, zeitlos und ewig. Rocco Melina löste das Holz aus dem Schraubstock und betrachtete es zufrieden aus der Nähe. Er hob es an den Mund, blies darauf und putzte es mit dem Lappen ab, der aus der Tasche seines Kittels hervorlugte. Er drückte die Form zuerst auf ein Stempelkissen, dann auf ein Stück Packpapier. Er legte die beiden Zettel nebeneinander und forderte den schweigenden Beobachter auf, die Buchstaben zu vergleichen. Der Postbote war verblüfft über ihre Ähnlichkeit. Er fragte Melina, wie viel er ihm für seine Mühe schuldig sei, doch der Alte entgegnete, wo er denn hindenke, auf keinen Fall nähme er etwas von ihm an, diese Gefälligkeit würde ihm vermutlich früher oder später von selbst vergolten werden. Der Postbote bedankte sich und verließ die Werkstatt, um seine Runde fortzusetzen.

Nur ungern stellte er die Post in der Gemeindeverwaltung zu, denn im Rathaus schwirrten einige Gestalten herum, deren bloßer Anblick ihn abstieß wie ein Geschwür auf der Haut. Und sein Abscheu war noch größer geworden, seitdem er von einer Angelegenheit erfahren hatte, von der noch zu berichten sein wird. Die zahlreichen Briefe, die das Rathaus täglich erreichten und verließen, waren keine vergnügliche Lektüre: Reiseabrechnungen, politische Verlautbarungen, Ausschreibungen. Der Postbote hatte nichts allzu Spannendes erwartet, als er ungefähr ein halbes Jahr zuvor einen Brief des Bürgermeisters geöffnet hatte:

*Werter, hochverehrter Commendatore Quattrone,*
*ich wende mich an Sie auf ausdrückliche Aufforderung des Herrn Abgeordneten Mizzini, dem im Hause des Bauunternehmers Fracazzi die Ehre zuteilwurde, Ihre Bekanntschaft zu machen.*
*Bei vorbezeichneter Gelegenheit deuteten Sie ihm die edle Absicht an, Ihre Aktivitäten auf unsere südlichen Gefilde auszudehnen.*
*Von obiger Angelegenheit berichtete mir der Herr Abgeordnete auf meine ausdrückliche Bitte hin, auf dem Gebiet unserer Gemeinde einen Industrialisierungsprozess einzuleiten. Die weitverbreitete Unzufriedenheit wegen des Mangels an Arbeitsplätzen stellt das Vertrauen der Wähler zu uns auf eine harte Probe, und ich würde diese Unmutsbekundungen gern verstummen lassen.*
*Der Berg Monte Covello, überaus üppig mit Kiefern und Tannen bewachsen, weist zahlreiche für Ihre Interessen geeignete Standorte auf.*
*Es ist meine große Hoffnung, dass diese Einladung Ihre Billigung findet; der Herr Abgeordnete wäre überaus erfreut, als Vermittler und Gewährsmann für die Zahlung der Ablösesumme in dieser Sache zu fungieren.*
*In Erwartung Ihrer Nachricht verbleibe ich hochachtungsvoll,*
*Ihr ...*

Muzio Quattrones Antwort ließ nur einen Monat auf sich warten:

*Sehr geehrter Herr Bürgermeister,*
*Ihr Brief kommt passend wie die Faust aufs Auge, wie wir hier in Rom gern sagen.*
*Tatsächlich sind wir gerade dabei, unsere geschäftlichen Aktivitäten auszuweiten, und darum bin ich dem Herrn Abgeordneten dankbar, dass er Ihnen meinen Namen genannt hat.*

*Selbstverständlich sind Reden und Tun zweierlei ... gewiss verstehen Sie sehr gut, dass eine solche Investition eine Reihe von Sicherheiten verschiedener Art voraussetzt, und auch wenn die Anwesenheit des Herrn Abgeordneten für die bürokratische Sicherheit bürgt, muss immer noch für die logistische gesorgt werden.*

*Wir brauchen Land, viel Land, mindestens 40 Hektar, und zwar weit entfernt von besiedeltem Gebiet. Außerdem müssen zahlreiche Faktoren beurteilt werden, unter anderem die Friedfertigkeit der Einwohner und der Zustand der Straßen.*

*Ich bin mir jedoch sicher, dass, sobald diese Ungewissheiten beseitigt sind, die Sache mit dem Segen des Herrn Abgeordneten Mizzini, den Sie bitte von mir grüßen möchten, in Gang kommen wird.*

*Mit zuversichtlichen Grüßen.*

In den darauffolgenden Wochen war dem Postboten eine gewisse Unrast aufgefallen. Vermessungstechniker, Architekten der Gemeinde und Techniker des Regierungsbezirks sahen sich gründlich auf dem Monte Covello um, stellten Messungen für den Straßenbau an und zogen die Grundeigentümer der Gegend zurate. Das Ergebnis schlug sich in einem am 4. Februar 1969 versendeten Brief nieder.

*Verehrter Commendatore,*

*da das Gelingen der Angelegenheit mir und dem Herrn Abgeordneten sehr am Herzen liegt, habe ich mir angesichts der von Ihnen vorgebrachten Überlegungen erlaubt, zusammen mit dem technischen Personal der Gemeinde und der Provinz eine Reihe von Kontrollen bezüglich des fraglichen Gebiets in Gang zu bringen.*

*In der Anlage finden Sie alles Nötige, um sich ein erstes Bild zu machen: Katasterkarten, Lagepläne usw. ...*

*Was das Straßennetz betrifft, so ist es vielleicht hilfreich zu wissen, dass sich derzeit eine Straße im Bau befindet, die Girifalco mit Lamezia Terme verbinden wird, sodass die Autobahn in weniger als einer halben Stunde erreichbar ist. Offensichtlich ist der Herr Abgeordnete ernsthaft bestrebt, dafür zu sorgen, dass die Arbeiten in möglichst kurzer Zeit abgeschlossen werden.*

*Und zu guter Letzt müssen Sie hinsichtlich der Bewohner keine Bedenken haben, denn ich kenne meine Mitbürger gut und weiß, dass ich ihnen nur einen Arbeitsplatz und ein gutes Auskommen auf Lebenszeit versprechen muss, damit sie zufrieden sind und sich ruhig verhalten.*

*Wie Sie sehen, bemühen wir uns nach Kräften.*
*Ich hoffe, dass die Dokumentation Ihren Vorstellungen entspricht.*
*Hochachtungsvoll.*

Dem Schreiben waren ungefähr zehn Seiten mit technischen Daten beigefügt. Die Antwort des Bauunternehmers kam nach etwa drei Wochen:

*Sehr geehrter Herr Bürgermeister,*

*mit größtem Vergnügen nehme ich Ihr umsichtiges Vorgehen zur Kenntnis, das mich sehr auf den Erfolg der Angelegenheit hoffen lässt.*
*Die beigefügte Dokumentation ist recht umfangreich, Ihr Berg dort scheint alle Voraussetzungen zu erfüllen, um unsere große Deponie aufzunehmen – vorausgesetzt natürlich, dass die Beschaffung sämtlicher Grundstücke in die Wege geleitet und abgeschlossen wird.*
*Selbstverständlich ist die Fertigstellung des Straßenabschnitts unverzichtbar, aber die diesbezügliche Garantie des*

*Herrn Abgeordneten stellt immerhin eine gewisse Sicherheit dar.*
*In Erwartung weiterer Nachrichten verbleibe ich*
*mit freundlichen Grüßen.*

Eine Mülldeponie in Girifalco! Der Postbote konnte kaum glauben, dass die Leute aus dem Dorf, so schlitzohrig sie auch sein mochten, in der Lage waren, etwas so Abscheuliches auszuhecken, denn er malte sich bereits aus, wie Lastwagen und Züge mit lauter Abfall, Dreck und Mist aus Norditalien beladen und nach Girifalco gebracht wurden, um dieses kleine Paradies auf Erden für immer zu verseuchen.

Der Bürgermeister und seine unterwürfigen Lakaien hatten hinterhältig begonnen, Baum für Baum die gewundenen Wege des Monte Covello, Stolz der Menschen in Girifalco, zu erobern. Sie hatten kein Meer bekommen wie Borgia oder Squillace; ihnen hatte das Schicksal den Berg zugedacht, und deshalb hatten sie ihn geweiht, indem sie eine Madonnenstatue dort aufgestellt hatten, die an jedem ersten Sonntag im August verehrt wurde; Covello, flüsterndes Laub, reich an Pilzen und Esskastanien, Covello, dessen Wind die Häuser im Dorf erfrischte und der jetzt abgeholzt zu werden und wie der kahle Kopf des Dorfbewohners Archidemu Crisippu zu enden drohte, oder, schlimmer noch, als ein riesiger, stinkender, sudeliger Haufen fremden Drecks.

Ausgerechnet an diesem Morgen fand der Postbote im Bündel der Ausgangspost der Gemeinde, die ihm Peppinuzzu Sgrò übergeben hatte, einen weiteren Brief des Bürgermeisters. Zu Hause angekommen, öffnete er ihn und las:

*Verehrter Commendatore,*

*ich beziehe mich auf Ihr o.g. Schreiben und kann Ihnen nach gründlicher Durchsicht der Katasterkarten sowie nach Besichtigung der Örtlichkeiten durch den eigens dafür eingerichteten Ausschuss mitteilen, dass drei für die Mülldeponie geeignete Standorte ermittelt wurden, die auf der Karte 7/D mit den volkstümlichen Namen Chiapparusi, Roccavù und Mangraviti ausgewiesen sind.*

*Ein Teil des Landes befindet sich in öffentlicher Hand, andere Parzellen gehören alten Bauern, die vermutlich leicht zum Verkauf zu überreden sein werden.*

*Doch bevor wir weitere Maßnahmen ergreifen, halte ich es für unverzichtbar, einen Mann Ihres Vertrauens zur endgültigen Entscheidungsfindung vor Ort zu benennen.*

*Ich freue mich auf Ihre Antwort und verbleibe mit freundlichen Grüßen.*

Der Postbote konnte sich den eigens eingerichteten Ausschuss genau vorstellen: der Vermessungstechniker Gigi Cacalùavu, der Gemeindearbeiter Rocco Candelaru, Antonio Crisantemo vom Einwohnermeldeamt, Experte für Pilze und Schnecken, und Cicciuzzu Cannarò, der Straßenkehrer. Sein Groll auf diese Leute wurde immer größer: Was würde aus den sauberen Gewässern von Chiapparusi werden oder aus dem klaren Flüsschen Pesipe, das von Roccavù bis zur Ebene von Cortale hinunterfloss, Felder bewässerte und Tiere tränkte, was aus den Weintrauben und Kartoffeln von Mangraviti?

Er schrieb den Brief ab, steckte ihn in einen neuen Umschlag und tippte auf der Schreibmaschine den Vor- und Nachnamen sowie die Adresse des Empfängers darauf.

Der Stempel, den Rocco Melina geschnitzt hatte, lag auf dem Schreibtisch. Der Postbote betrachtete ihn von

Nahem. Er nahm ein Blatt Papier, zündete eine Kerze an und näherte die Flamme der kleinen Stange Siegellack: Als der rote Fleck sich auszubreiten begann, drückte er das Siegel in die blutrote Flüssigkeit. Die Ähnlichkeit war beachtlich, und seine stille Dankbarkeit für Rocco Melina wuchs.

Was hatte ihn dazu gebracht, innerhalb von zwei Tagen zweimal jemanden um einen Gefallen zu bitten? Der Perfektionismus seines ordnenden Geistes? Er las den Liebesbrief an Teresa noch einmal. Da war nicht nur die Schrift, die seiner eigenen ähnelte und auf ihn gewirkt hatte wie der Blick der Medusa. Dasselbe galt für das Siegel, das Papier, die unpassende Adressatin und für die vertrauten Worte, die ihn an irgendetwas erinnerten. Denn der Postbote selbst hütete einen Brief, den er nie abgeschickt hatte. Der Mann, in dessen Händen die Vollendung unzähliger Schicksale lag, brachte es nicht fertig, sein eigenes zu erfüllen. Also stand er auf, denn es stimmte, was er einmal gelesen hatte: Jeder Mensch auf dieser Welt hat sieben Doppelgänger, aber niemandem war es beschieden, einem von ihnen zu begegnen. Und vielleicht hatte die Schicksalsgöttin Klotho jetzt durch eine leichte Zerstreutheit oder wegen eines kräftigen Windes die Fäden zweier ähnlicher Leben miteinander verschlungen, und der Postbote war zufällig über den behelfsmäßigen Knoten gestolpert. Er stand auf und nahm einen weißen, viele Jahre alten Briefumschlag aus der Nachttischschublade. So bedächtig, wie traurige Menschen ihr vergangenes Leben betrachten, öffnete er ihn und sah noch einmal die alten Worte, den Anfang eines unvollendeten Briefes, den er las, als gehörte er einem anderen:

*Erkennst Du diese Schrift? Erinnerst Du Dich an sie?*
*Ja, ich denke schon, und Du fragst Dich nach dem Grund. Dasselbe frage ich mich auch.*
*Ich muss nur Deinen Namen hören, Rosa, und schon zittere ich wie Laub – diesen Namen, der wie ein Echo durch die Stille der Nacht hallt, den Namen, den ich hinausschreien möchte, damit Du mich hörst und zu mir gelaufen kommst, diesmal für immer, damit wir unser Liebesversprechen halten können. Ich muss Dir das sagen, Du musst um meinen Schmerz wissen, damit Du verstehst, was ich Dir jetzt schreiben werde.*
*An jenem Tag*

Hier brach der Brief ab. Nach so vielen Jahren war es ihm noch immer nicht gelungen, ihn zu beenden, und wer weiß, wie lange er noch unbeachtet in der Schublade gelegen hätte, wäre nicht der Brief mit dem Siegel gekommen. Ein anderer lebte wie er, schrieb wie er, dachte wie er, benutzte dieselben Worte wie er. Er legte seinen eigenen Brief wieder in den Nachttisch. Der andere würde Maria Migliazza erreichen, denn für jeden Brief, der geschrieben und nicht abgeschickt wird, gibt es immer einen anderen, der seinen Bestimmungsort erreicht.

Er faltete das Blatt zusammen, steckte es in seinen Umschlag und ließ den Siegellack zur gleichen Form wie den roten Fleck des zerbrochenen Siegels schmelzen, dann drückte er den Stempel hinein. Nicht einmal der geheimnisvolle Verfasser hätte die Fälschung bemerkt. Er legte den Brief zu dem des Bürgermeisters auf das Tischchen an der Haustür – der Hafen, in dem die Briefe bis zu ihrer Reise ohne Wiederkehr vor Anker gingen.

Während er den Stempel aus Heideholz weglegte, dachte er wieder an Rocco Melina und seine tintenfleckigen Finger, die überall ihre Abdrücke hinterließen. Er dachte, dass es Menschen gibt, die Spuren ihrer Reise auf der Erde zurücklassen, und andere, die das nicht tun, und dass es verschiedene Arten gibt, auf dieser Welt Zeichen zu setzen. Der eine entscheidet sich dafür, Kinder zu zeugen, ein anderer schreibt lieber Bücher, und obwohl viele Menschen die Welt mit tiefen Spuren prägen, damit sie von Dauer sind, beschließen andere – zu denen er selbst gehörte –, überhaupt keine zu hinterlassen, so wie ein listiges Tier seine Fährte auf dem Boden hinter sich verwischt, aber nicht aus Angst, verfolgt zu werden, sondern nur, um das Gefühl und vielleicht auch die Illusion zu haben, nicht zu dieser Welt zu gehören.

3

*Von Marianna Fòcaru, deren Nacktheit
ein Trick war, von einem geheimen Archiv und
einem Talent des Postboten, das möglicherweise
ein Fluch ist*

Der erste Brief, den der Postbote heimlich geöffnet hatte, war am 4. September 1956 in Torre del Greco geschrieben worden und an Marianna Fòcaru, via Conello 6, direkt gegenüber seinem Zimmerfenster gelegen, adressiert.

Die fünfundzwanzigjährige Marianna war zwar keine ausgesprochene Schönheit, aber mit einem wundervollen Busen beschenkt, zwei Brüste wie frische Wassermelonen und nicht welk und schlaff wie die von Rosaria Bàttaru, dem Busenwunder par excellence des Dorfs, der die Brüste bis zum Bauchnabel reichten, obwohl sie ihre Büstenhalter nach Maß anfertigen ließ. Mariannas Brust dagegen schien zu schweben, als hätte sie unter dem Pullover zwei Karyatiden versteckt, die sie mit erhobenen Armen stützten, und die Jungen und Männer von Girifalco hätten ihren Jahreslohn oder ihre Rente dafür gegeben, um selbst diejenigen zu sein, deren Hände diese üppige Herrlichkeit halten durften. Das junge Mädchen spielte durchaus mit ihren Reizen, denn sie trug immer tief ausgeschnittene oder eng anliegende Sachen und freute sich jedes Mal, wenn verheiratete Männer ihretwegen einen steifen Hals bekamen und zu schielen anfingen. Dem Postboten entging dieses faszinierende Schauspiel keineswegs, aber um sich nicht unter das Gesindel zu mischen, das Mariannas Vorzügen allzu offensichtlich schmeichelte, senkte er den Blick, wenn er ihr begegnete, und spielte ihr völlige Gleichgültigkeit vor.

Dann, an einem Abend im Sommer 1956, geschah etwas. Er saß im Dunkeln in seinem Zimmer, als in Mariannas Haus die Lichter angingen. Das hatte er zwar schon oft gesehen, aber an jenem Abend lenkte ihn nichts ab, und er beobachtete, wie sie sich durchs Haus bewegte. Sie ließ die Fenster offen stehen, und während er sie so betrachtete, stellte der Postbote fest, dass ihm die Rolle, die er gerade spielte, durchaus gefiel. Einige Jahre zuvor hatte er im Kino einen Film gesehen, in dem ein Fotograf, der wie Giovannuzzu im Rollstuhl sitzen musste, seine Tage damit verbrachte, das Wohnhaus gegenüber auszuspionieren, und auf dem Weg aus dem Wohnzimmer dachte er, dass es eine feine Sache war, am Fenster stehen, in die Häuser der anderen spähen und sich so in ihr Leben einschleichen zu können.

Dasselbe hatte er gedacht, als er sich einige Tage in Zürich aufgehalten und fasziniert die riesigen Wohnhäuser am Stadtrand betrachtet hatte. Er hatte begonnen, Stockwerke und Fenster zu zählen, die Größe der Wohnungen zu berechnen, die Anzahl von Familien und Personen, und wenn er zu einem möglichst realistischen Ergebnis gekommen war, multiplizierte er es mit sämtlichen Häusern, die er sah, und die Gesamtsumme war so hoch, dass er erschrak bei der Vorstellung, wie viele Männer und Frauen, wie viele Schicksale, wie viele mögliche Begegnungen es auf so begrenztem Raum gab. Er dachte daran, dass uns in der kurzen Dauer unserer Existenz Tausende anderer Leben vorenthalten bleiben, er dachte, dass er, wäre das möglich gewesen, in jede dieser Wohnungen geschlüpft wäre und das Leben jedes einzelnen Bewohners gelebt hätte. So viele Frauen gab es in einem einzigen Haus, so viele im Viertel, in der Stadt, auf der ganzen Welt ... Er hätte sie gern alle kennengelernt, er, ein Mann, allein und vernachlässigt von der Welt, hätte gern einen Blick in jedes Haus geworfen und zugesehen, wie die Frauen sich anzogen und hinausgingen. Und dann hätte er den Kleiderschrank durchstöbern und sich anhand einer Falte im Kissen, anhand der Wassertropfen in der Badewanne oder eines durchsichtigen Unterrocks, der unordentlich über einem Stuhl hing, ihre Geheimnisse ausmalen können.

Leider wohnte er nicht in einer großen Stadt mit hohen Häusern und Hunderten von Fenstern, sodass er sich mit dem undankbaren Anblick seiner Nachbarin Cosima im Nachthemd begnügen musste, die vergnügt ihr vierundsiebzigjähriges Fleisch zur Schau stellte, oder mit dem der ebenso alten Giuseppinuzza, die sich die Füße auf dem Balkon zu waschen pflegte und danach das schmutzige Wasser irgendeinem Pechvogel auf den Kopf goss.

Marianna wohnte noch nicht lange in dem Haus, da hatte die Begierde des Postboten, dasselbe zu tun wie der Schauspieler in dem Film, bereits ein wenig nachgelassen. Doch an jenem Abend reizte es ihn dennoch, zu beobachten, wie sie sich durchs Haus bewegte. Schließlich zog sie sich aus. Er sah, wie sie im Schlafzimmer Rock und Pulli ablegte und mitten im Zimmer stehen blieb, in einem rosafarbenen Höschen, das an einigen Stellen etwas dunkler war. Sie stand still wie ein Turmspringer vorm Sprung, und mit einer verführerischen Geste öffnete sie den BH, der ihr wie beschämt vor die Füße fiel. Und so blieb Marianna stehen, so unbekümmert wie eine Wassernymphe, mit dem großen, weichen Busen und den dunklen Brustwarzen, die aussahen wie zwei Kekse, die in einer Tasse Milch schwimmen. Lange Zeit lief sie mit nacktem Busen durchs Haus, ging ins Bad, goss sich in der Küche etwas zu trinken ein; schließlich zog sie sich an und verließ das Haus.

Einige Wochen später fuhr Marianna zusammen mit ihrer Mutter weg, um eine Tante zu besuchen. Nach einem Monat kam ein Brief aus Torre del Greco für sie an, und der Postbote bemerkte an der Beschaffenheit des Umschlags, dass sich darin ein Foto befand. Vor seinem inneren Auge sah er sofort das Bild der nackten Frau. Er stellte den Brief nicht zu, sondern nahm ihn mit nach Hause – das war das erste Mal. Er zögerte lange, aber schließlich öffnete er ihn. Auf dem Bild war Marianna nicht nackt, sondern trug ein helles Kostüm, sodass er sich mit etwas Fantasie vorstellen konnte, sie sei nackt. Er nahm einen schwarzen Stift und zeichnete an ihren Lenden entlang ein Dreieck, um ein dunkles, dicht behaartes Geschlecht nachzuahmen. Dieses Foto würde er behalten, denn für manch einsamen Mann ist es ein und dasselbe, das Foto einer Frau oder die Frau selbst zu besitzen.

Den nutzlosen Brief, der dem Bild beilag, hob er ebenfalls auf, aber im Gegensatz zu seiner späteren Vorgehensweise sorgte er nicht dafür, dass die Botschaft ihre Empfängerin erreichte. Wer würde schon einen verschwundenen Brief vermissen? Wie kann man sicher sein, dass ein Brief zugestellt wird, wenn man die langen Wege bedenkt, die die Papierblätter zurücklegen, die Widrigkeiten, denen sie begegnen, den unergründlichen Zufall, der sie verschwinden lassen kann? So traf der Postbote eine wichtige Entscheidung. Was war so schlimm daran, wenn man fremde Briefe las? Beobachten die Nachbarinnen nicht sowieso den ganzen Tag lang das Kommen und Gehen der Passanten? Was ist mit der Telefonistin, die über ihren Kopfhörer ferne Seufzer und Schluchzer belauscht? Und mit den Priestern, die den Menschen die geheime Beichte abnehmen? Was ist mit den Ärzten, die die verborgensten Teile des Körpers kennen? Gibt es nicht immer jemanden, der ins Leben anderer eindringt?

Von diesem Tag an fühlte sich der Postbote berechtigt, jeden Brief zu öffnen, der seine Neugier weckte, und so entdeckte er in der geheimen Korrespondenz des Ortes eine außergewöhnliche Welt, in der alle ein paralleles Leben aus Geheimnissen, Geständnissen, Lieben und verborgenen Kümmernissen zu führen schienen.

Nach Mariannas Brief beschränkte er sich zunächst darauf, nur wenige Umschläge zu öffnen, aber schon bald befiel ihn die Sucht nach Vollständigkeit, die irgendwann jeden Sammler erwischt, und er beschloss, fast alle Briefe zu öffnen und eine Abschrift von jedem einzelnen aufzubewahren, der im Ort eintraf oder ihn verließ. Und so trat im Lauf der Zeit ein methodischeres Vorgehen an die Stelle der anfänglichen Beliebigkeit und Zufälligkeit.

Ohne es zu wollen, wurde er zum Sammler, zu einem der vielen Menschen, die eine Kollektion vervollständigen wollen, um die kleinen Mängel des Daseins zu überdecken.

Ging er umsichtig und besonnen vor, so brachte seine geheime Beschäftigung kaum Risiken mit sich. Im Postamt in der Via Raganella arbeiteten außer ihm, der sich um die ein- und ausgehende Post kümmerte, nur noch der Direktor, Mario Mancuso aus Catanzaro, der sich stets in seinem Büro einigelte, und Teresuzza Marinaro, zuständig für den Telegrafen und den Schalterdienst.

Als der Entschluss, die Briefe zu öffnen, gefasst war, verspürte sein geometrisches Gemüt das Bedürfnis, eine effiziente Methode einzuführen. Zuerst kam ihm die Idee, ein Archiv zu bauen, und er ließ sich von Maestro Michìali Catalanu ein Möbelstück nach Maß mit zahlreichen Schubladen fertigen, das er neben seinen Schreibtisch stellte. Auf jede Schublade klebte er ein kleines Etikett mit dem entsprechenden Thema. Er dachte lange darüber nach, ob er nach thematischen Kriterien archivieren sollte – Tod, Liebe, Betrug, Anzeigen, Beleidigungen, Erpressungen – oder nach Namen – Aceto Giuseppe, Aiello Nicola, Alcaro Gianni, Aloise Concetta ... –, doch weil es sich um ein persönliches Archiv handelte, das keinen objektiven Kriterien unterlag, bediente er sich einer Mischung von Methoden, je nach Art der Korrespondenz.

Um die Umschläge unauffällig aufmachen und wieder verschließen zu können, hatte er verschiedene Möglichkeiten ausprobiert und sich schließlich für die gute alte Methode des Aufdampfens entschieden, wobei er allerdings besondere Umsicht walten ließ: Damit das Papier nicht zu feucht wurde, hüllte er den Umschlag in einen warmen Lappen und legte ihn auf ein kleines Gitter auf einem Kochtopf. Diese Vorgehensweise, an die er sich gewissenhaft hielt, war unverzichtbar bei Umschlägen mit aufgedrucktem Absender, die er nicht austauschen konnte. Allerdings kamen solche Briefe nur selten im Ort an. Der Großteil der Korrespondenz kursierte in anonymen weißen Umschlägen, die sich problemlos ersetzen ließen. Aus diesem Grund hortete der Postbote große Vorräte an Kuverts unterschiedlicher Farben und Größen, die er sich aus Deutschland und der Schweiz mitbringen ließ. In den wenigen Fällen, in denen das Papier den Kontakt mit dem Wasserdampf nicht unbeschadet überstand, konnte er notfalls immer noch mit dem Transport argumentieren, mit der Feuchtigkeit in den Waggons der Güterzüge, einem plötzlichen Nieselregen oder dem Gewicht von Tausenden anderer Briefe, die den fraglichen unter sich begraben hatten.

Der Postbote ging beim Fälschen so sorgfältig vor, dass er alle kleinen Fehler des Originals auf das neue Kuvert übertrug: Fett- oder Kaffeeflecke, ein Kratzer oder ein Riss, Spuren von Lippenstift, kleine Tintenflecke, das Format der Absätze bei Maschinenschrift.

Schließlich ging es noch darum, den ursprünglichen Brief abzuschreiben und ihn aufzubewahren. Was den meisten Menschen vermutlich die größte Mühe bereitet hätte, war für den Postboten ein Kinderspiel, das er mit geschlossenen Augen bewerkstelligen konnte. Und der Grund ist leicht erklärt, denn er besaß eine einzigartige, außergewöhnliche Gabe: Er konnte jede Handschrift imitieren.

Von dieser überaus seltenen Fähigkeit erfuhr die Welt durch die Grundschullehrerin Gioconda Sabatini, die gleich in den ersten Schultagen darauf aufmerksam wurde. Nachdem der Junge erstmals den Stift in die Hand genommen und Striche auf die karierten Blätter gemalt hatte, begriff die Maestra, dass sie es mit einer Seltenheit zu tun hatte: In zwanzig Jahren ehrenvoller und leidenschaftlicher Lehrtätigkeit hatte sie nie ein Kind gesehen, das schon am ersten Tag mühelos so gerade Striche zu Papier bringen konnte. Die außergewöhnliche Begabung des Schönschreibers gelangte zu allgemeiner Bekanntheit, als die Schüler anfingen, Vokale zu schreiben. Gioconda hatte noch nicht alle Buchstaben an die Tafel geschrieben, da hatte das Kind auf der ersten Heftseite bereits eine Reihe von a e i o u aufgefädelt, die aussah wie gedruckt. Die Lehrerin war nun überzeugt, ein Genie vor sich zu haben, was ihre autobiografisch begründete Überzeugung bekräftigte, dass Kindern, die ohne Vater aufwachsen, das Erlernen der Schrift leichter fällt als anderen. Der Schulleiter verlieh dem Jungen eine Medaille und stellte das Heft öffentlich aus.

Hätte er für andere Fächer ähnlich großes Talent besessen, wäre er tatsächlich ein Genie gewesen, doch seine Gabe beschränkte sich auf die Schrift. Ansonsten war er ein ganz normales Kind, das lesen und rechnen lernte wie alle anderen auch. Und so erregte seine ungewöhnliche Begabung im Laufe der Zeit, während auch alle anderen ordentlich zu schreiben lernten, keinerlei Aufsehen mehr.

Erst in der Mittelschule fielen seine kalligrafischen Fähigkeiten erneut auf. Eines Tages vergaß sein Banknachbar und bester Freund Stefano De Stefani, sein Entschuldigungsbuch von seinem Vater unterschreiben zu lassen, und da sie in der ersten Stunde beim gefürchteten Professore Michìali Progonò Unterricht hatten, würde niemand ihm die zehn Stockhiebe auf die Finger und den Tritt in den Hintern ersparen können. Außerdem würde der Lehrer ihm noch die Ohren lang ziehen. Als der Postbote das Klassenzimmer betrat, sah er Stefano in der Schulbank sitzen. Sein Freund versuchte die Unterschrift des Vaters zu fälschen. Ich helfe dir, sagte er zu Stefano, warf einen Blick auf den Schriftzug, und in null Komma nichts machte er ihn so akkurat nach, dass Stefano ihn verwundert anstarrte. Aber der entscheidende Test war Progonò. Da er es mit einer ganzen Generation von Faulpelzen zu tun hatte, war er darauf trainiert, gefälschte Unterschriften zu erkennen. Jeder Gesetzesbrecher wurde gnadenlos mit der unvermeidlichen Kastanienrute namens *viparèdda* – kleine Giftschlange – gezüchtigt. Kaum war der Lehrer hereingekommen, öffnete er auch schon das Klassenbuch, und nachdem er alle Schüler aufgerufen hatte, forderte er Stefano auf, ihm sein Büchlein vorzulegen. Progonò setzte seine Brille auf und verglich die aktuelle Unterschrift mit denen davor. Er blätterte mehrmals vor und zurück, dann schloss er das Heft und schickte Stefano an seinen Platz zurück.

Dem Postboten war seine Gabe nicht bewusst gewesen, denn es war ihm nie in den Sinn gekommen, etwas zu fälschen. Von jenem Tag an machte er zu Übungszwecken die Schriften seiner Schulkameraden nach, und da die Vollkommenheit offensichtlich war, nahm er seine besondere Fähigkeit endlich zur Kenntnis. Das sorgte jedoch weder für Begeisterung noch für größere Änderungen in seinem Leben, denn er dachte, dass es sich um ein nebensächliches Talent handelte, mit dem er nicht mehr anfangen konnte, als Entschuldigungen zu unterschreiben. Doch im Jahr darauf erfuhr er, dass er mit seinem kalligrafischen Geschick mehr ausrichten konnte, als den Ohrfeigen von Michìali Progano zu entgehen.

An einem Tag im Oktober, zu Beginn des Schuljahres, tauchte in seiner Klasse eine neue Schülerin namens Francesca Laugelli auf. Sie hatte dunkle Haut, große schwarze Augen und lange Haare und war sehr zierlich. Sie gefiel ihm sofort, denn sie war schön und sprach nur selten. Eines Tages ließ sie ihr Heft offen liegen, und auf die erste Seite hatte sie viele Wolken gemalt, die ihm sehr gefielen. Ein unbekannter Übertragungsmechanismus sorgte dafür, dass ihm auch Francesca wie eine Wolke vorkam; wenn man sich in ihrer Nähe befand, kam man deshalb nicht umhin, in den Himmel aufzusteigen. Also betrachtete er sie, sprach mit ihr und versuchte sie zum Lächeln zu bringen, obwohl im Gesicht der Schulkameradin eine Art Traurigkeit stand, die niemals verging. Francesca war eine gute Schülerin, und niemand weiß, warum Progano sie auf dem Kieker hatte. Verächtlich nannte er sie die *napùta de Ruaccu Malogna*, die Nichte des nichtsnutzigen Rocco Malogna, und wenn er ihre Hefte durchsah und die sorgfältig gemachten Hausaufgaben entdeckte, rief er aufgebracht: *Heutzutage können sogar schon Malognas schreiben!* Der Lehrer lauerte geradezu auf eine Gelegenheit, sie die *viparèdda* spüren zu lassen.

Eines Tages tat das Schicksal ihm diesen Gefallen, denn Francesca bemerkte zu Beginn der Stunde mit Entsetzen, das sie ihren Aufsatz verloren hatte. Der Postbote fragte sie, was geschehen sei. Sie wussten beide, was dieses Versehen für Folgen haben würde. Der Lehrer legte die *viparèdda* aufs Pult, und ohne sich zu setzen, rief er die Schüler auf, die ihm ihre Aufsätze bringen sollten. Als Francesca an der Reihe war, ging das Mädchen ängstlich und schicksalsergeben mit gesenktem Blick nach vorn. Proganò konnte sich vor Freude kaum beherrschen. *Ach nein, die Signorina kommt mit leeren Händen? Und? Will sie ihren Klassenkameraden vielleicht verraten, warum sie den Aufsatz nicht geschrieben hat?* Kaum hörbar antwortete sie, dass sie den Aufsatz zwar geschrieben habe, das Blatt aber nicht mehr finden könne, vielleicht habe sie es verloren. *Und das soll ich einer Malogna glauben?,* fragte er überheblich. *Der Apfel fällt nicht weit vom Stamm ... Signorina Laugelli, Hände ausstrecken!* Francesca tat, wie ihr geheißen, senkte den Kopf, und fast hätte sie geweint, aber diese Genugtuung gönnte sie ihm nicht. Eisige Stille senkte sich auf die Klasse, der Lehrer hob die *viparèdda* und ... *Professore!,* unterbrach ihn eine Stimme. Verärgert drehte Proganò sich um. *Wer war das?* Der Postbote stand auf. *Was gibt's?* Der Junge nahm all seinen Mut zusammen und sagte: *Professore, Laugelli hat recht, der Aufsatz ist ihr aus dem Ranzen gefallen, hier ist er, ich habe ihn gerade unter dem Stuhl gefunden.* Er hielt das Blatt Papier hoch. *Bring ihn mir, sofort,* sagte Proganò und platzte fast vor Wut. Er riss ihm den Aufsatz aus den Händen und betrachtete ihn misstrauisch, aber es war zweifellos Francescas Schrift, auch wenn sich die Abhandlung weniger flüssig las als üblich. Einen Augenblick verharrte der Lehrer regungslos, dann legte er schweigend das Blatt Papier zu den anderen, warf die *viparèdda* auf das Pult und befahl den beiden Schülern, sich zu setzen.

Francesca konnte es nicht glauben. Während der darauffolgenden beiden Schulstunden musterte sie den Klassenkameraden bewundernd und voller Erstaunen. Als es klingelte und die Schüler einer nach dem anderen das Klassenzimmer verließen, fragte sie ihn, wie er das gemacht habe. Er sagte, sie habe Glück gehabt, ihre Schriften ähnelten einander, nichts Besonderes. Sie lächelte und gab ihm einen Kuss auf die Wange.

Der Postbote dachte, dass seine Gabe vielleicht doch nicht so nutzlos war, denn immerhin hatte sie ihm diesen wundervollen Kuss eingebracht. Er dachte, dass er möglicherweise dem einen oder anderen helfen konnte und dass es ungerecht gewesen wäre, wenn der Lehrer Francesca mit der Rute geschlagen hätte. Er dachte, dass er vielleicht bisweilen Ungerechtigkeiten verhindern konnte. Und er fand, dass sich sein Talent nicht weiter herumsprechen sollte. Stefano hatte geschworen, niemandem davon zu erzählen, während das bei Francesca nicht nötig war, denn am Ende des Schuljahres zog sie in einen anderen Ort, und der Postbote sah sie nie mehr.

Sein Talent hatte jedoch auch Nachteile, denn im Grunde bestand es darin, andere nachzumachen, ihre Bewegungen zu imitieren, und indem er das tat, stand er womöglich eigenen Taten im Weg.

Allmählich begann er sich zu fragen, ob jemand mit dieser Fähigkeit überhaupt einen anderen Weg einschlagen konnte als den des Fälschers, aber ein Fälscher wollte er nicht werden. Also musste es einen anderen Grund dafür geben, dass die Natur ihm dieses Geschenk gemacht hatte, und die Antwort auf seine Frage bekam er, als er anfing, Briefe zu öffnen. Plötzlich ergaben die Entscheidungen seines Lebens einen Sinn. Über diese Entdeckung war der Postbote so glücklich wie einer, der nach langem Warten das Echo eines Schreis hört, denn das Echo beweist, dass es die Stimme wirklich gab, dass sie keine Illusion war.

Indem er sich durch ihre Briefe auf die Geschichten der Dorfbewohner einließ, fand er eine nützliche Verwendung für seine Kunst, denn ein Talent zu haben und es nicht zu nutzen, ist dasselbe, wie keines zu besitzen. Nachdem er sich so viele Jahre den Kopf über den Sinn seines Lebens und seine Aufgabe auf dieser Welt zerbrochen hatte, schien die Antwort auf diese Frage ausgerechnet in den Papieren zu liegen, die er in die von Maestro Michìali Catalanu gebauten Schubladen gestopft hatte. In ihnen lief all das zusammen und klärte sich, was ihm bisher zufällig vorgekommen war: die Fähigkeit zur Schönschrift, die Arbeit, die Einsamkeit. Er konnte sich in das Leben der anderen einmischen und es manchmal sogar verändern. Vielleicht war genau das der Grund für seine Existenz – die Fähigkeit, neue Lebensläufe zu spinnen, indem er die Fäden im Leben anderer neu miteinander verflocht. Die Gewissheit, dass er den roten Faden in seinem bisher so verworrenen Leben gefunden hatte, half ihm, die Wunden der Vergangenheit zu heilen, denn er war nun den Menschen und der Welt gegenüber freundlicher gesinnt.

4

*Von seiner Mutter, der Träumerin,
vom Erscheinen Maria Migliazzas mit der
fettigen Schürze und von Feliciuzza,
der Hauchkünstlerin*

Immer wenn er aufwachte und sich an einen Traum erinnerte, wünschte sich der Postbote, seine Mutter wäre noch am Leben und könnte den Traum für ihn deuten. *Màmmasa*, Gott hab sie selig, hatte zu Träumen ein besonderes Verhältnis. Sie träumte jede Nacht und, o Wunder, sie erinnerte sich an jede Einzelheit. Ihre Träume waren so klar und eindeutig, dass der Sohn sich mehr als einmal gefragt hatte, ob sie vielleicht wahr sein konnten. Die Mutter lebte, um zu träumen. Sie wartete, bis sie die Augen schließen und sich eine andere Existenz erträumen und jemanden wiedersehen konnte, den es nicht mehr gab, denn der Traum ist der einzige Ort, an dem man Menschen begegnen kann, die man verloren hat. Sie ging früh schlafen, und auch nachmittags gönnte sie sich im Sessel in der Küche ein bisschen Hoffnung auf Glück.

Allerdings hatte der Postbote nie vermutet, dass *màm-*

*masa* ihre Träume niederschrieb. Er entdeckte es nach ihrem Tod, als er das Heft fand, das sie wie einen Schatz unter der Matratze versteckt hatte. Er verstand es nicht sofort, aber schließlich wurde ihm klar, dass das grafische Durcheinander – zusammengeschusterte Dialektwörter, Zahlen und Zeichnungen – die Art seiner Mutter war, sich an den unlogischen Verlauf ihrer Träume zu erinnern. Er war wie vom Blitz getroffen. Er setzte sich aufs Bett und blätterte in dem Heft, aber als er auf den Namen seines Vaters stieß, klappte er es sofort wieder zu.

So verlockend es auch war, von jenem Tag an wollte er nicht mehr wissen, wovon seine Mutter geträumt hatte. Nicht nur, weil es ihm unhöflich und respektlos vorgekommen wäre, sondern vor allem, weil er befürchtete, seine Vermutungen bezüglich seines unheilbaren und grenzenlosen Unglücks bestätigt zu finden, nachdem er jenen Namen gelesen hatte.

Die Contrada Vasia, eine schmale, unauffällige Gasse, lag im alten Teil des Dorfes. Das Haus der Migliazzas war klein, und er konnte sich nicht erklären, wie so viele Menschen darin wohnen konnten. Draußen auf der Treppe brachte die Mutter der jüngsten Tochter den Umgang mit der Häkelnadel bei.

»*Buongiorno*, Rosinuzza, hier ist ein Brief für Maria.«
»Für meine Tochter Maria? Sind Sie sicher?«

Rosinuzzas Erstaunen war das eines Menschen, der nirgendwo auf der Welt Verwandte hat und für den die Ankunft eines Briefes ein besonderes Ereignis ist.

»Ngiulì«, sagte sie zu ihrer Tochter, »geh und hol deine Schwester.«

Die Kleine legte die Häkelnadel auf die Stufe und lief ins Haus.

»Was wird das?«, fragte der Postbote.

»Ein Spitzendeckchen für meine Nichte Concettina, die Tochter von Gregorio Sampelite. Sie hat einen neuen Tisch aufgetrieben und mich gebeten, ihr eins zu machen. Das müssten Sie sehen, sie hat ein Haus, das aussieht wie ein Schloss, nicht so wie unseres. Tja, Glück muss man haben!«

Rosinuzza hatte die Angewohnheit, das Glück ins Spiel zu bringen, das ihr ein Leben lang den Rücken zugekehrt hatte. Zuerst hatte es sie fett werden lassen wie einen Truthahn am Heiligen Abend, dann hatte es die Jahre ihrer Jugend verheizt, indem es dafür sorgte, dass sie alle zwei Jahre ein Kind bekam, und schließlich hatte es ihr ein Haus zugeteilt, das nicht größer als ein Taubenschlag war.

Gleich darauf erschienen die Schwestern. Maria trug eine fettige Schürze und trocknete sich die Hände an einem von Soßenresten verschmutzten Geschirrtuch ab. Ihr vernachlässigtes Äußeres ließ sie noch unscheinbarer und gerupfter aussehen als üblich, der Postbote, der an die Liebesworte in dem Brief denken musste, wunderte sich noch mehr. War sie denn wirklich die Teresa des Briefes, oder war sie nur die Komplizin einer heimlichen Liebe? Er wagte einen Vorstoß: »Hier ist ein Brief für Sie, Maria Teresa.«

Sie musterte ihn verblüfft, ebenso die Mutter, die hinzufügte: »So nennt sie doch niemand mehr.«

Der Postbote war zufrieden, dass er richtig geraten hatte, und reichte ihr den Brief. Sie las die Aufschrift auf dem Umschlag.

»Von wem ist der?«, fragte die Mutter.

»Woher soll ich das wissen? Sind Sie sicher, dass das kein Irrtum ist?«

»Nun, da steht Ihr Name.«

Maria las erneut. Nein, es konnte kein Irrtum sein. Also suchte sie auf der Rückseite des Umschlags nach der Lösung des Rätsels, und vielleicht fand sie dort tatsächlich die Antwort, nämlich in Form des Siegels. Der Postbote beobachtete, wie sie darauf starrte, und er glaubte den Verdacht zu spüren, der in ihr aufstieg, das Aussetzen der Erinnerung, das ungläubige Staunen, eine Antwort, die es nicht geben kann ... Sie steckte den Brief in die Schürzentasche.

»Ich gehe wieder rein, den Abwasch machen«, sagte sie und verschwand hinter dem Vorhang.

»Ich habe immer zum Herrn gebetet, er soll meine Tochter heiraten lassen, aber davon will er nichts wissen. Haben Sie eine Ahnung, wer ihr geschrieben hat?«

»Nein, woher soll ich das wissen?«

»Ach ja. Glück muss man haben im Leben.«

»Ja, genau, Glück. Verzeihen Sie, Rosinuzza, ich muss jetzt weiter.«

Sie sagte ihm Lebewohl und griff wieder nach der Häkelnadel. Dasselbe ließ sie das Mädchen tun, das zurückgekommen war und wieder Platz nahm. Der Postbote, aufgeheitert durch die Entdeckung, dass Maria und Teresa ein und dieselbe Person waren, setzte seine Runde fort und dachte, dass die Auslieferung des Siegelbriefs das einzig bedeutsame Ereignis dieses Tages sein würde. Aber da irrte er sich.

Feliciuzza Combarise wohnte in dem alten Haus in

der Via delle Acacie 14. Blumenstraßen hießen die Straßen hinter dem Viertel Pioppi Nuovi, denn der Stadtrat hatte eines schönen Tages beschlossen, seine Dummheit zu verewigen und die Straßen gegenüber der Chiesa dell' Annunciata umzubenennen. Der Referent für Stadtplanung, der aus einer Familie von Floristen stammte, wollte seine Urgroßeltern ehren und hatte, angeregt von einem Handbuch der Floristik, die bildhaftesten Namen ausgewählt. Nachdem er Margeriten, Rosen, Mohn und Veilchen wegen ihrer Schlichtheit verworfen hatte, pflückte er Sträuße von Vergissmeinnicht, Büschel von Arnika, Sträucher von Gelbem Enzian und ganze Wiesen von Alpenglöckchen und Schwarzkümmel. Feliciuzza Combarise und ihren Nachbarn, ehemalige Bewohner der ruhmreichen, nun aber umbenannten Contrada Stringilovo, hatte das Schicksal die Akazie zugedacht, die eine seltene Blume sein musste, denn als Venanzio, der Schmied, eines Tages beim Blumenhändler probeweise einen Strauß davon verlangte, blickte der sich nur verwirrt im Laden um und antwortete, dafür sei jetzt nicht die Jahreszeit.

In der Hausnummer 14 jener aus der Jahreszeit gefallenen Straße also lebte Feliciuzza Combarise, neunundfünfzig, als glückliche Ehefrau und unglückliche Mutter.

Ihr Sohn Cecco war seit zwei Jahren nicht mehr zu Hause gewesen, weil er zum Arbeiten in den Norden gegangen war. Fast jeden Monat schickte er der Mutter einen Brief, der für gewöhnlich sehr kurz ausfiel: Auf der Arbeit ist alles gut, es ist immer sehr kalt, Weihnachten komme ich nicht, weil ich keinen Urlaub habe, aber habt ihr das Erdbeben bei euch gespürt? Sei unbesorgt, hier gibt es den See, und wo ein See ist, bebt die Erde nie. Lauter kurze Briefe außer dem vom 15. Februar des Vorjahres, der den Combarises an einem verregneten Morgen zugestellt wurde:

*Liebe Mama,*
*sag bitte meinem Vater nichts von diesen Sachen, er mag keine Verrücktheiten, womöglich wird er noch böse auf Dich. Heute schreibe ich Dir zum letzten Mal aus dieser ekelhaften Stadt, denn was ich Dir bisher geschrieben habe, ist nicht wahr: Meine Arbeit widert mich an, die Leute widern mich an, mein ganzes Leben widert mich an.*
*Und darum habe ich beschlossen, hier wegzugehen.*
*Aber ich komme nicht nach Hause. Bitte verlange das nicht von mir, denn ich bin schwach und würde es wahrscheinlich tun. Aber das wäre falsch, und es würde auch nicht lange gut gehen.*
*Also werde ich Italien verlassen, vielleicht in die Schweiz oder in ein anderes Land gehen, Hauptsache, ich komme hier weg. Bestimmt weinst Du jetzt, aber das will ich nicht, und Du sollst Dir auch keine Sorgen machen.*
*Vertrau Deinem Sohn, wenigstens Du.*
*Sobald ich alles geregelt habe, schreibe ich Dir wieder.*

Von jenem Tag an wartete Feliciuzza jeden Morgen ängstlich auf den Postboten. Sie stellte sich ans Küchenfenster und folgte ihm mit dem Blick, und wenn er weiterging, ohne stehen zu bleiben, zog sie betrübt die Gardine zu.

Man könnte ein Buch darüber schreiben, wie die Leute auf den Postboten warten, denn an der Form des Wartens lassen sich der Gemütszustand, die Gefühle und Gedanken erkennen. Sich diskret hinter dem Fenster zu verstecken, um zu sehen, ohne gesehen zu werden, ist typisch für Menschen, die von tiefem Schmerz gequält werden,

Menschen, die sich davor fürchten, sich den Ereignissen auszusetzen, Menschen von ausgeprägtem Künstlergeist, der sie dazu bringt, in den sichtbaren Atemhauch auf der Fensterscheibe die geheimnisvollen Hieroglyphen ihres Kummers zu zeichnen. Wenn sie den Postboten sehen, hoffen sie, dass er nicht klingelt und sie herauszukommen zwingt, weshalb fast alle den Briefkasten gut sichtbar anbringen. Wenn er weitergeht, warten sie einen Augenblick. Sie gehen zur Tür, sehen sich um und schieben sich den Brief unter den Pullover, als wollten sie ihn mit der Hoffnung nähren, die ihnen die Brust schwellen lässt.

Zu einer ganz anderen Sorte gehören die Menschen, die sich vor Niederlagen nicht fürchten, sondern im Gegenteil den Schmerz stolz vor sich hertragen wie eine Trophäe. Sie erwarten den Postboten auf den Stufen vor dem Haus, um den Brief entgegenzunehmen, und in der Hoffnung, dass jemand kommt, dem sie sich anvertrauen können, öffnen sie die Post sofort, denn wenn sie über ihren Schmerz sprechen, fällt er in sich zusammen wie ein verunglückter Hefeteig.

Und schließlich gibt es noch die Forschen, die auf das Unglück nicht warten, sondern ihm furchtlos entgegengehen. Sie müssen den Brief nicht einmal öffnen, weil sie ohnehin wissen, was drinsteht.

Feliciuzza, die zu den gequälten Menschen mit Künstlergeist gehörte, musste nach dem Geständnis des Sohnes ungefähr ein halbes Jahr warten, bis sie einen weiteren Brief von ihm erhielt, diesmal aus der Sozialistischen Republik Rumänien:

*Liebe Mama,*
*anstatt in die Schweiz bin ich nun in dieses Land namens Rumänien gegangen.*
*In letzter Zeit musste ich so vieles überdenken, ich weiß gar nicht mehr, wie ich hier gelandet bin.*
*In Rumänien gibt es Kohleminen, und alles ist schwarz, darum ist das hier der richtige Ort für einen Pechvogel wie mich.*
*Ich bin jetzt Bergarbeiter. Abends bin ich so müde, dass ich nicht mehr grübeln kann, und das ist gut so.*
*Denk Dir für meinen Vater irgendeine Ausrede aus.*
*Weißt Du was? Es gibt da eine Frau, die sehr nett zu mir ist.*
*Du fehlst mir, ich würde Dich so gern umarmen.*
*Wenn ich unter Tage gehe, bist Du das Licht, das mir leuchtet.*

Sollte die Mutter etwa ruhig bleiben, nachdem sie erfahren hatte, dass ihr Sohn nun Bergarbeiter in einem fremden Land war? Als sie den Postboten an jenem Morgen sah, verließ Feliciuzza zum ersten Mal ihre Leidensecke und wartete auf den Stufen vor ihrer Wohnung auf ihn.

»Guten Tag«, sagte der Postbote überrascht.

»Haben Sie *nu minùtu* Zeit?«

»Ja, was gibt's?«

»Ich möchte wissen, also ... heute ist der Geburtstag von Cecco, meinem Sohn, und ich habe schon seit Monaten nichts von ihm gehört, darum wollte ich Sie fragen, ob ...« Und unter der Wollstrickjacke, die sie vor der Brust zusammenhielt, zog sie den verknitterten Brief des Sohnes hervor. »Hier.« Sie hielt ihn dem Postboten hin. »Also, ich wollte fragen, ob ich meinem kleinen Cecco vielleicht antworten kann.«

Mit dieser Frage hatte er nicht gerechnet.

»Natürlich können Sie ihm schreiben. Haben Sie denn die Adresse?«.

»Ehrlich gesagt, nein. Ich hatte gehofft, dass Sie mir helfen können.«

Obwohl der Postbote den Umschlag bereits kannte, tat er so, als betrachte er ihn eingehend.

»Der Brief kommt aus Rumänien, das sieht man am Stempel, aber eine Adresse gibt es nicht.«

»Ich weiß«, sagte Feliciuzza betrübt, »darum wollte ich Sie ja um Hilfe bitten. Kann man nicht herausfinden, wo mein Sohn wohnt?«.

»Wie sollen wir das machen? In Italien ginge das vielleicht, aber in Rumänien ...«

Feliciuzzas Miene verriet, wie sehr seine Worte sie betrübten.

»Hat er Ihnen wenigstens geschrieben, in welcher Stadt in Rumänien er sich aufhält?«

»Pedrosino, Petrasani, irgendwie so ... aber warten Sie, ich hole den Brief. Möchten Sie vielleicht etwas trinken?«

»Nein, danke.«

Feliciuzza ging zurück ins Haus; der Postbote hielt nur den Umschlag in der Hand, denn das Schreiben hatte sie wer weiß wo versteckt, damit ihr Mann es nicht fand ... Gleich darauf kam sie mit dem Brief wieder heraus.

»Das hier ist die Stadt.«

»Mehr haben Sie nicht?«

»Nein, das ist alles.«

»Es ist nicht viel, aber mal sehen, was sich machen lässt. Ich gebe Ihnen Bescheid.«

»Bitte«, sagte Feliciuzza und nahm den Umschlag wieder an sich. »Es ist dringend.« Aber sie bereute diesen

Zusatz sofort, der verriet, wie sehr sie litt, und als wollte sie die Worte zurücknehmen, zog sie die Strickjacke noch fester über der Brust zusammen, grüßte eilig und ging in ihre Küche zurück.

Der Postbote sah durch das Fenster, wie sie eine Blechdose öffnete und den Brief hineinlegte, und er dachte, dass dort, zwischen Zucker und Salz, der passende Ort war, um den eigenen Schmerz vor der Welt zu verstecken. Dann verschwand Feliciuzza, und jetzt bemerkte er die Hieroglyphe ihres Kummers, die sie beim Warten auf die beschlagene Fensterscheibe gezeichnet hatte: der Buchstabe P, Initiale einer abgelegenen Stadt in Rumänien, aber auch der Buchstabe des Wartens, Ausharrens und Hoffens wie in *Postbote*, oder, realistischer vielleicht, Anzeichen einer Furcht: *Perdu*. Verloren.

*Nce vò fortuna ncià la vita* – Glück muss man haben im Leben.

## 5

*Vom parallelen Leben, das sich auf Balkons abspielt, von Kaffee mit Anislikör und Löffelbiskuits und vom Postboten, der Vater eines Sohnes wird, der nicht seiner ist*

Der Postbote dachte, dass nicht alles, was auf die Erde herabfällt, auch dort hingehört, und er hätte einen Katalog der Dinge erstellen können, die sich auf der Welt befanden, ohne zu ihr zu gehören: der Duft der Erde nach dem Regen, Schneeflocken, vom Wasser geschliffenes und von den Wellen an den Strand gespültes Holz. Zu dem Treibgut, das sich auf der Durchreise befand, zählte er auch sich selbst, denn er war überzeugt, dass er aufgrund eines früheren Lebens dem Reich des Meeres angehörte.

Die Balkons im Dorf hingegen gehörten zum Himmel. Um sie zu entdecken, musste man nur hochblicken, als suchte man eine Wolkenbank, und schon bemerkte man Lina d'o Tata, die den ganzen Tag in einem Korbstuhl saß und die Aussteuer ihrer Tochter bestickte, oder Mariettuzza Rosanò, die all ihre Balkons mit Markisen versehen hatte, oder auch Marianna Chirìnu, die in rostigen Sardinenbüchsen einen ganzen botanischen Garten angepflanzt hatte. Schnell bemerkte man die Nachbarinnen, die den neuesten Dorfklatsch von Balkon zu Balkon weitertrugen, als wögen Tratsch und Bosheit dort oben weniger schwer; von Bürgersteig zu Bürgersteig, von Straße zu Straße war das Dorf in einem Spinnennetz fliegender Wörter gefangen, als verbreite nicht das Radio die Nachrichten in der Welt, sondern diese Verfechterinnen antiker Mündlichkeit. Statt Antennen gab es Leinen, die von einem Balkon zum anderen reichten, und an deren Ende sich Umlenkrollen befanden, um die Wäsche heranzuholen und wieder wegzuschieben – und um eine Tüte Mehl gegen einen Zweig Oregano oder einen Kranz Peperoni einzutauschen.

Die Dorfbewohnerinnen, aus unruhigem Schlaf erwacht, öffneten die Fensterläden und erschienen im Unterrock auf dem Balkon, als könnten die Höhe und die Eisengitter sie vor den Blicken der Passanten schützen. Manche war umsichtig genug, sich vor dem Hinausgehen wenigstens zu kämmen, andere hingegen tauchten auf, wie sie waren, verschlafen und mit zerzausten Haaren. Sie begannen das Gespräch, indem sie übers Wetter redeten, und gleich darauf wechselten sie zu den Träumen, deren Deutung den weiteren Verlauf des Tages und sogar die Qualität der Auberginensoße bestimmen würde, die im Topf vor sich hin köchelte.

Manche nahmen bereits Wäsche zum Aufhängen mit hinaus – offenbar hatten sie in der Nacht gewaschen –, und wenn die Teile noch sehr nass waren, wurde man Zeuge eines wundersamen Regens zu ungewohnter Zeit, vor allem, wenn Westwind ging und die Wassertropfen davonwehte. Andere wiederum schüttelten Kissen und

Bettlaken aus, deren nächtlicher Staub langsam auf die Straße fiel wie feiner Schnee. Dann hängten sie beides neben Bettdecken und Teppichen über das Geländer, und so kam sich der Postbote, umgeben von großen weißen Wäschestücken, am Morgen vor wie die Marienstatue, die bei der Prozession von mehreren Männern geschultert und zwischen den Balkons hindurchgetragen wurde. In den Straßen, in denen die Balkons so niedrig hingen, dass die Laken bis zur Erde reichten, fühlte er sich nicht mehr wie die Muttergottes, sondern eher wie Moses, der auf den schäumenden Fluten des Nils trieb. Die Frauen ließen die Laken den ganzen Tag hängen, überzeugt, dass das gleißende Sonnenlicht die Spuren nächtlicher Sünden auslöschen würde.

Das Leben auf den Balkons begann früh am Morgen, um die Zeit, wenn der Postbote immer aus dem Haus ging, denn er war ein Gewohnheitsmensch. Bei Roccuzzus Kiosk kaufte er sich die *Gazzetta del Sud* und machte sich dann auf den Weg zur Bar von Gùari Arabia auf der Piazza, wo er stets denselben Leuten begegnete: Peppino Rosanò, der in seinem Fiat 1400 mit Klappsitzen auf einen Kunden wartete, den er für den bescheidenen Betrag von 250 Lire nach Catanzaro oder Nicastro bringen konnte, Cecè Scarfiaddu und Ntuani Cucchiàra, die Briskola spielten, und Isti Isti, der vom morgendlichen Blöken seiner Schafherde angekündigt wurde.

Für den Postboten bestand der angemessene Tagesbeginn darin, bei Kaffee mit einem Schuss Anislikör und den Löffelbiskuits, die Gùari Arabias Frau jede Woche backte, ins Dorfleben einzutauchen. Unter solch idealen Bedingungen schlug er jeden Morgen die Zeitung auf und suchte nach denkwürdigen Meldungen und Berichten. Zu Hause schnitt er den betreffenden Artikel aus und nahm ihn in sein reichhaltiges Archiv auf, in dem sich die Protagonisten des Dorfes mit denen aus überregionalen Reportagen vermischten wie Menschen auf einer überfüllten Piazza. Wenn er die Bar mit der Zeitung unter dem Arm verließ, war es praktisch immer Viertel vor acht, genau der richtige Zeitpunkt, um zum Postamt zu gehen.

Die Bänke vor der Bar Arabia, die zuerst von der Sonne beschienen wurden, waren bereits besetzt. Giovannuzzu Chiappa, Ruaccu Chiapparedda und Cuasimu Malarazza redeten über Politik. Sie tratschten wie alte Weiber, und niemand weiß, warum Malarazza ausgerechnet an diesem Tag – nachdem sie den Postboten jahrelang jeden Morgen aus der Bar hatten kommen sehen – etwas sagte, das sich auf ihn bezog: *Hungrig ist er in die Schweiz gegangen, und hungrig ist er nach Girifalco zurückgekommen.* Die anderen schmunzelten, denn manchmal verbindet es, die kleinen Leiden anderer zu belächeln.

Im Büro angekommen, sortierte er die zuzustellende Post, legte sie in die Tasche und begab sich auf seine Runde. Ein Päckchen Medikamente für Dottor Vonella klemmte er sich unter den Arm. Er hielt so etwas nur ungern in der Hand, aber glücklicherweise lag die Praxis in der Nähe.

Die wiedergewonnene Leichtigkeit war Vorbotin guter Nachrichten, denn in der Via Malfarà 54 sah er an der Haustür von Geno Marguzzo eine blaue Schleife hängen. Cesarino war zur Welt gekommen, und der Postbote hatte das noch ungeborene Kind schon ein wenig als sein eigenes betrachtet.

Alles hatte 1966 am Vorabend des Festtags von San Rocco während der Darbietungen einer Volkstanzgruppe begonnen. Der Postbote saß auf der Freitreppe der Chiesa Matrice. Als der Sänger die *Tarantella der unglücklichen Liebe* anstimmte:

> *Kling, Tamburin, kling*
> *mit dir schlägt mein Herz*
> *mein unglückliches Herz,*
> *das schlägt und schweigt.*
> *Doch ich kenne es genau,*
> *dieses alte Herz,*
> *und ich weiß, dass dieser Schmerz*
> *nur Liebeswehen ist.*

fielen ihm in der Masse von Kalabresen zwei Menschen auf, die miteinander liebäugelten, und bei den sehnsuchtsvollen Klängen der Tarantella kamen sie ihm wie zwei Verliebte vor, die unfähig waren, einander ihre Gefühle zu gestehen. Es handelte sich um Geno Marguzzo und Iride Canora. Der Postbote beobachtete die beiden eine Weile. Geno musterte Iride verstohlen, auch sie sah zu ihm hinüber, und sobald ihre Blicke sich trafen, senkten sie verschämt den Kopf, als wären sie beim Stehlen erwischt worden.

Geno Marguzzo hatte als Maurer in der Schweiz gearbeitet, etwas Geld beiseitegelegt und war ins Dorf zurückgekehrt in der Hoffnung, dort weiterarbeiten und eine Familie gründen zu können. Die Arbeit lief gut, alles andere aber ... Tatsächlich war Geno ein äußerst schüchterner Mann. Niemals hätte er den Mut aufgebracht, sich einer jungen Frau zu nähern.

Iride Canora, ein sehr ernstes Mädchen, Tochter des Bauern Michele Canora, arbeitete als Schneiderin. Geno und Iride, dachte der Postbote, während er die beiden beobachtete, sollten sich kennenlernen, auch, weil er Marguzzo Giovanni, Genos Vater, schon seit sehr langer Zeit einen Gefallen schuldete.

Er war zwölf Jahre alt gewesen und hatte mit anderen Kindern vor der Kirche San Rocco mit Lehmkugeln Ball gespielt. Ihre Sorglosigkeit war ansteckend, und gelegentlich ließ sich ein Erwachsener von der allgemeinen Begeisterung mitreißen. Zu diesen gehörte auch der abscheuliche Franco Bertuca, ein hochgewachsener, einäugiger Säufer, vor dem sich alle fürchteten. Als sich die kleinen Jungs aus Angst, verprügelt zu werden, vor ihm versteckten, traf sein Zorn die Verrückten, die aus der Nervenklinik zum Platz herunterkamen, um sich zu erfrischen. Unter ihnen war auch Michele Fischiacani, wie immer in Begleitung von Ciucè, der kleinen Promenadenmischung, denn die beiden waren unzertrennlich. Franco Bertuca sah ihn schon von Weitem und formte aus Lehm eine Kugel, in der er einen Stein versteckte. Als Michele näher kam, rief er nach ihm und holte weit aus. Michele bückte sich, aber die Kugel traf den Hund. Ein dumpfes, schreckliches Jaulen erklang auf der Piazza. Eine Sekunde lang herrschte Stille, dann begann der verletzte Hund zu heulen. Hasserfüllt erhob sich Michele und schien Franco anschreien zu wollen.

»Nur ein Hund legt sich mit einem Hund an.«

Einen Moment lang zitterte der Postbote, weil er glaubte, er selbst habe diese Worte gesagt, doch dann bemerkte er Giovanni Marguzzo, der, mit der Hacke über der Schulter und reglos wie ein Schatten, die Szene beobachtet hatte. Alle standen da wie versteinert, denn niemand wagte es, so mit Bertuca zu reden. Drohend näherte Franco sich dem Mann.

»Was willst du, Idiot, ist das etwa dein Köter? Ich mach hier, was ich will! Sag's doch noch mal, wenn du mutig bist!«

Giovannis Miene war unerschütterlich wie eine Eiche. Er sah aus wie jemand, dem nichts und niemand Angst einjagen konnte. Seit seinem achten Lebensjahr arbeitete er auf den Feldern; er hackte bei lästigem Regen und glühender Sonne. Er hatte tonnenweise Baumstämme geschleppt und Kühe hochgehoben, als wären sie Lämmer, die Venen in seinen Armen pulsierten, als wollten sie herausspringen, und seine Muskeln waren steinhart.

»Nur ein Hund legt sich mit einem Hund an«, wiederholte er mit fester Stimme. »Und ich bin noch nicht fertig«, fügte er hinzu. »Beim nächsten Mal mache ich dasselbe mit dir.«

Das war zu viel. Franco holte aus und schlug zu, aber Giovanni wich der Faust aus, und ohne auch nur die Hacke abzulegen, versetzte er ihm einen so heftigen Tritt ins Gemächt, dass der Riese stöhnend vor Schmerz zu Boden ging. Michele nahm Ciucè auf den Arm und machte sich auf den Rückweg zur Klinik, Bertuca blieb ein paar Minuten liegen, ohne dass ihm jemand half, und Giovanni ging zurück aufs Feld, als wäre nichts passiert. Für den jungen Postboten war das die Geburtsstunde eines Helden, für den er von da an stets Bewunderung und Dankbarkeit empfand.

Und jetzt gab ihm das Schicksal, dieser wendige Steuermann, Gelegenheit, sich für den selbstlosen Dienst von damals zu revanchieren. Es erlaubte ihm, die Rolle des Ehestifters für Giovannis Sohn zu übernehmen, damit der ihm einen Enkel schenken und seinen Namen weitergeben würde.

Am Tag nachdem die schüchternen Blicke der Verliebten sich begegnet waren, schrieb der Postbote auf einen Zettel:

*Wer ich bin, spielt keine Rolle, aber Du solltest mir für diesen Brief dankbar sein.*
*Eine schöne Frau aus dem Dorf würde Dich gern kennenlernen: Iride, die Tochter von Massimuzzu Canora.*
*Wenn Du einverstanden bist, schreibe ihr und lasse den Brief an folgender Stelle zurück: bei der Chiesa delle Croci, hinter den kleinen Votivkapellen, da, wo ein Mauerstein fehlt.*
*Dort findest Du an jedem Donnerstagnachmittag Antwort.*

Dann nahm er einen weiteren Zettel und schrieb:

*Geno Marguzzo, der Sohn von Giovanni, hat ernsthafte Absichten und lässt Dir sagen: Wenn Du willst, findest Du an der Chiesa delle Croci einen Brief von ihm hinter dem Kapellchen, da, wo in der Mauer ein Stein fehlt.*
*Wenn Dich der junge Mann interessiert, kannst Du Deine Antwort an derselben Stelle hinterlassen.*

Um den Tauschhandel glaubwürdig zu machen, schob er die Nachricht für Geno zu nachtschlafender Zeit unter dessen Tür hindurch, und die für Iride warf er, an einen Stein gebunden, auf den Balkon vor ihrem Zimmer.

Am darauffolgenden Montag begab sich der Postbote, ehe er zu Gùaris Bar ging, zu den Votivkapellen hinter der Kirche, und tatsächlich: Am angegebenen Ort fand er einen Zettel von Geno vor.

*Meine schöne Iride,*
*ich bin Geno Marguzzo und möchte Dir sagen, dass Du mir gefällst und dass ich sehr ernste Absichten habe.*
*Du bist ein anständiges Mädchen aus guter Familie, genau, was ich suche.*
*Falls ich mit Dir reden kann, sag mir, wie und wann. Ich kann auch sofort zu Dir nach Hause kommen, wenn Du willst.*
*Gewiss ist Dir nun klar, dass ich keine Rosinen im Kopf habe.*

Und am Donnerstag fand er am selben Ort die Worte, die Iride auf ein abgerissenes Stück Packpapier geschrieben hatte:

*Wie Du weißt, bin ich ein anständiges Mädchen, und das will ich Dir beweisen.*
*Wenn Du wirklich ernste Absichten hast, dann gedulde Dich.*
*Möge Gott uns schützen.*

Der Postbote lächelte, und gerade, als er zum Piano, dem Hauptplatz des Dorfes, hinunterging, kam Geno ihm mit langen, hoffnungsfrohen Schritten entgegen. Er grüßte ihn und beobachtete dann aus sicherer Entfernung, wie der junge Mann hinter der steinernen Mauer der Kirche verschwand. An diesem Morgen wäre er gern an seiner Stelle gewesen, hätte gern die schlaflose Nacht, das aufgeregte Erwachen und die Hoffnung erlebt, irgendwo liebevolle Worte zu finden.

Die Maschine, die er mutwillig in Bewegung gesetzt hatte, beendete ihren ersten Arbeitsgang zehn Monate später, als Geno und Iride sich zu Hause verlobten. Dann folgte die Hochzeit, aber erst, als der Sohn geboren wurde, war der Postbote überzeugt, richtig gehandelt zu haben. Und er fühlte sich so befreit, als wäre ihm ein Felsblock von den Schultern gefallen.

Normalerweise waren seine Eingriffe in die Briefwechsel der Dorfbewohner unbedeutend: Er las, schrieb ab und archivierte. Aber es gab Fälle wie den von Geno und Iride, in denen er den Gang der Ereignisse veränderte, und diese Kühnheit weckte Zweifel und Gewissensbisse in ihm. Er befürchtete, früher oder später für das Wagnis bezahlen zu müssen, weil niemand berechnen konnte, wie, wo und wann sich die letzte Konsequenz einer Handlung ergeben würde. Aufgrund der Gesetze der Natur, die dazu neigt, Größenverhältnisse anzugleichen und Kräfte auszutarieren, befürchtete er, dass die Ereignisse, die er angestoßen hatte, sich eines Tages gegen ihn wenden könnten.

Der Postbote glaubte, dass nichts zerstört und nichts erschaffen wurde. Diese Formel hatte er auf der Schulbank gelernt und würde sie nie vergessen: Die Materie ist immer dieselbe, ein Stück Lehm ist immer dasselbe, nur die Hand, die es formt, ist hin und wieder eine andere. Er hatte oft darüber nachgedacht, was dieses Prinzip zu bedeuten hatte. Hieß das etwa, dass es im Leben keinen Platz für Wunder gab? Der Lehrer Viapiana hatte es ihm mit einfachen Worten zu erklären versucht: Im Universum zirkuliert stets dasselbe Wasser. Morgens steht jemand auf und wäscht sich damit. Das Waschwasser landet im Meer, dort verdunstet es und wird zu Regen, und wenn es vom Himmel fällt, ist das Wasser, das uns nass macht, dasselbe wie das, mit dem wir uns gewaschen haben. Und sobald der Professore, besessen von Geometrie, an diesem Punkt angekommen war, zog er den Schluss, dass das Leben ein geschlossener Kreislauf und der Kreis aus diesem Grund die vollkommene Form ist, das Symbol der Welt.

Viapiana war von dieser Geschichte geradezu besessen und trichterte sie seinen Schülern ein, selbst wenn ihnen sonst nichts in den Kopf gehen wollte. Ständig wiederholte er, dass die Natur dazu neigt, die Größenverhältnisse anzugleichen, dass der Bewässerungsteich von Covello sich bei Regen zwar füllt, aber überläuft, sobald er voll ist, selbst wenn es eine ganze Woche lang regnet. Und dann ist das Wasser zu nichts mehr nütze, denn sein einziger Zweck bestand darin, den Teich zu füllen, und auf dieses Gesetz lassen sich sämtliche Naturphänomene zurückführen, vor allem die wichtigsten wie das Leben und der Tod.

Nichts wird erschaffen und nichts zerstört. Galt das auch für die Gefühle der Menschen? War die Liebe vielleicht wie das Wasser, das niemals im Nichts verschwindet, sondern in unterschiedlichen Formen im Umlauf bleibt? Eine Liebe geht zu Ende, und im selben Augenblick beginnt eine andere, ein und dieselbe Portion Liebe wechselt einfach den Ort. Hatte sich sein Anteil an der Liebe also in unterschiedlich großen Mengen auf den Brief mit dem Siegel und die anderen Liebesbriefe verteilt, die er jeden Tag öffnete? Nichts wird erschaffen, und nichts wird zerstört. Galt das auch für das Leben? Die Menschen und ihre Gefühle werden nicht gemacht, und sie sterben auch nicht. Sie schlüpfen nur in eine andere Haut, in eine andere Zeit, an einen anderen Ort.

Und an dieser Stelle fiel ihm zwangsläufig der Tod

ein. Er mochte an Hochzeiten und Geburten denken, an freudige oder sonderbare Ereignisse, aber immer wieder, pünktlich wie ein Glockenschlag, kam er auf die allgegenwärtige Idee des Todes zurück, dessen Spuren er überall entdeckte. Der Postbote nahm den Gedanken wieder auf, von dem er ursprünglich ausgegangen war: die Möglichkeit, das Schicksal anderer zu verändern, ein Wagnis, das ihn eines Tages vielleicht teuer zu stehen kommen würde – allerdings nicht, soweit es das Ehepaar Marguzzo-Canora betraf. In diesem Fall hatte er nicht das Gefühl, gegen das Schicksal gehandelt, sondern es vielmehr unterstützt zu haben, sein Werkzeug gewesen zu sein. Und die Geburt des Jungen tröstete und beruhigte ihn ungemein, denn ein Kind ist der Wille eines gerechten Schicksals, das sich erfüllt.

Dieses Ereignis gab ihm den Mut, sich tiefer einzumischen und den Verlauf weiterer Geschichten zu verändern. Er begann, in dem kleinen Wesen ein wenig auch sein eigenes Geschöpf zu sehen, so wie ein Schriftsteller das Gefühl hat, dass ihm die Figur in seinem Buch gehört.

## 6

*Von den Kieselsteinen des kleinen Däumlings,
vom Buch der Zufälle, vom zweiten Brief
an Maria Teresa und von Wegen, die man
vielleicht kein zweites Mal beschreiten sollte*

Der Postbote hatte immer schon das Märchen vom Däumling gemocht, vor allem den Einfall, Steinchen fallen zu lassen, um den Weg nach Hause zu finden.

Gequält von der Ungewissheit, ob das Leben, das er führte, das richtige für ihn war, hätte auch er auf der Straße gern Kieselsteine entdeckt, die ihm den rechten Weg wiesen. Steine im wörtlichen Sinn hatte er zwar nicht gefunden, dennoch fragte er sich immer wieder, was den Kieseln im echten Leben entsprechen könnte, was also die Anzeichen, Spuren und Merkmale des Weges waren, den er beschreiten sollte.

Und nachdem er lange darüber nachgedacht hatte, fand er die Antwort in der *Gazzetta del Sud* vom 16. Oktober 1950:

## BAUERNHOFMONSTER VERHAFTET

ARISTIDE GHIRELLO, AUS DEN NACHRICHTEN ALS »BAUERNHOFMONSTER« BEKANNT WEGEN DER VERGEWALTIGUNG UND ERMORDUNG VON ANTONIA CORTE, WURDE IN ARGENTINIEN FESTGENOMMEN

BUENOS AIRES – Aristide Ghirello endlich gefasst. Am 16. April vor zwei Jahren wurde auf dem Gelände des Bauernhofs Cascina della Rosa die achtzehnjährige Antonia Corte brutal vergewaltigt und mit Tritten und Schlägen getötet. Begangen hat das Verbrechen ein Student aus der feinen Turiner Gesellschaft: Aristide Ghirello, Sohn eines bekannten Anwalts. Zwei Tage nachdem der Leichnam gefunden wurde, nahm die Polizei das Monster fest. Der Mann bekannte sich ohne jedes Anzeichen von Reue zu der Tat. Zu lebenslanger Freiheitsstrafe verurteilt, brach er bereits nach drei Monaten aus dem Gefängnis aus und verwischte seine Spur vollständig. Jetzt ist Ghirello erneut festgenommen worden, und zwar in Neuquén, einer Kleinstadt in Zentralargentinien. Die Festnahme erfolgte aufgrund von Ermittlungen der örtlichen Polizei unter der Leitung von Capitano Antonio Cortés, 30 – welch zufällige Namensgleichheit! –, deren Anlass eine Serie von Sexualverbrechen in der Gegend war. Dem Bauernhofmonster wird nun wegen der in Argentinien verübten Straftaten der Prozess gemacht; über Art und Zeitpunkt seiner Auslieferung nach Italien wird nach dem Urteilsspruch entschieden.

Der Artikel enthielt nur einen kleinen Hinweis auf das, was dem Postboten das Interessanteste schien, nämlich die ungewöhnliche Übereinstimmung zwischen dem Namen des Opfers und dem des Polizisten.

Er schnitt den Artikel aus und hob ihn auf. Bei nochmaligem Lesen bemerkte er eine weitere Übereinstimmung: Der Polizist war dreißig Jahre alt, und genauso alt wäre das Opfer gewesen, wäre es noch am Leben. Er dachte lange nach. Wie hoch war die Wahrscheinlichkeit, dass der Polizist denselben Vor- und Nachnamen und zudem das Alter des Opfers hatte? Warum traf es ausgerechnet ihn, sein Land, seine Straße, unter den unzähligen Polizisten, Ländern und Straßen dieser Welt? All das konnte nicht das Ergebnis eines schlichten Zufalls sein. Es musste eine andere, verborgene Logik geben, die durch die Umstände klar zutage trat. Je geringer die Wahrscheinlichkeit, dass ein Zufall eintrat, desto außergewöhnlicher und notwendiger erschien dieser Zufall. Indem Cortés das Monster festnahm, schloss sich der Kreis der Ereignisse, als hätte das Opfer in einem männlichen Körper Gestalt angenommen, um sich an seinem Peiniger zu rächen. Dieses überraschende Nachspiel bekräftigte, dass die Schauspieler in der Aufführung des Lebens die ihnen zugedachte Rolle gespielt hatten, sogar die arme Antonia Corte, denn der Postbote glaubte, dass es Menschen gibt, die zum Opfer bestimmt sind, jedem Versuch des Widerstands zum Trotz.

Nach der Lektüre des Artikels zog der Postbote den Schluss, dass die Kieselsteine, die uns im Leben den richtigen Weg zeigen, die Zufälle sind.

Der Zufall ist das Steinchen, das zurückgelassen wird,

um den Rückweg anzuzeigen, der unumstößliche Beweis dafür, dass wir uns an dem Punkt befinden, an dem wir sein sollen. Und die Begeisterung über diese Entdeckung war so groß, dass er begann, sämtliche Zufälle aufzuschreiben, die ihm begegneten, wirklich alle, denn je mehr er aufschrieb, desto nachdrücklicher bestätigten sie die Richtigkeit seines eigenen Lebensweges.

Auf die erste Seite eines schwarzen Schulhefts schrieb er die Worte, die er als schönen Titel empfand:

EINE KURZE ABHANDLUNG ÜBER DEN ZUFALL
ODER
WIE MAN DIE TEILHABE AM LEBEN MISST

Nachdem er die Überlegungen aufgeschrieben hatte, die die Lektüre des Artikels in ihm ausgelöst hatte, notierte er auf Seite sechs den ihnen zugrunde liegenden Zufall:

*Nummer 1:*
*Zufällige Übereinstimmung des Vor- und Zunamens und des Alters von Antonia Corte mit denen des Polizisten Antonio Cortés.*

In das Heft konnte er natürlich nur die Zufälle eintragen, deren Zeuge er wurde, und er war sicher, dass unbemerkt weitere geschahen. So beobachtete er eines Abends vom Balkon aus, wie sich Zufall Nummer 234 ereignete: Die alte Filomena kam im selben Augenblick mit einer leeren Glasflasche aus dem Haus, in dem Robertu Garrusu mit einer Flasche Milch in der Hand sein Haus betrat, und wenige Minuten später, wieder in ein und demselben Moment, betrat Filomena mit einer Flasche Milch ihr Haus, während diesmal Robertuzzu mit einer leeren Flasche herauskam. Diesen ungewöhnlichen Zufall bemerkte nur der Postbote, denn sein erhöhter Standpunkt auf dem Balkon erlaubte es ihm, gleichzeitig beide Haustüren zu sehen, die an den beiden Seiten ein und derselben Straßenecke lagen. Darum konnten weder Filomena noch Robertuzzu bemerken, dass sie in jenem Moment Akteure eines Zufalls waren, der die Richtigkeit ihres Lebens bekräftigte. *Wie oft bin auch ich in Filomenas oder Robertuzzus Lage gewesen, und ein Engel hat ein Steinchen vor mir verborgen?*, dachte der Postbote.

Der letzte Zufall trug die Nummer 438:

*Nummer 438:*
*Übereinstimmung der Worte des anonymen Briefs an Maria Teresa mit denen meines nie beendeten Briefs*

Eine Woche nachdem er den versiegelten Brief geöffnet hatte, kam ein zweiter an:

*Teresa mia,*
*ich werde verrückt, ich verbrenne, ich finde keinen Schlaf und bin ohne Dich nicht glücklich.*
*Ich hoffe, dass wenigstens Du noch Ruhe finden kannst.*
*Für einen Moment unseres Lebens haben wir uns das Wunder verdient, es schien so nah, vielleicht zu nah, denn Wunder sind so unmöglich wie mancher vergessene Traum.*
*Und jetzt bestünde mein Wunder darin, Dir wieder zu begegnen, Dir in die Augen zu sehen, Dich zu berühren und zu begreifen, dass nichts sich verändert hat, dass wir uns noch immer lieben wie damals.*
*Heute Abend werde ich um dieses Wunder beten.*

*Während ich warte, begnüge ich mich mit kleinen, alltäglichen Erleichterungen. Zum Beispiel, wenn ich ohne diese Kopfschmerzen aufwache, von denen mir die Augen tränen, oder wenn ich vom Fenster her einen Windhauch höre, der mit dem Blütenstaub auch etwas von Dir hereinweht, ein Haar, eine Wimper, einen Duft ... ich muss nur die Augen schließen, und schon nehme ich ihn wahr, denn Du bist bei mir und in mir.*

Der Postbote hatte diesen zweiten Brief mit derselben Ungeduld erwartet, mit der Pino Pistùna auf einen Regenguss für seine Tomaten wartete. Endlich war er gekommen, und das Warten hatte sich gelohnt. Wie oft hatte er an diese Worte gedacht und die Abwesenheit der geliebten Frau mit denselben Bildern zu ermessen versucht, wie oft wachte er auf und zog in die Welt in der Hoffnung, es sei der Tag, an dem das Wunder geschehen würde, wie oft hätte er das Schweigen durch ein konkretes Zeichen ersetzen wollen! Das Gefühl von Zugehörigkeit, das er beim Lesen des ersten Briefs empfunden hatte, verstärkte sich. Er hielt ein Blatt Papier ohne Unterschrift in Händen, und hätte er es auf der Straße gefunden, irgendwo auf dem Bürgersteig oder am sandigen Meeresufer von Squillace, er hätte es für eine der Nachrichten gehalten, die er selbst verfasst und auf der Welt hinterlassen hatte.

Er las den Brief noch einmal, und dem ersten Staunen folgte der Gedanke an Maria Teresa. Was würde die Arme wohl denken, wenn sie ihn gelesen und auswendig gelernt hatte? Würde sie dort den Zustand ihres Lebens in Worten beschrieben finden, so schön, dass sie ihr selbst nie eingefallen wären? *Ausgerechnet mir erzählst du von Ruhe und von Wundern? Ausgerechnet mir, die ihr ganzes Leben zwischen Stapeln schmutziger Teller und Bergen von Bügelwäsche eingezwängt ist? Mir erzählst du etwas von Hoffnung, obwohl ich inzwischen kaum noch den Blick vom Boden hebe? Ich warte nicht mehr, ich hoffe nicht mehr, ich existiere überhaupt nicht mehr: Ich bin wie ein Ball, den man die abschüssige Piazza hinunterrollen lässt, und du bist der Junge, der ihn vergeblich einzufangen versucht. Mein Schicksal ist es, gegen den Brunnen zu prallen, irgendwann, egal wann.*

Würde Maria Teresa so denken?

Der Postbote schrieb den Brief sofort ab, denn er hatte Lust, die Frau zu sehen. Trotz des traurigen, resignierten Charakters, den er ihr zugeschrieben hatte, verstand er noch immer nicht, was dieses arme Mädchen mit den Liebesworten in dem Brief zu tun hatte, und darum hoffte er, ihr über den Weg zu laufen. Er wollte sie beobachten. Womöglich hatte der Brief sie gestärkt und lebendiger gemacht, sodass die Unstimmigkeit gemildert werden würde. Nicht zum ersten Mal hätten die Worte eines Briefes sein Bild von einem Menschen verändert, so als würden die leibhaftige Person, der er auf der Straße begegnete, und die in den Briefen beschriebene Figur, von der er las, nun endlich ein und derselben Welt angehören.

Auf seiner Runde beeilte er sich, und das war gut so, denn dadurch befand er sich zur richtigen Zeit am richtigen Ort und sah, wie Maria Teresa auf der Suche nach Zuflucht vor weltlichen Übeln die Chiesa Matrice betrat, verstohlen wie eine Katze, die bei heraufziehendem Regen zur Tür hineinschlüpft. Er folgte ihr auf dem Fuß. Sie näherte sich dem Taufbecken und bekreuzigte sich. Stelluzza Migliacciu und Rorò Partitaru, die in der Nähe des Altars knieten, sagten laut das Ave Maria auf, während Cuncettina Licatedda ein paar Bänke weiter hinten saß und schweigend auf die Statue von San Rocco im Querschiff blickte. Maria Teresa hielt sich bei den Kerzen auf; offenbar hatte sie eine angezündet, denn der Postbote sah, dass sie die Hand zurückzog. Dann kniete sie nieder, schlug das Kreuz und fing an zu beten.

Um nicht gesehen zu werden, wechselte er ins rechte Seitenschiff. Als sie so dasaß, die Hände vorm Gesicht, den leichten, dunklen Schal über Schultern und Haare gelegt, in lockerer Haltung und mit entspannter Miene, schien Maria Teresa der in dem Brief ausgedrückten Gefühle durchaus würdig zu sein. Sie betete leise, bewegte nur die Lippen, und der Postbote, der sich so oft in seinem Leben gewünscht hatte, ein Gegenstand zu sein, um die Leute ungestört aus nächster Nähe beobachten zu können, wäre jetzt gern das Kruzifix an Maria Teresas Kette gewesen, um ihr Gemurmel zu belauschen. Vielleicht betete sie für ihre verflossene Liebe? Worum mochte sie den Herrn wohl bitten? Dass er sie wieder auf den rechten Weg führte? *Ave Maria, voll der Gnaden, meine Beschützerin, ich wusste, Du hast mich nicht verlassen, und jetzt schickst Du mir ein Zeichen Deiner Gnade. Du, Gebenedeite unter den Frauen, Du hast diese einsame, traurige Frau nicht vergessen, und bald schon wirst Du mich zur Königin der Welt machen. Dank sei Dir, du Barmherzige, dass Du mir den geliebten, nie vergessenen Mann zurückgebracht hast; und mögen Deine Gebete diese Sünderin leiten, die unverdient Deinen heiligen Namen trägt, und vergib ihr, dass sie sogar am Leben gezweifelt hat, jetzt und in der Stunde unseres Todes, amen.* Oder hatte sie vielleicht zu Gott gebetet, er möge sie ihr Alltagsleben ohne Streit und Ausschweifungen weiterführen lassen? *Vater Unser im Himmel, groß ist das Geschenk, das Du mir gemacht hast, zu groß für eine Sünderin wie mich. Meine Hände können ein so schweres Gewicht nicht tragen, ohne dass mir die Knochen brechen. Zu sehr hast Du mich an dieses Leben gewöhnt, um es jetzt auf einmal zu verändern, ohne dass ich teuer dafür bezahlen müsste. Ich bitte Dich, Vater Unser, führe mich auf den kurzen Weg zurück, der mir bestimmt ist, und geleite auch ihn in sein Leben zurück und beschütze ihn, als wäre er Dein liebster Mensch, er, der mir der liebste ist. Herr, es ist unhöflich, und ich bitte Dich, mir zu verzeihen, aber ich habe niemanden um etwas gebeten. Ich will allein sein, allein mit meiner kranken Haut. Vater, ich bitte Dich, erhöre dieses Gebet um Frieden und Ruhe, denn für diese Art von Gaben bin ich nicht geschaffen, und führe mich nicht in Versuchung. Amen.*

Maria Teresa stand auf, zog sich den Schal über die Schultern, bekreuzigte sich und ging hinaus. Der Postbote wartete noch einen Moment im Verborgenen, dann folgte er ihr.

Vierunddreißig Minuten später befand er sich in der Contrada Vasia, um ihr den Brief zuzustellen. Er klopfte an die Tür. Mit schmutziger Schürze und zerzaustem Haar kam die Frau heraus und schien eine andere zu sein.

»Ein Brief für Sie«, sagte der Postbote und suchte in ihrem Gesicht nach verräterischen Zeichen.

»Danke«, sagte sie.

»Wie geht es Ihrer Mutter?«

»Sie kommt zurecht, wie alle anderen auch.«

»Wie alle anderen auch«, wiederholte der Postbote, der nicht wusste, was er sagen sollte, das Gespräch aber nicht abreißen lassen wollte. »Grüßen Sie sie von mir.«

»Ja, mache ich«, beendete Maria Teresa das Gespräch und ging wieder ins Haus.

Beim Weggehen stellte der Postbote sich vor, wie sie sich im Badezimmer einschloss. Sie öffnete den Brief, las ihn, küsste ihn, drückte ihn an ihre Brust und lief los, um ihn unter der lockeren Fliese in ihrem Schlafzimmer zu verstecken, zusammen mit dem vorherigen Brief.

Als er Le Cruci erreichte, ging er genau in dem Moment unter dem Balkon von Filomena Carcarazza vorbei, als diese die Laken ausschüttelte. Zum zehnten Mal in Folge war Filomena herausgekommen und hatte ihre Betttücher exakt in dem Augenblick ausgeschüttelt, in dem er unter dem Balkon stand. Es war, als wartete sie förmlich darauf, und das zu unterschiedlichen Uhrzeiten und unter verschiedenen Umständen. Schon beim dritten Mal war es dem Postboten aufgefallen, doch er hatte beschlossen, dass die Schwelle, nach der es sich nicht mehr um Zufall handeln konnte, beim zehnten Mal überschritten sein würde. Zu Hause angekommen, öffnete er darum das schwarze Heft und schrieb:

*Nummer 439:*
*Filomena Carcarazza tritt zum zehnten Mal auf ihren Balkon, um die Bettwäsche auszuschütteln, während ich darunter hergehe.*

Der Däumling hatte vierhundertneununddreißig Steinchen gesammelt.

Zufrieden mit den vollen Taschen, aber immer noch gequält vom Verlangen nach weiteren Kieselsteinen, versuchte der Postbote die leisen Zweifel daran zu begraben, dass der Märchenheld mittels der Steine tatsächlich den Heimweg finden wollte. Vielleicht – und wahrscheinlicher – hatte er einen Weg markiert, den er in Zukunft meiden wollte.

# 7

## *Von der Ermordung Cisbeos, von Maestro Caliòs Hund, vom Gestank der von Peppina Carrusara in Brand gesteckten Margeriten und von den Früchten am Baum*

Jemand hatte Totuzzu Vastarasus Schwein abgestochen. Er entdeckte es morgens um halb sechs, als er, wie jeden Tag vor seinem Dienst in der Nervenklinik, den Tieren ihren Fraß aus Küchenabfällen brachte. Er öffnete den Schweinestall und sah den Leichnam Cisbeos, des fettesten Schweins, vor sich. Sie hatten ihm die Kehle durchgeschnitten und ihn ausbluten lassen. Beinahe hätte Totuzzu einen Nervenzusammenbruch erlitten. Der Körper war noch warm, darum lief er zu seinem Bruder und seinem Neffen, und sie organisierten außerplanmäßig einen großen Kessel. Solange das Fleisch noch nicht erkaltet war, konnte man das Tier vierteilen, entbeinen und in den Kochtopf werfen.

Dass er gerettet hatte, was zu retten war, beruhigte Totuzzu nicht, im Gegenteil, er ging sofort zu den Carabinieri und zeigte die Übeltat an, aber Maresciallo Telamone Guido wollte nichts davon hören. Seiner Meinung nach handelte es sich um einen gewöhnlichen Diebstahl, der ein böses Ende genommen hatte, vermutlich, weil sich das Tier zur Wehr gesetzt hatte. So kam es, dass dem Obergefreiten Scarozza, der auf den Diebstahl von Hühnern und ähnlichem Getier spezialisiert war, keine zusätzlichen Ermittlungsarbeiten abverlangt wurden.

Vastarasu gefiel die Gleichgültigkeit der Gesetzeshüter nicht, denn es war offensichtlich, dass es sich um einen üblen Streich handelte. Darum bezahlte er die beiden Ausrufer Don Alfredu Mazzocca und Ciccubìbbi dafür, dass sie die folgende öffentliche Bekanntmachung in Reimform, von ihm selbst mühevoll erdacht, im Ort verkündeten:

> *Totu Vastarasus Schwein wurde abgestochen*
> *und tot zurückgelassen zum Hohne seines Besitzers.*
> *Totu aber kennt den Mörder, der heimlich in den Stall*
> *gekrochen.*
> *Na warte, wenn ich Dich erwische!*

Der Mord an Cisbeo war das letzte einer Reihe seltsamer Vorkommnisse, die seit einigen Monaten in der Gegend um Girifalco herum auftraten. Der Postbote hatte diesbezüglich eine klare Meinung, und ein anderer Mann begann sich im Licht des jüngsten Ereignisses eine Meinung zu bilden.

Einige Monate zuvor, zeitgleich mit dem Beginn der Korrespondenz zwischen der Gemeinde und der Firma Eco. Scarti in Rom, hatte der Vermessungstechniker Filippo Castagnara Land in der Gegend um Chiapparusi, Roccavù und Mangraviti erworben. Der Mann hatte aber gar nicht genug Geld dafür, und deshalb kursierte das Gerücht, dass hinter Castagnara der Ehemann seiner Schwester stehe, Eugenio Passalacqua, Referent für städtisches Bauwesen.

Seit Beginn der Verhandlungen hatten in den genannten Bezirken die Fälle von Vandalismus um ein Vielfaches zugenommen: Viehdiebstähle, verwüstete Gemüsegärten, eingeschlagene Türen und Fenster.

Der Postbote, der wusste, was sich in Covello anbahnte, und der die Käufe von Castagnara-Passalacqua beobachtete, zog Bilanz und kam zu dem Schluss, dass der Bürgermeister eine hinterlistige Methode gefunden hatte, um die Bauern zu entmutigen, die nicht verkaufen wollten. Zu diesen gehörte eben auch Totuzzu Vastarasu.

Sechs Tage vor der Schächtung des Schweins hatte der Bürgermeister das folgende Telegramm nach Rom geschickt:

FÜR GESCHÄFT ALLES VORBEREITET STOPP
NACHRICHT DRINGEND ERWARTET STOPP
WAHLKAMPF BEGINNT STOPP
KÖNNEN NICHT MEHR LÄNGER WARTEN STOPP

Der Postbote würde nicht zulassen, dass Covello zerstört wurde. Er fühlte sich verantwortlich und musste handeln, eine Pflicht, die er sich an dem Tag auferlegt hatte, an dem er zum ersten Mal einen Brief öffnete, der ihm nicht gehörte. Im Universum, dachte er, passieren Millionen Dinge, die niemand bemerkt, und nicht bemerkt zu werden, bedeutet oftmals, nicht zu existieren. Aber die Ereignisse spielen sich nicht ohne Grund vor bestimmten Menschen ab. Sie suchen sich ihren Zuschauer aus und zwingen ihn, an ihnen teilzunehmen, sie verlangen von ihm, die universelle Kette von Handlungen nicht zu unterbrechen, die alle Wesen auf der Welt miteinander verbindet. Sich jemandem zu offenbaren und ihn zum Zeugen der eigenen Identität zu machen, bedeutet, ihn in eine wechselseitige Verwandlung hineinzuziehen. Da ich durch deinen Blick erst existiere, gebe ich dir die Möglichkeit zu Beobachtung und Entwicklung. Wenn jemand, der einem anderen das Leben rettet, in gewisser Weise für diesen Menschen verantwortlich wird, dann erging es dem Postboten ähnlich mit all den Ereignissen und Menschen, deren Zeuge er war.

Die Korrespondenz zwischen der Gemeinde und dem Unternehmen Eco.Scarti führte ihm diese Verantwortung endgültig vor Augen: Es handelte sich um eine schändliche Intrige, von der nur er wusste und die nur er allein verhindern konnte. Die Einmischung in die Angelegenheiten anderer, die ihm immer fragwürdig vorgekommen war, schien im Fall von Covello notwendig zu sein.

Über das Problem der Einmischung, genauer gesagt, über die Beliebigkeit seiner Eingriffe in die Angelegenheiten anderer, hatte er gründlich erstmals am 4. Dezember 1967 nachgedacht. An jenem Tag hatte er einen Zeitungsausschnitt gelesen und archiviert, in dem es um die erste Herztransplantation der Welt ging. Von Transplantationen hatte er bereits gehört und war auch halbwegs mit den ersten Transplantologen der Geschichte vertraut, Cosma und Damiano, den Schutzheiligen von Cortale, die das brandige Bein eines Küsters durch das eines bedauernswerten Äthiopiers ersetzt hatten. Ein Körperglied zu ersetzen, war das eine, aber gleich ein Herz ... An dem Morgen, an dem er die Nachricht gelesen hatte, spürte er, dass eine Grenze überschritten worden war: Konnte dieser Herzchirurg, indem er Leben an die Menschen verteilte, das System durcheinanderbringen, zu dem er selbst gehörte? Und konnte er, ein armseliger Postbote in einem kleinen kalabresischen Ort, die Geschichten der Dorfbewohner verändern?

Jeden Tag öffnete er ihre Briefe und tauchte in verwickelte Lebensverläufe ein, und bei jedem Umschlag hatte er die Wahl, ob er eingreifen wollte oder nicht. Aber war am Ende wirklich er derjenige, der darüber entschied? Denn manchmal kam er sich vor wie der Hund von Maestro Caliò, der jahrelang an einen Pfahl gebunden gewesen und immer im Kreis darum herumgelaufen war. Als er endlich befreit wurde, konnte das arme Tier nur noch im Kreis laufen, nicht mehr geradeaus. Entschied also er allein über sein Leben, fragte sich der Postbote, oder war auch er allzu lange an einen Pfahl gebunden gewesen?

Auch an diesem Morgen würde er das Schicksal eines anderen verändern.

Peppina Carrusara, schön und wild, war die Frau von Vittorio, eines friedlichen, sanften Mannes. Sie hatten geheiratet, weil sie sich gernhatten, und das war eine Seltenheit, denn in Girifalco hatte die Ehe in den meisten Fällen mit Liebe so viel zu tun wie der Gotteslästerer Ciccio mit der geweihten Hostie: Einen Scheißdreck! Außerdem begehrten Peppina und Vittorio einander sehr, und sie trieben es noch immer wie am Anfang ihrer Ehe auf dem Küchentisch oder der Treppe, weil Vittorio danach immer der glücklichste Mensch der Welt war.

Aber beim Anblick der schönen, wilden Peppina Carrusara bekamen auch anderen Männer Lust, unter anderem Tonino Jiddaco, ein elender Flattergeist, der jeder verheirateten Frau den Hof machte, um den anderen Dorfbewohnern zu beweisen, dass nicht nur seine Mutter eine Hure war. Bei der Carrusara hatte er es auf jede erdenkliche Art versucht. Er war mit der Lambretta um ihr Haus gefahren oder ihr gefolgt, wenn sie auf den Markt ging. Und da der stete Tropfen den Stein höhlt, begann der schwache Zaun um die Carrusara unter dem Druck zu knacken.

Unmittelbarer Anlass war eine Blume, eine Margerite, die Peppina eines Morgens vor ihrer Haustür fand und die sie an ihren ersten, auf einer Wiese vollzogenen Liebesakt erinnerte, an den Duft des Mannes, der sie im Stehen von hinten genommen hatte wie ein Pferd. Da Carrusara an ihrem Vittorio festhalten wollte, ließ sie nicht erkennen, dass Tonino Jiddaco einen Treffer gelandet hatte. Daraufhin beschloss der Herzensbrecher, sich ihr in einem Brief zu offenbaren. Der Postbote öffnete ihn, und so kam es, dass er sich in Jidaccos irdische und leibliche Angelegenheiten einmischte:

*Peppina,*
*Du bist so schön wie die Margerite, die ich Dir auf die Stufe gelegt habe.*
*Ich habe die Reifen meiner Lambretta abgefahren, um Dich zu sehen, aber Du beachtest mich nicht.*
*Bin ich denn so hässlich?*
*Du hingegen gefällst mir so sehr, dass ich Tag und Nacht an Dich denke.*
*Ich finde keine Ruhe mehr, und wenn Du so weitermachst, musst Du in der Kirche auch für mich eine Kerze anzünden,*

*denn inzwischen bin ich eher im Jenseits als im Diesseits, und
Deine Schönheit hat mich auf dem Gewissen.*

Der Brief missfiel dem Postboten, weil er dem armen Vittorio Höllenqualen bereiten würde. Der arme Kerl! Seine Frau war das einzig Schöne, das ihm das Leben geschenkt hatte; nur in ihren Armen und zwischen ihren Beinen empfand er Freude, und jetzt drohte er durch die Launen eines Frauenhelds im Westentaschenformat, eines *figghiu de puttana,* alles zu verlieren.

Nach langem Nachdenken beschloss der Postbote, den Brief abzuliefern, auch, um Peppinas Treue auf die Probe zu stellen.

Sie schien standhaft zu bleiben, denn einmal sah der Postbote auf der Straße, wie Jiddaco auf seiner Lambretta angeknattert kam und sie schamlos anglotzte. Sie beachtete ihn kaum, und der Postbote freute sich über ihre Zurückhaltung, obwohl er es trostlos fand, dass unsere Fröhlichkeit, die Wechselfälle unseres Lebens, ja das Leben selbst vom Willen anderer Menschen bestimmt werden, von deren Existenz wir überhaupt nichts ahnen. Wir halten uns für Menschen, hatte Vicenzuzzu Rosanò einmal zu ihm gesagt, aber wir sind nur Früchte an einem Baum, deren Weiterleben davon abhängt, wie gut der Jäger zielt.

Als er sich am Abend die Schuhe auszog, um ins Bett zu gehen, bemerkte er ein Loch in seiner Socke. Er nahm Nadel und Faden und stopfte es auf die Art, wie seine Mutter es immer getan hatte. Er ärgerte sich über kaputte, abgenutzte Gegenstände: Stühle, die zusammenbrachen, Wände, von denen der Putz bröckelte, Schuhe, die mit Bindfaden geschnürt waren, und vor allem Löcher in

Kleidungsstücken. Für ihn die deutlichsten Zeichen einer auseinanderfallenden, verrottenden Welt. Das Leben war voller Lücken: Risse in der Hose, Schwächen im Gedächtnis, Brüche im Herzen. Der Mathematik- und Naturwissenschaftslehrer Viapiana hatte ihn angesteckt: Die Natur neigt dazu, die Größenverhältnisse anzugleichen, sodass sich der Teich von Covello bei Regen mit Wasser füllt, dann aber, wenn es eine Woche lang durchregnet, überläuft, sobald er voll ist. Und dann ist das Wasser zu nichts mehr nütze, denn sein einziger Zweck bestand darin, den Teich zu füllen.

Beeinflusst von seinem Lehrer kam es dem Postboten vor, als strebten sämtliche Ereignisse auf der Welt nach einem Gleichgewicht: Rast und Aufbruch, Gehorsam und Revolte, Vergebung und Rache, Bescheidenheit und Ehrgeiz, Liebe und Hass, Leben und Tod. Manchmal handelte es sich um ein unsicheres Gleichgewicht, immer auf der Kippe, und dennoch hielt es, weil das Überleben der Welt und ihrer Arten davon abhing. In Girifalco starben die Alten, und die Jungen zeugten Kinder, dem kleinen Lovìgi gab der Vater eine Ohrfeige und die Mama einen Kuss, Rocco verließ seine Frau für eine Fremde, und dann verließ ihn die Fremde ihrerseits für einen anderen Mann, eines Tages höhlte Micu Strumbu die Erde mit einem Schaufelbagger aus, und am Tag darauf benutzte er dieselbe Erde, um eine Grube wieder aufzufüllen. Wohin er auch blickte, entdeckte der Postbote kleine Anzeichen für ein Gleichgewicht.

Wenn er eine löchrige Socke sah, stopfte er sie sofort. Danach war ihm leichter ums Herz, denn er hatte ein Loch in der Welt geschlossen, genauso, wie er das Gefühl hatte, die Löcher im Leben der Menschen im Dorf zu stopfen, indem er sich durch die Briefe in ihre Angelegenheiten einmischte.

Denn Löcher sind wie Ohrfeigen, wie Abschiede, wie der Tod. Um echt zu werden, muss alles nach Ausgleich streben, nach Umarmungen, nach Wiederkehr, nach dem Leben.

Und während er noch nachdachte, senkte sich süßer Schlaf auf seine Lider, ein tiefer Schlaf, der dem Tod sehr ähnlich war.

# 8

*Von einem unaussprechlichen Namen, von den Menschen, die wie Wolken dahinziehen, vom Vater oder seinem Stellvertreter oder: weitere Bestandteile der Biografie des Postboten*

Unter den Menschen ist keiner ohne Namen, egal ob Schurke oder Edelmann.

Der Postbote hätte es vorgezogen, namenlos zu sein, weil der Vater ihm einen einzigartigen, seltsamen Namen gegeben hatte, der ein wenig wie ein Fluch war, denn nur einen Fluch hatte er ihm hinterlassen können. Über seinen Vater wusste der Postbote nichts: Nie hatte er ihn gesehen, gehört oder gerochen, keine einzige Erinnerung gab es, an der er sich hätte festhalten, kein Bild, von dem er hätte ausgehen können, einfach nichts. Sein Vater war wie eine riesige schwarze Tafel, vor der er stand und, ein Stück Kreide in der Hand, darauf wartete, dass jemand ihm vorsagte, was er schreiben sollte. Die wenigen Male, als seine Mutter ihm zuliebe versucht hatte, sich zu erinnern, hatte er so getan, als verstünde er nicht, und das Thema gewechselt, und wenn die Tante hin und wieder aufgrund seines Gesichtsausdrucks oder eines bestimmten Tonfalls sagte, er sei genau wie sein Vater, dann gefiel ihm diese Zuschreibung von Zugehörigkeit nicht.

Als Kind hatte der Postbote die Wolken geliebt, ihre veränderlichen Umrisse, in denen er vertraute Formen zu entdecken versuchte. Es war nicht nur ein Spiel. Egal, ob Wasserflecke auf dem Tischtuch, Schaum in der Badewanne oder feuchte Stellen an der Küchendecke: Das Durcheinander der Formen zu untersuchen und Gegenstände darin zu sehen, heiterte ihn auf.

In seiner Jugendzeit gesellte sich zu diesem Interesse an Wolken und Flecken eines für weibliche Schatten. Ursache dafür war die Lehrerin Cefali, die er wegen einer unbedachten Bewegung ihrer Beine nie wieder vergaß. Als sie in die Hocke ging, um ein Stück Kreide aufzuheben, öffneten ihre Schenkel sich vor seinen Augen so weit, dass er einen schwarzen Schatten erahnte, den er zwar nicht recht einordnen konnte, dessen Anblick ihm aber jäh die Schamesröte ins Gesicht trieb. Von jenem Tag an betrachtete er die Frauen auf andere Weise, und seine Nachbarinnen waren auf einmal mindestens so interessant wie die Wolken. Er blickte hoch, wenn Angela auf dem Balkon die Wäsche aufhängte, er spähte durch die Schlitze der Fensterläden, wenn Carmela sich auf die Stufen vor dem Haus setzte, er blickte in die weiten runden Ärmelausschnitte von Marias Kleid.

Und nach den Wolken und den weiblichen Schatten kam die Zeit der Menschen, denn eines Tages beobachtete er vom Balkon aus eine Gruppe von Frauen mit Kopftüchern, die von einer Beerdigung zurückkamen und die von oben betrachtet wie eine irdische Wolke aussahen. Während sie sich ungeordnet fortbewegten, erschufen und verwandelten sie Formen, die den Postboten an die Wolken seiner Kindheit erinnerten. Er dachte, dass auch Menschen sich wie Wolken bewegen, und dass der Wind, der sie weiterschiebt und verändert, Schicksal heißt.

Er besuchte die Grundschule neben Cozzos Gemüsegarten und übernahm von der Lehrerin Gioconda Sabatini aufgrund des geheimnisvollen Gesetzes, dass Gähnen stets ansteckt, deren trauriges, entrücktes Auftreten – diese tüchtige, freundliche Lehrerin, die das Haus nicht mehr verließ, weil sie ihr Leben aufgrund irgendeines seltsamen Gesetzes der Einsamkeit von Herz und Leib geweiht hatte. Fünf Jahre, an die er sich, abgesehen von Giocondas engelhaftem Gesicht, kaum noch erinnerte: die Medaille für Schönschrift, der Neid auf die Selbstsicherheit und Schönheit seines Kameraden Saverio, das Entschuldigungsheft, dessen Angabe *Unterschrift des Vaters oder seines Stellvertreters* ihn, als wäre das je nötig gewesen, daran erinnerte, dass er keinen Vater hatte.

An den zahlreichen Tagen, an denen Gioconda Sabatinis engelsgleiches Naturell sie zwang, sich vor der Welt ins Exil zurückzuziehen, wurde sie von wechselnden Lehrerinnen vertreten, die sich garantiert miteinander besprachen und ihn allesamt auf dem Kieker hatten. Am ersten Tag nämlich ließ jede von ihnen die Kinder einzeln aufstehen, und wenn sie ihren Vor- und Zunamen genannt hatten, fragten sie nach dem Beruf des Vaters. Tausend andere, viel sinnvollere Fragen hätten sie ihm stellen können: welche Spiele er mochte, wer die schönste Klassenkameradin war, ob er glücklich war. Aber nein, immer landeten sie beim Beruf des Vaters. Wenn es so weit war, dass er aufstehen und sprechen musste, wäre das Kind, das der Briefträger damals war, am liebsten im Erdboden versunken. Mein Vater ist tot, pflegte er zu sagen, atemlos vor unterdrückter Wut. Das stimmte zwar nicht, aber so konnte er die Sache abkürzen. Die jeweilige Vertretungslehrerin blickte dann so betrübt und verdrießlich drein wie Magdalena unterm Kreuz, und gleich darauf benutzte sie sein Unglück als Mahnung für seine Mitschüler, ihre Eltern zu lieben und zu respektieren, denn nicht jeder hat das Glück, welche zu haben. Natürlich wussten jetzt auch alle, wem dieses Schicksal nicht vergönnt war.

War er sich in der Grundschule seiner Lage als Waisenkind bewusst geworden, so bescherte ihm die Mittelschule zwei weitere Entdeckungen: sein kalligrafisches Talent und Patagonien.

Es gibt Momente, in denen die Fantasie praktisch von einer Krankheit befallen wird und ihr Besitzer sich plötzlich etwas vornimmt, das überhaupt nicht seinen Gewohnheiten entspricht. Und so beschloss der Postbote, dass er eines Tages nach Patagonien reisen würde.

Zum ersten Mal hatte er den Namen in der Schule gelesen, auf einer geografischen Landkarte, und die Namen einiger Orte zogen ihn magisch an: der »Golf des Leidens«, die »Insel der Trostlosigkeit«, »der Hafen der Sehnsucht«, das »Land des letzten Klangs«. Es schien sich nicht um eine Landkarte, sondern um ein Gedicht zu handeln, wie wenn die Sehnsucht sich ein abgeschiedenes, trauriges Plätzchen auf dieser Welt gesucht hätte. Das Fernweh befiel ihn, und dann entdeckte er in einem alten Atlas, den Progano in der Schublade seines Pults aufbewahrte, auf der Seite über Patagonien das Foto eines stürmischen Meeres. Der Untertitel lautete: *Feuerland, nach Meinung vieler Forscher das Ende der Welt.* Das Bild gefiel ihm so sehr, dass er eines Morgens während der Sportstunde, als all seine Mitschüler in der Turnhalle waren, ins Klassenzimmer ging, die Seite herausriss und sie in seinem Zimmer an die Wand hängte. Ein Wort in der Bildunterschrift verschlimmerte seine Krankheit: *Ende.* Die Vorstellung, dass die Welt an diesem Punkt zu Ende sei, machte den Ort in seinen Augen zu etwas Magischem. Wenn man eine Reise antreten will, die sich lohnt, dachte er, dann muss sie genau ans Ende der Welt führen.

Im Lauf der Zeit sammelte er zahlreiche Bücher über Patagonien, und er hatte sich jede Einzelheit seiner Reise genau überlegt. Auf einem Frachtschiff würde er an der argentinischen Küste ankommen, den Kontinent durchqueren und Puerto Montt erreichen, den eigentlichen Ausgangspunkt der Reise. Er würde einige Tage auf der Insel Chiloé verbringen, danach an der langen chilenischen Küste nach Süden fahren und sich den Golf von Penas ansehen, was so viel heißt wie Golf des Leidens, denn wenn ihm jemand diesen Namen gegeben hatte, bot er bestimmt einen melancholischen Ausblick aufs Meer. Er würde den Berg Cerro Torre sehen und am Lago Argentino vor dem Perito-Moreno-Gletscher verweilen, in der Hoffnung, dass ein Turm aus Gletschereis einstürzen und ihm eiskaltes Wasser ins Gesicht spritzen würde. Er würde zur Magellanstraße weiterziehen, die Isla Desolaciòn kennenlernen und eines Tages in Punta Arenas anhalten, gerade lange genug, um die Plaza de Armas aufzusuchen und den Fuß des Selk'nam auf dem Sockel der Statue des Magellan zu küssen, der Ritus, der die Rückkehr garantiert. Von Weitem würde er die Bahía Inútil erblicken, sich in Ushuaia aufhalten und danach in Puerto Williams, dem südlichsten Dorf des Planeten. Von dort ginge es weiter nach Cabo de Hornos, zum Leuchtturm, wo er den Wächter der Armada de Chile ablösen würde. An diesem Ort würde er bleiben, als letzter Mensch auf der Erde, um Tag und Nacht das Ende der Welt zu betrachten, den äußersten Rand, auf den sämtliche Ereignisse der Geschichte zuschlittern.

Dennoch konnte sich der Postbote nicht zum Aufbruch entschließen. Da er diesem Augenblick seines Lebens die Bedeutung eines epochalen Ereignisses beimaß, einer Wasserscheide zwischen Vorher und Nachher, wollte er die Reise so gründlich wie möglich vorbereiten, und darum verschob er sie immer wieder auf das folgende Jahr, um dann erneut über etwas zu stolpern, das ihn davon überzeugte, lieber noch ein bisschen zu warten.

Die Jahre vergingen, aber er gehörte zu der närrischen, hilflosen Sorte Mensch, die glaubt, ewig Kind zu bleiben, und die ein unendliches Leben vor sich sieht, unendliche Kräfte, unendliche Gesundheit, die das Dreikönigsfest ihres Lebens in der fruchtlosen Überzeugung hinausschiebt, es zu jedem beliebigen Zeitpunkt feiern zu können. Solche Menschen merken nicht, dass sich in dieser Überzeugung ihr Scheitern verbirgt, weil der stets aufs Neue durchdachte Plan niemals in die Tat umgesetzt wird. Und so verschob er den Aufbruch immer wieder, denn an keinem Tag seines Lebens fühlte er sich stark genug für ein so wichtiges Ereignis.

Nach dem Abschluss der Mittelschule und fünf Jahren als Buchhalter, mit wenig Zutrauen zu den eigenen Fähigkeiten und einer Bequemlichkeit, die an Trägheit grenzte, in der Gewissheit, dass er seine Mutter niemals verlassen würde, und nach einer Liebesgeschichte mit jähem Ende beschritt er den bequemen Weg, den ihm das Schicksal in Form einer Arbeitsstelle im Dorf bot: Er wurde Postbote. Es war ein gnädiges Schicksal, denn seitdem er heimlich in das Leben anderer eingriff, konnte er auf seine Arbeit nicht mehr verzichten.

Vom ersten selbst verdienten Geld erlaubte er sich ein wenig Luxus. Er kaufte alle Bücher, die ihm gefielen, besuchte das Kino Teatro Masciari in Catanzaro und gönnte sich eine sehr schöne Nikon F Photomic TN.

Er lebte mit seiner Mutter und deren verwitweter Schwester zusammen. Sein Leben schien einer dieser Züge zu sein, die ohne Zwischenhalt und Umleitungen am Zielbahnhof eintreffen, aber dann legte jemand einen Felsbrocken auf die Schienen und ließ ihn entgleisen.

Das Schicksal hatte nämlich beschlossen, dass seine Mutter im Herbst 1955 plötzlich das Zeitliche segnen sollte. Lachesis, die Zuteilerin des Lebensfadens, machte sich daran, die Fäden zu verknüpfen, und ließ sie ausgerechnet an dem einzigen Tag sterben, an dem ihr Sohn – abgesehen von seiner Reise in die Schweiz – nicht zu Hause war. Er hielt sich im Auftrag der Post zwei Tage lang in Cosenza auf, und niemandem gelang es, ihn rechtzeitig zu benachrichtigen. Bei seiner Heimkehr sah er, dass sich auf dem Bürgersteig vor dem Haus eine schwarze Menschenmenge wie Hornissen um einen Honigtopf drängte, und er dachte an seine Tante, die Ärmste, aber die war noch da, die Tante lebte.

Lange Zeit war er wütend auf die Welt, denn er empfand es als brutalen Tritt in den Hintern, dass *màmmasa* ausgerechnet an einem der wenigen Tage sterben musste, an denen er nicht da war, er, der ihr sein Leben geweiht, sie gehegt und gepflegt hatte wie einen wertvollen Schatz, ausgerechnet er war im wichtigsten Augenblick nicht bei ihr gewesen, und sie war allein gestorben, ohne dass ihr lieber Sohn ihr die Hand halten konnte. Wer weiß, vielleicht hatte sie sogar seinen Namen gesagt.

Er fand lange Zeit keinen Frieden, und dass er zum x-ten Mal in seinem Leben verlassen wurde, empfand er als Ohrfeige, die schlimmer schmerzte als alle anderen zuvor. Einen Moment lang, das einzige Mal in seinem Leben, dachte er, dass er sich vielleicht geirrt hatte, dass nichts auf der Welt einen Sinn ergab und dass sich hinter den großen und kleinen Wechselfällen des Menschenlebens keine metaphysischen Geheimnisse verbargen, sondern dass sich alles auf ein nebensächliches, unbedeutendes Wechselspiel von Handlungen zurückführen ließ. Er fühlte sich innerlich leer, und sein Leben schien ihm wie ein angefangener Brief, der in der Mitte einfach abbricht.

Anderthalb Jahre später, im Januar 1957, schrieb er ihn weiter.

Drei Jahre zuvor war der Postbote an einem sehr traurigen Tag mit seiner Mutter zur Beerdigung des Sohnes von Franco Signorello gegangen, der mit sechs Jahren in einem steinernen Bewässerungsbecken ertrunken war. Der Postbote dachte, dass kein Schmerz größer sein konnte und dass diesen unglücklichen Eltern nichts anderes übrig blieb, als sich umzubringen. Er war gespannt, welche Worte Don Ciccio während der Predigt benutzen würde, um ihre Seelen zu trösten, denn hier gab es offensichtlich keine angemessenen Worte. Die Frage, mit der er sich das Hirn zermarterte, lautete: Welchen Sinn hat der Tod eines Kindes? Don Ciccio sprach vom Herrn, der die reinsten Seelen zu sich zurückruft, von den Kindern, die Gottes Freude sind, und er sagte, es gebe Kinder, die Gott besonders lieb seien und von denen er sich nicht trennen könne. Franco und Maricedda sollten sich also freuen, weil der Herr ihren Sohn so sehr liebte, und wir alle seien Kinder Gottes, ehe wir zu Menschenkindern werden. Der Postbote dachte, dass Don Ciccios Worte für den, der an die eine heilige, katholische und apostolische Kirche glaubte, und auch für den frommen Franco durchaus Sinn haben mochten, aber ihm reichten diese Antworten nicht.

Doch eines Tages, eben im Januar 1957, las er in einem Brief, was der Tod des kleinen Andrea möglicherweise bedeutete. Giovanni David, der nach Zürich emigriert war, hatte seiner Frau Concetta folgenden Brief geschrieben:

*Heute vor drei Jahren ist Francos Sohn gestorben.*
*Weißt Du noch?*
*Wenn dieses Unglück nicht passiert wäre, gäbe es unsere Tochter jetzt nicht, denn als Du von dem schrecklichen Unfall gehört hast, hast Du Dich lange an mich gekuschelt, und genau in dieser Nacht haben wir Sandra empfangen.*

Der Postbote glaubte, die Bedeutung dieses Todes in der Empfängnis eines anderen Lebens zu erblicken, und auch wenn die Eltern des armen Jungen das nicht so sahen, ergab das Ereignis doch für andere Sinn, denn manchmal ist die Bedeutung unseres Lebens eng mit dem Leben von Menschen verknüpft, von deren Existenz wir gar nichts ahnen. Und wer weiß, vielleicht hatten auch der Tod seiner Mutter und sein eigener Schmerz für jemanden Bedeutung in einem Universum, in dem die Handlungen aller unauflöslich miteinander verbunden waren.

Nach dem Tod der Mutter lebte er allein und war noch einsamer als zuvor. Da er jeglichen Ehrgeiz abgelegt hatte, begann er ein Leben zu führen, dem andere kaum Beachtung schenkten, bis er schließlich schwachen, aber ausreichenden Trost im papierenen Leben seiner Mitmenschen fand.

## 9

*Vom Postboten als Schreiberling, von Ciccio il Rosso, dem Kommunisten in der Krise, und von der unverbrauchten Seele Loviginuzzus, die ganz allein nach Vuttandìari geht*

Irgendwo war ein Wirtschaftsboom ausgebrochen, aber wer weiter weg wohnte, bekam davon kaum etwas mit. Und so gab es in Girifalco, während die einen sich anschickten, die neuen Säulen des Herkules zu passieren, indem sie auf den Mond flogen, und die anderen in der kleinen Stadt den Wohlstand der errungenen Modernität genossen, noch eine Menge Leute, die weder lesen noch schreiben konnten.

Wenn diese Menschen sich mit einem ausgewanderten Verwandten verständigen mussten, wandten sie sich wegen der bizarren Assoziation zwischen dem, der Briefe schreibt, und dem, der sie zustellt, an den Postboten. Wenn also Peppa Zaccuna ihrem Bruder in Australien schreiben musste, dass ihre Tochter heiratete, oder wenn Vincenza Trugghia ihrer Schwester in Belgien mitteilen wollte, dass man ihr fünfzigtausend Lire für ihr Grundstück in Iannaràzzu angeboten hatte, dann warteten sie in der Tür auf ihn, baten ihn ins Haus und diktierten ihm den Brief in einem wunderlichen, mit Hochitalienisch vermischten Dialekt.

Eines Tages, als der Postbote den Rione Fontanella entlangging, hörte er einen Pfiff. Er drehte sich um, sah aber niemanden und ging weiter. Ein zweiter Pfiff ertönte, lauter als der erste, und er drehte sich erneut um. Da sah er, dass in der halb geschlossenen Tür der Hausnummer 26 jemand stand und ihn zu sich winkte. Hätte er es nicht mit eigenen Augen gesehen, hätte er Ciccio il Rosso ein solch gutes Benehmen gar nicht zugetraut.

Francesco Signorello, Sohn des verstorbenen Cecè, wurde der Rote genannt, weil er kämpfender Kommunist gewesen war. Er war kräftig gebaut und war zu Ruhm gelangt, nachdem er in den finstersten Jahren des Jahrhunderts eines Nachts ganz allein einen Trupp Faschisten aus Catanzaro auf Strafexpedition abgewehrt hatte. Daraus entstand eine Legende, und fortan traute sich niemand mehr, ihm auch nur ein Haar zu krümmen. Als fleißiger Arbeiter verbrachte er seine Freizeit zwischen der Ortsgruppe und der Bank auf dem Bürgersteig vor der Kirche, das unvermeidliche rote Tuch um den Hals, und schimpfte auf die Heiligen und auf jeden, der zur Messe ging. Die Brut, die er am meisten hasste, mehr noch als Katholiken, Nachbarn oder Faschisten, waren die Christdemokraten, die im Ort regierten. Er hasste sie so abgrundtief, dass jeder wusste: Waren die Wände mit Worten wie *DC = Dämliche Christen* oder *Christdemokraten = ein Haufen Schwachmaten* beschmiert, dann hatte er, Ciccio il Rosso, irgendeinem waghalsigen jungen Mann den Auftrag dazu erteilt. Ciccio konnte nämlich weder lesen noch schreiben. Er war nicht zur Schule gegangen, weil sein Vater ihn zum Ziegenhüten brauchte, und als er Aktivist wurde und sich Flugblätter und Plakate vorlesen lassen musste, behauptete er, er könne nicht schreiben, weil die Schrift eine Erfindung der Christdemokraten sei, mit der sie die Massen beherrschen wollten.

All das ging dem Postboten durch den Kopf, als er vor diesem Mordskerl stand, der ihn nun hereinbat.

»Hör mal, stimmt es, dass ihr Briefträger wie die Priester seid und genau wie sie das Beichtgeheimnis wahren müsst?«

Der Postbote lächelte. »In gewisser Weise stimmt das.«

»Dann setz dich«, sagte Ciccio entschlossen.

Der Postbote stellte die Tasche auf den Boden und nahm Platz. Ciccio trug einen schwarzen Knopf auf der Hemdtasche, denn er beweinte noch das traurige und verfrühte Hinscheiden seiner Frau Mararòsa, Tochter des Coràtulu, die Schönheit unter den Bauerntöchtern, so hübsch, dass alle Männer, Edle wie Schurken, den Hut abnahmen und zum Zeichen ihrer Verehrung den Kopf neigten, wenn sie auf der Straße an ihnen vorbeiging. Ihr Foto stand auf Ciccios Nachttisch, daneben ein Grablicht.

»Wen wählst du?«

Der Postbote sah ihn überrascht an.

»Du gehörst doch wohl nicht zu denen?«

»Zu wem?«

»Du bist kein Christdemokrat?«

Der Postbote lächelte und schüttelte den Kopf.

»Gut. Sonst wird nämlich nichts daraus. Diese *cornuti*. Was sind das nur für Scheißkerle?«, fragte er, und seine

Stimme wurde immer lauter. »Haben die doch tatsächlich die Frechheit, von mir zu verlangen, dass ich sie wählen soll. Ja wissen die denn nicht, mit wem sie reden? Ausgerechnet dieses Riesenarschloch von Bürgermeister sollte besser nicht vergessen, was ich mit seinem Vater gemacht habe, als er bei einer Wahlkundgebung das heilige Andenken Palmiros in den Dreck gezogen hat.« Als er den Namen aussprach, hob er die Faust.

»Entschuldige, aber was habe ich damit zu tun?«

Ciccio nahm seinen Stuhl und setzte sich neben den Postboten.

»Kennst du meinen Sohn Leone?«

»Natürlich.«

»Und weißt du auch, was ihm passiert ist?«

Leone Signorello, der Maurer, arbeitete bei Maestro Valentinu, der dank der Hilfe des Bürgermeisters, zu dem er geschäftlich in Beziehung stand, stets den Zuschlag bei wichtigen öffentlichen Ausschreibungen erhielt. Doch ungefähr einen Monat zuvor hatte der Chef Leone ohne ersichtlichen Grund nach Hause geschickt.

»Meinst du die Kündigung?«

»... die Rache, meinst du wohl. Sie ärgern ihn, um sich an mir zu rächen. Ausgerechnet jetzt, wo bald das vierte Kind kommt. Also bin ich zur Gemeinde gegangen und habe ihnen klipp und klar gesagt, dass ich das nicht zulassen werde.«

Ciccio stand auf, ging in die Küche und kam mit einer Flasche Wein und zwei Gläsern zurück. Er goss zuerst sich selbst ein, doch als er auch das zweite Glas füllen wollte, lehnte der Postbote ab.

»Ein paar Tage später bestellt mich dieser *cornùtu*

von Bürgermeister in sein Büro. Diese Dreckskerle, habe ich gedacht, endlich haben sie kapiert, mit wem sie es zu tun haben. Aber von wegen, da fängt dieser elende Hurensohn an, mir einen Vortrag über Gefälligkeiten zu halten und darüber, dass Politik aus Kompromissen besteht, aber ich habe genau verstanden, was er mir sagen wollte. Und dann rückt er damit raus, dass er zwei neue Hausmeister für die Grundschule braucht und dass Leone einer davon sein könnte. Aber wenn er mir diesen großen Gefallen täte, dann müsste ich … Kurz und gut, ich musste ihm versprechen, dass ich bei der nächsten Wahl für die *Democrazia cristiana* stimme und dafür sorge, dass auch der Rest meiner Familie das tut. Ich dachte, ich höre nicht richtig, und so wahr ich Togliatti in Reggio Calabria begegnet bin: Ich habe den Kerl am Kragen gepackt und auf den Schreibtisch geworfen, und wären die Wachmänner nicht gekommen, wer weiß, in welchem Gefängnis ich jetzt säße.«

Die Worte brachen aus ihm heraus wie das Wasser aus dem Brunnen auf der Piazza, wenn die Rückhaltebecken auf dem Berg geöffnet wurden. In einem Zug leerte Ciccio sein Glas und schenkte sich noch einmal ein. Dann sprach er weiter, und nun klang seine Stimme schleppend und mitleiderregend.

»Weißt du, was noch stärker ist als die Politik? Die Liebe zu den eigenen Kindern. Also habe ich ein paar Tage nachgedacht, bin wieder zum Bürgermeister gegangen und habe ihm gesagt, dass ich es machen werde, verdammt, aber nur dieses eine Mal, und dass ich erst eine Sondererlaubnis brauche. Und darum bist du jetzt hier.«

Er stand auf und holte ein paar Blätter Papier aus der Vitrine.

»Brauchst du einen Stift?«

»Ich habe einen«, antwortete der Postbote, der sich bereits auf die Niederschrift des Diktats vorbereitete.

»Unterbrich mich nicht, sonst vergesse ich nämlich, wo ich gerade war.«

Ciccio bekam einen Hustenfall und sprach dann mit klarer Stimme die Worte aus, die er zuvor wer weiß wie lange vor dem Spiegel eingeübt hatte:

*Hochverehrter Vizesekretär der Kommunistischen Partei Italiens Enrico Berlinguer,*
*es schreibt Ihnen der treu ergebene Genosse Francesco Signorello von der Ortsgruppe Girifalco.*
*Wenn Sie mich nicht kennen, fragen Sie nur herum, wer Ciccio il Rosso ist, und Sie werden Antwort bekommen. Der verehrte und vortreffliche Togliatti könnte Ihnen von unserer Begegnung während einer Wahlkundgebung in Reggio Calabria erzählen.*
*Sie müssen wissen, dass ich der kommunistischen Sache bei jeder Wahl sechsundsiebzig Stimmen verschaffe, das sind die Stimmen meiner ganzen Familie und all ihrer Freunde.*
*Ich mache es kurz.*
*Ich brauche eine von Ihnen persönlich verfasste schriftliche ERLAUBNIS, bei den nächsten Kommunalwahlen die elenden, nichtswürdigen Christdemokraten zu wählen, denn ich bin dazu gezwungen, weil sie mich erpressen.*
*Ich habe zugestimmt unter der Bedingung, dass Sie persönlich es mir erlauben, sonst tue ich gar nichts.*
*Nur so viel will ich Ihnen sagen: Es geht um meinen Sohn Leone, den ich zum ewigen Gedenken an den Genossen Trotzki so genannt habe.*

*Nur bei dieser Wahl, denn ich werde weiterhin für den Sieg der Roten Fahne kämpfen.*

*Ich bitte Sie, mir sofort zu antworten, und meine diesbezügliche Adresse lautet: Rione Fontanella 26.*

*Ein schlichtes Ja genügt, dann mache ich es.*

*Ich danke Ihnen im Namen aller Genossen und der Revolution:*

*Nieder mit den Schwarzhemden, nieder mit der Kirche!*

»Hast du alles mitgeschrieben?«

»Ja.«

»Ganz bestimmt?«

»Sicher, keine Sorge.«

»Hier, nimm das«, sagte er und holte ein paar Münzen aus der Hosentasche. »Willst du wirklich keinen Wein?«

»Nein, vielen Dank, ich muss jetzt gehen.«

Ciccio nahm einen zerpflückten Zettel aus der Vitrine.

»Hier ist die Adresse.«

Der Postbote ging auf die Tür zu, aber Ciccio kam ihm mit einem Sprung zuvor.

»Warte noch«, sagte er und trat auf die Straße hinaus, »hier wimmelt es nämlich von Spionen.«

Er blickte nach links und nach rechts, dann kam er wieder herein.

»Du kannst jetzt gehen, und denk an das Beichtgeheimnis der Priester.«

Der Postbote verabschiedete sich und setzte seine Runde fort.

Der Rione Fontanella lag im alten Teil des Ortes. Wenn man bis an sein Ende lief und dann nach links auf einen Feldweg abbog, erreichte man die Cannaletta, den kleinen Platz mit den sechs Wasserspeiern des ältesten und schönsten Brunnens im Ort. Er war durstig von dem Wein, den er nicht getrunken hatte, und darum machte er vor dem beschwerlichen Anstieg zum Viertel Le Croci einen kleinen Umweg. Das Wasser der Cannaletta zu trinken, war in Girifalco ein Reinigungsritus, und der große steinerne Brunnen schien ein Weihwasserbecken für die armen, von der Arbeit gebeugten Bauern zu sein, die aus ihm den Segen des Berges erhielten.

Niemand war dort. Der Postbote stellte seine große Tasche ab und steuerte auf den letzten Wasserspeier zu. Mit der rechten Hand stützte er sich an der Mauer ab, und als er sich vorbeugte, um zu trinken, hatte er das Gefühl, dass jemand an ihm vorbeiging. Abrupt drehte er sich um, sah aber niemanden; das kühle Rinnsal, das ihm von den Lippen in den Kragen gelaufen war, lenkte ihn von diesem Gedanken ab. Erneut beugte er sich über den Brunnen, und dasselbe Gefühl überkam ihn noch einmal. Rasch richtete er sich auf, trocknete sich mit seinem Taschentuch das Gesicht und ging zur Straße, um nachzusehen, wer vorbeigekommen war, aber da war niemand. Nachdenklich hob er die Posttasche auf und ging in Richtung Le Croci.

Als er ungefähr hundert Meter gegangen war, hörte er Weinen und Geschrei, und am Ende des Anstiegs begriff er, dass Lovigino Palaia nach kurzer Krankheit gestorben sein musste, möglicherweise genau in dem Augenblick, in dem er aus dem Brunnen getrunken hatte. Und während er hörte, wie die Frau des Verstorbenen verzweifelt schluchzte und sein Enkel Stühle in einer Reihe aufstellte, dachte er: *Ich würde wetten, dass ich am Brunnen einen Schatten gesehen habe.*

An diesem Vormittag war die eigentliche Post, die er im Dorf verteilte, die Nachricht von diesem Tod, denn jedes Mal, wenn er einen Brief abgab, fügte er die traurige Bemerkung hinzu: »Loviginuzzu Palaia ist gestorben.«

Dieser Satz war auch beim Heimkommen sein erster Gedanke. Er holte die Akte des Toten aus dem Archiv. Zwei Schreiben lagen darin: eine Einladung zur Jahresversammlung vom *Verband der Kriegsheimkehrer des Ersten Weltkriegs* und ein zweiter Brief, den der Alte jemandem diktiert hatte und der an seine nach Deutschland ausgewanderte Schwester gerichtet war. Er teilte ihr darin mit, dass es ihm endlich, nach einem Leben voller Entbehrungen, gelungen war, den Grund und Boden der Familie in Vuttandíari zurückzukaufen.

Wenn jemand starb, schaute der Postbote in seinem Archiv in den Briefen des Verstorbenen nach, ob es Anzeichen für sein nahendes Ende gegeben hatte. Er glaubte, dass jeder nicht nur das Leben führte, das er verdiente, sondern dass jeden auch der ihm zustehende Tod ereilte.

Seine traurigen Gedanken kreisten häufig wie Aasgeier um diese kleine Besessenheit vom Tod. Nicht zufällig bestand seine erste Erinnerung darin, wie Onkel Vito Iacopino lang ausgestreckt tot auf dem Küchentisch gelegen hatte. In Wirklichkeit hatte der Postbote nur die Sohlen der schlammverkrusteten Bergschuhe gesehen, weil er sofort aus dem Zimmer geschickt wurde. Als er anfing, über den Tod nachzudenken, fielen ihm diese schlammigen, groben Schuhe ein, die in seiner Erinnerung ins Riesenhafte wuchsen, sodass er sich als kleiner Junge den Tod wie den erdrückenden Schatten eines riesigen Wanderschuhs vorstellte. Damals nahm die ganze Familie an der nächtlichen Totenwache teil, und es wurde dafür gesorgt, dass der Kleine bei der Nachbarin Angela schlief. In dieser Nacht geschah etwas Magisches in seinem Leben, denn zusammen mit den Kindern der Nachbarin legte er sich in ein großes Bett, in dem auch Maria schlief, Angelas jüngere Schwester. An diese Nacht erinnerte er sich sein Leben lang. Das Licht war gelöscht worden, aber er konnte nicht einschlafen. Zum ersten Mal in seinem Leben übernachtete er nicht zu Hause. Und dann – es war schon dunkel – kam Maria herein. Der kleine Junge rührte sich nicht, tat so, als schliefe er, tatsächlich aber betrachtete er Marias schwarze Silhouette, die sich im Mondlicht abzeichnete, das zum Fenster hereinfiel. Mit einer raschen, geschickten Bewegung zog sie sich den Pullover aus, hakte den Verschluss ihres BHs auf und versteckte ihn unter dem Kissen wie ein Geheimnis. Im Gegenlicht betrachtete er den jugendlichen Busen, noch ohne zu wissen, wie man ihn berührte und küsste, aber es war schön, ihn anzusehen und ihn sich vorzustellen. Wie seltsam das Leben war, hatte es ihm doch in ein und derselben Nacht seine erste Erinnerung an den Tod und die erste Erinnerung an die Liebe geschenkt.

Starb jemand, bewahrte er dessen Briefe nicht länger auf. Er warf sie weder weg noch zerriss er sie, vielmehr verbrannte er sie wie Leichen, die eingeäschert werden mussten. Gemessenen Schritts wie auf einer Beerdigung ging er dann in die Küche. Dort nahm er einen Eimer, der noch die Spuren der letzten Feuerbestattung trug, und warf die Briefe hinein, ohne sich zu bücken, denn er sah sie gern fallen und flattern wie kleine Papierdrachen, wie Flaggen oder wie Gras, durch das der Wind fährt. Er griff nach Streichhölzern und altem Zeitungspapier, riss eine Ecke ab und las flüchtig eine Überschrift – Carla hatte sich einen Geliebten genommen, und der Ehemann brachte sie dafür um. Dann stellte er sich vor den Eimer, zündete ein Streichholz an und hielt das Stück Zeitungspapier an die Flamme. Sobald das Papier Feuer fing, ließ er es in den Eimer fallen. Carla schwebte in einem lichterloh brennenden Heißluftballon, einen kleinen Rauchstreifen hinterlassend, dem Tod entgegen. Nach und nach wurde sie von einem immer größer werdenden schwarzen Rand verschlungen, der Heißluftballon verwandelte sich in eine Amsel, die im Sturzflug abgeschossen wird. Es gab so viele Arten zu sterben: Loviginuzzu, Carla, die arme Amsel – jeder entschied sich für seine eigene Art oder ein anderer traf die Entscheidung für ihn. Er wollte die Briefe nicht mit dem Streichholz anzünden, sondern Papier sollte Papier in Brand stecken, ein ausgewogenes Kräfteverhältnis, kein Mensch, der vom Blitz erschlagen, sondern einer, der von einem anderen Menschen getötet wird. Die Briefe verbrannten schnell. Er sah zu, wie das Feuer kleiner wurde und Rauch aus dem Eimer aufstieg, die Seele von Loviginuzzus Schriftstück, die einem Leichnam aus verkohltem Zellstoff entstieg.

Der Postbote ging ins Schlafzimmer, er wollte sich hinlegen. Nur einen Moment lang, dachte er, ich kann sowieso nicht schlafen.

Am Abend ging er zur Totenwache. Viele Menschen waren gekommen, ein Zeichen dafür, das Loviginuzzu zu Lebzeiten fast überall seine Finger im Spiel gehabt hatte. Die Frauen saßen im oberen Stockwerk um den Toten herum wie Raben auf einem Ast. Die Männer hingegen hielten sich in der Garage auf. Der Postbote setzte sich auf den letzten freien Platz zwischen Leone Signorello und Pepè Mardente. Flüsternd begrüßte er die beiden. Leone nickte ihm zu, während Pepè zurückgrüßte: »*Buonasera a vui, postiari.*« Pepè nannte sein Gegenüber stets beim Namen oder Spitznamen, um deutlich zu machen, dass er ihn erkannt hatte, trotz der schwarzen Brillengläser und obwohl seine Augen ihm die Welt nicht mehr zeigten. Denn er konnte zwar nicht sehen, hatte aber ein hervorragendes Gedächtnis. Die Natur hatte seinem Geist gegeben, was sie seinen Augen genommen hatte, und so war er zum wandelnden Lexikon des Orts geworden. Er erkannte jede Stimme, lief durch die Straßen, ohne einen Stock zu brauchen, und erinnerte sich an alles. Zahlreiche Legenden kursierten darüber, warum er seine Sehkraft verloren hatte. Eine Erbkrankheit, ja, sicher, der Urgroßvater hatte sie und seine Mutter auch ... ach was, Krankheit und Vererbung, alles Unsinn, in Wahrheit ist das Meer schuld, eines Tages hat er sich nämlich kopfüber von der Pietragrande gestürzt und ist auf einen Felsen im Wasser geprallt ... Wer hat dir denn diesen Blödsinn erzählt? Ja, gestürzt ist er, aber bei der Arbeit vom Gerüst ... er hat ja auch noch als Maurer gearbeitet! Nein, ich glaube, eine Frau hat ihn verhext, denn Pepè war ein ausgesprochen schöner Mann, ein Fotomodell geradezu, und die Frauen waren verrückt nach ihm. Der Postbote senkte den Kopf und schloss die Augen, um die Welt wie Pepè Mardente zu sehen. Sie kam ihm sehr hässlich vor, darum öffnete er die Augen gleich wieder, ein bisschen ängstlich, aber er konnte noch sehen, ja, es ging noch.

Ungefähr eine Stunde später stand Leone Signorello

auf, grüßte und ging hinaus. Der Postbote tat es ihm nach und begab sich auf den Heimweg, nahm aber den Umweg über Vuttandìari. Der Weg erwies sich als günstig, denn an der Cannaletta beobachtete er Maria Teresa und ihre kleine Schwester, die Wasser aus dem Brunnen schöpften. Er sah, wie sie die Flasche ausspülte und den Bodensatz weit wegschleuderte, als spuckte sie aus; dann beugte sie sich ohne jede Anmut über den Brunnen. Der Postbote dachte, dass die Liebe seltsam ist, denn die Worte in dem versiegelten Brief schienen nicht von dieser Frau mit den breiten Hüften und der weißen Haut zu sprechen. Maria Teresa, die geliebt wurde wie eine Madonna. Die Liebe war wirklich seltsam.

Er war sehr müde und ging früh zu Bett. Vor dem Einschlafen dachte er an Loviginuzzus Seele, die am Morgen gleich nach seinem Tod an ihm vorbeigehuscht war, um die stille Ewigkeit im Schatten der geliebten Bögen des Aquädukts in Vuttandìari zu genießen.

## 10

*Von Brillen, die den Göttern gehören, vom Dorfbewohner Marcello Mastroianni, vom dritten Siegelbrief und von der Zerstreutheit*

Dass Leonardo Sgraminu solch merkwürdige Gelüste hatte, hätte der Postbote nicht gedacht. Ein Familienvater, zuverlässig und fleißig, und obendrein Sekretär der Rosenkranzbruderschaft!

Diese Art von Päckchen kannte der Postbote sehr gut. Der Erste, dem er eins zugestellt hatte, war Micu Capricciu, und es enthielt einen Glasflakon mit der Aufschrift *Liebeszauber Amatèr* und eine kleine Gebrauchsanweisung, die die Vorzüge und Wirkungen des Dufts aufzählte. Man musste sich nur ein paar Tropfen aufsprühen, und schon lagen einem die Frauen zu Füßen. Vorsicht! Auf keinen Fall zu hoch dosieren, denn die Nebenwirkung bestand in unheilbarem weiblichem Wahnsinn. Der Postbote wagte nicht, das Siegel des kleinen Flakons aufzubrechen, denn offen gesagt war er gar nicht daran interessiert, eine Schar von Frauen zu seinen Füßen zu haben; darum verschloss er den Umschlag wieder und brachte ihn zu Capricciu. An der Wirksamkeit des Elixiers hegte der Postbote allerdings großen Zweifel, denn im Leben des Käufers kam es zu keiner sichtbaren Veränderung.

In derartigen Päckchen konnte sich alles Mögliche befinden: Cremes, die den Penis wachsen ließen, Antennen, mit denen man an Wänden lauschen konnte, seltsame vibrierende Gegenstände. Der Postbote hatte nur wenige Begierden, aber hätte man ihn gefragt, worum er die Götter am meisten beneidete, dann hätte er weder ihre Unsterblichkeit noch die Schönheit genannt, sondern die Fähigkeit, durch feste Stoffe hindurchsehen zu können. Und falls die Allmacht des Sehens zu viel verlangt war, wäre er schon zufrieden gewesen, wenn die Reklame für Röntgenbrillen der Wahrheit entsprochen und er damit tatsächlich durch die Kleider der Frauen hätte hindurchsehen können. Sich am Anblick der nackten Dorfbewohnerinnen zu weiden, wäre eine angenehme Art gewesen, sich die Zeit des Hungerns und Dürstens auf dem Dorfplatz zu vertreiben.

Linardu Sgraminu hatte seinen Fantasien Taten folgen lassen. Er hatte all seinen Mut zusammengenommen und sich eine Brille schicken lassen. Der Postbote vergeudete keine Zeit: Er öffnete das Päckchen und setzte sie auf, ziemlich aufgeregt, weil ihn nur noch ein Zucken der Lider vom Glück der Götter trennte, aber als er die Augen wieder öffnete, war die Enttäuschung riesengroß, denn nichts hatte sich geändert, und er nahm widerwillig zur Kenntnis, dass die Brille nichts taugte. Er schüttelte den Kopf über seine eigene Leichtgläubigkeit, und während er die Verpackung wieder in Ordnung brachte, dachte er, dass Linardu Sgraminu möglicherweise noch viel enttäuschter sein würde. Von da an schenkte der Postbote dieser Reklame keine Beachtung mehr, obwohl ihn die Hoffnung nicht verließ, dass vielleicht eines Tages doch jemand so ein Teufelsding erfinden würde. Im Gegensatz zu Micu Capricciu konnte er nämlich weder mit magischem Parfüm, das junge Frauen anlockt, noch mit Cremes, die Männern zu guter Ausstattung verhelfen, etwas anfangen. Der Postbote wollte keine Frauen zum Lieben, er wollte eine magische Brille, weil er sie lieber nur anschaute.

Diese Gedanken, angestoßen von Sgraminus Päckchen, deuteten auf einen Tag im Zeichen der Frauen hin. Außerdem hatte er morgens beim Aufwachen einen seltsamen Traum im Kopf gehabt, in dem sich seine Nachbarinnen Angela, Maria und Carmela in Sirenen verwandelt, ihn ausgezogen, in ihre Mitte genommen und auf ein Inselchen verbracht hatten, um ihn gemeinsam mit fleischlichen Genüssen zu beglücken.

Nach Frauen hielt auch Cecè Zàfaru Ausschau, der an jenem Morgen ebenfalls einen Brief erhalten hatte. Schon lange war er auf der Suche nach einer Ehefrau. Einige Jahre zuvor hatte er erstmals auf eine Anzeige für einsame Herzen in einem Lancio-Fotoroman geantwortet, und seitdem hatte sich die Sache zu einer Besessenheit entwickelt. Trotz seiner langjährigen Erfahrung ging immer etwas schief, sodass der arme Cecè Zàfaru noch immer Anzeigen ausschnitt und Briefe an einsame Frauen schrieb. Warum der Austausch selbst vielversprechender Liebesbriefe an einem gewissen Punkt immer abkühlte, begann der arme Zàfaru irgendwann zu ahnen, denn es konnte kein Zufall sein, dass das Feuer der brieflichen Leidenschaft immer dann erlosch, wenn er auf Nachfrage ein Foto von sich schickte. Und da er kein Dummkopf war, zählte er zwei und zwei zusammen und begriff, dass er einfach kein interessanter Mann war. Cecè resignierte und brütete dumpf vor sich hin; er platzte fast vor Neid, weil er als Einziger seines Jahrgangs noch Junggeselle war, und eine Zeit lang ging es ihm sehr schlecht. Aus seiner Not befreite er sich mithilfe einer Methode, die vielen verunsicherten Männern geläufig sein dürfte: Er spaltete sich in zwei Persönlichkeiten auf, sodass sich Cesare Zàfaru aus Gùrna Nigra, eins sechzig groß und zuständig für das Funktionieren der Zentralheizung der örtlichen Nervenheilanstalt, bei Bedarf auf Papier in den faszinierenden Doppelgänger seines ästhetischen Idols verwandelte:

*Mastroianni Marcello (genau wie der Schauspieler), 35, 1,79 m, von drahtiger, aber muskulöser Gestalt.*
*Angestellter mit Eigenheim, Grundbesitz und Bankkonto.*
*Mittlerer Bildungsabschluss, ein zuverlässiger, respektvoller Mensch, regelmäßiger Theater- und Kinogänger, sucht auf diesem Weg die zu ihm passende Frau, die es in seinem Heimatort nicht gibt.*

Gemessen an der Zahl der Antwortschreiben, war Cecè Zàfarus neue Briefidentität ein Erfolg. Ein Jahr zuvor hatte er zwecks Bekanntschaft und Heirat einen Briefwechsel mit einer nach Portugal ausgewanderten, aus Cirò stammenden Italienerin aufgenommen, einer gewissen Concetta Spaturicchio, die sich folgendermaßen beschrieb:

*Junge Frau, 23 Jahre, anständig und unberührt, im Alter von 14 Jahren nach Portugal ausgewandert, sucht Ehemann in Italien, um ihren Vater glücklich zu machen, der in die Heimat zurückkehren möchte.*

Im Vergleich zu den Witwen und fünfzigjährigen alten Jungfern der anderen Annoncen musste diese Concettina geradezu ein Leckerbissen sein, sodass sie vermutlich viele Antworten bekommen hatte. Dennoch hatte sie sich für Cecès Brief entschieden, und sie erklärte ihm auch den Grund:

*Sehr geehrter Marcello Mastroianni,*
*aus zahlreichen Briefen habe ich Ihren ausgewählt, und bitte lachen Sie mich nicht aus, wenn ich Ihnen den Grund nenne.*
*Ihr Name gefällt mir sehr, weil ich Mastroiannis Filme gesehen habe und mein Vater auch, und ich habe auch ein Foto von ihm und hoffe wegen des Namens, dass Sie vielleicht fast so schön sind wie er, denn das würde mir reichen, um glücklich zu sein.*

Arme Signorina Spaturicchio! Cecè Zàfaru ähnelte Marcello Mastroianni wie ein Gartenzwerg dem Koloss von Rhodos, aber weil Concettina das nicht ahnen konnte, nahm der Briefwechsel einen vertraulicheren Ton an. Im vierten Brief beschleunigte Cecè-Marcello die Sache ein wenig, aufgrund langjähriger Übung nicht ohne Geschick:

*Verehrte Signora Concetta,*
*Ihre Worte lassen mich jedes Mal seufzen, und ich wünschte, wir wären nicht so weit voneinander entfernt.*
*Ich denke ständig an Sie, vom Aufwachen bis zum Schlafengehen, und male mir all die Dinge aus, die ich gern mit Ihnen gemeinsam tun würde. Denn jetzt kommen die schönen Tage, und ich würde zu gern mit Ihnen an den Strand gehen.*
*Gebe Gott, dass es eines Tages dazu kommt.*
*In Erwartung dieses ersehnten Moments hoffe ich, dass Sie mir meine Bitte erfüllen und mir eine Fotografie von sich*

*schicken, die ich auf den Nachttisch stellen und vor dem Einschlafen betrachten kann, damit ich schön von Ihnen träume.*

Anderthalb Monate später erhielt unser einheimischer Schauspieler die gewünschte Antwort:

*Sehr geehrter Signor Mastroianni,*
*ich dachte mir schon, dass Sie mich früher oder später danach fragen würden, deshalb habe ich extra dieses Foto aufbewahrt, das ich Ihnen hiermit schicke. Es zeigt mich auf der Hochzeit meiner Cousine vor einem Jahr.*
*Entschuldigen Sie, es ist etwas eingerissen, aber ich hänge so sehr daran. Sie sollen wissen, dass ich Ihnen etwas schenke, das mir lieb und teuer ist.*
*Behandeln Sie es gut und stellen Sie es auf Ihren Nachttisch, betrachten Sie es und denken Sie an mich, denn ich denke auch an Sie, Marcello. Schon lange möchte ich Sie so nennen wie die Schauspielerinnen in den Filmen.*
*Jetzt habe ich auch eine Bitte. Ich denke schon lange darüber nach, und bisher fehlte mir der Mut, aber jetzt, wo Sie es getan haben, kann ich Sie auch fragen. Also: Ich hätte so gern ein Bild von Ihnen, das ich mir auf den Nachttisch stellen kann, dann schlafe und träume ich ruhiger, weil ich das Gefühl habe, dass Sie immer in meiner Nähe sind.*

Das Foto war trotz des gewöhnlichen Namens und des beschwerlichen Transportwegs wirklich außergewöhnlich, und nicht einmal im Gebet hätte Cecè-Marcello gewagt, sich einen so schönen Engel herbeizuwünschen. Doch in seinem Leben gingen Freude und Unglück stets Hand in Hand, und so hielt ihm Concettinas bescheidene Bitte die traurige Realität an demselben Tag vor Augen, an dem er entdeckte, dass er der glücklichste Briefeschreiber der

Welt war. Concetta wollte ein Foto von ihm, um Marcello zu sehen und ihn so zu bewundern wie ein Bild des echten Mastroianni, das sie aus irgendeiner Illustrierten herausgerissen hatte. Was sollte der arme Kerl nur tun? Sich die Maske herunterreißen oder das falsche Spiel fortsetzen? Geplagt von Zweifeln beschloss er, sich Zeit zu lassen, aber offenbar hatte er zu lange gewartet, denn in der Zwischenzeit erreichte ihn ein weiterer Brief:

*Sehr geehrter Signor Mastroianni,*
*bin ich denn so hässlich, dass Ihnen vor meinem Gesicht graut? Dachten Sie, ich sei viel schöner?*
*Normalerweise antworten Sie immer recht bald, und allmählich mache ich mir Sorgen.*
*Ist Ihnen etwas zugestoßen? Ich weiß nicht, was ich denken soll.*
*Wenn Sie mir nicht mehr schreiben wollen, weil ich Ihnen nicht gefalle, dann verstehe ich das und respektiere Ihre Entscheidung.*
*Ich will Ihnen nicht zur Last fallen, indem ich Ihnen weiterhin schreibe. Ich hoffe jeden Tag, einen Brief von Ihnen zu bekommen und werde die Hoffnung nicht aufgeben, aber sollte es anders sein, dann seien Sie beruhigt, denn heute schreibe ich Ihnen zum letzten Mal.*
*Alles Gute, Marcello.*

Cecè Zàfarus Stimmung verfinsterte sich: Warum hielt Concetta sich für hässlich? Woher kam diese Befürchtung, die tiefere Gefühle zu verschleiern schien? Und dann war da dieser leise Zweifel. Was, wenn sie sich nur in seine Worte verliebt hatte? Einen Augenblick lang fühlte er sich vom Dämon der Aufrichtigkeit versucht, aber die Erinnerung an die erfahrenen Ablehnungen war zu schmerzhaft. Er wollte den Briefwechsel nicht abreißen lassen. Er hätte den Versand des Fotos noch länger hinausschieben können, aber dann hätte das Mädchen den Betrug durchschaut. Also beschloss er, weiterhin zu lügen und schickte ihr das heiß ersehnte Bild.

*Verehrte Concetta,*
*verzeih, dass ich Dir jetzt erst schreibe, aber erstens hat mich Dein Brief mit Verspätung erreicht, und zweitens sind mir einige Angelegenheiten dazwischengekommen, für die ich mein Heimatdorf verlassen musste.*
*Wie kannst Du nur daran zweifeln, dass Du mir gefällst? Ich schwöre Dir, noch nie – wirklich noch nie – habe ich eine so schöne Frau wie Dich gesehen, und wenn Gott will, dass Du mich heiratest, dann werde ich bis zum Tag meines Todes Opferkerzen zu Ehren des Herrn anzünden.*
*Du bist so schön, dass Dein Wunsch mich beschämt, denn kein Mann ist würdig, an Deiner Seite zu sein, nicht mal der echte Schauspieler Mastroianni, und ich schicke Dir nur deshalb ein Foto von mir, weil Du mich darum gebeten hast. Ich hoffe, dass nicht Du es bist, die von meinem Gesicht enttäuscht ist. Wenn es aber so ist, sei bitte ehrlich, und behalte mich wenigstens als guten Freund in Erinnerung.*
*Das Foto wurde in diesem Sommer aufgenommen. Ich bin darauf mit Freunden am Meer zu sehen, und ich bin der mit der schwarzen Sonnenbrille, der im Sand liegt. Zur Sicherheit habe ich einen Pfeil eingezeichnet.*
*Mir geht es nur gut, wenn ich Deine Briefe lese.*
*Denk an mich, so wie ich an Dich denke.*

Zàfaru hatte seine Karten wirklich gut gespielt und erwies sich im Kielwasser der Lüge als Genie. Tatsächlich hatte er der ahnungslosen Signorina Spaturicchio ein zehn Jahre altes Bild geschickt, doch anstatt auf sich selbst – oben links in der Ecke –, ließ er den Pfeil auf keinen Geringeren als Pepè Mardente zeigen, ein wahrer Adonis, der dem echten Mastroianni optisch in nichts nachstand, wegen der ersten Anzeichen von Erblindung aber leider bereits dunkle Brillengläser tragen musste. Da er sich nun mit falschen Federn geschmückt hatte, gab es für Cecè kein Halten mehr, denn ihm war bewusst, dass er der Emigrantentochter Spaturicchio niemals begegnen würde.

In seinem Kopf war etwas Merkwürdiges passiert, seit er so häufig mit Marcello Mastroianni unterschrieb. Allmählich glaubte er nämlich selbst, Mastroianni zu sein, und wenn er Concettina von Liebe schrieb, fühlte er sich tatsächlich so schön und begehrenswert wie ein Schauspieler. Zum ersten Mal in seinem Leben war Cecè Zàfaru ein Mann, der geliebt wurde, an den jemand dachte und nach dem sich jemand sehnte, und es spielte keine Rolle, dass der Grund dafür eine nebensächliche kleine Lüge gewesen war. An dem Punkt angelangt, an dem er sich entscheiden musste, zog der Verfasser von Heiratsannoncen es vor, für immer von einer schönen Frau geliebt und in Erinnerung behalten zu werden, anstatt das Risiko der Aufrichtigkeit einzugehen und wiederum eine Enttäuschung zu erleben. Und so bekam Zàfaru, der sich bereits mit der Einsamkeit abgefunden hatte, Concettinas letzten Brief an demselben Morgen, an dem Linardu Sgraminu die magische Brille erhielt und der Postbote sich vor dem nächtlichen Lockruf der Sirenen rettete:

*Oh Marcello,*

*entschuldige meine Vertraulichkeit, aber als ich gesehen habe, wie schön Du bist, konnte ich es kaum glauben. Ich bin so glücklich.*

*Du bist viel schöner als der Schauspieler, und ich habe sein Bild sofort zerrissen und Deines an seinen Platz gestellt.*

*Mein Herz tanzt, denn als ich behauptete, dass nur alte und hässliche Männer Heiratsannoncen aufgeben, hatte mein Vater recht. Er hat nämlich behauptet, dass es auch schöne gibt, und ich habe großes Glück, weil ich den schönsten von allen gefunden habe.*

*Den ganzen Tag sehe ich mir Dein Bild an. Alle sehen, wie glücklich ich bin, und fragen mich warum, aber ich traue mich nicht, es zu erzählen, denn all das kommt mir vor wie ein Traum.*

*Wenn es mit der Arbeit gut weitergeht, kann ich bis zum Sommer vielleicht Geld für eine Fahrkarte zurücklegen, dann komme ich mit meinem Vater zu Dir, und wir verloben uns, denn jetzt, wo ich Dich gesehen habe, möchte ich unbedingt schnell Deine Frau werden.*

*Du bist schön, Marcello, und ich hoffe, dass ich dabei sein werde, wenn Du das nächste Mal zum Strand gehst.*

Hätte Cecè diesen vor Liebe überschäumenden Brief gelesen, hätte er sich schuldig gefühlt. Er hätte nicht mehr geantwortet, Concettinas Foto aber für immer im Portemonnaie mit sich herumgetragen. Ihn hätte nur die Hoffnung getröstet, dass Concettinas Blick beim Betrachten des Bildes eines Tages auf den stehenden Mann links oben fallen und sie im Stillen denken würde, dass auch er ein schöner Mann war und wie ein Schauspieler aussah, wie er so dastand, die Hände in die Hüften gestemmt; dass auch er ihr vielleicht das Glück hätte schenken können, nach dem sie sich verzehrte. Der Postbote stellte Cecè den Brief nicht zu.

Er wurde traurig. Ja, der Tag stand im Zeichen der Frauen, aber es war ein trauriger Tag, denn er hatte das Gefühl, dass eine ansteckende Krankheit herumging, und kurze Zeit später erreichte dieses Gefühl seinen Höhepunkt, als er den dritten an Maria Teresa adressierten Brief aus dem Postsack holte. Er brach das Siegel auf und begann wehmütig zu lesen:

*Geliebte Teresa,*
*ohne Dich ist alles sinnlos.*
*Wenn Du wüsstest, wie schwer es ist, zu warten, ohne zu hoffen, sich nach etwas zu sehnen, das niemals eintreffen wird, den Blick zu heben, um Dich anzusehen und gleichzeitig zu wissen, dass Du nicht da bist, der Versuchung aber nicht widerstehen zu können und erneut aufzublicken, denn es ist eigenartig, wie wenig wir in der Lage sind, uns mit unserem Unglück abzufinden.*
*Wie soll ich nur weiterleben, ohne Hoffnung, Dich noch ein letztes Mal zu sehen, mich Dir vielleicht nur von hinten zu nähern, ganz still, in dem Augenblick, in dem Du diesen Brief liest, so nah, dass ich Deinen Herzschlag spüren kann? Wie soll ich weiterleben ohne die Hoffnung, mit dem Mund Deine Schläfe zu berühren, die sich immer rötet, wenn Du Dich ertappt fühlst? Wie soll ich leben, ohne Dich zu umarmen und an mich zu drücken, damit Du begreifst, dass ich kein Traum bin, sondern dass ich zu Dir zurückgekehrt bin, als hätte es die Zeit, in der wir getrennt waren, nie gegeben?*
*Diese Vorstellung erhält mich am Leben, nur sie gibt mir die Kraft zum Weiterleben.*
*Und trotz allem hebe ich den Blick, geliebte Teresa, denn ich kann nicht anders.*

Der Postbote legte die Briefe in die große Tasche und nahm sie mit nach Hause, um sie abzuschreiben, aber als er die Worte unglücklicher Liebe erneut zu Papier brachte, wurde er noch trauriger. Am Abend ging er früh zu Bett und hoffte, diesen trübsinnigen Tag so schnell wie möglich zu vergessen.

Am nächsten Morgen legte er seine Runde ohne ersichtlichen Grund in umgekehrter Richtung zurück. Der Preis für diese Abweichung vom üblichen Kurs bestand darin, dass er Maria Teresa nicht antraf. Ihre Schwester Angiolina zeichnete mit einem Stück Kohle ein Hüpfspiel auf den Boden.

»Ist das nicht zu groß für dich?«, fragte der Postbote.

»Oh nein, ich bin schon groß, warten Sie, ich zeig's Ihnen.«

Sie legte die Kohle weg, hob mit geschwärzten Fingern einen Stein auf und warf ihn auf das dreieckige Feld der Nummer neun.

»Jetzt zeige ich Ihnen, wie groß ich bin«, wiederholte sie, und unter den belustigten Blicken des Postboten hüpfte sie von Feld zu Feld, ohne die Linien zu berühren.

»Haben Sie gesehen?«, fragte sie zufrieden.

»Du bist wirklich groß.«

Das kleine Mädchen kam zurück und vervollständigte mit dem Kohlestück das Bild der Glocke auf dem Boden.

»Ist deine Schwester zu Hause?«

»Sie ist zu Zia Rosa gegangen«, sagte das Mädchen, ohne sich ablenken zu lassen, »mit Mama.«

Er näherte eine Hand der großen Tasche, aber kaum berührte er den Brief, dachte er an Angiolinas schmutzige Hände, und in den Flecken, die sie auf dem Papier hinterlassen würden, sah er – neben Maria Teresas Abwesenheit – das zweite Zeichen dafür, dass es besser sei, die Zustellung zu verschieben. Also verabschiedete er sich von dem kleinen Mädchen und machte sich wieder auf den Weg.

Der Postbote war ein zerstreuter Mensch, denn ein Briefträger auf dem Land, der sein Leben lang durch dieselben Straßen zieht und jeden Tag denselben Menschen begegnet, sucht sich notgedrungen etwas, womit er sich die Zeit vertreiben kann. Der Postbote lief also zerstreut durch die Straßen, und zwischen Gedanken, Fantasien und Vorstellungen verweilte er bei den kaum merklichen Veränderungen im Dorf: Die Gardine im Fenster seiner Nachbarin Adelaide war gerafft und zusammengebunden worden, ein Zeichen dafür, dass sie länger als üblich auf die Straße geschaut hatte; Varvaruzza Cannareddas Geranientöpfe standen an einem anderen Platz; auf die Mauer vor Cicciuzzu Cannaròs Haus hatte jemand mit rotem Lack eine Trompete gemalt, und der Postbote fragte sich, was die Zeichnung bedeuten sollte, und während er noch nachdachte und um die Ecke zum Piano bog, wäre er fast mit Teresa Speraró zusammengestoßen, die ihre Einkaufstaschen nach Hause trug.

»Entschuldigen Sie«, sagte der Postbote, »ich war abgelenkt.«

»Kann passieren«, erwiderte Teresa lächelnd mit der ihr eigenen Anmut, die alle Männer im Ort bewunderten.

Sie ging weiter, als wäre nichts passiert. Der Postbote hingegen blieb wie angewurzelt an der Straßenecke stehen. Er war verlegen, und Verlegenheit hat oft etwas mit einem Geheimnis zu tun, das man nicht ergründen kann. Teresa Sperarò war eine der schönsten Frauen im Ort; sie pflegte sich, war stets gut gekleidet und lächelte oft, und obwohl sie Ehefrau und Mutter war, lief einem bei ihrem Anblick das Wasser im Mund zusammen. Und er war sogar mit ihr zusammengestoßen, o glückselige Zerstreutheit, hatte ihren Arm berührt, als wollte er sie stützen, damit sie nicht hinfiel, o gesegnete Zerstreutheit, die du das Ende hinauszögertest, seine Hand hatte ihren Arm gestreift, o heilige Zerstreutheit, die du den umherschweifenden Geist umgarntest und ihm unnötigerweise falsche Hoffnungen machtest. Er hatte sie aus nächster Nähe betrachtet, wie er es noch nie getan hatte und auch nie wieder tun würde ohne die Zerstreutheit als Erfinderin der Sünde und Zerstörerin seiner inneren Festung. Er hob die Hand an die Nase und atmete tief ein – Zerstreuung, zwecklose Träumerei ...

»*Buongiorno.*«

Maria Teresa und ihre Mutter kamen aus der Via dei Carruciaddi. Die Alte mit ihrer tiefen Stimme war es, die ihn gegrüßt hatte.

»Guten Tag«, sagte der Postbote, als die Frauen an ihm vorbeigingen. Er zögerte einen Moment, dann drehte er sich um, rief: »Warten Sie!«, und lief los, um sie einzuholen.

Maria Teresas Augen wirkten müde. Der Postbote nahm den versiegelten Umschlag aus der Tasche und reichte ihn ihr. Die junge Frau steckte ihn ein. Hatte sie vor lauter Liebe nicht geschlafen? War sie noch verliebt? Eher nicht, denn sie war eine praktische, gewissenhafte Frau, und um sich zu verlieben, muss man sich vielleicht ablenken lassen und von der vorgezeichneten Bahn des Lebens abweichen.

Manchmal entsteht Liebe aus Zerstreuung.

Kann passieren.

## II

*Von einer liebevollen Tante, einem hübschen
Mädchen, das auf die Liebe wartet, und
von einer verschwiegenen und weiterhin zu
verschweigenden Marotte des Postboten*

»Warum heiratest du eigentlich nicht?«

Tante Mariettuzzas Frage folgte auf den Kaffee, pünktlich und so ärgerlich wie Bauchschmerzen.

Als jüngste Schwester seiner seligen Mutter und einzige lebende Verwandte des Postboten war Mariettuzza die Verkörperung der unglücklichen Herzenstraditionen seiner Familie. Nachdem sie Silvio Palazzo geheiratet und vierunddreißig Hektar Olivenbäume mit in die Ehe gebracht hatte, wurde sie nach nur einem Jahr zur Witwe, weil ihr Ehemann in Vuttandìari von einem Bogen des Aquädukts fiel und sich das Genick brach. Die junge Witwe, in ewige Trauerkleidung gehüllt, lebte von da an in der immerwährenden Utopie ihrer Ehe und bedauerte zutiefst, dass sie keine Kinder bekommen hatte.

Ihr liebster Zeitvertreib bestand darin, sich auf die Jagd nach einer Braut für ihren Neffen zu begeben, und darum hatte sie auf einem Blatt die Namen der Frauen im

Dorf notiert, die die nötigen Voraussetzungen erfüllten. Sie war gewissenhaft und streng, sodass eine anständige junge Frau wie Cristinedda Zuccarello von der Liste gestrichen wurde, nur weil sie ihre Bluse zum Trocknen verkehrt herum aufgehängt hatte.

Ihr Liebling, die Erste auf der Liste, war Maria Beddicchia, die achtzehn Häuser weiter wohnte, denn die hatte sie von klein auf großgezogen und sich um sie gekümmert wie um eine Nichte. Sie war ein hübsches Mädchen, hatte langes Haar und schwarze Augen, und es kam nur selten vor, dass ein solches Mädchen in einem Dorf voller stolzer junger Männer allein und jungfräulich blieb. Mariettuzza begnügte sich nicht damit, ihrem Neffen in den Ohren zu liegen, sondern auch die schöne Maria hatte sie von Kindesbeinen an mit den Worten gequält, ihr Neffe sei der Mann ihres Lebens, und diese Vorträge waren nicht ohne Wirkung geblieben. Da Zia Mariettuzza seit Jahren ständig wiederholte, Maria sei die richtige Frau für den Postboten, sie ihre Nichte nannte und von ihr mit »Tante« angesprochen zu werden verlangte, war die junge Frau so von diesem Gedanken erfüllt, dass sie sich oft hinter die Gardine stellte und den Postboten beobachtete. Und sie mochte den Mann mit den schwarzen, nach hinten gekämmten Haaren, der olivfarbenen Haut, den großen, dunklen Mandelaugen, dem schlanken Körper und dem melancholischen Blick auf die Welt. Sie beobachtete ihn, und er gefiel ihr, denn der Postbote war ein schöner Mann, keine Frage, einer, der viele Frauen haben könnte.

Zia Mariettuzza gab nicht auf, und als sogar ein so einsamer Mensch wie Pasquale Farillu heiratete, beschloss sie, keine Zeit mehr zu verlieren. Tatsächlich dauerte Pasquales Ehe nur kurz, denn seine Braut, Vicenza Vaccarise aus Amaroni, lief ihm schon in der ersten Nacht davon, nachdem sie entdeckt hatte, dass der frischgebackene Ehemann nur ein winziges Schwänzchen zwischen den Beinen hatte.

Der Postbote hatte mit der Vorladung zu seiner Tante gerechnet wie nach jeder Eheschließung im Ort, aber diesmal fiel ihm beim Betreten des Hauses etwas Ungewöhnliches auf. Die Tante, die ihr neues, sonst dem sonntäglichen Kirchgang vorbehaltenes Schultertuch umgelegt hatte, ließ ihn nicht in der Küche, sondern im Wohnzimmer Platz nehmen, und auf dem Tisch stand ein Tablett mit drei Gläschen aus ihrer kostbaren Aussteuer. Außerdem fragte sie ihn, sobald sie ihn erblickte, streng: »Hättest du dir nicht etwas Besseres anziehen können?«

Der Postbote lächelte. »Wie geht's dir?«

»Wie üblich«, sagte sie und hakte ihn unter, »aber mir ist noch schwerer ums Herz als sonst.«

»Und wir wissen beide, wer daran schuld ist, nicht wahr?«

»Warum machst du mich nicht endlich glücklich? Sogar Pasquale hat geheiratet.«

»War eine kurze Ehe ...«

»Ja, mag sein, aber was spielt das für eine Rolle?«

»Mach dir keine Gedanken, Zia, ich weiß, du meinst es gut mit mir, aber ...«

»Ja, natürlich meine ich es vor allem gut mit *dir*, aber ein bisschen auch mit mir. Wirst du mich denn nie zur Oma machen?«

»Inzwischen bin ich alt.«

»Du und alt? Denk dir eine andere Ausrede aus. Du bist ein schöner Mann mit festem Einkommen, die alten Jungfern hier im Ort seufzen dir sehnsüchtig hinterher, du könntest dir die beste Frau aussuchen, und was tust du? Immer bist du allein.«

»Aber ich habe doch dich ...«

»Und du bist es nicht leid zu kochen, zu waschen und aufzuräumen ...?«

»Ich bin ein unordentlicher Mensch, das weißt du doch.«

»Genau wie dein seliger Onkel«, sagte sie und bekreuzigte sich, »der war auch unordentlich. Ich musste immer alles wegräumen, was er herumliegen ließ, und obwohl er es nie gesagt hat, wusste ich, dass er mir dankbar war, denn Unordnung mag niemand, es gibt keine unordentlichen oder ordentlichen Menschen, es gibt nur solche, die faul sind und solche, die es nicht sind.«

»Du hast recht, ich bin faul.«

»Glaub mir, du brauchst eine anständige Frau, und ich kenne da eine, die hervorragend zu dir passt.«

»Ich weiß schon, wer oben auf deiner Liste steht.«

»Na und, ist sie etwa nicht hübsch? Was gefällt dir nicht an ihr?«

»Nichts, absolut gar nichts.«

»Und?«

»Aber darum geht es doch gar nicht, es geht nicht um die richtige Frau. Ich will einfach nur allein bleiben.«

»Aber *u Signùra* hat uns nicht gemacht, damit wir allein bleiben!«

Der Postbote umarmte sie.

»Liebe Tante, du weißt doch, wie ich bin, es gibt keine

seltsamen Gründe für mein Alleinsein. Nach so vielen Jahren kann ich mir einfach kein anderes Leben mehr vorstellen. Du hattest Glück, weil du jemanden wie den Onkel kennengelernt hast, aber ich glaube, dass ... na ja, ich glaube eben, dass es Menschen gibt, die zum Alleinsein geboren sind.«

»*Napùtama*, wenn du es sagst ... aber vor ein paar Jahren hast du noch anders darüber gedacht.«

Das stimmt, viele Jahre zuvor hätte er so etwas nicht gesagt. Sofort stiegen Erinnerungen aus ferner Vergangenheit in ihm auf: das Gesicht einer Frau, die Straßen einer fremden Stadt, das Rattern eines Zugs.

»Vielleicht liegt es auch an der alten Geschichte, Tante. Vielleicht musste es so kommen.«

»Aber wünschst du dir denn keine Kinder? So ist die Natur, *napùtama*, wenn wir Kinder machen können, dann heißt das, dass wir dazu geboren sind.«

Mariettuzza war aufgewühlt. Sie fuhr sich mit der Hand über den Bauch, dann betrachtete sie das Porträt ihres Mannes an der Wand.

In diesem Augenblick klingelte es. Die Tante ging zur Tür und öffnete. Es war Maria Beddicchia.

»Komm herein, *Maria mia*, komm, ich unterhalte mich gerade mit meinem Neffen.«

»Ich will nicht stören.«

»Ach was, du störst nicht, komm nur herein!«

Der Postbote stand auf, um ihr die Hand zu geben.

»Guten Tag.«

Das Mädchen senkte den Kopf und hoffte inständig, dass er die heiße Röte nicht bemerkte, die ihr Gesicht überzog. Die Tante hatte recht, Maria war wirklich schön – der Postbote bewunderte ihren langen, schlanken Hals, der durch die hochgesteckten Haare besonders gut zur Geltung kam –, und wäre er nicht der einsame Mann geworden, der er war, hätte er alles getan, um eine solche Frau zu bekommen.

»Setz dich, Maria, hier, setz dich zu mir«, sagte die Tante und zeigte aufs Sofa. Das Mädchen nahm Platz. Der geblümte Rock, der ihre Knie bedeckte, rutschte ein paar Zentimeter hoch, und sie zog ihn sofort wieder herunter. Die Tante goss ihr Wermut ein. Die Anzahl der Gläschen ließ keinen Zweifel daran, dass die Begegnung geplant war, und dieses Wissen führte zu einer gewissen Befangenheit.

»Wo waren wir gerade stehen geblieben?«

»Ich weiß nicht mehr«, sagte der Postbote und hoffte, dass seine Tante nicht die Unverfrorenheit besaß, in Marias Anwesenheit auf das Thema zurückzukommen.

»Wir waren beim Heiraten. Du kennst ja die Allergie, unter der mein Neffe leidet, Maria.«

»Aber Tante ...«

Maria senkte den Blick, dann trank sie den Wermut in einem Zug aus.

»Er ist ein eingefleischter Junggeselle ...«

»Ich glaube nicht, dass die Signorina sich für das Thema interessiert«, sagte der Postbote.

»... und gönnt seiner alten Tante einfach die Genugtuung nicht.«

Maria lächelte über die spöttischen Worte der Tante; es war ein breites Lächeln, und es kam so überraschend, als tauchte im dramatischsten Moment eines Puppenspiels die Hand auf, die in der Puppe steckt. Es ließ die ganze Inszenierung plötzlich lustig und leicht wirken. Der Postbote konnte wieder frei atmen, er fühlte sich wohl und war dem Mädchen insgeheim dankbar. Alles wurde plötzlich einfacher. Da es der Neffe war, der überzeugt werden musste, sorgte die Tante dafür, dass Maria möglichst viel redete. Und so teilte sie mit sanfter Stimme mit, dass sie hervorragend kochen konnte, dass sie gern ein eigenes Haus mit einem Garten voller Tulpen hätte, und dass sie Venedig sehen wollte, weil sie sich eine Stadt, die auf dem Meer schwamm, sehr schön vorstellte.

Als die Glocken vier schlugen, stand der Postbote auf, denn er merkte, dass der Tante die Fragen an Maria allmählich ausgingen.

»Entschuldigt mich, aber ich muss jetzt wirklich los.«

»Ja, es ist spät geworden«, sagte das Mädchen sofort.

Der Postbote küsste seine Tante auf die Stirn und ging aus dem Haus. Er hatte erst wenige Meter zurückgelegt, da hörte er, dass jemand nach ihm rief. Maria war gleich nach ihm hinausgegangen und holte ihn nun ein.

»Ich wollte Ihnen sagen ... also ... Sie wissen ja, wie Ihre Tante ist, nehmen Sie es ihr nicht übel.«

Aus der Nähe waren ihre schwarzen Augen noch schöner.

»Ich weiß, aber für Sie ist es doch ...«, setzte der Postbote an.

»Keine Sorge, ich bin das gewöhnt, sie erzählt mir ständig nette Dinge über Sie, für sie sind Sie wie ihr eigenes Kind.«

»Mariettuzza wird sich nie damit abfinden, dass ich erwachsen geworden bin.«

»Sie meint es gut.«

»Sie ist ein lieber Mensch.«

»... und sie ist nicht die Einzige.«

Diese Liebeserklärung kam überraschend. Der Postbote spürte, wie eine Hand seinen Arm berührte. Das Mädchen begriff, dass sie zu weit gegangen war, aber die Reden der Tante, die größere Vertrautheit, das Gefühl, das im Stillen wuchs – vielleicht war es gut so.

»Auf Wiedersehen«, sagte sie und machte sich auf den Heimweg.

Der Postbote sah ihr nach und hoffte, dass sie sich nicht umdrehen und ihn ansehen würde, damit sie seinen eindringlichen Blick nicht bemerkte. Verträumt betrachtete er den geblümten weißen Rock, der durch die frische Brise und Marias eilige Schritte hin und her wogte wie Schaum auf bewegter See. Von Weitem und im Gegenlicht betrachtet, schien sich unter dem weißen Stoff ein schwarzer, regelmäßiger Schatten über den rundlichen Oberschenkeln abzuzeichnen, und während er zusah, wie sie sich mit raumgreifenden Schritten entfernte, wünschte er sich für einen Augenblick, der stählerne Gullydeckel zu sein, auf den Maria gleich den Fuß setzen würde, oder auch das alte Zeitungspapier, auf das sie soeben getreten war. Er hätte gern unter den Rock geblickt, auf das schwarze Gespinst, und er hoffte, dass es kein Teil ihres Körpers, sondern ein altes Wäschestück war, dessen Gummiband von zahlreichen Wäschen ausgeleiert war, sodass sich etwas Zartes von derselben Farbe unter den eng anliegenden Stoff schmuggeln konnte.

Diebische Gedanken. Nur das war ihm von den Frauen geblieben, und in diesem Augenblick, als er vor der Via

Marzìgghia 18 stand, in der Giampà Mariettuzza wohnte, die jüngere Schwester seiner toten Mutter, war es, als wäre sein Blickwinkel ein paar Meter nach oben verrückt worden. Er sah sich selbst wie auf einem Foto, beobachtete, wie er von hinten verträumt auf die weibliche Figur im geblümten Kleid im Hintergrund starrte, die im Begriff war, ihr Haus zu betreten. Eine Frau, die ihm ihre Zuneigung gestanden hatte, die er sofort und ohne Bedingungen hätte haben können, ihre Unterwäsche und das, was sich darunter verbarg, Gegenstand unaussprechlicher Fantasien. Und dennoch ließ er zu, dass sie die Tür öffnete und verschwand. Nicht sie war es, die ihn interessierte, sondern das verhüllte Detail, und in seinem beklagenswerten, plötzlichen Verlangen nach Verwandlung hatte er sich nicht gewünscht, das schwarze Gewebe zu sein, das die verborgenen Freuden bedeckte und umspielte, sondern lieber wäre er eine zerrissene Zeitung auf der Straße gewesen. Was ihn erfreute, war der Anblick. Nicht nach körperlichem Kontakt verzehrte er sich, sondern nach dem Anblick, der eine gewisse Distanz erforderlich macht.

Der Postbote wollte keine Frau, mit der er leben, die er berühren und spüren konnte. Er wollte Details zum Anschauen wie ein Spürhund auf der Suche nach Trüffeln, der mit seinem Schicksal zufrieden war und die Köstlichkeiten nur beschnupperte, die andere genießen würden. Er war ein anderer Mann geworden, weder falsch noch böse, einfach nur anders ...

Nach dem Abendessen, das aus Kartoffeln und grünen Bohnen bestand, dachte der Postbote an die nachmittägliche Begegnung und holte Maria Beddicchias Akte aus dem Archiv. Sie enthielt zwei Briefe.

Den ersten hatte ihr ein halbes Jahr zuvor eine Freundin geschrieben, Cuncetta Valeo. Die beiden waren aufgewachsen wie Schwestern, aber vor zwei Jahren war Cuncetta in die Schweiz emigriert. Sie hatte Maria aus Aarau geschrieben, dass sie einen Schweizer kennengelernt habe, der ihr sehr gefiel, dass sie mit ihm ausgegangen sei und er sie sogar auf den Mund geküsst habe, und wenn es so weiterginge, würden sie sich zu Hause verloben. Und du, Maria, hast du einen Verlobten? Maria antwortete ihr ein paar Tage später:

*Cuncettina,*
*wie ich mich über diese Nachricht freue!*
*Du siehst, der Märchenprinz, auf den wir schon als kleine Mädchen gewartet haben, existiert tatsächlich, und früher oder später taucht er auf.*
*Auf meinen warte ich noch, denn junge Männer, die um mich herumscharwenzeln, gibt es hier so viel wie Schnecken auf dem Berg Marchisa, aber – und das sage ich nur Dir, weil Du wie eine Schwester für mich bist – ich habe mir meinen Märchenprinzen schon ausgesucht. Er ist schön und ein bisschen schüchtern, denn er läuft immer mit gesenktem Blick herum, als hätte er etwas verloren, das er nicht mehr finden kann, und ich hoffe, die Sache, die er verloren hat und nicht wiederfindet, die bin ich.*
*Unsere Gespräche fehlen mir, Cuncettina, und ich hoffe nur, dass Deine Hochzeitsreise Dich in die Heimat führt, sodass wir uns bald wiedersehen.*

Da Maria ihm am Nachmittag eine Liebeserklärung gemacht hatte, musste der schöne, schüchterne Mann, der etwas suchte, er selbst sein ... und das hieß, dass sie nicht nur schön und anständig, sondern auch intelligent war, weil sie das schon begriffen hatte, indem sie ihn durch eine beschlagene Fensterscheibe hindurch betrachtete. Er fühlte sich genau so, wie sie ihn beschrieb. Sie war eine Frau zum Heiraten, diese Maria. Schade, dass er sie sich selbst und ihren Träumen von Tulpen und schwimmenden Städten überlassen musste.

Als er später in der Dunkelheit im Bett lag, dachte der Postbote an Marias schwarzes Höschen und ihren verhinderten Blick zurück.

Nach dem Abschied auf der Straße hatte sie sich nicht mehr umgedreht. Obwohl sie wusste, dass sie beobachtet wurde, obwohl ihr pochendes Herz ihr befahl, es zu tun, drehte sie sich nicht um, und der Postbote erblickte in seinen bunten, den nächtlichen Träumen vorangehenden Fantasiebildern in ihrer Gestalt einen anderen Orpheus, einen, der der Fantasie das Konkrete vorzieht und der Versuchung widersteht, die körperlichen Freuden schon im Voraus mit dem Blick zu genießen.

Er hingegen fühlte sich genau wie der resignierte Sänger, der den Blick nicht abwenden kann, obwohl er weiß, welches Übel er damit heraufbeschwört. Er zog die Distanz der Nähe vor, denn im Grunde war es das, was Orpheus wollte: Sein Wille hielt nicht stand bis zum Schluss, vielleicht, weil er wusste, dass Freuden am besten in Abwesenheit ausgekostet werden, und hätte sich Eurydike neben ihm aus ihrem Schatten wieder zusammengesetzt, wäre er nicht mehr der beste Dichter der Welt gewesen. Letztlich zog er es vor, sie in der Erinnerung zu lieben, anstatt sie im Leben zu vergessen.

Hätte Maria sich am Nachmittag umgedreht und ihm nachgeblickt, wäre er erstarrt, denn der Mensch, der lebt, indem er betrachtet, möchte auf keinen Fall selbst dabei beobachtet werden. Unsere Schwächen sind nur erträglich, solange die anderen sie nicht entdecken, denn sobald sie bekannt werden, können nicht einmal wir selbst sie noch ertragen, und unser Leben, dessen flüchtiges Gleichgewicht auf solch einem zerbrechlichen Gerüst ruht, stürzt kläglich in sich zusammen.

Wie seltsam, dachte er eine Minute und fünfzehn Sekunden vorm Einschlafen, dass alles, was man zu lange betrachtet oder eigentlich gar nicht ansehen darf, zu Sand, Stein, Salz wird: Orpheus, Medusa, die Frau von Lot. Und mit dem Sand verband der Postbote – zwölf Sekunden vorm Einschlummern – das Bild eines kleinen Jungen, der am Strand eine Sandburg baut. Er schlief ein.

Im Traum erschien ihm seine Mutter. Er ist ein Kind, und sie laufen an sumpfigem Schilf vorbei. Der Junge beugt sich zu weit darüber, die Mutter ruft ihn zurück, denn wenn er ins Schilf fällt, wird es ihn verschlucken wie Treibsand. Der Junge hebt einen Stein auf, wirft ihn in den schlammigen Sumpf, und der Stein versinkt. Also fragt er seine Mutter, wo die Sachen bleiben, die im Sumpf verschwinden. Das weiß ich nicht, antwortet die Mutter, und das ist auch gut so. Das Kind nimmt Anlauf und springt, und während es versinkt, hört es seine Mutter schreien. Dann nichts mehr, absolute Stille. Er sinkt, sinkt immer tiefer, bewegt sich auf den Mittelpunkt der Erde zu, noch tiefer, ihm bleibt die Luft weg, die Lunge droht ihm zu platzen, und er sieht kein Licht mehr, sieht überhaupt nichts mehr. Er sinkt weiter, hört auf zu atmen, vielleicht schläft er ein, vielleicht stirbt er. Er schließt die Augen. An einem unendlich scheinenden Strand auf der anderen Seite der Erde erwacht er. Ein Mann, von dem er weiß, dass er ihn kennt, aber nicht sagen kann, wer er ist, baut eine Sandburg. Das Kind geht hin und hilft ihm.

Zu viel Beobachtung trennt einen von den Dingen, aber gründliches Schauen ist immerhin eine anständige Art zu leben, die niemandem schadet.

## 12

*Die Anatomie der Sehnsucht oder: vom Ehrgeiz, Niemand zu heißen, von einigen Botschaften an die Welt, von der einsamen Concetta und von Maria, dem Spitzel*

An manchen besonders traurigen Tagen, wenn jeder Gegenstand, den er berührte, jeder verlorene Gedanke, alles, was er anfing, Sehnsucht war, hielt der Postbote inne und betrachtete sein Archiv, als könnte er sich über sein untätiges Leben hinwegtrösten, indem er träumend in den vielen Existenzen schwelgte, die in den Briefen heraufbeschworen wurden. Er öffnete die Schubladen, blätterte in den Akten, erweckte für einen Augenblick alte Wörter aus langem Tiefschlaf.

Woher kam diese Sehnsucht, die dem Fluss Pìaspu ähnelte, an dem sie als Kinder eines Tages vergeblich entlanggegangen waren, um die Quelle zu finden? Hätte sein Leben anders verlaufen können?

An manchen besonders traurigen Tagen war Schreiben sein einziger Trost:

*Niemand sein, Niemand heißen.*
*Mehr noch: keine Augen haben, keine Hände, keinen Verstand.*
*Nicht denken, nicht reagieren, sich ins Gras legen und selber Gras sein, ins Wasser eintauchen und selbst Wasser sein.*
*Nichts sein, Regen sein, der auf die Erde fällt, in die Erde eindringt und zu Erde wird, wie ein Mensch sein, der nicht denkt, und vergessen, Mensch zu sein.*

Der Postbote schrieb nicht so, wie man es von einem Briefträger vielleicht erwarten würde, sondern er legte bei der Wahl seiner Worte die Meisterschaft eines Lehrers an den Tag. Seine Brillanz beruhte darauf, dass er viel und gründlich las. Mit zwölf Jahren hatte er damit angefangen, nachdem er in einer Schublade ein Bilderbuch mit griechischen Mythen gefunden hatte. Darin war von Männern und Frauen die Rede, die sich in Tiere, Pflanzen und Gegenstände verwandelten. Es war, wie wenn die Bücher ihm die Augen öffneten und ihm andere Länder und Menschen zeigten. Als er größer wurde, mochte er am liebsten Bücher, in denen er Gedanken fand, die seinen eigenen ähnelten. Er hatte stets einen Stift dabei, mit dem er sie unterstrich, und manchmal schrieb er auch etwas an den Rand. Wenn er sich genau an etwas erinnern wollte, notierte er den Gedanken in einem Heft. Was er auch sehr mochte, waren seltsame, schwierige Wörter, deren Klang dem sanften Läuten der Glocken der Chiesa Matrice glich. Wenn der Postbote las und dieses Klingeln hörte, notierte er sich das Wort und versuchte es sich einzuprägen. Darum also schrieb der Postbote wie ein Lehrer, obwohl niemand auf der Welt es ahnte, denn Fortuna hatte ihn aus irgendeinem Grund dazu bestimmt, ein weißer Rabe zu sein. Sie hatte ihm diese merkwürdigen Leidenschaften in den Kopf gesetzt, und das in einem Ort, in dem alle anderen im Schweiße ihres Angesichts auf dem Feld arbeiteten, Kinder aufzogen, Pilze sammelten und Wein tranken. Er hätte gern einen Roman geschrieben, und mehrmals hatte er versucht, eine Handlung und Figuren zu erfinden, aber er war ungeduldig, und bei der kleinsten Schwierigkeit gab er sofort auf.

Er war kein Schriftsteller geworden, aber hin und wieder schickte er Botschaften und Briefe an die Welt, und das ist wörtlich gemeint, denn er steckte sie in einen Umschlag und ließ sie vom Schicksal an ihren Bestimmungsort bringen. Er wusste noch nicht, auf welche Weise er die nächste Botschaft versenden würde. Die vorhergehende mit dem Titel *Ein Hauch von Zwiebel* hatte er heimlich in eins der Pakete gesteckt, die Cuazzuiàncu mit dem Lastwagen in die Schweiz brachte. Der Brief lag zwischen zwei Kartoffelsäcken und einer Kiste Tomaten, auf einem Glas Auberginen in Öl; ein kleiner Stoß hätte genügt, und er wäre verrutscht oder im glücklichsten Fall sogar auf der Straße gelandet ...

Dies war eine der Methoden, mit denen er die Sehnsucht bekämpfte, wenn sie zu stark wurde: Botschaften schreiben und sie überall auf der Welt verteilen in der Gewissheit, dass jede ihr eigenes Los hatte. Vergessen, wenn der Umschlag auf dem Boden eines Zugs oder am Straßenrand liegen blieb; Wanderschaft, wenn die Botschaft aufgehoben, gelesen und wieder in Umlauf gebracht wurde; Verwandlung, wenn das Papier fleckig oder feucht wurde und zerknitterte; und schließlich Wiedervereinigung – die unmögliche Rückkehr der Nachricht zu ihrem Verfasser.

Es waren anonyme Botschaften, die ihren Empfänger von allein fanden und sich ganz selbstverständlich in ein universelles System fügten, das sie bereits eingeplant hatte.

In den letzten Tagen hatten die versiegelten Briefe seine Melancholie verstärkt. Der Postbote hatte Hunderte von Liebesbriefen jeder Art gelesen, von Marosuzza, die das Papier mit kleinen Rahmen und Herzchen schmückte, bis zur leidenschaftlich-pornografischen Sprache des erregten Venanzio Micchiaduru. Die Leute schienen ständig Liebesbriefe zu schreiben, und der Postbote glaubte, dass sie das taten, weil Liebesworte eine Art sind, mit dem Liebemachen zu beginnen. Worte sind die Übungen, die die Gliedmaßen aufwärmen und das Vergnügen bis zum Äußersten dehnen, immer weiter, weil das Gummiband seine wahre Natur erst im letzten Augenblick, kurz vor dem Zerreißen, offenbart.

Der vierte Siegelbrief war am Morgen zuvor angekommen und wartete darauf, zugestellt zu werden:

*Teresa mia,*
*ich bin aufgewacht und war glücklich!*
*Es ist seltsam, zu denken, dass es Glück geben kann an dem Ort, an dem ich mich befinde, aber so ist es, und nur Du konntest dieses Wunder vollbringen.*
*Heute bin ich glücklich, Teresa, weil ich Dich liebe. Nicht, dass ich Dich gestern nicht auch geliebt hätte, aber heute ist es, als wäre ich mir dieser Liebe erst bewusst geworden.*
*Es gibt Männer, die durchs Leben gehen, ohne die Frau zu finden, die sie lieben, um ihr Schicksal beraubt wie ein Schiff, das immer am Kai festgemacht bleibt.*
*Es gibt Menschen auf dieser Welt, die sterben, ohne die Liebe*

*je kennengelernt zu haben, und dass so etwas möglich ist, finde ich schrecklich.*

*Das ist mein Schicksal, mein Glück für heute: Ich habe den einzigen Menschen kennengelernt, den ich lieben konnte, und in dieser von Ungewissheit geprägten Phase meines Lebens ist ein solches Wissen keine Kleinigkeit.*

*Es gibt den grausamen Schmerz des Getrenntseins, die schreckliche Qual, nicht an Deiner Seite zu sein. Heute aber habe ich in der Finsternis dieser Höhle eine Fackel gefunden, die dafür sorgen wird, dass ich nicht ganz vom Weg abkomme. Manchmal, wenn die Höhle ohne Ausweg schien, habe ich das Gegenteil gedacht, nämlich, dass es ein Fluch ist, die Liebe zu finden und plötzlich wieder davon abgeschnitten zu sein, dass es besser gewesen wäre, ich hätte Dich nie kennengelernt, weil ich für unsere Begegnung mit solch tiefem Schmerz bezahlen musste.*

*Stell Dir vor, wie groß meine Verzweiflung war, denn ich habe es sogar fertiggebracht, Dich zu verleugnen.*

*Aber heute weiß ich: Das Einzige, was mich über Wasser gehalten hat, die Einzige, wegen der ich noch am Leben hänge, das bist Du, Du und meine Liebe zu Dir.*

Vor dem Haus der Migliazzas war niemand zu sehen, und so näherte er sich der angelehnten Tür und rief nach Maria Teresa.

Die junge Frau kam ihm aus dem Halbdunkel entgegen und bedeutete ihm mit einer Geste, still zu sein.

»Psst, die Kleine ist gerade eingeschlafen. Armes Mäuschen, sie hat die ganze Nacht kein Auge zugetan.«

Maria trug die übliche fettige Schürze.

»Geht es ihr nicht gut?«

»Gestern Abend hat sie irgendetwas gegessen, was ihr nicht bekommen ist. Also, was gibt's?«

»Hier ist noch ein Brief für Sie.«

An ihrem zögerlichen Auftreten und der Art, wie sie den Umschlag immer wieder umdrehte, merkte der Postbote, dass ihr etwas auf der Seele lag, so als wollte sie ihm etwas sagen, brächte aber die Worte nicht über die Lippen.

»Alles in Ordnung?«

»Ja ... das heißt ... ehrlich gesagt, da wäre noch etwas ...«

»Was denn?«

»Na ja, also ... ich möchte nicht, dass Sie schlecht von mir denken, und eigentlich ist es nicht so wichtig, aber ...«

»Keine Sorge, ich denke nicht schlecht von Ihnen.«

»Also, ich wollte fragen, ob Sie so liebenswürdig wären, die ... ob Sie mir die Briefe geben könnten, ohne dass meine Mutter es merkt. Aber bitte halten Sie mich nicht für verdorben ...«

»Keine Sorge, Sie müssen mir nichts erklären. In Zukunft mache ich es so, wie Sie wollen, seien Sie ganz beruhigt.«

Der Postbote setzte seinen Weg fort, machte aber bald darauf erneut halt, denn ein wohlgesinntes Schicksal wollte, dass er in der Contrada Vasia einen weiteren Brief zustellen musste.

Concetta Cannizzaro in der Hausnummer 46 bekam zum Geburtstag eine Glückwunschkarte aus Cuneo von ihrem Sohn Carmelo. Sechsundsiebzig Jahre wurde sie alt, von denen sie die letzten zwanzig unbeachtet und allein in einem kleinen Haus verbracht hatte, aus dem Erinnerung und Liebe verdrängt worden waren.

»*Buongiorno*, Concettuzza, hier ist eine Postkarte von Carmelo.«

»Wusste ich's doch, dass er mich nicht vergisst.«
»Wann ist denn dein Geburtstag?«
»Genau heute«, sagte sie und lächelte.
»Na, dann herzlichen Glückwunsch.«
Die Alte nahm die Karte, aber die Schrift war für sie ein unergründliches Universum. Darum las der Postbote ihr vor:

*Mama, wie geht es Dir?*
*Hoffen wir, dass diese Karte Dich noch rechtzeitig zum Geburtstag erreicht, und wenn Gott will, feiern wir ihn nächstes Jahr gemeinsam.*
*Herzlichen Glückwunsch*
*Carmelo*

»Das schreibt er immer«, sagte die Alte traurig. Der Postbote dachte an seine eigene Mutter.
»Möchtest du vielleicht ein Gläschen Wermut?«
Er wollte sie nicht enttäuschen, denn dies würde an diesem Tag ihre einzige Feier sein. Sie gingen ins Haus.
»Setz dich, mach's dir bequem.«
Concettuzza ging zur Vitrine, nahm zwei Gläschen vom Sonntagsgeschirr heraus, dazu eine Flasche Wermut, und stellte alles auf den Tisch.
»Vor zwanzig Jahren haben wir das letzte Mal zusammen gefeiert.«
Aus einer Anrichte holte sie einen kleinen Servierteller mit *mastazzòle*, harten Honigplätzchen, die mindestens seit Weihnachten dort standen. Der Postbote hoffte, dass sie wenigstens vom Fest des Vorjahres stammten.
»Und wer weiß, ob ich nächstes Jahr noch da bin«, fügte die alte Frau seufzend hinzu.

Sie goss Wermut in die Gläser, der Postbote brachte einen Trinkspruch aus, und sie tranken.

»Mein Carmelo ist kein schlechter Junge, wenn er etwas verspricht, hält er es auch. Ich weiß, dass er gern gekommen wäre, aber ... vielleicht arbeitet er zu viel ... oder er hat kein Geld.«

»Dann besuch *du* ihn doch!«

»Ich? Etwa mit dem Zug?«

Concettuzza lächelte, leerte das Glas und stellte es wieder auf den Tisch.

»Na ja, als meine Enkelin Cuncettina zur Welt kam, wäre ich fast ...«

»Sie haben ihr deinen Namen gegeben?«

»Jawohl!«, sagte sie und seufzte erneut. »Sage ich doch, dass Carmelo mich gernhat ...«

Sie nahm ihm das Glas aus der Hand und reichte ihm ein Plätzchen.

»Danke, ich esse es später.«

Der Postbote stand auf und wollte seine Runde fortsetzen, aber als er auf der Stufe neben dem Fenster zur Straße stand, sah er Maria Teresa aus dem Haus kommen und eilig davongehen. Er erhaschte nur einen flüchtigen Blick auf sie, aber ihm schien, dass sie den Brief in der Schürze hatte, und darum folgte er ihr, ohne zu zögern. Doch sosehr er sich auch beeilte – als er die Straße erreicht hatte, war sie bereits verschwunden.

Vielleicht war sie zu ihrer besten Freundin unterwegs. Der Postbote stellte sich vor, wie sie sich aufs Bett setzte, ihr den Brief vorlas und sich um diese große Liebe beneiden ließ. Ja, die Freundin würde sie beneiden, trotz der schmierigen Schürze, der zerzausten Haare und der dünnen Haut. Sie würde sie beneiden, weil nichts mehr Neid erregt als eine glückliche Liebe. Seufzend machte der Postbote kehrt, und genau an dem Punkt, an dem aus der Contrada Vasia die Via delle Croci wurde, da, wo der Malerlehrling Luigi Sabatino, der die Kunst im Blut hatte, soeben seinen Vater beim Trompetespielen malte, genau dort wurde auch er neidisch auf Maria.

Am Nachmittag schrieb er zu Hause das Telegramm der Eco.Scarti aus Rom ab, das an diesem Tag angekommen war.

SCHICKE BALD VERTRAUENSMANN – STOP – ENTSCHEIDENDES TREFFEN FÜR GESCHÄFT – STOP

Dann nahm er den vierhundertvierzigsten Zufall in die Abhandlung auf:

*Nummer 440:*
*Breche genau in dem Moment bei Concettuzza auf, als Maria Teresa mit dem Brief das Haus verlässt.*

Wie er so auf dem Bett lag, im Halbdunkel, das die Reise ins Land der möglichen Welten erleichtert, und an Maria Teresa und ihre leidvolle Liebe dachte, kam dem Postboten aus irgendeinem Grund der Gedanke, dass es vielleicht eine längst vergangene Hoffnung ist, das Glück.

## 13

*Von Vonella, der freiwillig nach Russland fährt, von einem Flämmchen, das allmählich erlischt, von einem ungewöhnlichen bösen Blick, von Bratkartoffeln mit Paprika und von einer Fotografie vergangener Sorglosigkeit*

KOMME GLEICH WIEDER, BIN NACH RUSSLAND GEFAHREN.

Vermutlich war Vonella der Einzige, der Cecco in Rumänien begegnen konnte.

Wie gewöhnlich hatte der Alte ohne Vorankündigung das Schild aufgehängt und Haus und Werkstatt abgeschlossen, um sich wie alle drei Jahre auf seine Pilgerreise nach Moskau zu begeben. Dabei trug er außer einem Bild von Cecco auch eines von Ciccio il Rossos jüngerem Bruder bei sich, der einsam und verloren durch Russland irrte. Der Genosse hatte es ihm gegeben für den Fall, dass er auf der Straße jemandem begegnete, der ihm ähnelte.

Francesco Vonella war der überzeugteste Kommunist im Ort. Auf der Jackentasche trug er eine rote Anstecknadel mit einem Porträt von Lenin, auf dem Kopf einen schwarzwollenen Kalpak, die Hände hielt er stets hinter dem Rücken verschränkt. So verbrachte er die Tage in seiner kleinen Werkstatt an der Ecke der Via Marzìgghia, einem drei mal vier Meter großen, feuchten Raum, in dem sich auf wundersame Weise Waren aller Art drängten: Fahrräder und Schläuche und Reifen hingen von der Decke, es gab große und kleine Nägel, Schusternägel und Schrauben jeder Art, Flickzeug und Fensterkitt, Pfefferminzbonbons, Flaggen und Hüte. Auf dem Ladentisch eine Tafelwaage und ein Holzkasten, der als Spardose diente und auf den er Hammer und Sichel gezeichnet und geschrieben hatte: *Für die Sache des Kommunismus.*

Seit 1948 schon stolzer Sekretär der Ortsgruppe der Kommunistischen Partei Italiens, hatte er am Tag vor der Abreise auf seiner Schreibmaschine einen Brief an die *Federazione comunista* in Catanzaro geschrieben, in dem er seine vorübergehende Abwesenheit mitteilte und zugleich Strategien für den bevorstehenden Wahlkampf empfahl:

*Genossen,*

*hiermit informiere ich Euch, dass der Sekretär der Ortsgruppe Girifalco, Vonella Francesco, vom 29. April an aufgrund einer Mission im Ursprungsland abwesend sein wird.*
*Während dieser Zeit wird er durch den Genossen Burdino Salvatore vertreten.*
*Ferner teilen wir Euch mit, dass wir nach ausgiebiger Beratung beschlossen haben, als Listensymbol eine Trompete zu benutzen, die dem ganzen Volk die Stunde der Vergeltung verkünden soll.*
*Wir erwarten Eure Mitteilung, ob der Genosse Abgeordnete Boerio zur Auftaktkundgebung kommt.*
*Es lebe das Volk, es lebe der Kommunismus.*

Vonella war der Einzige, der auf seinem Weg in eine steppenartige, verschneite Welt Cecco in der Sozialistischen Republik Rumänien finden konnte, und Eile war geboten, denn allmählich begann die Hoffnung zu erlöschen, die in Feliciuzza Combarises Herz eingesperrt war.

Jedenfalls hatte der Postbote das am Tag zuvor gedacht, als er sie schicksalsergeben und mit gesenktem Blick zu Don Alfredos Laden schleichen sah. Beim Aufwachen hatte er sich nicht wohlgefühlt. Mit lästigen Kopfschmerzen und einem Brennen in den Ohren hatte der Postbote sich noch einmal hingelegt. Er fühlte sich ausgelaugt und schwach, aber das hielt ihn nicht davon ab, auf seiner Runde bei Feliciuzza zu klingeln. Eingehüllt in die alte Strickjacke, die mit jedem Tag schwerer zu werden schien, kam sie ihm erwartungsvoll entgegen, aber als sie seine leeren Hände sah, verflüchtigte sich ihre Hoffnung sofort.

»Hören Sie mal, Feliciuzza«, sagte er rasch, um ihre Enttäuschung zu lindern, »was die Sache von neulich betrifft, wollte ich Ihnen sagen, dass es zwar nicht so einfach ist, Ceccos Adresse zu finden, aber wir können es trotzdem versuchen. Zeigen Sie mir den Umschlag seines letzten Briefs?«

Die Frau verschwand hinter der Tür, und er stellte sich vor, wie sie die Anrichte öffnete, die Blechdose herausholte, das Blatt Papier aus dem Umschlag nahm, die Dose wieder an ihren Platz stellte und die Glastür schloss. Es war eine sehr genaue Vorstellung, denn sie geschah in Übereinstimmung mit dem zeitlichen Ablauf der tatsächlichen Handlung.

»Hier, nehmen Sie. Aber wozu brauchen Sie den Brief?«

»Sehen Sie«, sagte er und zeigte ihr den Stempel auf dem Umschlag. »In diesem Ort ist der Brief abgeschickt worden. Das Einzige, was wir tun können, ist, an das Postamt dort zu schreiben und zu hoffen, dass sie Ihren Sohn kennen.«

Er wartete, ob Feliciuzza noch etwas fragen wollte, aber die Hoffnung macht sich nur ungern das Leben schwer.

»Geben Sie mir Ihren Brief, sobald er fertig ist.«
»Na ja, ehrlich gesagt ... Moment, ich hole ihn.«
Blitzschnell war Feliciuzza wieder da.
»Hoffen wir, dass Gott uns hilft.«
Und der Postbote stimmte zu, denn in diesem Fall konnte tatsächlich nur der Himmel helfen.

Für einen Augenblick kam von oben, genauer gesagt aus Gioconduzza Giampàs Fenster, ein köstlicher Duft nach gebratener Paprika, gefüllten Kroketten und Kartoffeln. An diesem Morgen schienen die Frauen des Dorfs sich abgesprochen zu haben, denn der Postbote nahm diesen Duft in jeder Straße wahr. Auch seine Tante machte mit: »Kommst du heute zum Essen zu mir?«

»Offen gesagt, fühle ich mich nicht besonders.«
»Was hast du denn?«
»Seit gestern Abend habe ich Kopfschmerzen und muss ständig gähnen ...«
»Das war bestimmt der böse Blick!«
»Und wer soll mich damit verhext haben?«
»Na egal, ich habe jedenfalls Paprika und Kartoffeln gebraten.«

Der Duft, der ihn schon den ganzen Morgen verfolgte, ließ ihn Kopfschmerzen und bösen Blick vergessen.

»Also gut, vielleicht komme ich ... nur so ... um dir Gesellschaft zu leisten.«

Die Tante lächelte.

Zehn Meter hinter der Ecke zur Via Marzìgghia sprach ihn Filippa Marra an, was ungewöhnlich war. »Jemand hat Sie mit dem bösen Blick verhext!«

Die Alte saß neben ihrer Haustür und strickte.

»Meinen Sie mich?«

»Wen denn sonst? Der böse Blick hat Sie getroffen, und zwar heftig. Na, kommen Sie schon her, ich befreie Sie davon.«

Filippa legte Stricknadeln und Wollknäuel beiseite und befahl ihm, sich neben sie zu setzen. Sie nahm den Rosenkranz, den sie unter dem Pullover trug und der mit einer Sicherheitsnadel am Unterrock befestigt war, und nachdem sie sich mit dem Daumen bekreuzigt hatte, begann sie den Rosenkranz zu beten, wobei sie die Lippen bewegte, als sagte sie im Stillen Zaubersprüche auf.

Nach zwei Minuten kamen ihr die Tränen. Die alte Filippa musste viele Menschen vom bösen Blick befreit haben, denn sie hatte eine Art Furche in der Wange, weil ihre Tränen immer denselben Weg nahmen.

Als sie fertig war, zog sie ein Taschentuch unter dem Pullover hervor und trocknete sich die Wangen.

»Böser Blick von einer eigennützigen Frau, eine von der schlimmsten Sorte. Aber jetzt können Sie wieder gehen.«

Der Postbote bedankte sich und ging fort, und als er um die Ecke gebogen war, fühlte er sich schon besser. Wenn Filippa ihn vom bösen Blick befreit hatte, stand also eine Frau am Beginn all dessen. Die Einzige, mit der er gesprochen hatte, war Carmela gewesen ... ja, Carmela. Aber war das möglich? Das ewige Objekt seiner Begierde, der Fetisch seiner Fantasien, der ihn mit dem bösen Blick verhexte, Carmela, die mit ihm sprach und dabei wer weiß was dachte ... Wie oft war er als junger Mann kurz davor gewesen, ihr seine Leidenschaft zu gestehen, vor allem im Sommer. Wie oft wäre er abends beinahe auf der dunklen Straße stehen geblieben, um ihr zu sagen: »Carmela, entweder du lässt dich von mir nehmen, oder ich werde verrückt. Willst du etwa einen jungen Kerl auf dem Gewissen haben?« Und wer weiß, hätte er es getan, wäre sie womöglich ...

Zu Hause angekommen, öffnete der Postbote Feliciuzzas Brief:

*Figlio mio,*
*Deine Mama ist es, die Dir hier schreibt.*
*Willst Du, dass ich vor Kummer sterbe?*
*Willst Du, dass sie Deine Mutter auf dem Friedhof begraben müssen?*
*Denn wenn Du so weitermachst, wird es dazu kommen. Seit einem halben Jahr habe ich nichts von Dir gehört, von Dir, dem Menschen, der mir am liebsten ist.*
*Komm zu mir zurück, um Deinen Vater kümmere ich mich.*
*Um die Blicke der Leute soll sich der liebe Gott kümmern.*
*Komm nach Hause, und ich mache Dir einen Teller von den gebratenen weißen Bohnen, die Du so gern isst.*
*Wenn Du nicht zurückkommst, sterbe ich. Reicht Dir das denn immer noch nicht?*

Der Postbote wusste nicht, was er tun sollte, denn sein Plan endete an diesem Punkt. Sollte er den Brief wirklich in ein abgelegenes Postamt in einem fremden Land schicken in der vagen Hoffnung, dass jemand ihn an Cecco weiterleiten würde?

Schon auf der Treppe hüllte ihn der Duft nach Bratkartoffeln und Paprika ein. Die Tante hatte bereits den Tisch gedeckt.

»Wie geht's dir?«

»Gut, Filippuzza hat mich vom bösen Blick befreit.«

»Habe ich dir doch gesagt, dass dich jemand verhext hat. Also, soll ich dir Paprika auftun?«

»Ja, bitte, jetzt habe ich Hunger.«

Der Postbote aß genüsslich alles auf.

Zum Kaffeetrinken zogen sie wie sonntags und an Feiertagen ins Wohnzimmer um. Auf dem Tischchen stand ein alter Karton, in dem einmal braune Schuhe gewesen waren.

»Was ist da drin, Zia?«

Der Kaffeeduft drang aus der Küche bis ins Wohnzimmer.

»Wo denn?«

»In diesem Karton.«

Die Tante trug ein Tablett mit den Kaffeetassen herein.

»Alte Fotos. Die wollte ich schon lange sortieren, und heute Nacht habe ich von deiner Mama geträumt, als sie noch ein junges Mädchen war, so wie ich sie von einem Foto in Erinnerung habe. Da habe ich die Bilder geholt, und jetzt sortiere ich sie.«

Die Tante nahm neben ihm Platz, trank in kleinen Schlucken ihren Kaffee und öffnete den Karton. Der Geruch nach etwas Altem verbreitete sich im Zimmer. Auf gut Glück nahm sie ein paar Bilder heraus und überflog sie, bis sie schließlich fand, was sie gesucht hatte.

»Da ist es. Erinnerst du dich an sie?«

Das Bild war nicht einfach nur ein Foto. Es kam ihm vor wie eine Erinnerung, so als hätte er es selbst aufgenommen, dabei hatte es ihn damals noch gar nicht gegeben. Zu sehen waren Oma Anna, die den kleinen Silvio auf dem Arm hatte, Tante Mariettuzza, Emilio, der Freund Pepè Rosanò, Eigentümer des Fotoapparats, und ein kokettes kleines Mädchen, das zu diesem Anlass eine Kette und neue Ohrstecker trug.

Die Mutter ließ sich gern fotografieren. Noch zwei Tage vor ihrem Tod wollte sie sich zusammen mit ihrem Sohn ablichten lassen, als Linas Mann ihr seine neu erworbene Kamera zeigte. Der Postbote erinnerte sich gut daran, wie kraftvoll sie ihn an sich gedrückt hatte. Sein Gesicht wirkte etwas müde, aber ihres nicht, denn sie hatte den Nachbarn gebeten zu warten, bis sie sich die Haare gerichtet hatte. Sie zeigte der Kamera ein Gesicht, von dem der Sohn nicht wusste, ob es Unbeschwertheit oder Ergebenheit ausdrückte.

Das Foto wurde erst nach ihrem Tod entwickelt, und als der Nachbar es ihm in einem Umschlag überreichte, brachte er lange nicht den Mut auf, ihn zu öffnen.

»*Màmmata* war wirklich schön. Das hier war ihr erster Schultag«, sagte die Tante.

Dem Postboten war unbehaglich zumute, weil die Erinnerung an seine Mutter wie ein stürmischer Wind war, und er musste ihm ausweichen, bevor das Schiff seiner Seele volllief und zu versinken drohte. Er beeilte sich nicht, den Hafen zu erreichen und strich auch nicht die Segel, sondern er drehte sich einfach um und beschloss, kein Seemann zu sein, kein Schiff und kein Sturm. Er flüchtete, denn wer sich lange am Rand des Abgrunds aufhält, fällt im Geist bereits hinein.

Die Tante verstand, und Verständnis ist, wie jeder weiß, eine Art von Zustimmung. Sie stand auf, nahm die Tassen und ging in die Küche. Im Vorbeigehen streifte sie eine Fotografie, die auf den Boden fiel.

Der Postbote wollte dieses schmerzhafte Eintauchen in die Vergangenheit seiner Mutter beenden. Er bückte sich, um das Foto aufzuheben und betrachtete es nur flüchtig, weil er befürchtete, die mütterlichen Gesichtszüge zu entdecken, aber als er niemanden darauf erkannte, betrachtete er die Aufnahme gründlicher: vier Mädchen unter einem Baum. Die beiden in der Mitte glaubte er zu kennen, vor allem die mit dem weißen Pulli und der weißen Strickjacke.

Die Tante kam zurück und setzte sich zu ihm.

»Wer ist das?«

Sie zögerte einen Augenblick.

»Illuminata, Illuminata Olivadese ...«, sagte sie und deutete auf die einzige dunkel gekleidete Frau.

»Und warum ist das Foto hier bei dir?«

»Weißt du denn nicht, dass deine Mutter ihre Firmpatin war? Die andere da links ist Rosa, die Schwester von Maria Beddicchia. Sie lebt in der Schweiz.«

*Rosa* und *Schweiz*, das waren für den Postboten zwei Worte, die nicht in einem Atemzug genannt werden durften, eine fatale Kombination für sein Herz.

»Das da ist Maria, die Tochter des Krankenpflegers Migliazza«, fügte die Tante hinzu, die sich ihre Lesebrille aufgesetzt hatte und auf das Mädchen mit dem weißen Pulli in der Mitte des Bilds zeigte.

»Maria Teresa«, sagte der Postbote, wiedererwacht aus schmerzlichen Erinnerungen.

»Maria heißt sie, nur Maria ... die Ärmste, sie war schön, bevor sie so krank wurde. Weißt du noch, wie schön sie war?«

Der Postbote war überrascht, ein Foto von Maria zu sehen, denn das war ein durchaus bemerkenswerter Zufall. Er betrachtete sie aufmerksam und fragte sich, wie er es geschafft hatte, in diesem traurigen, verloren wirkenden Mädchen die Frau mit der schmutzigen Schürze und der weißen Haut zu erkennen.

»Weißt du, ob sie mal verlobt war?«

»Nein, warum?«

»Ich bin ihr neulich morgens begegnet. Sie war gar nicht so unscheinbar ...«

»Für uns alle gibt es im Leben eine Zeit, in der wir so schön sind wie später nie mehr.«

Noch immer betrachtete der Postbote das Foto.

»Und erkennst du die hier?«, fragte er und deutete auf ein Mädchen mit weißen Ohrringen, das einen bunten Pullover und einen karierten Rock trug.

»Zeig mal ... Ich kann mich irren, aber das müsste die kleine Teresa Sperarò sein.«

Es war der Tag des Wiedererkennens! Teresa Sperarò, eine schöne, traurige Frau um die fünfzig, die der Postbote wenige Tage zuvor in einem Augenblick gesegneter Zerstreutheit flüchtig berührt hatte. Sie war verheiratet mit Agazio Cristofaro und Mutter zweier Kinder, Agata und Domenico.

»Die hat auch ziemlich viel Pech gehabt.«

»Was ist passiert?«

»Ach, Schnee von gestern. Ein Glück, dass Don Agazio nichts auf das Gerede gegeben hat.«

»Was für Gerede?«

»Gerüchte eben ... ach komm, reden wir von was anderem.«

Der Postbote betrachtete das Gesicht der zwanzigjährigen Teresa Sperarò, und er dachte, dass die Zeit grausam ist, weil man nie wieder im Leben so viel lächelt wie in diesem Alter, weil es uns nur für kurze Zeit vergönnt ist, glücklich zu sein, und dieses Quäntchen Glück wird absichtlich an den Beginn des Lebens gelegt, damit wir immer wieder daran zurückdenken und ihm nachtrauern.

Die Zeit ist grausam, weil sie die schöne Maria Teresa verschlissen hat, bis sie so zerbrechlich wie ein Insektenflügel geworden war. Aber trotz ihrer schmutzigen Schürze, der nassen Hände und der kreidebleichen Haut war da dieses Leuchten in ihren Augen, der Stolz auf die Schönheit, die sie einmal gewesen war, und die eine schreckliche Krankheit zerstört hatte. Auch er hatte sich geirrt. Vor der Krankheit war Maria Teresa ein schönes Mädchen gewesen, und gewiss hatte sich der Briefschreiber zu jener Zeit so heftig in sie verliebt, dass er sie nie mehr vergessen konnte. Er legte das Foto in den Karton zurück und schloss ihn wie ein Buch, das einem den Schlaf raubt.

»Darf ich die Bilder mit nach Hause nehmen?«

Den ganzen Nachmittag betrachtete er die Familienfotos, und er wurde traurig.

Der Grund seiner Melancholie lag ein paar Jahre zurück. Damals hatte nämlich sein lieber Freund Rocco Sgrò beim

Anblick der Fotos aus ihrer Kinderzeit einen unvergesslichen Satz geäußert: »Warum warst du als Kind eigentlich immer traurig?«

Es war ein scheußlicher Nachmittag. Nachdem Rocco gegangen war, betrachtete er alle Bilder, und er sah nur Traurigkeit in seinem Gesicht, denn seine Vergangenheit kam ihm wie ein unendlich langer Regentag vor. Keine Sonne, keine Schwalbe am Himmel, keine Sprünge ins Meer. Es war, als wäre ein Schleier gelichtet worden. Vor jenem Tag hatte er gern Fotos betrachtet, aber von da an schob er sie beiseite wie ein Bügeleisen, an dem man sich verbrannt hat und bei dessen Anblick der Schmerz immer wieder aufflammt.

Der Postbote, der überzeugt gewesen war, eine schöne, strahlende Kindheit verlebt zu haben, legte die Bilder in der Gewissheit beiseite, dass all das nicht stimmte, dass er ein trauriges, unglückliches Kind gewesen war und sich getäuscht hatte.

Er war kein mutiger Seemann, der dem Meer entgegenging in der Gewissheit, den Sturm zu überleben. Schon eine kleine Wolke am Horizont genügte, und er machte kehrt. Er beeilte sich nicht, den Hafen zu erreichen, strich nicht die Segel, sondern drehte sich einfach um und beschloss, kein Seemann zu sein, kein Schiff und kein Sturm. Die Traurigkeit dieses längst vergangenen Nachmittags kehrte nun zurück, stärker und schmerzhafter als zuvor.

Er klappte den Karton zu und brachte die kurze Abhandlung über den Zufall auf den neuesten Stand:

*Nummer 441:*
*Fügung: Tante Mariettuzza lässt ausgerechnet das Foto fallen, auf dem Maria Migliazza zu sehen ist.*

Er stellte den Karton auf ein Brett des Bücherregals und stieß dabei das Traumheft seiner Mutter an. Es landete auf dem Boden, wobei ein alter Umschlag herausfiel. War das zu glauben? Er schob das Kuvert wieder zwischen die Heftseiten, dann setzte er sich an den Schreibtisch und notierte:

*Nummer 442:*
*Übereinstimmung: Während ich den Karton mit den Fotos wegräume, fällt aus Mutters Traumheft das letzte Foto, das wir von uns machen ließen und an das ich heute Nachmittag noch gedacht habe.*

Der Postbote wusste nicht mehr, warum sie das Bild in dem Heft aufbewahrt hatte, vielleicht, weil sie es auf dieselbe Art wie einen beunruhigenden Traum gedeutet hatte.

Nach dem Abendessen, kurz vor dem Zubettgehen, schrieb er die Schlussfolgerungen nieder, die er aus den Zufällen des Tages gezogen hatte:

GLEICHARTIGE ZUFÄLLE
*Das sind solche, die auf einem gemeinsamen zufälligen Element beruhen.*
*Das gemeinsame Element der Zufälle 441 und 442 besteht zum Beispiel in den herunterfallenden Schriftstücken.*
*Was jedoch Zufälle über das gemeinsame Element hinaus einander ähnlich macht, ist vor allem ihre zeitliche Nähe. Die Zufälle 441 und 442 würden sich nicht gleichen,*

*wenn sie im Abstand von Tagen oder Wochen aufgetreten wären.*

*Da sich solche Zufälle nicht auf einen Sachverhalt, sondern auf andere Zufälle beziehen, sind sie von besonderer Art und stellen eine Verstärkung des Sinngehalts dar. Aus diesem Grund müssen sie unterstrichen werden.*

Was er gleich darauf tat:

*Nummer 443:*
*Gleichartigkeit der Zufälle Nummer 441 und 442.*

## 14

*Vom fünften, leicht düsteren Siegelbrief, von dessen angemessenem Platz auf der Brust unter dem Pullover über dem Herzen und vom plötzlichen Hinscheiden Maria Teresas*

Der Postbote mochte die griechischen Mythen sehr, ja er liebte sie geradezu. Als kleiner Junge, der gerade erst zur Schule gekommen war, hatte er, man weiß nicht wie, im Haus seiner Mutter ein altes Buch mit wunderschönen farbigen Zeichnungen und zahlreichen Geschichten gefunden. Sie handelten von Frauen und Männern, die sich in Bäume, Flüsse, Sterne, Spinnen, Kühe oder Schweine verwandelten.

So gelangte er zu der Überzeugung, dass alle Dinge und Lebewesen einmal Männer und Frauen gewesen waren und dass in jedem Gegenstand ein wenig Leben steckte, ja dass die ganze Welt Leben *war* und man darum der Schöpfung mit Respekt begegnen musste.

Außerdem kam er zu der Überzeugung, dass es für jeden eine Strafe gab, auch für seinen Vater, denn indem er verschwunden war, hatte er zwar großen Schaden angerichtet, hatte sich aber womöglich in den von Glyzinien überwachsenen Pfad im Garten verwandelt oder in den Zitronenbaum, den seine Mutter so liebevoll gepflegt hatte. Möglicherweise wachte er auch als Wolke über seinen Sohn und segnete ihn mit Regentropfen.

Als der Postbote größer wurde und an Seelenwanderung zu glauben begann, fielen ihm diese Mythen wieder ein, und er deutete die Metamorphosen als Tod. Er glaubte, dass die Frau, die sich beim Kontakt mit einem Mann in einen Lorbeerbaum verwandelte, als Frau starb, aber als Pflanze wiederauferstand, und ihre Seele war immer noch dieselbe, denn nach dem Tod werden wir das, was wir uns im Leben verdient haben. Wenn er also ein einsamer Mann ohne Ehrgeiz war, der in einem abgelegenen Winkel der Welt von allen unbeachtet sein Leben fristete, dann war er zuvor vermutlich ein Mann voll List und Schläue gewesen, der viele Städte gesehen, die Gedanken vieler Menschen durchschaut und auf dem Meer beim Kampf um sein Leben und bei seiner Heimkehr unsägliche Schmerzen durchlitten hatte.

Nichts auf der Welt geschah zufällig, nichts wurde zerstört und nichts erschaffen, sondern alles verwandelte sich auf sinnvolle Weise.

Auch Maria Teresa hatte sich irgendwie verwandelt, und womöglich hatte sie insgeheim etwas ausgeheckt. Im Kopf des Postboten gab es sozusagen eine Spaltung zwischen dem Bild des jungen schönen Mädchens auf dem Foto und der etwas verwahrlosten Frau von heute. Sie waren zwei verschiedene Personen: Die an Maria adressierten Briefe waren in Wirklichkeit an die liebreizende, unvergessliche Maria Teresa gerichtet, und als wollte er die plötzliche Entstellung rückgängig machen, hatte der

Liebhaber den gegenwärtigen Namen, Maria, gestrichen. Seine Liebe würde für immer Teresa gelten, dem schönen Mädchen, das er aus dem Haus der Sticklehrerin hatte kommen sehen und das ihn von Weitem angelächelt hatte. Wegen ihrer Krankheit bekam er sie irgendwann nicht mehr zu Gesicht, aber ihr Bild hatte sich seinem Gedächtnis so tief eingeprägt, dass sich beim Wiedersehen Monate später, als ihre Haut weiß und ihr Gesicht aufgedunsen war, nichts an seinen Gefühlen änderte. Er ging zu ihr und sagte, dass er fortgehen müsse, sie mitnehmen, heiraten und vor den Härten der Welt beschützen wolle. Maria Teresa hörte sich die Liebeserklärung schweigend an. Das Herz flatterte ihr in der Brust wie ein aufgehängtes Laken, wenn Schirokko und Westwind gleichzeitig wehen, und sie hätte gern Ja gesagt, bring mich von hier fort an irgendeinen Platz auf der Welt, denn mein Körper ist krank, und nur du kannst ihn heilen, du bist der Teil, der mir fehlt, die Farbe des Blutes, das Gewebe der Haut ... aber sie flüsterte nur Nein, sie könne nicht über ihr Leben entscheiden, im Gegenteil, ihr Leben gebe es gar nicht mehr. Mit Tränen in den Augen drehte er sich um, und sie sah ihm nach, als er schweigend davonging. Nach vielen Jahren hatte er beschlossen, es noch einmal zu versuchen, ihr zu schreiben, dass er sie immer noch liebte und dass sie von vorn anfangen könnten, wenn sie nur wollte ...

Es war der 14. Mai, und schon beim Aufwachen hoffte der Postbote auf einen sonnigen Tag. Es musste sich um eine Nachwirkung der Nacht handeln, eines Traums von Wind und Sturm, denn in seinen Albträumen kamen häufig Schiffbrüche oder in Unwetter geratene Schiffe vor. Er dachte, dass der Verlauf mancher Tage von dem abhing, was man geträumt hat, dass manche Handlungen eine Art sind, das in der Nacht Heraufbeschworene fortzuführen oder es zu bekämpfen. Und falls das dringende Bedürfnis nach Sonne doch nichts mit den Träumen zu tun hatte, so stand der Siegelbrief, der am Tag zuvor angekommen war, ganz sicher damit in Zusammenhang:

*Teresa mia,*
*ich schreibe Dir an einem regnerischen Tag, und das ist kein Zufall, denn das Wetter passt zu meiner Stimmung.*
*Ich sitze am Fenster und sehe zu, wie das Wasser die Straße hinabfließt und kleine Stücke von Treibgut mit sich nimmt.*
*Ich möchte wie diese Straße sein, damit mir ein verregneter Nachmittag genügt, um jeden Gedanken, jedes Gefühl und jede Erinnerung fortzuspülen.*
*Stattdessen fühle ich mich wie eine Pfütze, die immer voller wird. Ich sehe mich gezwungen, Dir einige meiner Gedanken mitzuteilen, weil ich sonst überlaufe.*
*Das Leben ist seltsam, geliebte Teresa. An einem Tag kommt es uns großartig vor, am nächsten vollkommen sinnlos.*
*Heute frage ich mich, ob alles, was geschieht, einen Sinn hat, die Liebe, die Trennung, der Schmerz, und ob es einen Sinn hat, einander nahezukommen, nur um dann wieder auseinandergerissen zu werden.*
*Wenn die Strafe die Konsequenz einer Schuld ist, muss wohl auch ich eine schreckliche, unverhältnismäßig große Schuld auf mich geladen haben.*
*Aber wo ist der Fehler, der Knoten, von dem aus sich der Ast in eine andere Richtung verzweigt hat?*
*Ich war kein schlechter Sohn, war nicht boshaft zu Dir oder anderen, und darum liegt es vielleicht an dem einsamen Leben, das ich führe, an meiner Gier, alles zu betrachten ...*
*Diese Worte schreibe ich nur, um Dir zu sagen, dass es nicht an Dir liegt, wenn das Wunder nicht geschehen ist, sondern es*

*ist meine Schuld, und jetzt ist es nur gerecht, dass ich meine Strafe abbüße.*
*Vergib mir auch dies.*

*Heute frage ich mich, ob alles, was geschieht, einen Sinn hat ...*
Diese Frage stellte sich der Postbote jeden Tag. Nichts hat einen Sinn. Durchaus möglich. Manchmal dachte er das, aber dann verwarf er die Idee sofort, denn er fand die Vorstellung unerträglich. Wie konnte es sein, dass alles, was ihn umgab und ihm wegen der Balance, in der es sich befand, manchmal so großartig vorkam, so außergewöhnlich durch seine Stimmigkeit, wie konnte es sein, dass all die Ereignisse, die seine Welt erschufen, gleichgültig sein sollten? Wie sollte er glauben, dass Ciccio Chianeses Trauer um seine geliebte Tochter, die auf der Hochzeitsreise ums Leben gekommen war, nicht von Bedeutung sei? Dass der stumme Schmerz, den seine Mutter ihr Leben lang empfunden hatte, nutzlos gewesen sei? Dass der Schweiß, den sein Großvater literweise bei der Feldarbeit vergossen hatte, um den Boden fruchtbar zu machen, ohne Bedeutung sei? Dass der Faden, der Pepè Mardente am Leben hängen ließ, obwohl das Leben selbst ihm sein größtes Licht genommen hatte, unsichtbar sei? Wie war es möglich, dass all die riesigen, entsetzlichen Schmerzen und die kleinen, flüchtigen Freuden, die er auf der Welt erfahren hatte, sinnlos sein sollten, nur blasser Widerschein, der sich beim geringsten Kräuseln der Oberfläche auflöste? Und wenn es am Ende so war, wenn das Leben wirklich keinen Sinn hatte, dann hatte nichts Bedeutung, und alles geschah aufgrund irgendeines blin-

den Zufalls. Dann blieb einem nur noch übrig, sich ein Messer ins Herz zu rammen, sich umzubringen, denn ein Leben ohne Sinn ist ein Widerspruch in sich, es ist kein Leben. Dass das seiner Meinung nach nicht oder nur sehr vereinzelt vorkommt, zeigt, wie haltlos der Gedanke ist.

Der Postbote hatte Lust auf Sonne, und sein Wunsch wurde ihm erfüllt. Rocco von der Sportbar hatte die Stühle auf den Bürgersteig gestellt. Colajizzu saß ohne Mütze auf der Bank vor dem Zeitungskiosk, und alte Frauen kamen mit vollen Tüten vom Markt zurück – ein sonniger Marktdonnerstag war ein Fest für das Dorf. Also nahm er den Brief und verließ das Haus.

Nach der halben Runde kam er auf der Piazza an. Der Markt begann am Brunnen vor der Kirche San Rocco und erstreckte sich bis zum Viertel Pioppi Vecchi, mit einem Schlenker zu dem kleinen Platz am Ponte dell'Aceduzzu, der von den Töpfern und ihren endlosen Mengen von Wasserkrügen, Keramiktöpfen, Salzfässern und Backtrögen bevölkert wurde. Die Stände mit Esswaren befanden sich vor der Kirche San Rocco, sodass die zum Gebet versammelten Gläubigen nicht nur den üblichen Weihrauchduft einatmeten, sondern dieser war von zahlreichen irdischen, gotteslästerlichen Gerüchen nach eingelegtem Käse, aufgehängtem Presssack, am Spieß geröstetem Hähnchen, Hühnern im Käfig, Walderdbeeren, harten *mastazzòle*, zuckerbestäubten Bonbons und frisch gepflücktem Oregano durchsetzt. All das trieb die arme Seele des Küsters Rafiali, der die Fastenzeit noch nicht hinter sich gelassen hatte, fast zur Verzweiflung, und er flüchtete vor der luftigen Versuchung ins Pfarrhaus.

Nachdem der Postbote dem Maler Lamantea eine Gewinnmitteilung zugestellt hatte, machte er sich auf den Weg zum Haus der Migliazzas. Er wusste nicht, was ihn dort erwartete, denn er hatte gehört, dass es der Mutter in der vorletzten Nacht schlecht gegangen und der Krankenwagen aus Catanzaro gekommen war. Irgendwie hatte er das Gefühl, dass es ein versöhnlich stimmender Tag werden würde, denn zum ersten Mal würde er Maria Teresa die Briefe geben und zuvor von der gegenüberliegenden Straßenseite auf das Haus zugehen.

Der Postbote dachte nämlich, dass die Wunder, auf die alle warten, nicht von Fanfaren und Trommelwirbel angekündigt werden, sondern sich hinter der Normalität des Alltags verstecken. Eine Straße, in die man aus Versehen einbiegt, ein verschobener Besuch, ein Glockenschlag, der einen nicht weckt. Und so mischte er vergnügt die Karten. Während er beim Einbiegen in den Anstieg nach San Marco an die Dinge dachte, die er auf seinem immer gleichen Weg im Leben verpasst hatte, änderte er nun die Strecke, überzeugt, dass das Auftreten eines außergewöhnlichen Ereignisses dadurch wahrscheinlicher wurde. Er konnte nicht genau sagen, worin das Wunder bestehen würde. Er stellte sich einfach eine Begegnung mit jemandem vor, der sein Leben in eine neue Richtung lenken würde.

An diesem sonnigen Donnerstag bog er nun von der anderen Seite in die Via del Mulino ein, und als er sich der Ecke Contrada Vasia näherte, hätte er Stein und Bein geschworen, dass ihn hinter der Ecke bereits die wundertätige Frau erwartete, die ihn erlösen würde.

Stattdessen erblickte er Maria Teresa. Sie sprach mit einer anderen Frau, die ihm den Rücken zukehrte. Als er auf die beiden zuging, hörte Maria auf zu tuscheln und beobachtete, wie er näher kam, so wie ein Turmwächter die Staubwolken am Horizont beobachtet, die von den Pferden der Boten aufgewirbelt werden: Bringen sie gute oder schlechte Nachrichten?

Die Freundin drehte sich um. Es war Teresa Sperarò. Der Postbote war nicht überrascht. Er dachte wieder an das Foto. Die beiden waren auch so viele Jahre später noch Freundinnen, und außerdem wohnten sie nahe beieinander, Teresas Haus befand sich am Ende der Via del Mulino. Darum war natürlich sie die Freundin, der Maria Teresa sich anvertraute.

Ihm fielen die geheimnisvollen Worte seiner Tante wieder ein, die Tragödie, über die sie nicht sprechen konnte und die er stattdessen jetzt in Teresas Augen zu sehen glaubte. Teresa Sperarò hatte immer einen unbeschwerten Eindruck auf ihn gemacht, unberührt von den Umständen des Lebens. Doch nach den Erzählungen seiner Tante war er ihr nur noch ein einziges Mal begegnet, in Marinaros Metzgerei, und aus Unbeschwertheit schien ihm Resignation, aus Losgelöstheit von der Welt eine Verbannung geworden zu sein. Der Postbote ging so weit, sie zu bemitleiden, die arme Teresa, die sich hin und wieder am Fenster ihrer Tragödie zeigte, um sich den Liebesbrief an die Freundin vorlesen zu lassen und sie darum zu beneiden.

Und jetzt hatten die beiden Frauen vermutlich über das uralte Thema der Liebe gesprochen, bevor das Auftauchen eines Mannes sie wieder in die Gegenwart zurückholte.

»*Buongiorno.*«

Maria Teresa grüßte ihn zuerst, aber sie musterte ihn

nicht mit der Neugier, die er von ihr erwartet hatte. Teresa hingegen hob den Blick und starrte ihn an.

»Endlich mal ein sonniger Tag.«

Warum bringt man eigentlich immer das Wetter ins Spiel, wenn man sich nichts zu sagen hat? Der Postbote wusste nicht, wie er ihnen sein Gefühl mitteilen sollte, dass es ein versöhnlich stimmender Tag war, darum erwähnte er das, was dieses Gefühl hervorgerufen hatte – die Sonne.

»Wurde auch Zeit«, sagte Maria Teresa.

»Geht es Ihrer Mutter gut?«

»Jetzt wieder, aber sie hat uns einen ganz schönen Schrecken eingejagt!«

Ihre Stimme hatte einen schulmeisterlichen Ton wie bei jemandem, der ein Gespräch im Keim ersticken will.

Maria Teresa schien nur der Brief zu interessieren. Sicher wollte sie ihn ergreifen, an sich drücken und spüren, dass er ihr gehörte. Wie eine Ewigkeit musste ihr die Zeit vorkommen, die sie vom einzigen ihr verbliebenen Trost trennte, von den Träumen, die sie flüsternd ihrer Freundin anvertraute, von den Liebesworten, von denen sie nachts träumte und die sie auswendig lernte, indem sie den Brief in der Schürzentasche versteckte, ihn hin und wieder herausholte und sich ein schwieriges Wort, ein längst vergangenes Bild ins Gedächtnis rief. Die Worte der Liebe, die sie sich auf der Zunge zergehen ließ wie das Haselnusssorbet, nach dem sie so gierig war, die Worte, die sie einhüllten, weich wie Schaum, die ihr Herz pochen ließen, als wäre sie einen Abhang hinuntergerannt.

Der Postbote wollte schon in die große Tasche greifen, aber der Blick, der seine Hand nun festzunageln schien, kam von Teresa. Sie starrte ihn an, wurde blass, und er spürte ihren Herzschlag, wie wenn er ein Insekt wäre, das an eine Fensterscheibe knallt. Teresa Sperarò war es, die den Geschmack von Haselnüssen auf der Zunge hatte, nicht Maria, der Postbote hatte ihre Ungeduld missverstanden, denn manchmal verwechselt man zu große Liebe mit zu großer Sehnsucht.

Er steckte die Hand in die Tasche, und da war das Vorzeichen des nächsten Wunders. Als er nämlich den Umschlag herausholte, begannen Teresas Augen zu leuchten wie frisch geschürte Glut. Marias nicht, die streckte nur die Hand aus, um den Brief entgegenzunehmen, ohne Begeisterung, nur aus Pflichtgefühl.

Teresa betrachtete den Brief, den der Postbote Maria überreicht hatte, mit der Besorgnis einer Mutter, die ihr einziges Kind einen steinigen Weg entlanglaufen sieht. Hoffentlich fällt es nicht hin, schien sie zu denken, denn wenn das Wunder dabei ist, zu geschehen, bauscht die Angst die Ereignisse auf. Vielleicht würde etwas auftauchen und den Brief verschwinden lassen: ein Windstoß, ein plötzliches Unwetter, ein papierfressender Geist. Der Postbote ahnte, wer die wahre Empfängerin der Briefe war. Teresa Sperarò.

Die Rechnung ging auf, und die Bilder in seinem Kopf überschlugen sich: der richtige Name, Teresas Schönheit, die Briefe, die bei Maria, ihrer Busenfreundin, ankamen, weil Teresa verheiratet war und nicht kompromittiert werden wollte.

Der Postbote verabschiedete sich, musste aber noch seine letzten Zweifel zerstreuen, und das Mittel dazu hieß Concetta Cannizzaro.

Er klopfte, und die Alte erschien in der Tür, erfreut, ihn zu sehen. Sie fragte, ob ihr Sohn ihr wieder geschrieben habe, aber er verneinte, er habe bei dieser Hitze nur Durst bekommen und hätte gern ein Glas Wasser.

Sie stiegen in den ersten Stock hinauf, und während die Alte in die Küche ging, stellte sich der Postbote ans Fenster zur Straße.

Dort standen die beiden Frauen einander schweigend gegenüber.

Concetta kam mit einem Glas Wasser herein.

»Setzen Sie sich doch.«

»Nein, danke, ich bleibe lieber stehen.«

»Es ist wirklich warm.«

»Ja, sehr.«

Die Frauen auf der Straße wechselten ein paar Worte, dann lächelte Maria Teresa, blickte sich um, und erst danach gab sie ihrer Freundin den Brief.

Sie verabschiedete sich und ging wieder ins Haus.

Teresa hielt den Brief fest in der Hand, sah sich verstohlen um, schob den Umschlag unter ihren Pullover und machte sich auf den Weg nach Hause.

Damit war der Zweifel endgültig beseitigt.

Leb wohl, sehnsüchtige Maria Teresa, leb wohl. Die Liebesworte galten Teresa Sperarò, *ihr* galt der Neid der Einsamen dieser Welt, und zum Teufel mit den Tragödien der Vergangenheit, denn diese Liebe milderte den Schmerz wie Balsam.

Der Postbote trank das letzte Schlückchen Wasser.

Er sah Teresa hinter der Ecke verschwinden, denn auf sie wartete eine Abstellkammer, in der sie heimlich die Worte der Liebe lesen und sie auswendig lernen würde wie ein Gebet, Liebesworte, die jetzt an der richtigen Stelle waren, auf der Haut, unter dem Pulli und über dem Herzen, Liebesworte, die sie hütete wie ein Geheimnis, säugte wie ein Kind, Liebesworte, die nicht lügen können, geflüstert gegen die Übel des Lebens, Liebesworte, die das Herz erfüllen und nach Haselnuss schmecken.

»Danke, auf Wiedersehen.«

»Auf Wiedersehen.«

## 15

*Vom geometrischen Mittelpunkt der Welt, von einem bevorstehenden und einem vergangenen Skandal und von unserem Wohl, das nicht immer mit sofortigem Glück zusammenfällt*

Wenn Gott oder der, der die Welt an seiner Stelle erschaffen hat, sie zur Kugel und nicht zur Linie oder zum Quader geformt hat, dann gab es dafür sicherlich einen Grund. Der Postbote erkannte den Willen Gottes darin, allen, ob Adliger oder Hungerleider, die Illusion zu vermitteln, dass sie sich am Mittelpunkt der Welt befanden. Ein großartiger Einfall, eines demokratischen Herrgotts würdig, der auf die wundersame Vermehrung von Brot und Fisch die Herrschaft über den Weltraum folgen ließ: Jede Stelle, auf die ein beliebiger Mensch in jedem beliebigen Land den Fuß setzte, konnte der Punkt sein, in den der Große Baumeister aller Welten die Spitze des Zirkels gestochen und den Umriss gezeichnet hatte. Hatte man dies als unumstößlichen Lehrsatz anerkannt, konnte niemand vernünftigerweise bestreiten, dass Girifalco der geometrische Mittelpunkt der Erdkugel war. Und da sich in der Mitte des Orts der Piano befand, lautete der logische Schluss, dass der Dorfplatz von Girifalco der Mittelpunkt der Welt war. Genau genommen lag dieser Punkt dreieinhalb Meter von der Bar Catalano entfernt, unter der vierten Platane links, da, wo Gogò Mattaruànzas Hund gerade in ein kleines Blumenbeet kackte, und der Postbote musste grinsen bei dem Gedanken, dass die Geschichte, die Revolutionen und Kriege und der Fortschritt allesamt um den unerschrocken vor sich hin stinkenden Haufen einer kleinen Promenadenmischung kreisten.

Es war drei Tage nach der Entdeckung Teresa Speraròs, als der Postbote beobachtete, wie der universelle Mittelpunkt gedüngt wurde. Er sah ein großes Auto, das mit gedrosselter Geschwindigkeit fuhr und vor dem Rathaus anhielt. Ein stämmiger Mann mit dicken Wangen und verschwitztem Gesicht stieg aus und verschwand sofort im Gebäude.

»Scheint der Bürgermeister von Catanzaro zu sein«, sagte Giovannuzzu Chiappa; »ein Politiker der Christdemokraten«, stellte Ruaccu Chiapparedda richtig; »ein Parlamentsabgeordneter«, fügte Cuasimu Malarazza der Genauigkeit halber hinzu. Der Postbote hingegen war sicher, dass es sich um einen Vertreter der Eco.Scarti aus Rom handelte. Politische Skandale zeichneten sich am Horizont ab, und zwar nicht zum ersten Mal, wenn man bedachte, was drei Jahre zuvor passiert war.

Die Ereignisse hatten die gesamte Provinz erschüttert wie ein Erdbeben. Nach zehn Jahren scheinbar unendlichen, zermürbenden Wartens hatte das psychiatrische Landeskrankenhaus in Girifalco Stellen für Pfleger und Heizungsmonteure ausgeschrieben. Für den Ort war das etwas Außergewöhnliches, auch weil ein adliger Catanzareser aus altem, vornehmem Haus den Vorsitz der Auswahlkommission führte. Es handelte sich um den Ingenieur Talarico Scozzafava, Sohn der Hausfrau Artemisia, Erzeuger unbekannt, verheiratet mit einer Frau aus Girifalco.

Der aristokratische Ingenieur, der nicht im Ort wohnte, hatte das Gerücht in die Welt gesetzt, von den vierundzwanzig zur Verfügung stehenden Stellen seien genau acht den meistbietenden Dorfbewohnern vorbehalten. An Klatsch mangelte es nicht in Girifalco, und so ähnelte das Haus des Ingenieurs bald dem Stall des Jesuskindes, zu dem eine unendliche Schlange von Heiligen Drei Königen pilgerte und ihm beträchtliche und edle Gaben brachte.

Böse Zungen verbreiteten die Namen der bevorzugten Kandidaten. Zu ihnen gehörte Micantùani Gargiastritta, der zwar keine Lira besaß, aber mit einer üppigen, wohlgeformten Schwester namens Santina gesegnet war, seit Jahren Scozzafavas gar nicht so heimliche Geliebte. Alle katzbuckelten vor dem Ingenieur, um sich bei ihm einzuschmeicheln: Maria Taliano bot ihm zwölf ausgewachsene Schweine; Angela Serrastretta versprach ihm hundertfünfzig Liter Öl pro Jahr für die nächsten zehn Jahre; Pasquale Paletta würde ein Leben lang nicht nur das Auto des Ingenieurs, sondern auch die seiner Gattin, der Kinder, der Mutter und der Schwägerin reparieren; der Riese Ciccio Cresta, der nichts anderes besaß als seinen gewaltigen Körper, bot sich ihm als Leibwächter an.

Da alle eine Probe ihrer Ware mitbrachten, verwandelte sich der Garten des Ingenieurs innerhalb kürzester Zeit in einen Bauernhof mit Schweinen, Kaninchen und frei laufenden Hühnern. Die Küchenschränke füllten sich mit Öl-

und Weinflaschen, Käse und Presssack; das Auto röhrte fröhlich vor sich hin, und eine Woche lang wurde die Flut der Heiligen Drei Könige vom Sklaven Ciccio Cresta überwacht.

Die Vorschüsse aber, die der Betrüger Scozzafava besonders schätzte, waren ganz anderer Natur, und so bestand die Schlange nachts aus Frauen jeden Alters und Aussehens. Es bereitete dem Ingenieur große Freude, eine Musterkollektion sinnlicher Freuden durch sein Büro ziehen zu sehen, um die ihn selbst Casanova beneidet hätte.

Eines Tages öffnete der Postbote eines der üblichen Empfehlungsschreiben, in dem stand:

*Verehrter Herr Ingenieur,*
*ich bin Turi Candeloro, und ich schreibe Ihnen, anstatt Sie persönlich aufzusuchen, weil ich in Ihrem Haus nicht gesehen werden will.*
*Ich möchte ganz offen sprechen, und darum sage ich Ihnen, dass Sie mir eine der Stellen als Heizungsmonteur geben müssen.*
*Ich kann Ihnen weder Geld noch hektarweise Land bieten, aber mein Schweigen ist wertvoller als alles andere.*
*Damit Sie verstehen, nenne ich nur einen Ort: Maddejisa. Das sollte genügen.*

Ein glatter Erpressungsversuch, keine Frage. Da der Postbote nur Kontrolle über das geschriebene Wort hatte, erfuhr er nicht, wie der Ingenieur Kontakt zu Candeloro aufnahm und was sie miteinander besprachen, aber sechs Tage später hielt er einen weiteren Brief an Scozzafava in Händen:

*Entweder habe ich mich nicht klar genug ausgedrückt, oder Sie wollen mich nicht verstehen.*
*Also, damit Sie es endlich begreifen, schreibe ich Ihnen noch einmal und sage auch gleich, dass ich entgegen Ihrer Forderung nicht damit aufhören werde.*
*Ich schreibe, mein lieber Ingenieur, und wenn zufällig jemand diese Dinge liest, macht mir das nichts aus, denn den Schaden davon haben Sie und Ihre Frau.*
*Ich wiederhole: Wenn ich nicht zu den künftigen Heizungsmonteuren gehöre, vergrößere ich diesen Brief und hänge ihn an jede Mauer im Ort, damit alle erfahren, dass ich und Ihre Frau es seit nunmehr einem Jahr in Maddejisa miteinander treiben, und wenn Sie mir nicht glauben, dann schreibe ich eben »Hundestellung«, dann begreifen Sie's endlich.*
*Ich wiederhole außerdem, dass ich alles beweisen kann, was ich sage, denn Ihre Frau – ich weiß nicht, ob Sie das wissen – lässt sich gern fotografieren, wie die Natur sie geschaffen hat. Sehen Sie also zu, dass Sie mich empfehlen, denn ich habe schon genug gesehen.*

Dank dieses listigen Manövers wurde aus dem unzuverlässigen Turi Candeloro einer der aussichtsreichsten Kandidaten, ohne dass die Öffentlichkeit etwas davon erfuhr.

Wäre es so weitergegangen, hätte alles prima geklappt. Der Ingenieur hätte sich mittels seiner widerwärtigen, schmutzigen Geschäfte weiterhin bereichert, acht Familien hätten keinen Hunger mehr leiden müssen, die leer Ausgegangenen hätten auf die nächste Ausschreibung hoffen können. Stattdessen passierte etwas Unerwartetes, denn Scozzafavas intensives Geschlechtsleben beschwor unangenehme Folgen für seine Affäre mit Santina Gargiastritta herauf. Die war es nämlich leid, einfach weggelegt zu werden wie ein löchriger Schuh.

Darum gerieten die beiden eines Tages in heftigen Streit, und als die Frau ihm einen Faustschlag ins Gesicht versetzte, schwor der Ingenieur, die Stelle für ihren schwachsinnigen Bruder könne sie vergessen. Santina beschloss, dass niemand arbeiten würde, wenn ihr Bruder keine Arbeit bekam.

Es fiel ihr leicht, jemanden zu finden, der ihr half, die ganze Sache platzen zu lassen. Wer im Ort etwas zur Anzeige bringen wollte, musste sich nur an Vincenzino Migliaccio, genannt Guardia, wenden. Damit wir uns richtig verstehen: Der zeigte sogar die Tauben an, die ihm aufs Dach schissen. Darum verließ schon am Tag nach Santinas Gespräch mit Guardia die folgende an das Gericht in Catanzaro adressierte Anzeige das Postamt von Girifalco:

*Zu Händen der Justizbehörde*
*Ich, der unterzeichnete Vincenzo Migliaccio, geboren in Girifalco am 14.11.1921, wohnhaft ebenda in der Via delle Croci 17, zurzeit Angestellter der örtlichen Nervenheilanstalt als Krankenträger auf Station Eins,*
*zeige*
*mit diesem Schreiben einen schweren Fall von Korruption durch den Ingenieur Talarico Scozzafava an.*
*Der Vorfall, auf den der Unterzeichner dieses Schreibens sich bezieht, ereignete sich im Februar 1964 anlässlich der Ausschreibung der Arbeiten für den Ausbau der Bibliothek und der Mensa der örtlichen Nervenheilanstalt.*
*Im vorliegenden Fall ließ Scozzafava der Firma Edigul in Amaroni/Catanzaro, Inhaber Gullico Raffaele, Cousin zweiten Grades der Ehefrau Scozzafava, einen Brief zukommen, in dem er den Preis nannte, den die Firma anbieten müsse, um den Zuschlag zu erhalten, genau den Betrag, zu dem der Auftrag letztlich vergeben wurde.*

*Damit Gerechtigkeit hergestellt wird und als Beweis für die obigen Ausführungen, liegt dem Schreiben eine Kopie des von Scozzafava unterzeichneten und an die Firma Edigul adressierten Briefs bei.*

Beim Umgang mit dem Ingenieur hatte Santina Gargiastritta dessen Schläue und Verschlagenheit erkannt, und darum nahm sie, als sie einmal allein in seinem Büro war, Unterlagen an sich, die ihr belastend erschienen.

Der Brief kam beim Gericht an und gelangte in die richtigen Hände. Drei Wochen später wurde die Ausschreibung aufgehoben, und Scozzafava konnte sich nur vorm Gefängnis retten, weil er einen Richter fand, der Freimaurer war wie er selbst. Ein halbes Jahr später, als die Ergebnisse der Ausschreibung bekannt gegeben wurden, hatten nur drei Dorfbewohner eine Stelle bekommen, und keiner davon hatte den Ingenieur jemals mit Geld oder Geschenken bestochen.

In Girifalco gab es einen Mordskrach, und die Heiligen Drei Könige standen erneut in langen Reihen vor dem Bestochenen, diesmal, um ihre Gaben zurückzufordern. Nur eine Sache konnte den Gläubigerinnen nicht ersetzt werden, aber es gab jemanden, der bereit war, sie zu rächen. Candeloro nämlich zögerte nicht und ließ die Fotos, auf denen die anatomischen Besonderheiten der Signora Scozzafava in äußerst unnatürlichen Verrenkungen verewigt waren, im Dorf zirkulieren. *Scozzafava, dieser verdammte* cornùtu, *dem werden wir's zeigen!,* dachten die aufs Kreuz gelegten Frauen.

Aus anderen Gründen drohte auch Peppina Carrusara aufs Kreuz gelegt zu werden. Zum Bedauern des Postboten erhielt sie eines Tages einen zweiten Brief von ihrem entflammten Verehrer:

*Peppina,*
*also war all meine Mühe nicht umsonst, und der Moment ist gekommen, allein und von Angesicht zu Angesicht mit Dir zu sprechen.*
*Ich weiß, dass Dein Ehemann jeden Donnerstagabend bis spät in die Nacht hinein Karten spielt. Darum erwarte ich Dich am kommenden Donnerstagabend in meinem zweiten Haus in Castagnaredda, genauer gesagt vor dem letzten blauen Tor in der Straße von Sabbettuzza der Kirchendienerin.*

Irgendetwas war passiert, denn dieser Brief klang vertraulicher als der erste.

Der Postbote las ihn mehrmals und beschloss nach langem Nachdenken, ihn nicht zuzustellen. Als er an diesem Morgen durch Musconì gegangen war, hatte er Vittorio Mastrìja auf einem Gerüst erblickt, lächelnd trotz der Anstrengung. Dass er sich den Rücken kaputt machte, indem er Schubkarren mit Zement schob, zahlte sich für ihn aus, denn wenn er nach Hause ging, wartete Peppina auf ihn, parfümiert und im weißen, durchsichtigen Negligé ohne etwas darunter. Sie wusste, dass Vittorio schwindelig wurde und sein Herz verrücktspielte, wenn er die schwarzen Härchen seiner Frau sah. Nur diese Freude hatte er, und es durfte nicht sein, dass die Gelüste eines Dummkopfs wie Jidacco alles zerstörten. Die Aufforderung dieses Frauenhelden würde ihr Ziel nicht erreichen, mehr noch, Jiddaco würde dafür bezahlen, denn Angeber wie er verdienten eine Tracht Prügel, die sie ihr Leben lang nicht vergaßen.

Wie um die Macht des Zufalls zu bekräftigen, kam dem Postboten ein Brief zu Hilfe, den er zwei Tage zuvor geöffnet hatte. Darin schrieb Brunu Calamatrà seinem Bruder in Rom, es sei alles in Ordnung, nur Mimmu Jaccaprunari sehe ihn seit ein paar Tagen schief an. Er wusste, dass dessen heißblütige Eifersucht mit seiner schönen Frau Luigina zu tun hatte, die er, Brunu, eines Tages unvorsichtigerweise bewundert und gegrüßt hatte. Daraus schloss er Folgendes: *Jaccaprunaris Frau hat sich offenbar einen Geliebten gesucht, und nun glaubt Mimmu, dass ich das bin.* Die Sache stand für Calamatrà unter schlechten Vorzeichen, denn Jaccaprunari war ein rauer, gewalttätiger Mann, groß und imposant wie eine Eiche und mit einer Narbe auf der rechten Wange, so breit wie eine Felsspalte. Genau der Richtige, um Jiddaco eine Lektion zu erteilen.

Also griff der Postbote, Freund aller Rächer, zu Stift und Papier und begann zu schreiben:

*Signora Luigina,*
*es ist so weit, wir müssen miteinander reden.*
*Wir sehen uns am Donnerstagabend gegen neun in der Contrada Cannaro, am Ende der Straße, in der Sabbettuzza wohnt, die Kirchendienerin.*
*Klopfen Sie an die letzte, himmelblaue Tür, und Ihnen wird aufgetan.*
*Ich begehre Sie.*

Diesen Brief musste Jaccaprunari in die Hände bekommen, und das Schicksal stand dem Postboten bei, denn er begegnete ihm in der Bar Catalano, wo er gerade den Alkoholgehalt seines Bluts mit dem siebten Peroni an diesem Tag erhöhte.

»*Buongiorno* Mimmu.«
»Auch guten Morgen. Willst du 'n Bier?«
»Nein danke, es ist noch früh. Hör mal, ich habe einen Brief für deine Frau, kann ich ihn dir geben?«
»Einen Brief? Für meine Frau?«

Jaccaprunaris Gesicht erstarrte wie das eines Huhns kurz vorm Eierlegen. In seinem Gehirn rauchte es bereits, weil er sofort annahm, dass ihm jemand Hörner aufsetzen wollte.

Am folgenden Donnerstag spielte sich im Häuschen am Ende der Contrada Cannaro, das Jiddacos seligem Onkel gehört hatte, eine der legendärsten Prügeleien in der langen, ruhmreichen Geschichte des Dorfes ab. Jiddaco war schon das Wasser im Mund zusammengelaufen. Er öffnete die Tür, und als er sich Jaccaprunari gegenübersah, begriff er nicht schnell genug, was los war, und musste so viele Faustschläge, Arschtritte und Stöße mit den Ellbogen einstecken, dass sogar ein Sünder wie er alle Heiligen, die Muttergottes und die Messdiener um Hilfe anflehte.

Am Tag darauf verbreitete sich die Nachricht im Dorf wie der Hunger in Jahren mit zu viel Frost. Mimmu Jaccaprunari erzählte überall herum, dass er Jiddaco, weil der sich erlaubt hatte, seine Frau anzusehen, mit Fausthieben und Tritten fast umgebracht hatte, eine Geschichte, die im Übrigen durch das vorübergehende Verschwinden des Unglücklichen bekräftigt wurde.

Vittorios menschliches und sinnliches Glück war gerettet, denn als Peppina von dem Vorfall erfuhr, dachte sie, dass Jiddaco mit jeder herummachte. Sie war beleidigt und wollte von diesem Schürzenjäger nichts mehr wissen.

Und so verdankte Vittorio sein Glück einem irdischen Schutzengel, von dessen Existenz er nichts ahnte, wie vielleicht auch wir unser Glück Menschen verdanken, die wir nicht kennen oder deren Taten für immer im Dunkeln bleiben werden.

Irgendwo auf der Welt, womöglich nur wenige Meter von uns entfernt, gibt es jemanden, der für uns sorgt, und wenn wir das nicht merken, liegt es daran, dass unser Wohl nicht immer mit unserem sofortigen Glück zusammenfällt.

## 16

*Von einem Brief aus längst erforschtem
Land, von Clotuzzas alter Hand, die Fäden
abschneidet, und vom Geist eines Verstorbenen,
genannt Salvatore Crisante*

*Geliebte Teresa,
wenn ich Dir schreibe, fühle ich mich Dir so nah, als wärst
Du im Zimmer nebenan, würdest gleich die Tür öffnen und
hereinkommen.*
*Wenn es doch so wäre,* amore mio, *wenn ich Dich noch einmal
haben, Dich umarmen könnte wie unter unserem Baum, denn
das ist inzwischen mein einziger Wunsch.*
*Ich habe Dich nicht richtig geliebt oder besser gesagt: Erst,
als ich Dich verloren hatte, wurde mir klar, dass ich Dich nicht
richtig zu lieben verstand. Ich habe Dich so schnell verloren,
dass ich mich nicht mal von Dir verabschieden oder Dir in
die Augen sehen konnte in dem Wissen, dass es das letzte
Mal sein würde. Ich habe Dich zu plötzlich verloren, um diese
Dinge bewusst zu tun und die Intensität des Augenblicks für
immer im Gedächtnis zu behalten – erst da wurde mir klar,
dass ich Dich nicht richtig zu lieben verstand.*
*Jetzt wird mir bewusst, dass all die Zeit, die ich fern von Dir
verbracht habe, sinnlos und vergeudet war. Ich hätte Dein
Schatten sein müssen und Dein Atem.*

*Begreifen Liebende denn nicht, wie kostbar die Zeit der Liebe ist? Warum verschwenden sie sie fern voneinander, mit Missverständnissen und Spielchen? Warum geben sie sich nicht ganz?*
*Wärst Du nur jetzt bei mir!*
*Du, mit Deinen Küssen, Liebkosungen und dem Herzklopfen. Was soll ich mit diesem Leben anfangen, wenn Du nicht mehr da bist? Hörst Du mich, dort hinter der Tür?*
*Also, warte nicht länger, komm herein, komm in mein Zimmer und in mein Leben.*
*Du hast mich nicht vergessen, oder,* Teresa mia*?*
*Nein, das hast Du nicht, das sagt mir mein Herz.*

Am 24. Mai traf der sechste versiegelte Brief ein. Aber inzwischen hatte sich vieles geändert, denn angesichts von Teresa Speraròs Schönheit klangen die Liebesworte nicht mehr falsch, der sehnsüchtige, schmerzvolle Tonfall war stimmig, und eine Liebe, die geschmäht, verleugnet und versteckt worden war wie eine Schuld, versuchte sich endlich wieder zusammenzufügen.

All das hatte nun nichts mehr mit Maria zu tun. In gewisser Hinsicht tat ihm das leid, denn inzwischen empfand er Zuneigung für diese gequälte Frau. Er hatte höchstens fünf oder sechs Minuten mit ihr gesprochen, und trotzdem glaubte er sie gut zu kennen, so häufig hatte er an ihre Einsamkeit gedacht. Er dachte daran, was ihr in schlaflosen Nächten, in denen sie am Fenster stand und den Mond betrachte, durch den Kopf gehen mochte. Er dachte an den Wunsch nach einem anderen Leben, das niemals kommen würde, an die Resignation dieser Frau, die ein einziges Mal, viele Jahre zuvor, glücklich gewesen war.

Einen Augenblick lang war der Postbote versucht, den Brief direkt bei Teresa Speraró abzugeben. Er würde an ihre Tür klopfen, ihr den Umschlag überreichen und ihr in die ungeduldigen Augen blicken. Neugierig würde sie ihn mustern und so tun, als wisse sie von nichts. Verzeihung, aber das muss ein Irrtum sein, nein, kein Irrtum, Teresa, aber keine Angst, ich sage niemandem etwas, dein Geheimnis ist auch meines.

Als er in der Contrada Vasia 12 klopfte und die kleine Angela ihm öffnete, dachte der Postbote, dass er eigentlich darauf verzichten könnte, nach der Schwester zu fragen. Aber da kam sie schon, in schäbigen Kleidern wie eine Statistin, die den Anweisungen des Regisseurs zuwiderhandelt und auf die Bühne gelaufen kommt. Er überreichte ihr den Brief und staunte, weil er Resignation mit Erwartung und Verzicht mit Hoffnung verwechselt hatte.

Wer da an Teresa Speraró schrieb, musste jemand aus ihrer Vergangenheit sein – und kaum hatte er das Wort *Vergangenheit* gedacht, hallten schon die Worte seiner Tante in seinem Kopf wider, *eine Tragödie* ... So kam es, dass er bei Mariettuzza vorbeiging und sagte, dass er mit ihr zu Abend essen würde.

Es war ein kühler Tag, und der Postbote lief auf der sonnigen Seite der Straße. Als er von der Via Marzìgghia in die Hauptstraße einbog, sah er sich den drei Schwestern Marra gegenüber, die auf den breiten Stufen vor ihrem tausend Jahre alten Haus saßen.

Die Drillinge hatten nie geheiratet und spannen ständig Wolle, sommers wie winters. Ihre Körper, zittrig vom Alter und der vergangenen Zeit, waren immer in schwarze Umschlagtücher gehüllt. Die dunkle Farbe des

Stoffs bildete einen Kontrast zu ihren Gesichtern, deren Haut weiß wie eine Mullbinde war; ihre Hände sahen aus wie zwei Monde am dunklen Himmel, ruhelos und immer in Bewegung. In ihrer Linken hielt Clotuzza den in weiche Wolle gewickelten Spinnrocken, mit der Rechten zog sie den dünnen Faden, indem sie die Finger zu einer riesigen weißen Spinne krümmte, dann ließ sie in atemberaubendem Tempo die Spindel wirbeln, glättete mit den Zähnen den Faden, und auf ihren trockenen Lippen blieben wollige Fusseln zurück. Links von ihr saß ihre Schwester, deren Namen er immer wieder vergaß und die nie etwas sagte. In einem Weidenkorb zu ihren Füßen lag das weiche, schneeweiße Wollvlies, das sie sorgfältig ordnete. Weiter hinten saß die dickste der Schwestern, Filippa genannt Atropa, die die überschüssigen Wollfäden abschnitt und sie in einem Beutel sammelte. Sie war es, die den Postboten vom bösen Blick befreit hatte.

Begegnete man zu jener Zeit alten Leuten, glaubte man, die vergehende Zeit wie einen Stein auf dem Herzen zu spüren. Man fürchtete sich vor dem herannahenden Tod. Irgendwo hatte er gelesen, dass man den Tod nicht fürchten muss, denn wenn er da ist, sind wir es nicht mehr und umgekehrt auch, aber genau dieses Nichtdasein war es, das ihn quälte, der Mangel, das Verschwinden, die Abwesenheit.

Dieser seltsame, unerklärliche Tod. Manche Menschen starben, andere lebten weiter. Es hing nicht von ihrer Güte oder Intelligenz, ihrer Feinfühligkeit oder Grausamkeit ab, nicht davon, wie viel Land sie an sich gebracht oder wie viel Almosen sie gegeben hatten. Mysteriöserweise war es einfach so, dass manche Menschen starben und andere weiterlebten.

*Man hätte ein Alter für alle machen können,* war der Kommentar seiner Mutter gewesen, als Franco Signorellos fünfjähriger Sohn starb. Ein Alter für alle ... die Männer mit vierundachtzig Jahren, die Frauen mit sechsundachtzig ... gälte ein Alter auf der ganzen Welt, wäre der Tod kein geheimnisvoller Held. Er dachte in Reimen, der Postbote.

Aber so war es nicht: Ninuzza Rosanò, geborene Palazzo, eine zarte, vom Pech verfolgte Frau, starb ganz plötzlich, während Franco Bertuca Polifèmu, der sich ständig prügelte, am Leben blieb; Vicenzuzzu Rosanò verbrachte das letzte Jahr seines Lebens damit, höllische Qualen zu leiden und elendig zu krepieren, während der ekelhafte Talarico Scozzafava im Diesseits in Saus und Braus lebte.

Sollen die Philosophen ihr Leben damit zubringen, sich das Groß- und Kleinhirn zu zermartern, sollen die Astrologen so lange in die Sterne blicken, bis sie sich die Augen verderben, sollen Wissenschaftler die Welt bis zur Unsichtbarkeit zergliedern und womöglich den Ort finden, an dem im Körper die Gene für Angst und Liebe sitzen, für Mut und Schamhaftigkeit – das geheimnisvolle Schicksal von Leben und Tod, das die Menschen erwartet, wird niemals entschlüsselt werden.

Das dachte der Postbote, während ihm schwer ums Herz war wegen der vergehenden Zeit. Meistens maß er die Zeit, indem er seine Hände betrachtete. Vielleicht, weil sie die Körperteile waren, die er am häufigsten zu sehen bekam: wenn er Umschläge öffnete, wenn er die

Post zustellte, wenn er einen Stift hielt. Und seine Hände alterten. Im Licht der Lampe hatte es den Anschein, als würde seine Haut dünner, als würden die Adern auf dem Handrücken dunkler und ihre Verzweigungen glänzender, als hätten die abgeknabberten Nagelhäute Mühe, wieder zusammenzuwachsen.

Am Schreibtisch sitzend betrachtete er seine Hände von Nahem und hatte – vielleicht beeinflusst von seinen traurigen Gedanken – immer stärker den Eindruck, dass sie allmählich verwelkten.

Er nahm ein Blatt Papier und begann zu schreiben:

*Warum Angst vorm Tod haben?*
*Wenn er da ist, sind wir es nicht mehr – aber dieses <u>Nichtdasein</u> ist es, das beängstigt und das wir als <u>Tod</u> bezeichnen.*
*Angst, weil die Welt ohne uns weiterbestehen wird, Angst wegen der Geschichte, von der wir kein Teil mehr sein werden, Angst wegen der Tage, die auch ohne uns sonnig sind, Angst wegen eines Lebens, das unsere Abwesenheit nicht einmal bemerken wird.*
*Angst, nur ein unbedeutendes Detail gewesen zu sein wie eine Klette, die im Fell einer gleichgültigen Ziege hängen bleibt.*

Um 18.46 Uhr klingelte der Postbote bei seiner Tante, in der Hand ein Tablett mit Biskuitkuchen und einige Stücke ganz frischen Schokoladenkuchen.

»Zigarrengebäck von Riccio«, sagte die Tante, »das heißt, du willst etwas von mir, *napùtama*.« Was dieses Etwas war, fand sie beim Kaffee heraus, nachdem ihr Neffe sie den ganzen Abend mit Komplimenten und Leckereien jeder Art überschüttet hatte.

»Ich habe eine Bitte.«

Die Tante lächelte.

»Sag mir, was der Grund für diese Prasserei ist.«

»Teresa Sperarò, Zia, letztes Mal hast du mir etwas über sie erzählt.«

Die Tante sah ihn ratlos an.

»Und warum interessiert dich das?«

»Ich habe das eine oder andere gehört. Reine Neugier.«

»Sieh mich an. Hast du dein Herz etwa an eine verheiratete Frau verloren?«

»Wie kommst du denn darauf?«, erwiderte er so eilig, dass es ihm selbst unpassend erschien.

»Eine schöne Frau bleibt immer schön.«

»Das stimmt, aber sie interessiert mich nicht. Ich meine, nicht in diesem Sinne.«

»Und in welchem anderen Sinne interessiert sie dich?«

»Als wir das Foto in dem Album gesehen haben, hast du mir von einer unaussprechlichen Tragödie erzählt. Und Roccuzzu hat neulich *die Arme* gesagt, als sie an uns vorbeiging. Ich bin einfach neugierig.«

Ihr Neffe klang überzeugend.

»Also gut, wenn du nicht in sie verliebt bist ...« Die Tante aß genüsslich den Biskuitkuchen auf, dann fing sie an zu erzählen.

»Teresa Sperarò ist immer noch eine schöne Frau, aber du hättest sie mal als junges Mädchen sehen sollen – ein richtiges Juwel.«

»Wie auf dem Foto.«

»Schöner, viel schöner. So ein Mädchen ist eine Seltenheit, adrett, immer lächelnd. Genau die Frau, die du gebraucht hättest. Manchmal hatten wir Angst um sie, denn sie schien fast zu viel Glück zu haben, und wer zu viel davon bekommt, muss es früher oder später zurückgeben. Teresa war wie ein schöner Frühlingstag, aber hinter der Ecke warteten schon Wind und Regen auf sie. Sie verlobte sich, und es schien, als hätte sie eine gute Wahl getroffen. Salvatore Crisante, auch er ein schöner junger Mann –«

»Ein Fremder.«

»Nein, einer aus Girifalco.«

»Nie gehört, diesen Nachnamen.«

»Er ist der Letzte seiner Familie. Die Crisantes waren ruhige Leute, Bauern, die an ihrer Arbeit und am Land hingen und nur diesen einen gut aussehenden und intelligenten Sohn hatten. Er war gut in der Schule. Wenn er Ziegen hütete oder auf der Straße unterwegs war, hatte er immer ein Buch in der Hand. Die Eltern schnallten den Gürtel enger, damit der Junge weiter zur Schule gehen konnte. Obwohl die ungebildeten Großgrundbesitzer ihm das nicht gönnten, schaffte er es sogar aufs Gymnasium. Er verlobte sich mit Teresa, und wenn sie miteinander spazieren gingen, waren sie so schön anzusehen wie ein Pfauenpärchen. Dann kam der Augenblick, in dem die Natur sich für all die Schönheit und den Reichtum rächte, die sie ihnen geschenkt hatte. Eines Tages ging Rocco Cratello zu den Carabinieri und erstattete Anzeige, weil der Junge seine Tochter Genoveffa vergewaltigt habe. Die Carabinieri fuhren zu dem Feld, auf dem Salvatore gerade arbeitete. Am selben Abend haben sie ihn in Handschellen abgeführt und in Catanzaro ins Gefängnis geworfen.«

»Und dann?«

»Nichts, jeder erzählte eine andere Geschichte. Die einen sagten, er sei freigelassen worden, andere wiederum behaupteten, er sei im Gefängnis gestorben. Sicher ist nur, dass er nie wieder nach Girifalco zurückgekehrt ist. Irgendjemand hat sogar gemeint, er sei schließlich in Argentinien gelandet. Die Eltern haben alles verkauft und sind weggegangen.«

»Aber war er es denn wirklich?«

»Warum hätte sich das arme Mädchen so eine Geschichte ausdenken sollen? Ein paar Monate später zog auch die Familie Cratello aus Girifalco fort.«

»Und Teresa Sperarò?«

»Was konnte sie schon tun, die Arme? Lange Zeit ist sie nicht aus dem Haus gegangen und wollte von niemandem etwas wissen. Sie war immer noch schön, aber die Verehrer blieben jetzt aus, weil Pechvögel immer ihren Schatten auf die Menschen um sie herum werfen. Und wer weiß, was mit der Verlobten eines Mannes los war, der junge Frauen vergewaltigte. Böse Zungen behaupteten, dass sie nicht mehr ... na ja, dass sie nicht mehr so war, wie der liebe Gott sie geschaffen hatte. Also, nicht mehr unberührt. Dann kam Agazio Cristofaro. Er ist zwar aus Squillace, arbeitete aber in der Nervenheilanstalt, ein anständiger Mensch, der nichts auf Gerüchte gab. Er konnte kaum glauben, dass er als ganz normaler Mann eine Schönheit wie Teresa zur Frau nehmen durfte. Sie heirateten, bekamen Kinder, und die Geschichte geriet in Vergessenheit.«

»Von Crisante hat niemand mehr etwas gehört?«

»Nein, soweit ich weiß, nicht. Er ist irgendwo beerdigt, Friede sei seiner Seele.«

Der Postbote dachte, dass Crisante nicht tot war, im Gegenteil, vielleicht war er lebendiger denn je. Nach vielen Jahren war er aus Argentinien zurückgekehrt. Dort hatte er hart gearbeitet und in jedem Moment und angesichts aller Mühsal nur Teresa im Sinn gehabt.

Nach der Tragödie hatte er ihr einige Briefe geschickt, aber Teresas Vater hatte sie verbrannt. Jetzt aber hat er beschlossen, zurückzukehren. Er weiß nichts von Teresa, womöglich ist sie verheiratet, aber das ist ihm egal, sie liebt ihn, denn sie hat ihm ewige Liebe geschworen.

Salvatore ist zurückgekommen, hat sich in einem Dorf in der Nähe niedergelassen und angefangen, ihr zu schreiben. Er will Teresa zurückhaben und sie nach Argentinien mitnehmen, wo er ein Haus auf dem Land gebaut hat, ganz wie es ihr gefällt. Salvatore ist nicht tot, Tante. Ich habe seine Schrift gesehen, seine Zeilen gelesen, ja mir scheint, ich habe sogar seine Stimme gehört.

Und was für Briefe er schreibt, Tante, wenn du sie lesen könntest, Briefe so voller Liebe und Schmerz, kaum zu glauben, dass ein einziger Mann sie geschrieben hat, dass ein Herz allein so viel geliebt haben kann, ohne zu bersten, ohne zu sterben.

Der Postbote verabschiedete sich von seiner Tante und ging fort. Nun gab es einen Namen, der als Ausgangspunkt für seine Nachforschungen dienen würde, und es war gewiss kein Zufall, dass der Anfangsbuchstabe mit dem Buchstaben des Siegels übereinstimmte.

Salvatore Crisante war aus Argentinien zurückgekommen, um Teresa zu holen. Die Vergangenheit würde er auf dieselbe Art vergessen wie Wanderer und Weltenbummler es taten: indem er jeden Tag unter einem anderen Himmel, auf einem anderen Stück Erde lebte.

# 17

*Vom Ertrinken eines Herzens, von einer
kurzen Reise, vom Brief eines Unbekannten,
geschrieben von wohlbekannter Hand, und von
einer Liebe, die zu Ende geht, für immer*

An jenem Tag trieb ihn die Strömung des Schicksals fernab jeder Schiffsroute an ein steiniges, verlassenes Ufer. Alles hatte mit der Ankunft eines Mädchens im Dorf begonnen, das aus dem Postbus aus der Schweiz stieg. Der Postbote stand vor Roccuzzus Kiosk, um sich einen roten Kuli zu kaufen. Das Schicksal bedient sich unterschiedlicher Mittel, um seine Ziele zu erreichen, und diesmal benutzte es einen Stift, der während einer Mathematikaufgabe plötzlich den Geist aufgegeben hatte. Er hatte keine Lust, aus dem Haus zu gehen, und begab sich nur widerwillig zum Dorfplatz, doch der Widerwille verwandelte sich recht bald ins Gegenteil, als er das weiß gekleidete Mädchen sah und das Gefühl hatte, sein Herz müsse ertrinken.

Wenige Tage später tauchte sie in seiner Klasse auf. Der Lehrer ließ sie aufstehen und stellte sie den Klassenkameraden vor. Rosa Chillà, plötzlich Mittelpunkt der

Aufmerksamkeit, wurde rot, grüßte schüchtern und setzte sich eilig wieder hin. Dem Postboten bohrte sich dieser Name ins Gedächtnis, wie sich die Nägel in die Hände und Füße Unseres Herrn Jesus Christus gebohrt hatten, und dann passierte etwas, das in dem Jungen das ursprüngliche Gefühl schicksalhafter Unabwendbarkeit festigte.

An einem Sonntagnachmittag klopfte es. Er lag auf dem Bett und las, als er hörte, dass seine Mutter die Tür öffnete und jemanden begrüßte. Gleich darauf rief sie nach ihm. Er stand auf und glaubte, eine Nachbarin wolle ihn besuchen, doch stattdessen sah er sich dem Paar gegenüber, das zusammen mit Rosa aus dem Postbus gestiegen war. Weiter hinten saß Rosa neben seiner Mutter, ein Anblick, bei dem ihm fast schwindelig wurde. Die Mutter erklärte ihm, dass die Familie vor vielen Jahren neben ihnen gewohnt hatte, dass sie gemeinsam aufgewachsen seien, weil er und das Mädchen im Abstand von nur einem Jahr geboren worden waren. Sieh sie nur an, erkennst du sie nicht? Das Foto mit der Öllampe, weißt du noch? Das Mädchen neben dir, das dich umarmt.

Er dachte, dass das Schicksal auf seinen seltsamen Umwegen manchmal Zeichen hinterlässt, die so offensichtlich sind, dass sie nichts Geheimnisvolles mehr an sich haben. Von jenem Tag an redeten sie miteinander, gingen miteinander spazieren, verliebten sich schließlich ineinander.

Die Eltern des Mädchens waren als frisch verheiratetes Paar in die Schweiz gegangen, als es sechs Jahre alt war. Sie waren es leid, immer nur Kartoffeln und Zwiebeln zu essen. Mit einem Pappkoffer und gebrochenem Herzen verließen sie das Dorf. Mit der Zeit und mit viel Schweiß und Mühe gelang es dem Vater, in einer Schuhfabrik unterzukommen, und nach Jahren voller Opfer kehrten sie ins Dorf zurück, denn sie hatten so viel Geld zurückgelegt, dass sie ein Schuhgeschäft eröffnen konnten. Und gleich am Tag ihrer Rückkehr entdeckte der Postbote Rosa. Ein paar Jahre lang ging alles gut: Das Geschäft ernährte die Familie, die Frau arbeitete als Dienstmädchen im Hause Rivaschieri, die Tochter hatte einen Verlobten aus guter Familie gefunden. Aber eines verfluchten Tages begriff Signor Chillà, warum so viel Zufriedenheit ihn immer schon beunruhigt hatte. Jupiter selbst verriet ihm das Geheimnis, denn während eines schrecklichen Sturms schlug ein Blitz in der Werkstatt des Unglücklichen ein, und alles verbrannte: der kleine Laden, das gesparte Geld, der Traum, in Girifalco zu leben und zu sterben. Den Chillàs blieb nichts anderes übrig, als in die verhasste Schweiz zurückzukehren. Sie warteten noch einige Monate, bis Rosa mit der Schule fertig war, dann brachen sie auf.

Im Sommer 1951, anderthalb Monate nach der Abreise der Chillàs, fuhr der Postbote nach Zürich, um seine Verlobte in dieser Zeit geografischer und existenzieller Verwirrung nicht allein zu lassen. Rosa, die geschickt mit dem Webstuhl umgehen konnte, hatte eine Stellung als Schneiderin gefunden, und er begleitete sie jeden Morgen zur Arbeit, lief dann in der Stadt umher und wartete, bis sie Feierabend hatte.

Er hatte es nicht eilig. Im Gegensatz zu den hastenden Menschen, die ihn umgaben, musste er die Zeit dehnen, sodass er häufig vor einem Geschäft stehen blieb. Und als er vor dem Schaufenster einer Buchhandlung stand, glaubte er, das Spiegelbild von Rosas Mutter zu sehen, die eine Bar betrat. Vielleicht habe ich mich ja geirrt, dachte er, denn in einer großen Stadt konnte man durchaus einem Doppelgänger begegnen. Da er aber genug Zeit hatte, überquerte er die Straße und ging ebenfalls in das Lokal. An den Tischen neben der Theke und auf den Hockern davor saß niemand. Also ging er zu den Separees, und tatsächlich, vom letzten der kleinen Tische hörte er eine Frauenstimme.

»Ich habe dir doch gesagt: nein, nein und nochmals nein. Du hättest nicht herkommen dürfen. Nein.«

Assunta sprach mit einem Mann.

»Aber warum denn? Warum?«, fragte der Mann, und dem Postboten schien es, als habe er die Stimme schon einmal gehört. War es einer der Dorfbewohner? »Du bist fortgegangen, ohne dich von mir zu verabschieden, und ich halte es ohne dich nicht mehr aus. Ich bringe mich um, *m'ammazzu!*«

»Sag so etwas nicht.«

»Ich sage es, und ich tue es auch! Ich will, dass du immer bei mir bist, morgens und abends, ich will mit dir schlafen und Arm in Arm mit dir aus dem Haus gehen.«

»Du bist verrückt.«

»Ja, ich bin verrückt geworden, wegen dir.«

»Ich will etwas ändern, so können wir nicht weitermachen. Du weißt, wie gern ich dich habe, aber geh nach Girifalco zurück.«

»Nicht ohne dich!«

»Ich will dich nicht mehr sehen, nie mehr!«

»Dann gehe ich zu deinem Mann!«

Die Frau nahm es schweigend hin.

»*Giuseppe mio*, du bist wirklich verzweifelt ...«

Giuseppe. Vielleicht streichelte sie ihm die Hand, denn die Stimme des Mannes klang nun gefasster.

»Ja.«

»Für mich ist es auch nicht leicht. Aber was soll ich tun?«

»Rosa ist groß, sie würde es verstehen.«

»Habe ich dir gefehlt?«, fragte Assunta.

»Jede Minute, es hat mir fast das Herz gebrochen.«

Offenbar küssten sie sich.

»Wann können wir allein sein?«

»Bald. Hast du eine Unterkunft?«

Der Postbote hatte den Eindruck, dass das Gespräch fast zu Ende war, und er verließ das Lokal. Auf dem Bürgersteig davor blieb er kurz stehen, dann mischte er sich unter die Leute, die auf die Tram warteten. Ein paar Minuten vergingen. Die Tür der Bar öffnete sich, und Signora Assunta kam heraus. Sie blickte sich um, steckte einen Zettel in ihre Handtasche und entfernte sich. Auch ihr Geliebter verließ jetzt die Bar, aber in diesem Augenblick kam die Tram. Nach und nach stiegen die Leute ein, und der Postbote musste aus der Gruppe ausscheren und sich einen anderen Standort suchen. Der Mann, der eine Brille trug, ging in die entgegengesetzte Richtung der Frau davon; der Postbote wartete noch etwas, damit der Besucher aus Girifalco verschwinden konnte, dann lief er ebenfalls die Straße entlang.

Am Mittag wartete er vor der Schneiderei auf Rosa, bis er sie in einer Gruppe junger Frauen herauskommen sah. Sie gab ihm einen Kuss, hakte ihn unter, und sie machten sich auf den Weg. Zu Hause war Signora Assunta so ruhig wie immer, nichts verriet sie, kein Seufzer zu viel kam ihr über die Lippen.

Drei Tage später begleitete Rosa ihren Vater, der sich Ausweispapiere ausstellen lassen wollte. In der Küche bereitete Signora Assunta etwas zu essen zu, und der Postbote saß auf dem Sofa und hörte Radio. Um elf Uhr legte Assunta die Schürze ab.

»Ich habe etwas vergessen, ich gehe kurz zum Supermarkt.«

»Soll ich für Sie gehen?«

»Nein, nicht nötig, bin sofort wieder da.«

Signora Assunta ging ins Schlafzimmer und holte ihre Jacke und die Handtasche.

»Die Soße steht auf dem Herd, rühr sie gelegentlich mal um.«

Die Tür fiel ins Schloss. Der Postbote glaubte nicht an die Geschichte mit dem Supermarkt. Vielleicht wartete ihr Liebhaber auf sie, vielleicht hatte sie ihn vor dem Küchenfenster entdeckt, er hatte ihr ein Zeichen gegeben, und sie war zu ihm gegangen. Er lief in die Küche, zog die Vorhänge beiseite und spähte hinaus. Um keinen Verdacht zu erregen, trafen sie sich vermutlich tatsächlich im Supermarkt zwischen Obst und Gemüse, wo es kühler war, oder in den Gängen mit Keksen und Pralinen, wo eine rot gekleidete Verkäuferin Kaffee anbot wie in einem Lokal. Er sah Assunta um die Ecke verschwinden.

Zum ersten Mal war er allein in der Wohnung, und ohne einen bestimmten Grund begann er, sich genauer umzusehen. In jedem Zimmer fanden sich Spuren der Sehnsucht nach dem Dorf: die Reihe von Töpfen, Krügen und Salzfässern aus Terracotta in der Küche, ein Bildchen des heiligen Rocco auf dem Tisch im Wohnzimmer, ein Fläschchen Olivenöl, um die Brillantine zu strecken, das kleine Regal im Schlafzimmer mit Fotos von Verstorbenen und ein Grablicht, das immer brannte. Ausgerechnet im Schlafzimmer sah er einen Umschlag auf dem Teppich liegen. Er öffnete ihn und begann zu lesen:

*Assunta mia,*
*mir geht es schlecht in diesen Tagen, weil ich Dich nicht sehe, und ich kann es kaum abwarten, Dir entgegenzulaufen und Dich in die Arme zu nehmen.*
*Du bist weit weg, und wenn mir das bewusst wird, wenn ich mich umdrehe und Dich nicht sehe, habe ich das Gefühl, sterben zu müssen.*
*Dann fällt mir wieder ein, dass es nicht mehr lange dauert, dass ich in wenigen Tagen, wenn Du diese Worte liest, bei Dir sein werde. Dieses Mal für immer, denn ich habe beschlossen, ihr die Wahrheit zu sagen.*
*Immer wenn ich eine Frau sehe, wünsche ich mir, sie wäre Du.*
*Ich liebe Dich wie verrückt.*

Der Postbote konnte nicht glauben, dass es noch jemanden auf der Welt gab, der genau die gleiche Schrift hatte wie er. Er studierte sie so aufmerksam wie ein Beweisstück und konnte die Ähnlichkeit kaum fassen. Da riss ihn ein Geräusch auf dem Treppenabsatz aus seinen Gedanken. Er musste sich beeilen, wusste aber nicht, wohin mit dem Brief. Der Wohnungsschlüssel steckte bereits im Schloss. Er verließ das Schlafzimmer, schob sich den Brief in die Tasche und eilte ins Wohnzimmer, gerade noch rechtzeitig.

»Wo ist Mama?«, fragte Rosa.

»Im Supermarkt, sie hat eine Kleinigkeit vergessen.«

Nicht nur eine Kleinigkeit, dachte er, denn inzwischen war fast eine halbe Stunde vergangen. Also stimmte es, dass Rendezvous manchmal in der kühlen Luft zwischen Obst und Gemüse stattfinden.

Bald darauf kehrte Assunta zurück, und zum ersten Mal bemerkte der Postbote eine Spur von Besorgnis in ihrer Miene. Sie ging sofort ins Schlafzimmer und kam erst nach mehreren Minuten wieder heraus. Er stellte sich vor, wie sie überall nach dem kompromittierenden Brief suchte, unter dem Teppich und in Jackentaschen. Was sollte er nur mit dem Brief machen? Er konnte ihn weder einfach irgendwo liegen lassen noch ihn Signora Assunta aushändigen, also würde er ihn zerreißen und unterwegs in einen Papierkorb werfen.

Am Abend ging das Ehepaar Chillà aus. Der Postbote und Rosa saßen eng umschlungen auf dem Sofa und hörten Radio. »Komm, lass uns rausgehen, ich habe Lust auf einen Spaziergang«, sagte Rosa.

Als er vom Sofa aufstand, fiel ihr Blick auf den Zipfel Briefpapier, der aus seiner Hosentasche hervorblitzte. Er glaubte, sterben zu müssen – den Brief hatte er ganz vergessen.

»Warum hast du mir den nicht gegeben? Heute Morgen habe ich noch gedacht, dass du mir schon lange keinen deiner wundervollen Briefe mehr geschrieben hast.«

Er hatte das Gefühl, einen alten Albtraum noch einmal zu durchleben, wach auf dem Bett zu liegen, sich aber nicht rühren zu können. Er schaffte es nicht gleich, etwas zu erwidern. Rosa las die Anrede, und ihre Fröhlichkeit verwandelte sich in Befremden, in Wut, Schmerz und Verzweiflung.

»Was hat das zu bedeuten?«, fragte sie leise.

Einige Sekunden lang verharrte er regungslos. Er wollte etwas sagen, wusste aber nicht, was.

»Für wen ist dieser Brief? Wem hast du ihn geschrieben?«

»Ich habe ihn nicht geschrieben«, stammelte er.

Rosa ließ sich in den Sessel fallen.

»Er steckt in deiner Tasche, es ist deine Schrift, aber du hast ihn nicht geschrieben?«

Dem Postboten fiel nur all das ein, was er *nicht* sagen konnte: dass der Brief vom Geliebten ihrer Mutter stammte, dessen Handschrift der seinen so sehr ähnelte, dass er ihn unter dem Bett gefunden und zum Wohl aller versteckt hatte, dass er die beiden sogar zusammen in einer Bar gesehen hatte, dass Assunta die Sache beenden wollte, es aber offenbar nicht schaffte, dass der Geliebte der Mutter eine graue Jacke trug, aus Girifalco stammte und nur ihretwegen in die Schweiz gekommen war, dass ...

»Warum? Warum nur?«

... all das konnte er ihr nicht sagen, und er hatte ohnehin zu lange gezögert. Er war nicht zu ihr gelaufen, um sie zu umarmen und eine glaubhafte, weil prompte Ausrede vorzubringen. Zu lange hatte er gezögert, und während ihm so vieles durch den Kopf ging, was er nicht sagen konnte, fiel ihm absolut nichts ein, was ihn aus seiner Scham und Demütigung hätte herausholen können.

»Warum?«

... und während sie immer weiter fragte, wobei ihn jedes Warum schmerzte wie ein kleiner Nagel, den sie ihm in die Schläfe trieb, wusste er nicht, was er sagen sollte: Ich habe ihn nur aus Spaß geschrieben? Oder nein, wenn du darauf bestehst, sage ich dir die Wahrheit. Aber Rosa würde ihm nicht mehr glauben, und dann war da noch diese Schrift, die keinen Zweifel erlaubte. Er wusste nicht, was er sagen sollte, und anstatt etwas Falsches zu sagen, das wie eine Lüge aus dem Stegreif gewirkt hätte, blieb er stumm. Dieses Schweigen war sein Geständnis.

Es ist unerklärlich, warum manche Menschen sich von ungewollten Ereignissen einfach widerstandslos überrollen lassen.

Es nützte alles nichts. Rosas Herz und ihre Knie wurden schwach, lange Zeit wusste sie nichts zu sagen, schließlich füllten sich ihre Augen mit Tränen. Und als sie genug geweint und geschluchzt hatte, sprach sie ihr unwiderrufliches Urteil: »Verschwinde, sofort.«

Hasserfüllt musterte sie ihn und redete auf ihn ein wie ein Wasserfall: Ich will dich nicht mehr sehen, ich will nichts mehr hören, du hast mich betrogen, ich will, dass du verschwindest, heute Abend geht es nicht, aber morgen, morgen Nachmittag fährt ein Zug, denk dir irgendeine Ausrede aus, aber verschwinde, und lass dich nie wieder sehen oder hören, ich hasse dich, du hast mein Leben zerstört, das verzeihe ich dir nicht, niemals, diese andere da, die kannst du behalten, geh doch zu ihr, das ist es doch, was du willst, na los, geh zu ihr zurück und lass mich in Ruhe, für immer!

Sie ging in ihr Zimmer und kam nicht wieder heraus. Untröstlich, ohne zu essen oder zu trinken, nur mit sich allein, dachte sie über vieles nach, bis sie schließlich in bitteren Schlaf fiel.

Für den Postboten war es eine lange Nacht. Als das Ehepaar Chillà nach Hause kam, stellte er sich schlafend, und am nächsten Morgen entschuldigte er sich, er müsse dringend nach Girifalco zurück, denn seiner Tante gehe es nicht gut. Um keinen Verdacht zu erregen, begleitete Rosa ihn, aber sobald sie das Haus verlassen hatten, sagte sie kein Wort mehr. Schweigend stiegen sie in die Tram, schweigend lösten sie das Billett, schweigend gingen sie für immer auseinander.

Er dachte, dass all das nicht ihm passierte, dass er schliefe und beim Aufwachen alles wie vorher sein würde. Doch in dem Augenblick, in dem er in den Zug stieg und sah, wie Rosa sich umdrehte und fortging, brach ihm das Herz, und er war versucht, ihr nachzulaufen und die Wahrheit zu sagen. Inzwischen aber gab es keine Wahrheiten mehr, sie hätte ihm nicht geglaubt. Und wie erbärmlich hätte er dagestanden, so als benutzte er ihre Mutter, um die eigenen schäbigen Lügen zu verbergen.

Er ging fort und schleppte das Unglück in seinem Herzen mit. Nach diesem Tag hörte er nie wieder etwas von der einzigen Frau, die er je geliebt hatte.

Den Brief behielt er, und nachdem er die Arbeit als Postbote und seine geheime Beschäftigung aufgenommen hatte, begriff er, dass sein ganzes Leben mit Briefen verbunden war. Und obwohl einer davon der Grund seiner Einsamkeit war, waren ihm viele weitere doch Trost und Genuss.

In der unglücklichen Übereinstimmung der Handschriften sah er ein Vorzeichen für sein einsames Schicksal, und er nahm es hin wie alles, was ihm im Leben widerfuhr, mit gesenktem Kopf und ohne Widerstand zu leisten.

Zurück in Girifalco brachte er die gerade begonnene Abhandlung auf den aktuellen Stand:

*Nummer 6*
*Übereinstimmung zwischen meiner Handschrift und der des geheimnisvollen Dorfbewohners, des Geliebten von Assunta Chillà.*

Trotz seiner geheimen Beschäftigung sollte er lange Zeit nicht erfahren, wer der Mann mit der grauen Jacke war, der so schrieb wie er und damit sein Schicksal verändert hatte.

# 18

*Vom Schicksal als Spaßvogel, der den
Postboten zum Absender schickt, von einem
Kollegen, der auch Schnapsbrenner ist, von
einem Lehrer, der Schülerinnen liebt, und von
einem geheimnisvollen Fremden*

Oftmals vertrauen sich Menschen, die sich nicht entscheiden können, welchen Weg sie einschlagen sollen, etwas anderem an: dem Flug der Tauben, den Innereien ausgenommener Tiere, dem Kaffeesatz in der Tasse, dem Ölfleck auf dem Wasser, dem Blinken der Sterne. Wenn sie an einem Scheideweg des Lebens stehen und wählen müssen, weist jeder Gegenstand, jeder Mensch und jedes Ereignis auf eine zukünftige Bedeutung hin, wie wenn das kleine Loch in der Eichel das finstere Vorzeichen des bevorstehenden Niedergangs der ganzen Eiche wäre. Und so wurde der Postbote von einer aufgeregten Neugier ergriffen, denn angesichts der zahlreichen Ähnlichkeiten mit dem Autor der Briefe an Teresa gelangte er zu der Überzeugung, dass der Ausgang dieser Geschichte den einen oder anderen Hinweis für sein eigenes Leben bereithalten müsse.

Der letzte Siegelbrief trug erstmals den Poststempel von San Floro.

Bei dem schwierigen Vorhaben, den Mann ausfindig zu machen, der in Teresa Sperarò verliebt war, wurde der Postbote vom Schicksal begünstigt. Wäre der Brief nämlich in Soverato oder Nicastro eingeworfen worden, wäre die Suche nach dem Absender angesichts der Größe dieser Orte und der großen Anzahl der Dorfbewohner, die lesen und schreiben konnten, aussichtslos gewesen. San Floro hingegen war glücklicherweise eines der vielen kleinen, sich selbst überlassenen Dörfer Kalabriens und darum so leer wie eine Korbflasche Wein nach dem Fest. Errichtet auf dem höchsten Punkt eines kleinen Berges, ist es bekannt für die Qualität seiner Kaktusfeigen und für den Platz, auf dem jeden Tag der Überlandbus Catanzaro–Girifalco–Vallefiorita hält, ein stiller, prächtiger Ort, von dem aus man einen unendlichen Ausblick genießen kann.

Aber warum, Salvatore Crisante – Leidensgefährte, verwandte Hand und Bruder –, warum nur musstest du dir aus Tausenden winzigen Dörfern ausgerechnet dieses aussuchen, um dich niederzulassen? *Wo er absackt, sackst du ein!,* riefen die unverbesserlichen Bàzzicaspieler im Chor und meinten damit den Billardtisch im Gastraum der Bar Centrale, denn Micu schaffte es einfach nicht, ihn horizontal auszurichten. Wo das Schicksal etwas nimmt, gibt es stets etwas zurück. Das erlebte auch der erschöpfte Postbote, den sein Los zum zweiten Mal nach San Floro führte. In einem der Häuser, die sich aneinanderdrängten wie Oliven in einer Faust, war sein Vater zur Welt gekommen, den er nie kennengelernt hatte.

An dem Abend, an dem der Brief eintraf, schrieb er in sein Heft:

*Nummer 449:*
*Zufall San Floro: Das Dorf, aus dem die Siegelbriefe kommen, ist das, in dem mein Vater geboren wurde.*

In seiner Sicht auf die Dinge, die er sich in den Jahren der Einsamkeit angeeignet hatte, weckte ein so bedeutsamer Zufall große Hoffnung.

In dem Augenblick, in dem er von San Floro erfuhr und zu überlegen begann, ob er hinfahren sollte, wurde der Postbote melancholisch. Alle unglücklichen, von ihren Männern verlassenen Frauen müssen sich eine Antwort auf die Frage ihrer Kinder überlegen: Wo ist mein Vater? Der größte Teil der Kinder stellt auf diese Art fest, dass ihre Väter Vagabunden sind oder sogar Flügel haben, denn die meisten von ihnen sind im Himmel. Die kleinen Waisen blicken daher instinktiv nach oben, für den Fall, dass ihnen das Glück widerfahren sollte, zwischen Schwärmen von Waldschnepfen und Wolken von Staren ein Gesicht mit den eigenen Zügen zu entdecken.

Die Mutter des Postboten hatte nach langem Nachdenken eine Antwort gefunden, aber Fortuna sorgte dafür, dass sie sie nicht aussprechen musste, denn der Sohn fragte nicht nach seinem Vater. Ein gutes Zeichen, dachte sie. Wenn er nichts wissen will, fehlt ihm auch nichts, und in gewisser Hinsicht hatte sie recht, denn die Natur hatte die Bereiche seines Körpers und Gehirns lahmgelegt, die mit dem Gen für väterliche Zuneigung verknüpft waren. Er war schon fast ein Teenager, als er die erste gesicherte

Information über seinen Vater erhielt. Er hörte, wie Don Gregùari Bongarzòna seiner Mutter im Zimmer nebenan die Botschaft überbrachte, dass der Mann aus San Floro ihr etwas Geld für den Jungen schicken würde. Seitdem er wusste, dass sein Vater aus San Floro stammte, stellte er sich jedes Mal, wenn er im Überlandbus durch das Dorf fuhr, die Frage: Steige ich jetzt aus oder nicht? Begegne ich ihm oder nicht? Beim nächsten Mal, dachte er dann, und diese in die nahe Zukunft verschobene Hoffnung besänftigte ihn. Doch eines Tages hörte er die Mutter hinter der geschlossenen Zimmertür weinen und zu ihrer Schwester sagen, Antonio sei gestorben. Zum hundertsten Mal hatte der Junge das, was er über seinen Vater wusste, heimlich erfahren, und jetzt wurde sogar über seinen Tod im Flüsterton gesprochen wie über eine Schande.

So erfuhr er also, dass er Halbwaise geworden war. Er bereute zutiefst, dass er nicht rechtzeitig in San Floro aus dem Bus gestiegen und auf den Mann zugegangen war, den er zwar noch nie gesehen hatte, aber Vater genannt hätte, der ihn seinen Sohn genannt, ihn umarmt und wie einen kostbaren Gegenstand an sein Herz gedrückt hätte. Nun würde er ihm niemals nahekommen, würde ihm nicht in die Augen sehen, nicht den Geruch seiner eigenen Haut an seiner erkennen, würde ihm nie ins Ohr flüstern, was er nicht ausgesprochen hatte, das Wort, das er nicht einmal hatte lesen oder hören wollen, *Papà*, diese magische Silbenkombination, die in der Lage war, ihm Herz und Augen zu öffnen und überfließen zu lassen. Er hätte geweint wie ein unbeholfenes Kind, hätte seine Hand genommen, und zusammen wären sie weggegangen, ohne etwas zu sagen und ohne Fragen zu stellen.

Weil er all das nicht mehr bekommen konnte, hatte er beschlossen, dass dieser Mann ein Schatten bleiben würde, denn das tat weniger weh. Nun aber stellte das Schicksal seinen Entschluss infrage.

Er wollte nach San Floro fahren, wusste aber nicht, an wen er sich dort wenden sollte. Dann fiel ihm Ernestuzzu Terremuatu ein, der Fahrer des Überlandbusses, der während der kurzen Pause immer für ein paar Minuten im Dorf verschwand. Und so verließ der Postbote am Abend das Haus, um ihn zu treffen. Er würde ihn mit Sicherheit finden, denn Ernestuzzu ging immer in die Via Potèdda, und an jenem Abend saß Pepè Mardente dort neben ihm.

»*Bonasèra*«, sagte der Postbote.

»*Bonasèra*«, antworteten die beiden Männer.

»Ernestuzzu, ich möchte Sie etwas fragen.«

»Nimm Platz«, sagte Pepè Mardente.

»... jedenfalls ist es nicht gut, einfach damit aufzuhören«, beendete Ernestuzzu gerade sein Gespräch mit Pepè. Dann fragte er den Postboten: »Was wollen Sie?«

»Ich habe etwas in San Floro zu erledigen, und ich dachte, Sie könnten mich vielleicht zu jemandem mitnehmen.«

»In San Floro kenne ich jeden«, antwortete Ernestuzzu stolz. »Aber wenn Sie jemanden suchen, gehen Sie besser auf Nummer sicher und fragen Sie Ihren Kollegen, Floro, den Briefträger. Sagen Sie ihm, ich schicke Sie, dann wird er sich besonders aufmerksam um Sie kümmern.«

Was für ein Zufall, dass ich mich ausgerechnet an einen anderen Postboten wenden soll, dachte er. Womöglich hatte dieser wie er selbst die Angewohnheit, in der Korrespondenz anderer Leute herumzustöbern.

»Floro, der Briefträger? Dann vergiss Ernestuzzu. Sag ihm, ich schicke dich, Pepè Mardente, denn ich habe bei Floro noch etwas gut.«

Pepè war immer freundlich zu ihm. Seine Worte munterten ihn auf, und nachdem sie eine halbe Stunde über Olivenbäume und die Leute aus San Floro geplaudert hatten, verabschiedete sich der Postbote und ging nach Hause.

Eine Woche später, am letzten Tag im Mai, stieg er in den Nachmittagsbus. Eine einfache Fahrt vierzehn Kilometer durch die Landschaft Kalabriens, dann die steile Abfahrt zu dem Dorf am Hang und das Gefühl, einen Berg, eine Epoche, eine Vergangenheit zu bezwingen.

Mitten auf der kleinen Piazza stieg er aus dem Bus. Er ging auf einen alten Mann zu, um ihn nach dem Haus des örtlichen Briefträgers zu fragen. *Um diese Zeit ist er immer in der Poststelle. Hinter der Kirche, neben der Bar.* Das kleine gelbe Schild war von Rost überzogen. Er trat ein.

*»Buongiorno.«*

Keiner da. In der Tür hinter der Theke tauchte ein Mann auf, so dünn und krumm wie der Ast eines Walnussbaums, mit Geheimratsecken und einem weißen Kittel. Im Raum roch es streng nach Alkohol.

»Guten Tag«, sagte der Mann und trocknete sich die Hände ab. »Was kann ich für Sie tun?«

Er legte das Geschirrtuch über einen Stuhl und näherte sich der Theke.

»Ich bin der Postbote von Girifalco.«

»Ein Kollege?«

»Ja.«

»Aus Girifalco?«

»Ja, genau.«

»Aha. Sagen Sie, ist Direttore Fregale noch dort?«

»Nein, er ist letztes Jahr in Pension gegangen.«

»Wie die Zeit vergeht! Warten Sie mal«, sagte er und hob den Blick, »Bufaleddu, Castagnaredda, Chianu, Chiesolèdda, Cruci und Sammarcu! Die Zeit vergeht, aber die Erinnerung bleibt.«

Der Postbote musterte ihn neugierig.

»Mögen Sie keinen Wein?«, fragte der Kollege.

Er schüttelte den Kopf.

»Verstehe. Ich habe gerade aus dem Gedächtnis alle Weinkneipen in Girifalco von der Chiesa dell'Annunciata bis zur Irrenanstalt aufgezählt. Zumindest die von vor zwei Jahren. Gibt es die noch alle?«

»Das weiß ich nicht.«

»Wissen Sie, welcher der beste Wein ist?«

»Nein.«

»Der aus der Via Marzìgghia von Vincenzuzzu Rosanò.«

»Aha.«

»Ein besonderer Wein mit Trauben aus Mangraviti, das sind die besten. Aber bitte, was kann ich für Sie tun?«

»Ernestuzzu vom Postbus schickt mich.«

»Natürlich, Ernestuzzu.«

»Und Pepè Mardente, kennen Sie den?«

»Ob ich Pepè kenne? Wir sind aufgewachsen wie Brüder. Nun sagen Sie schon, was wollen Sie wissen?«

Dem Postboten war unbehaglich zumute.

»Ich interessiere mich für gewisse Briefe, die von hier versendet wurden, mit einem Siegel darauf.«

»Aber sicher! Ich erinnere mich. Wir sind hier in San Floro, wer schreibt hier schon Briefe? Noch dazu mit einem Siegel, Sie können sich vorstellen, dass das nicht unbemerkt bleibt.«

»Genau.«

»Ja, genau«, wiederholte der Mann mit dem Kittel und wartete auf die Frage seines Kollegen.

»Also, ich frage mich, wer könnte Ihrer Meinung nach diesen Brief geschrieben haben?«

Der andere Briefträger lächelte.

»Steht kein Absender auf dem Umschlag?«

»Nein.«

»Wenn keiner draufsteht, heißt das, dass er nicht draufstehen soll.«

Trotz des höflichen Tons seines Gesprächspartners schmerzte ihn diese Antwort.

»Verstehe, aber, wie soll ich sagen, es handelt sich um eine heikle Angelegenheit. Sagen wir, ich bin als Privatmann im Auftrag eines Dritten hierhergekommen.«

»Des Empfängers.«

»Der Empfängerin.«

»... anonymer Briefe ...«

»... beinahe ...«

»Liebeserklärungen.«

»Könnte man so sagen.«

»Und die Signora möchte sich nicht kompromittieren.«

»Schon möglich.«

»Was soll ich sagen? Ich nehme die Briefe nur aus dem Kasten, ich weiß nicht, wer sie geschrieben hat.«

»Haben Sie keine Vermutung? Das Dorf ist klein.«

»Sehr klein sogar. Wussten Sie eigentlich, dass der

Wein aus der Via Marzìgghia wirklich etwas Besonderes ist?«

»Nächstes Mal bringe ich Ihnen zum Dank eine Korbflasche davon mit.«

Ein alter Mann kam herein und reichte dem Briefträger eine leere Flasche. Floro ging in das Kämmerchen und kam mit einer vollen zurück.

»Der war sehr gut«, sagte der Alte.

»Und der hier ist noch besser«, antwortete der Briefträger.

Der alte Mann ging hinaus, nachdem er den Fremden gegrüßt hatte.

»Haben Sie viel zu tun?«

»Ich fahre mit dem Bus der Krankenpfleger zurück, um sechs.«

»Und Sie sind extra hergekommen?«

»Wie gesagt, es handelt sich um eine dringende Angelegenheit.«

»Dann kommen Sie mit, drehen wir eine Runde. Ich muss noch diese Briefe hier zustellen.«

»Verteilen Sie die Post auch nachmittags?«

»In San Floro gibt es keinen Unterschied zwischen Morgen und Nachmittag, zwischen Freitag und Sonntag. Hier ist die Zeit immer dieselbe.«

Der Briefträger ging erneut in den Abstellraum und kam gleich darauf ohne Kittel zurück. Der starke Grappageruch erlaubte keinen Zweifel an der alkoholischen Natur seines Zeitvertreibs.

»Gehen wir.«

Sie begaben sich in ein Spinnennetz aus engen Gassen: veraltete Häuser, bröckelnder Putz, offen stehende Gitter, hinter denen Katzen und Eidechsen hervorlugten. Und dann alte Frauen auf überdachten Balkonen, alte Frauen, die auf Treppenstufen saßen und stickten, alte Frauen, die gebeugt dasaßen und grüne Bohnen putzten. Ein sterbendes Dorf, hatte Floro gesagt, wie lange würde all dies noch Bestand haben?

Und genau hier, zwischen bröckelndem Putz und offen stehenden Gittern, ereignete sich das Wiedererkennen: Der Geschickte Schachspieler hatte zwei gegnerische Figuren auf ein und dasselbe Feld gestellt, den weißen Läufer und den schwarzen Turm. Und die turmgewordene Donna Maria sah tatsächlich wie eine Schachfigur aus, klein und untersetzt, mit einem Weidenkorb auf dem Kopf, der sie schmückte wie die Zinnen den Turm.

Sie kam vom Feld und hielt einen lebenden Gockel am Hals gepackt; ihre löchrigen Bergschuhe waren lehmbesudelt, ihre Kleider wiesen Spuren von getrocknetem Schweiß auf. Maria musterte die beiden Männer, und sobald sie dem Fremden ins Gesicht geblickt hatte, ließ sie ihn nicht mehr aus den Augen, denn Donna Maria hatte ihn erkannt. Ihr war warm, darum blieb sie mitten auf der Straße stehen, befreite sich von den Turmzinnen, indem sie den Korb auf die Erde stellte, und bereitete sich auf den nächsten Zug vor. Mit der Schuhsohle malte sie ein Zeichen auf den Boden wie eine Geomantin, die zum Wahrsagen aufgelegt ist.

»Schach«, flüsterte sie.

»Was brabbelst du da, Maria?«

»Guten Tag, mein Herr, und Ihrem Begleiter auch.«

»Bist du müde, Marì?«

»Ja, vom Rackern und Reißen, und das nur für einen Kopf Brokkoli, der nach nichts schmeckt.«

»Er riecht aber gut.«

»Dem Tier, das man vor Hunger ersäuft, ist der Geruch scheißegal«, sagte die Landbewohnerin und blickte unserem Postboten ins Gesicht. »Und wie geht es Ihnen?«

»Danke, gut.«

»Kehren Sie zum ersten Mal in Ihr Dorf zurück?«

Der Postbote erstarrte, aber sein Kollege bemerkte es nicht.

»Was redest du da, Maria? Du weißt doch, dass der Herr hier ein Fremder ist.«

»Ja, so fremd wie der Mond am Himmel. Aber sagen Sie, geht es Ihnen gut in Girifalco?«

Der weiße Läufer begann zu schwanken.

»Woher willst du wissen, woher er kommt?«

Donna Maria verkündete: »Genau wie er, als stünde er mir gegenüber. Genau wie Totuzzu, Gott hab ihn selig!«

Marias Aussagen verwirrten den Briefträger aus San Floro, denn sie hatte im Lauf ihres Lebens zwar schon viele absonderliche Dinge behauptet, und mancher hatte sie in Vollmondnächten sogar am Fenster stehen und heulen sehen, aber was gab es denn hier zu vergöttern?

»Ja erkennen Sie ihn denn nicht? Totuzzu Stranieris Sohn: die gleichen Augen, die gleiche Nase, der gleiche Mund. Der Sohn aus Girifalco – hab ich's nicht gesagt?«

Im Stillen leugnete der Postbote, nein, sagte er sich, der bin ich nicht, und ausgerechnet jetzt fing der Hahn in Marias Hand an zu flattern und erstickte Krächzer von sich zu geben.

Der menschliche Turm bückte sich, hob den Korb auf

und setzte sich stolz die Zinnen wieder auf den Kopf. Mit dem Fuß verwischte sie das Zeichen auf dem Boden, spuckte aus und ging davon, unverständliche Worte murmelnd.

Nun betrachtete ihn auch Floro, und tatsächlich: Wenn man es wusste, ähnelte sein Gesicht dem seines toten Vaters.

»Sind Sie's wirklich?«

Der Postbote nickte, denn gegen Marias Angriff war er machtlos.

»Sie hätten mir sagen sollen, dass Sie Totuzzus Sohn sind.«

»Das spielt doch keine Rolle«, antwortete er und spürte, wie ihm am ganzen Körper der Schweiß ausbrach.

»Ich hatte gleich das Gefühl, Sie zu kennen.«

»Ein Gefühl, das oftmals täuscht.«

»Totuzzus Sohn, wer hätte das gedacht? Ich war sehr gut mit Ihrem Vater befreundet.«

Das plötzliche Erkanntwerden und die Abstammung, die sich aus diesem ungewohnten, nie ausgesprochenen Wort *Vater* herauskristallisierte und verfestigte, bereiteten ihm Unbehagen. Er hatte nie einen Vater gehabt. Er war kein normales Kind, das hatte er dem Lehrbuch für Biologie sehr wohl entnommen, denn er stammte nicht wie die anderen Kinder von einem Vater und einer Mutter ab, nein, er war durch unbefleckte Empfängnis auf die Welt gekommen. Er fühlte, wie die Sache ihn überwältigte. All die Gedanken, die seit Jahren in ihm eingepfercht waren, stiegen an wie das Hochwasser in einem Fluss, und er hatte das Gefühl, darin unterzugehen.

»Mein Vater ist tot und begraben«, sagte er mit einer Entschiedenheit, die jeden entmutigt hätte, nicht aber den Postkollegen aus San Floro.

»Ich war ein Freund von ihm.«

Nachdem sie ihn erkannt hatten, war es nicht mehr dasselbe wie vorher, durch San Floro zu laufen. Offenbar hatte die erdäugige Maria öffentlich Erklärungen abgegeben und Gerüchte gestreut wie Kartoffelsamen auf dem Feld, und der Postbote hatte das Gefühl, begafft zu werden wie eine Schießbudenfigur auf dem Jahrmarkt.

Mit ungewohntem Ernst in der Stimme fragte ihn der Kollege: »Sind diese Briefe wirklich so wichtig für Sie?«

Der Postbote kehrte in die Gegenwart zurück, und die dunklen Schatten verflogen. »Ja, sehr.«

»Ich war ein Freund Ihres Vaters, ja, ich stand sogar in seiner Schuld, denn er hat mir viele Male geholfen. Und manchmal gehen die Schulden vom Vater auf den Sohn über. Also, es gibt hier nicht viele Leute, die ein Siegel zu Hause haben könnten. Chirumbolo der Anwalt, Dottor Cordito, Pezzaniti der Apotheker, der Lehrer Scalzo.«

»Alle verheiratet?«

»Ja, alle bis auf den Lehrer.«

Sofort sah der Postbote in ihm den Verfasser der Botschaften: Der Anfangsbuchstabe des Nachnamens stimmte mit dem Buchstaben des Siegels überein, der Mann war Junggeselle. Und dann sein Beruf. Wer außer einem Lehrer konnte so schreiben? Und wenn er es tatsächlich war, dann hatte Salvatore Crisante nichts mit den Briefen zu tun.

»Also, wer könnte es sein?«

»Der Lehrer.«

»Ja, Genu, würde mich nicht überraschen, für Frauen hatte er immer schon eine Schwäche.«

»Ein Schürzenjäger?«

»O ja, und zwar von erlesenem Geschmack! Hübsche, unverbrauchte Mädchen, Lehrerinnen wie Schülerinnen.«

Dem Postboten war nie der Gedanke gekommen, dass die Liebe aus den Briefen bereits vorbei sein könnte. Wie seltsam Männer sind, wenn sie Liebesbriefe schreiben. Sie nehmen einen Stift zur Hand und sitzen vor dem leeren Blatt, quälen sich, um die richtigen Worte zu finden, und diese Mühsal ist bereits der erste Kunstgriff, der die Leidenschaft und das Gefühl befeuert. Er dachte, wie eigenartig Männer sind, die unaufrichtige Liebesbriefe schreiben, was noch viel künstlicher ist, weil sie nicht nur das passende Wort, den richtigen Ausdruck, die elegante Kunstpause wählen müssen – sie müssen auch noch Liebe vorspielen, wieder zu Jungen werden und sich an das erste Mal erinnern, dass ihnen beim Anblick eines Mädchens das Herz höher schlug. Manchmal ist die Täuschung so überzeugend, dass man sie tatsächlich für verliebt halten könnte, dabei ist es nur ein vorübergehendes Fieber, das ihnen die Stirn erhitzt. Wer weiß, warum Männer Liebesbriefe schreiben, um so zu tun, als wären sie verliebt – bestimmt nicht, um Gnade vor den Augen der Frau zu finden, denn dazu würde auch ein Blumenstrauß reichen oder eine Liebkosung zur rechten Zeit. Vielleicht liegt der Grund darin, dass sie tatsächlich fühlen wollen, wie ihnen die Leidenschaft, die sie beschreiben, Herz und Verstand versengt, und so werden sie zu kleinen Gauklern und ahmen die Herrschaften nach, die sie beneiden.

»Und die anderen?«

»Was sollte der Anwalt Chirumbolo noch anstellen, er ist mittlerweile über sechzig und verwitwet. Und Liebesbriefe, na ja ... Ficco Pezzaniti, der Apotheker, wiegt 116 Kilo, er ist mit Donna Candia verheiratet und muss spuren. Seine einzige Leidenschaft ist gefüllte Pasta. Und was den Dottor Cordito anbelangt: Der ist ein schweigsamer, braver Mann, und seine Frau ist eine Heilige. *Eccolo*, hier wohnt er.«

Ein kleines Gittertor und ein staubiger Weg führten zu einem Bauernhaus mit getünchten Wänden und braunen Fensterläden. Der Garten war gepflegt. Zwischen zwei Kirschbäumen war eine weiße Hängematte gespannt, unter der Laube stand ein Holztisch.

»Wo arbeitet er?«

»Im Krankenhaus in Catanzaro, er ist Psychiater, bringt kaputte Gehirne wieder in Ordnung.«

»Aber er stammt nicht aus San Floro?«

»Nein, nur seine Frau. Der Dottore kommt aus Mittelitalien, aber er ist ein bescheidener Mann, man merkt, dass er sich in unserem kleinen, stillen Dorf wohlfühlt. Er unternimmt gern lange Spaziergänge, sammelt Pilze und spielt Pinnacolo in der Bar. Ich kann mir nicht vorstellen, dass er leidenschaftliche Briefe an Frauen schreibt.«

Während er Floro zuhörte und zum ersten Mal durch die Straßen seines Herkunftsortes lief, beobachtete der Postbote alles so aufmerksam, als suche er etwas, von dem er selbst nicht wusste, was es war. Und während dieser nutzlosen Suche nach einem Zeichen, das sich in etwas Denkwürdiges verwandeln würde, vor der beruhigenden Geräuschkulisse der Stimme seines Begleiters, wanderten seine Gedanken noch einmal zu Maria, die ihn erkannt hatte.

Wer weiß, wie sein Leben verlaufen wäre, hätte der Vater seine Mutter nicht wegen einer anderen Frau verlassen! Wäre er dann an Floros Stelle gewesen? Vielleicht hätte er Kinder, eine Ehefrau, vielleicht sogar die Frau, die sich in diesem Augenblick am Fenster des gegenüberliegenden Hauses zeigte und jemanden zu sich rief. Er betrachtete sie aufmerksam, denn womöglich sah er hier eine Frau, die seine hätte werden können.

Als sie zur Piazza zurückkehrten, war es beinahe Zeit für den Bus. Sie setzten sich auf eine Bank. Aus der Ferne, von der Marina her, wehte ein frischer Wind, der Orangenduft versprühte wie ein Fläschchen Parfüm.

»Ich möchte Ihnen danken.«

»Ach was, nicht der Rede wert.«

»Ich bin Ihnen etwas schuldig.«

»Ich habe doch gar nichts gemacht. Am Ende fahren Sie weg, wie Sie gekommen sind, ohne zu wissen, wer diese Briefe geschrieben hat.«

»Das stimmt, aber ein bisschen mehr weiß ich jetzt vielleicht doch.«

»Sind Sie enttäuscht?«

»Na ja, als ich herkam, war ich von einer Sache überzeugt, die es wohl doch nicht gibt.«

»Glauben Sie, dass es der Lehrer ist?«

»Nach allem, was Sie mir erzählt haben, scheint mir daran kaum ein Zweifel zu bestehen.«

»Ehrlich gesagt, habe auch ich an ihn gedacht, als ich diese Briefe im Kasten gefunden habe.

Der Postbote war nicht zufrieden, und Floro merkte es.

»Hören Sie mal, wollen Sie ihn vielleicht kennenlernen?« Er hatte ohnehin schon zu viel risikiert, und was hätte er sonst sagen sollen? »Ich kenne ihn gut, wenn Sie wollen, rede ich mit ihm.«

»Mal sehen, ich gebe Ihnen Bescheid.«

Der Postbote verstummte, denn ihm fiel eine Frage ein, die er viel früher hätte stellen sollen.

»Hält sich hier im Dorf eigentlich ein Fremder auf?«

»Haben Sie sich mal umgesehen? Wer sollte denn hierherkommen?«

»Man kann nie wissen.«

Und da es dem San Floreser Merkur nicht von selbst einfiel, eilte Klotho ihm zu Hilfe und ließ in diesem Augenblick Minicuzza Varaccara vorbeigehen, die mit ihrem Esel vom Feld zurückkehrte. Dem Briefträger ging ein Licht auf.

»Sie haben recht, tatsächlich ist ein Fremder gekommen, vor einem Monat, er hat sich bei Minicuzza ein Zimmer genommen«, sagte er und deutete mit dem Kopf auf die Alte, die vorüberging.

»Kennen Sie ihn?«

»Er war ein paarmal in der Poststelle. In der Bar kennen sie ihn, weil er immer Kaffee trinkt. Er kommt heraus, wenn es abends kühler wird, und dann geht er in Richtung Granatariaddi spazieren.«

»Wie ist er?«

»Vornehm, immer mit Krawatte, wohlerzogen, und er raucht, er raucht ständig.«

»Wie alt ist er ungefähr?«

»Um die fünfzig.«

Ein hustendes Motorengeräusch kündigte das Ende

der Begegnung an, und sie verabschiedeten sich voneinander.

Als sich der Überlandbus auf den Weg durch die Haarnadelkurven hinunter nach Borgia machte, hatte der Postbote das Gefühl, nicht nur ein Dorf, sondern auch eine Zeit hinter sich zu lassen, eine Vergangenheit, eine Erinnerung. San Floro schien auf der Strecke zwischen Catanzaro, Lido und Girifalco so etwas wie eine geschweifte Klammer zu sein, nutzlos und ornamental wie die Schriftzeichen auf einem Fries.

Und doch war aus der Leere zwischen dieser Klammer sein Leben entstanden; dieser Zierde auf der Reise verdankte er seine Existenz, einem ihm fremden Mann namens Antonio Stranieri, den ein unerfahrener Schachspieler der gegnerischen Königin versprochen hatte.

Er schloss die Augen, versank in einem Knäuel lästiger Gefühle und schmerzlicher Gedanken, und während er sich den Straßen und der Landschaft seines Alltags näherte, kam er sich tatsächlich wie ein Bauer vor und glaubte die Finger des Spielers, der die Spielfigur ergreift und bewegt, an den Schläfen zu spüren, und er bekam lästige Kopfschmerzen.

Der Postbote dachte, dass vielleicht hinter jedem Kopfschmerz ein vollendeter Zug steckte, dass es Menschen gibt, die als Turm zur Welt kommen, und andere, die geborene Läufer sind. Wieder andere werden als König oder als Springer geboren, aber die meisten Menschen sind Bauern, dazu bestimmt, sich für eine Strategie zu opfern, deren endgültiges Resultat sie nie erfahren werden.

Patt.

## 19

*Vergib mir, Vater, denn ich habe gesündigt oder: von Lieblingsstraßen, vom Duft des Ginsters und von einem Geständnis, abgelegt an einem Tag des zwanzigsten Jahrhunderts*

Es stimmt tatsächlich, dass der Herr und vor ihm die Götter beschlossen, die unbelebte Welt nach dem Ebenbild des Menschen zu erschaffen, denn sie hatten begriffen, dass das Ergebnis nicht besonders günstig ausfiel, wenn sie die Dinge nach ihrem eigenen Bild erschufen. Und so passten sie die Gegenstände den Menschen an, die sie benutzen würden: das Haus, in dem wir leben, die Farbe des Kittels, den Stift, mit dem wir schreiben – alles, was uns umgibt, sagt etwas darüber aus, wer wir sind.

Dem Gesetz der Angleichung unterliegen auch Straßen und Wege. In Girifalco gibt es Straßen, so ehrlos wie gewisse Lokalpolitiker, andere hingegen sind edel und anerkennenswert, ehrbare Straßen gibt es und junge, von deren Moral sich die Leute noch kein Bild gemacht haben, mörderische Straßen, verschlafene Straßen, stinkende Straßen.

Miefig fand der Postbote auch das Villaggio Boschetto,

ein sauberes, gepflegtes Wohnviertel, und das lag an Rechtsanwalt Pittanchiùsa, diesem Aas, der einige Tage zuvor einen Zettel an sein Tor gehängt hatte, der ihm wirklich auf die Nerven ging:

*An den Herrn Postboten:*
*Bitte die Briefe ordentlich ablegen.*

Rechtsanwalt Pittanchiùsa verdankte sein Vermögen einer Zweckehe mit der Tochter des reichen ehemaligen faschistischen Parteifunktionärs Saverio Nicastrisa. Er war nicht der Erste gewesen, dem die Idee zu dieser einträglichen Vermählung gekommen war, aber der Vollständigkeit halber sei vermerkt, dass Clarabella, die Tochter, nicht gerade eine Schönheit war. Auf dem rechten Auge schielte sie leicht, ein feiner Flaum bedeckte ihren Hals und die Ohrläppchen, ihre Nase war zwar nicht allzu hässlich, dafür aber von disziplinloser Unregelmäßigkeit. Um sie zu küssen, brauchte man so viel Mut wie Tòtu Jerminàru, der sich in den Schweinedreck warf, um seinen verlorenen Trauring zu retten, aber der Jurastudent Pittanchiùsa nahm sie dennoch zur Frau, und ein paar Jahre später eröffnete er eine Anwaltskanzlei.

Weil die Post oftmals wie das Glück ist, also immer bei dem anklopft, der sie gar nicht braucht, war der Postbote angesichts der enormen Menge von Briefen gezwungen, sich jeden Tag zum Haus des Anwalts zu begeben, wobei er stets hoffte, ihm wenigstens nicht persönlich zu begegnen.

Im Gegensatz zum Villaggio Boschetto und mit Ausnahme der Via Marzìgghia, die der Postbote insgeheim

lieber mochte als die anderen, liebte er besonders die Via
Parrìadi mit ihrer altertümlichen Stille, den verfallenden
Häusern, dem Feigenbaum, der Assuntinuzzas Balkon
schmückte, und dem zugemauerten Torbogen der Destefani.

Vielleicht hatte Salvatore Crisante sich in einer ähnlichen Straße in Teresa Sperarò verliebt. Als er am Abend
zuvor den neuesten Brief aus San Floro las, sah er vor seinem geistigen Auge tatsächlich die Via Parrìadi als Hintergrund der folgenden Liebesworte:

*Teresa mia,*
*ich möchte Dir erzählen, was ich heute Nacht geträumt habe,*
*aber zuvor muss ich Dir etwas anderes sagen.*
*Weißt Du noch, wie ich mal zu Dir gesagt habe, dass Deine*
*Haut duftet wie blühender Ginster?*
*Damals hast Du an Deinem Arm geschnuppert und mich*
*für verrückt erklärt, dabei stimmt es, vor allem an Sonnentagen.*
*Gestern Abend konnte ich nicht einschlafen und habe mich*
*ans Fenster gestellt. Der Himmel war wunderschön, wie der*
*Frühlingshimmel an den letzten Schultagen vor den Ferien,*
*wenn der bevorstehende Sommer und damit die Freiheit allem einen ganz besonderen Duft verleiht, etwas, das in meiner*
*Erinnerung der Idee von Glück am nächsten kommt.*
*Und plötzlich liegt der Duft von frisch geschnittenem Ginster*
*in der Luft. Einen Moment lang blicke ich aus dem Fenster in*
*der ängstlichen Hoffnung, Dich davor auftauchen zu sehen.*
*Du warst nicht da, aber ich war mir sicher, dass Du gekommen*
*warst, ich konnte Dich nur nicht sehen.*
*Und so hast Du mich heute Nacht in meinen Träumen besucht, in Mohnblüten und Ginsterzweige gekleidet, und Du*
*hast getanzt. Als die Musik aufhörte, bin ich auf Dich zu ge-*

*gangen, aber in diesem Augenblick fingst Du an zu brennen wie ein Lagerfeuer.*
*Ich sah Dich in Flammen aufgehen und konnte nur ohnmächtig zusehen und schreien. Der Schmerz war so groß, dass ich zu sterben glaubte.*
*Voller Verzweiflung bin ich aufgewacht und habe mich von diesem Schrecken noch immer nicht befreien können.*
*Ich habe keine Ahnung, was dieser Traum bedeutet, aber bitte, amore mio, verbrenne nicht, verschwinde nicht, entziehe Dich mir nicht.*

Wie zum Beweis, dass die Ereignisse dieser Welt miteinander in Beziehung stehen, fand der Postbote am Morgen darauf einen Strauß Ginster auf Mariettuzza Rosanòs Treppe, hundertzehn Meter vom Rione Fontanella 26 entfernt, wohin ihn jemand mit einem Pfiff beorderte.

Dieser Jemand winkte ihn zu dem halb offen stehenden kleinen Nebeneingang.

»*Buongiorno*, komm herein.«

»*Buongiorno.*«

»Setz dich.«

»Oh danke, nur keine Umstände. Was kann ich für dich tun?«

»Hör mal, hast du diesen Brief an Berlinguer auch wirklich geschrieben?«

»Vor deinen Augen, weißt du das nicht mehr?«

»Und du hast ihn doch aufgegeben, oder?«

»Am selben Tag noch, frankiert und abgeschickt.«

Ciccio il Rosso wirkte nachdenklich.

»Setz dich einen Moment.« Seine Stimme duldete keinen Widerspruch. »Ich muss mit dir reden.«

Er stürzte ein Glas Wein hinunter.

»Da muss was passiert sein«, sagte er.

»Was denn?«

»Ein Monat ist vergangen, und ich habe immer noch keine Nachricht. Das beunruhigt mich, nicht, dass jemand den Brief im passenden Moment geklaut hat.«

»Bei allem, was mit Rom zu tun hat, ist ein Monat so gut wie nichts, also nur die Ruhe.«

»Ach, ruhig, ruhig, *nu càzzu!*«, polterte Ciccio los. »Der hochverehrte Genosse Berlinguer hätte mir sofort geantwortet. Ich habe Togliatti in Reggio Calabria kennengelernt, in Rom haben sie Verständnis für die Leute von der alten Garde. Die Zeit rast, und ich muss sehr bald eine Entscheidung treffen. Das hier riecht nach einer Verschwörung.«

»Eine Verschwörung?«, wiederholte der Postbote ungläubig.

»Ich verwette meinen Mitgliedsausweis, dass die Christdemokraten da ihre dreckigen Hände im Spiel haben.«

Ciccio erhob sich; er regte sich immer auf, wenn er über dieses Thema sprach. »Als du neulich aus meinem Haus gegangen bist, ist dir da jemand gefolgt?«

»Nein, ich glaube nicht«, versuchte der Postbote ihn zu beruhigen.

»Ich weiß nicht, wie, aber irgendwie müssen sie von dem Brief erfahren habe, eine andere Erklärung gibt es nicht. Ich sage es meinem Sohn Leone immer wieder, pass auf, was du tust, sie haben uns immer im Blick, überall haben sie ihre Spione, in jeder Straße, in jedem Haus, in jedem Wald. Wenn du mich nicht verraten hast, dann ein anderer. Der Postdirektor zum Beispiel oder Teresuzza.«

»Wie hätten sie das denn machen sollen?«

Ciccio setzte sich wieder hin.

»Machen, ja, machen können die vieles. Du hast ja keine Ahnung, wozu die fähig sind. Ich habe mit eigenen Augen gesehen, wie der Abgeordnete De Attanasi, ein Christdemokrat aus Catanzaro, ein Scheißkerl und *figghiùalu de puttàna,* einen Zug anhalten ließ, nur weil er eine Akte zu Hause vergessen hatte. Er hat diesen Zug zum Umkehren gezwungen und sich seine Akte holen lassen, und dann ist er losgefahren, mit der gütigen Erlaubnis des machtlosen Volks. Und wer Züge anhält, kann der nicht auch Briefe stehlen und verschwinden lassen?«

»Und woher sollen sie gewusst haben, was darin stand?«

»Diese Leute sind schlau, mein lieber Postbote, man muss ihnen nur den Anfang einer Geschichte erzählen, und schon denken sie sie folgerichtig zu Ende. Stell dir nur vor, ein Nachbar hat dich bei mir gesehen. Was denkt er? Er fragt sich: Was hat ein Postbote im Haus von Ciccio il Rosso zu suchen, der vom Bürgermeister erpresst wird? Ganz einfach, er lässt ihn einen Brief schreiben, in dem er für die Wahl um Erlaubnis bittet. Und dann macht dieser elende Nachbar schnell das Fenster zu, von dem aus er uns ausspioniert hat, und rennt zum V-Mann, um ihm alles zu erzählen. Noch am selben Abend alarmiert der V-Mann das ganze Netzwerk.«

»V-Mann? Netzwerk? Was redest du denn da?«

»Mein lieber, naiver *postiari,* du verstehst vielleicht was von schönen Worten, aber ansonsten ... Ich werde dir die Augen öffnen, und hör gut zu, damit du dich später an alles erinnerst. Wie kommt es deiner Meinung nach, dass die jede Wahl gewinnen? Weil sie uns alle kontrollieren, darum! Männer und Frauen, Alte und Junge, Adlige und Verbrecher, einfach alle! Denn nach Jahren der Arbeit im Verborgenen haben sie ein Kontrollsystem auf die Beine gestellt, dem niemand entkommt, nicht mal eine Ameise. Das System ist wie eine Birne gebaut, unten breit und nach oben hin spitz.«

»Wie eine Pyramide.«

»Was quatschst du da für einen Mist? *Càzzu!* Du redest wie diese Scheißkerle, die nicht wollen, dass man versteht, was sie sagen ... nein, wie diese Birne hier«, sagte er und nahm eine Frucht aus einer kleinen Obstkiste neben sich. »Hier unten sind normale Leute, Hungerleider, Bauern, Arbeitslose, Hausfrauen, Nachbarn, Menschen wie du und ich, die im Tausch gegen eine Gefälligkeit für den Sohn oder Bruder beschließen, sich auf ihre Seite zu stellen. *Venite ccà,* komm, ich zeig dir was«, sagte er und trat ans Fenster. Als der Postbote neben ihm stand, schob Ciccio die Gardine beiseite.

»Was siehst du?«

»Mariannuzza Carmelitana auf ihrem Balkon.«

»Und was macht sie?«

»Nichts, sie gießt die Geranien.«

Ciccio begab sich wieder in die Mitte des Zimmers. »Genau das ist ihre Stärke. Es sieht aus, als täten sie nichts, dabei ...«

»Willst du damit sagen, dass Mariannuzza Carmelitana ...«

»Ja, genau, als eine der Ersten! Dir kommt es so vor, als stünde sie nur auf dem Balkon, um die Blumen zu gießen, aber in Wahrheit ist die Unselige herausgekommen, um uns besser bespitzeln zu können!«

Der Postbote schien nicht überzeugt.

»Du glaubst mir nicht, *nevvèro?* Aber sag: Bevor du hereingekommen bist, war Mariannuzza da schon auf dem Balkon?«

»Nein, ich glaube nicht.«

»Eben! Sie war nicht da, sie ist erst rausgekommen, als sie gesehen hat, wie du reingegangen bist.«

»Das war bestimmt nur Zufall.«

»Es gibt keine Zufälle!«

Wie seltsam, dass ihm jemand auf diese Art seine eigenen Gewissheiten vor die Füße warf.

»Wenn du genau hingesehen hättest, dann wäre dir aufgefallen, dass die Straße unter dem Balkon schon nass war, denn die Alte hat die Blumen schon vor ein paar Minuten gegossen. Weißt du, seit wann Mariannuzza gegenüber wohnt?

»Nein.«

»Seit 1939, seit der Sache in Catanzaro.«

»Was für eine Sache?«

»Am 14. April 1939 gab es in Catanzaro einen Volksaufstand zur Verteidigung der Bauern von Maida, und ich war einer der Anführer der Proteste«, sagte er stolz.

»Soll das heißen, dass Mariannuzza hier einquartiert wurde, um dich zu überwachen?«

»Na also, endlich hast du's kapiert.«

Der Postbote dachte, dass die Plage der Verrücktheit, die von der Irrenanstalt auf den Rest des Dorfes übergriff, ein neues Opfer gefunden hatte.

»Mariannuzza und ihresgleichen sind hier unten, wo die Birne am breitesten ist. Sie halten Augen und Ohren offen und melden alles.«

»Melden? Wem denn?«

»Mein lieber Postbote, genau an diesem Punkt kommen die gewerbsmäßigen Spione ins Spiel, elende, dreckige Mittelsmänner, absolut widerwärtig, die die Nachricht zu Papier bringen und an die da oben weitergeben«, sagte Ciccio il Rosso und zeigte auf den oberen, schmalen Teil der Birne, »an die Zentrale, wo es für jeden von uns eine Karteikarte mit Name, Nachname, Vorstrafenregister und Notizen zu unseren Schwächen gibt. Wenn sie von dir oder mir etwas wollen, müssen sie nur die Karte nehmen, und schon können sie uns erpressen, denn auf diese Art holen sie sich, was sie wollen.«

»Und wer sollen diese … gewerbsmäßigen Spione sein?«

»Die miesesten Arschlöcher überhaupt. Aber sag: Wie oft hast du schon gebeichtet?«

Der Postbote begriff, worauf er hinauswollte.

»Vier, fünf Mal«, sagte er und blickte Ciccio ins Gesicht, um zu sehen, ob er mit der Zahl zufrieden war.

»Na schön, ich sehe dich sonntags nie zur Messe gehen, dich nicht, aber die anderen, die jede Woche beichten, vier Mal im Monat, fünfzig Mal im Jahr. Wer will das alles wissen?«

»Die Priester?«

»O ja, das sind die Schlimmsten, die setzen sie von Rom aus ein, damit sie sich in unseren Kram einmischen.«

Der Postbote war anderer Ansicht und gab das auch deutlich zu verstehen.

»Du glaubst mir nicht. Aber ich sage dir, genau das ist ihre Stärke: die Verwirrung. Und trotzdem, wenn du genau darüber nachdenkst, passt alles zusammen. Weißt du, dass die Kirche das Werk der Democrazia Cristiana ist? Gerissen sind sie ja, die Scheißkerle, das muss man ihnen lassen. Sie haben die Sünde erfunden, damit wir beichten müssen. Das ist schlau, denn die Leute beichten nicht ihre Freuden oder ihr Glück, sondern die Sünden, die bösen Sachen, die sie niemandem erzählen können, die geheimsten Geheimnisse. Und sie tragen es in die Kartei ein, sie kennen unsere Schwächen und nutzen sie aus. Ich war nie dort, aber man sagt, dass es unter dem Vatikan einen unterirdischen Bereich gibt, so groß wie die ganze Stadt, wo sie auf Papier die Beichten der ganzen Welt aufbewahren. Denk nur, ein Archiv unserer Sünden. Die Christdemokratie, mein lieber Postbote, gibt es nicht erst seit wenigen Jahren, sie wurde mit Christus geboren; darum wird das Datum mit n. Chr. angegeben: 600 n. Chr., 1256 n. Chr.«

»Nach Christi Geburt.«

»*Nu càzzu!* Unsinn! Christdemokratie. 1100 n. Chr. bedeutet im Jahre 1100 nach der Gründung der Christdemokratischen Partei. In die Geschichtsbücher haben sie die Buchstaben nur aufgenommen, um uns zu verwirren. Christus war der erste Christdemokrat und Luther der erste Kommunist! Die waren das, die haben meinen Brief verschwinden lassen.«

Der Postbote war fasziniert. »Nehmen wir mal an, sie waren es wirklich. Aber warum? Der Brief sollte doch dafür sorgen, dass du sie wählen kannst.«

»Vielleicht. Aber was wäre, wenn die Genossen in Rom mit Nein antworten?«

»Die Möglichkeit besteht natürlich. Und was willst du dann tun?«

»Nichts, gar nichts, ein weiterer Brief würde nichts anderes ergeben. Ich wollte nur sichergehen, dass wenigstens du deine Pflicht getan hast.«

»Da kannst du ganz sicher sein.«

»Ich will ein gutes Gewissen haben, darum, denn ohne die Erlaubnis des hochverehrten Genossen Berlinguer gebe ich diesen verdammten Scheißkerlen meine Stimme nicht. Um mich selbst mache ich mir keine Sorgen, ich habe nämlich vor gar nichts Angst. Aber mein Sohn Leone braucht unbedingt diese Stelle.«

Ciccio stand auf.

»Kann ich dir jetzt auch mal eine Frage stellen?«

»Ja, nur zu.«

»Erinnerst du dich an die Sache mit Salvatore Crisante?«

Ciccio il Rosso runzelte die Stirn, Zeichen der Anstrengungen, die sein Gehirn unternahm, um die alte Geschichte wieder zusammenzusetzen.

»Salvatore Crisante ... ein vielversprechender junger Mann, sehr vernünftig.«

»Wie war der so?«

»Ehrbare Familie, Bauern, die den ganzen Tag auf dem Feld gearbeitet haben. Er war sehr intelligent, hat die Ziegen gehütet und immer seine Bücher mitgenommen, aber plötzlich, tja, wer hätte das gedacht ... Obwohl, mir geht der Gedanke nicht aus dem Kopf, dass ...«

Ganz gegen seine Gewohnheit schwieg Ciccio einen Moment und dachte nach.

»Was denn?«

»... dass sie ihn absichtlich in Schwierigkeiten gebracht haben.«

Wie ein eisiger Wind wehten die Worte durchs Zimmer.

Der Postbote hatte nie geglaubt, dass der Mann, der diese Briefe geschrieben hatte, zu einem solchen Verbrechen fähig war. Dieser junge Mann, dessen Schrift und Einsamkeit der seinen so sehr ähnelten, konnte kein Ungeheuer sein. Aber die Erleichterung währte nur einen Moment lang, dann fiel ihm wieder ein, dass Gott für sein Gegenüber nur der Gründer einer Partei war.

»Meiner Meinung nach haben sie ihn benutzt. Weißt du, dieser Rocco Cratello ...«

»Der Vater des Mädchens.«

»Ja, genau der. Dem hab ich nie über den Weg getraut.«

»Aber wer sollte Crisante benutzt haben?«

»Weißt du, wie eine Treibjagd auf Wildschweine vor sich geht? Man kreist das Tier ein, damit es zu einem bestimmten Punkt rennen muss, wo der beste Jäger es schon erwartet. Er sieht es kommen, legt an, schießt und erlegt es. Aber das eigentliche Treiben, die wirkliche Jagd, das sind nicht der tödliche Schuss und das Wildschwein, das am Boden liegt. Die eigentliche Jagd, das sind die Vorbereitungen, das Einkreisen, die hetzenden Hunde, der Lärm, die das Tier irremachen sollen. Der erfahrene Jäger markiert das Gelände und entscheidet, wo das Wildschwein zur Strecke gebracht wird. Also, nun stell dir vor, dass Salvatore Crisante das Schicksal des Wildschweins erlitten hat.«

»Und die Jäger?«

»Habe ich doch gesagt, ein sehr guter ...«

»Der Vater?«

»Genau.«

»Das verstehe ich nicht.«

»Ich weiß nicht, wer dem Mädchen wehgetan hat, aber Crisante war es mit Sicherheit nicht.«

»Sagst du das nur so oder hast du auch Beweise?«

»Beweise braucht der Richter beim Prozess. Eindrücke brauchen keine Beweise.«

»Du glaubst, der Vater ...«

»Ich glaube gar nichts, *nènta*. Aber schon damals, zur Zeit des Prozesses, waren merkwürdige Gerüchte im Umlauf.«

»Was für Gerüchte?«

»Dass Rocco Cratello *cazzate* erzählt hat, er hat gelogen, erst die eine Geschichte, dann eine ganz andere. Und außerdem, sie haben das Mädchen so gedrängt ... Die Cratellos waren keine ruhigen Leute. Ich habe keine Beweise, denn wenn ich welche hätte, wäre der arme Kerl nicht im Gefängnis gelandet. Ich spreche aus dem Gefühl heraus, und meine Intuition täuscht mich nicht.«

»Und was wurde damals noch so geredet?«

»Dass die Jäger sich ihr Wildschwein gut ausgesucht haben. Einer tut dem Mädchen Gewalt an, der Vater erwischt ihn, kann aber nicht die Wahrheit sagen. Also einigt er sich mit seinem Bruder, und sie belasten einen Unschuldigen, einen, der in der Nähe wohnt, ein einsamer Mann mit wenig Geld, der sich keinen Anwalt leisten kann, einer, von dem man sich seltsame Dinge erzählt.«

»Salvatore Crisante?«

Ciccio nickte.

»Und was für seltsame Dinge machten über ihn die Runde?«

»Es hieß, er beobachtet die Frauen. Was ist so schlimm daran? Jeder mag Frauen!«

»Tat er das wirklich?«

»Ich habe es nie gesehen. Jedenfalls hat er nie jemanden belästigt, nie ein falsches Wort.«

»Und die Verlobung mit Teresa Sperarò?«

»Ganz normal, wie gesagt, bis zum Tag des Unglücks war Crisante ein junger Kerl wie alle anderen auch.«

»Und danach?«

»Danach ist passiert, was eben passiert ist. Rocco Cratello hat den Carabinieri erzählt, dass seine Tochter vergewaltigt wurde, und sie haben Salvatore Crisante nur aufgrund der Aussage des Mädchens ins Gefängnis geworfen.«

»Kein einziger Zeuge?«

»O doch, einen Zeugen gab es, Peppino Cratello, der Onkel, der hat geschworen, dass er an jenem Nachmittag gesehen hat, wie Salvatore mit der Nichte auf die Felder in der Gegend von Chiani gegangen sei, genau der Peppino Cratello, der an jenem Nachmittag in der Bar Bàzzica gespielt hat.«

»Niemand hat sich zu Crisantes Gunsten geäußert?«

»*Nuddu!*« Ciccio il Rosso schenkte sich erneut ein Glas Wein ein und schlürfte. »Du machst mir Kopfschmerzen mit all diesen Erinnerungen!«

Der Postbote begriff, dass der Moment gekommen war, sich zu verabschieden.

»Es ist spät geworden«, sagte er und stand auf.

»Rede mit niemandem über das, was ich dir erzählt habe.«

»Keine Sorge.«

Ciccio lief ihm zur Tür voran, blickte auf die Straße und ließ ihn hinausgehen.

Als der Postbote vor der Chiesa Matrice angekommen war, wirkte die Kirche unter dem Einfluss von Ciccios Erzählungen wie ein Inquisitionsgericht auf ihn.

Er sah alte Frauen die Freitreppe hinaufsteigen, beladen mit dem Gerede und den Sünden, die sie unter ihren Umschlagtüchern versteckten, und auf einmal kamen sie ihm vor wie Informantinnen, die zur Großen Zentrale eilten, um die Daten zu aktualisieren. Er dachte an die Vatikanische Bibliothek und ihre geheimen Untergeschosse, wo sämtliche Beichten niedergeschrieben und in Karteikästen verwahrt wurden. Gäbe es einen solchen Ort tatsächlich, wie schön wäre es, dort sein Leben zu verbringen und nach den nie eingestandenen Sünden der Menschen, die wir kennen, zu suchen!

Allerdings konnte der Postbote sich nicht beklagen, denn Briefe sind wie Beichten, und auch sein Archiv war eine kleine Vatikanische Bibliothek, in der das geheime Leben der Leute aufgedeckt wurde.

»Verzeihung.«

Eine alte Frau stieß ihn an. Eilig und ohne sich umzusehen, überquerte sie die Straße und betrat die Kirche. Und da erkannte er sie. Mariannuzza Carmelitana schien es sehr eilig zu haben, *zu* eilig. Und wenn Ciccio il Rosso nun doch ... Der Postbote dachte, dass die Plage der Verrücktheit, die von der Irrenanstalt auf den Rest des Dorfes übergriff, vielleicht gerade ein neues Opfer gefunden hatte. Vergib mir, Vater, denn ich habe gesündigt.

## 20

*Von den Träumen, die das Leben entscheidend beeinflussen, von Polyphema, der blutigen Wächterin des Hades, und von Lorenzo Calogero, der Briefe an die Welt schreibt*

Hätte ich ein anderes Leben, dachte der Postbote, eines, in dem ich Tiere pflege, Kinder aufziehe, mich um meine Ehefrau kümmere, Städte erobere oder Bankkonten wachsen lasse, dann hätte ich nicht diese seltsamen Gedanken im Kopf, die mich zu einem verhinderten Philosophen machen. Talarico Scozzafava, den interessierte die Philosophie einen Scheißdreck. Das Geld wuchs ihm aus den Taschen wie Quecken, er vögelte die schönsten Frauen in Girifalco und Umgebung, aß jeden Tag Fleisch und frischen Fisch, und immer fand er jemanden, der bereit war, den Diener für ihn zu spielen. Warum sollte er sich für Arché und Physis, Aletheia und Ousia interessieren, wo ihn vermutlich sogar der Starfotograf Baruccu und der vornehme Notensetzer Giangiacominu um dieses Leben in Saus und Braus beneideten?

Wäre ich mir meiner selbst und meiner Fähigkeiten sicher, dachte der Postbote, wäre ich ein stolzer, entschlossener, mutiger und starker Mann, das heißt, gehörte ich zum glücklichen Geschlecht derer, die sich selbst belügen, dann wäre ich kein verhinderter Philosoph. Aber ihm blieb nichts anderes übrig, als nachzudenken und aus seinen Gedanken Schlussfolgerungen über die Funktionsweise der kleinen Tatsachen des Lebens zu ziehen – wie an jenem Morgen, als er mit der Gewissheit erwachte, dass die Träume die Tage der Menschen entscheidend beeinflussen und lenken und dass wir unseren Träumen gemäß leben.

Diese tief greifende Wahrheit war seiner Meinung nach aus zwei Gründen nicht allgemein bekannt. Der erste Grund bestand darin, dass die Menschen ihre Träume fast immer vergessen und darum nicht wissen, warum sie an einem Morgen schön munter, am nächsten aber total genervt aufwachen. Der zweite Grund, ein wenig philosophischer als der erste, war der, dass es für die von der göttlichen Vorsehung gesalbten Menschen einen unerträglichen Schlag ins Gesicht bedeuten würde, das Geheimnis des menschlichen Verhaltens einer so unbedeutenden, für alle geltenden Ursache zuzuschreiben. Denn eines war sicher: Der Bauer Colajizzu träumte auf dieselbe Weise wie der Stadtrat Passalacqua oder der Anwalt Pittanchiùsa, im Gegenteil, seine Träume waren sogar größer als die dieser beiden Scheißkerle, denn die Träume verhielten sich umgekehrt proportional zu dem Genuss, den die Menschen in ihrem Alltag erlebten. Und wer weiß, was der arme Colajizzu sich erträumte: einen Haufen Geld, eine Beförderung zum Friedhofswärter vielleicht oder eine etwas nettere Ehefrau.

Der Postbote fand es irgendwie ernüchternd, dass die

Menschen die Hälfte ihres Lebens im Schlaf vergeudeten, aber nun hatte er die passende Erklärung dafür gefunden, und das war eben der Traum. Wenn jemand den Menschen darauf programmiert hatte, so viel zu schlafen, dann deshalb, damit er träumen und das Glück kennenlernen konnte, um ihn anzuspornen, danach zu streben, oder um ihn zu trösten, denn manchmal ist das Leben so beschissen, dass schon ein kleiner Trost eine Wohltat ist.

Am Morgen des 9. Juni erinnerte sich der Postbote wie die meisten Menschen nicht besonders deutlich an seinen Traum, aber ihm spukte eine seltsame mythologische Figur im Kopf herum, die das Gesicht von Ernestuzzu Terremuatu und den Körper eines Mannes hatte, von dem er im Schlaf gewusst hatte, dass er der Fremde aus San Floro war.

Angesichts des griechisch angehauchten Bildes, das irgendeine schläfrige Göttin geboren hatte, begann er den Tag in der Erwartung, bald zu erfahren, in welchem Zusammenhang ihm die geträumte Scheußlichkeit begegnen würde.

Ungefähr zehn Tage nach seiner Fahrt nach San Floro erschienen ihm zwei Vermutungen bezüglich des Absenders der Briefe am glaubwürdigsten: Es war entweder der Lehrer Scalzo oder der Fremde. Der Postbote versuchte sich das Gesicht des Lehrers auszumalen. Ehrlich gesagt, konnte er sich bei erneuter Lektüre der Briefe absolut nicht vorstellen, dass sie von einem Dorfcasanova geschrieben worden waren. Sicher, die Worte waren sorgfältig gewählt, abgewogen auf der Waage dessen, der es gewohnt ist, Frauen Komplimente zu machen, aber gleichzeitig war da dieses überfließende Gefühl, die spürbare Verzweiflung, die maßlose Liebe, so aufrichtig, dass er einfach nicht glauben konnte, dass jemand sie nur vortäuschte. Vielleicht hatte er Teresa wirklich geliebt. Er war der Lehrer eines ihrer Kinder gewesen, sie hatten sich in der Schule kennengelernt, er fand Gelegenheit, mit ihr zu sprechen, ihr seine Liebe zu gestehen und bat sie schließlich, ihr schreiben zu dürfen. Zuerst lehnte sie ab, aber dieser Mann gefiel ihr, er konnte mit Worten umgehen, wie sie es in ihrem Leben nur ein einziges Mal erlebt hatte, viele Jahre zuvor. Der Lehrer wartete eine Weile ab, dann fragte er sie erneut. Nur ganz unschuldige Briefe wolle er ihr schreiben, und dass sie seiner Seele einen Gefallen tue, die auf diese Art ein Ventil für die Leidenschaft fände, die ihn andernfalls in den Wahnsinn treiben würde. Doch Teresa war verheiratet, und sie war treu. Sie konnte sich keine Briefe schicken lassen. Aber vielleicht gab es eine Lösung, unter der Bedingung, dass es sich um Briefe handelte, die so blütenrein wie jungfräuliche Laken waren. Er sollte sie an die Adresse ihrer lieben Freundin Maria Migliazza schicken, die diskret und respektvoll war und das Ganze weder missverstehen noch darüber tratschen würde. Doch der Lehrer war ein Experte in Sachen Frauenherzen, und obwohl er wahnsinnig verliebt war, wollte er auf die Strategien der Liebe nicht verzichten. Inzwischen hatte Teresa Ja gesagt, und darum ließ er sie ein paar Monate warten, gerade so lange, dass sie sich fragte, warum er ihr nicht schrieb, obwohl sie es ihm erlaubt hatte, sodass ihr das Herz in der Brust aufging wie ein Hefeteig im Ofen. Und dann, als die Erwartung sich in Resignation zu verwandeln begann, ließ der Stratege ihr den ersten Brief zukommen, die verspätete Erfüllung seines Versprechens. Und auf den ersten folgten weitere, ununterbrochen, sodass sie kaum zum Luftholen kam, denn sobald die Wunde einmal da ist, muss man sie offen halten und darf nicht zulassen, dass sie zu heilen beginnt.

Die zweite Vermutung des Postboten bezog sich auf den geheimnisvollen Fremden. Sein Alter und die Übereinstimmung zwischen seiner und der Ankunft der ersten Briefe passten genau zu der Idee, dass Salvatore Crisante wiederauferstanden war.

Diese Vermutungen wären für immer geblieben, was sie waren, hätte nicht der Traum von dem mythologischen Monster seinen Wahrheitsgehalt gezeigt, indem Ernestuzzu Terremuatu, inzwischen wieder zum Menschen geworden und mit seinem eigenen Körper und den üblichen krummen Beinen ausgestattet, den Postboten vor Roccuzzus Kiosk ansprach und ihm ausrichtete, dass Floro ihn am nächsten Tag erwarte.

Am Abend ging der Postbote in Vicenzuzzu Rosanòs Kneipe und kaufte eine Fünf-Liter-Korbflasche Rotwein, sein einziger Proviant auf der kurzen Reise in den Ort seiner Herkunft.

Im Gegensatz zum Bus am Morgen war der am Nachmittag fast leer. Nur die alte Anna Caraffota fuhr ebenfalls aufs Land.

Der Mann aus Girifalco ging an den leeren Reihen beschmierter, zerrissener Sitze vorbei und nahm ganz hinten Platz. Auf der langen, geraden Straße nach Borgia forderte Caraffota den Busfahrer mit ihrer tiefen Stimme zum Anhalten auf.

Die Alte stieg aus, an ihrem Arm hing ein grauer Eimer.

Die Tür schloss sich wieder, und der Postbote sah zu, wie die Frau immer kleiner wurde und schließlich verschwand.

Er fand es seltsam, dass er nach San Floro fuhr, um völlig unbekannte Menschen aufzusuchen, während er kein einziges Mal dorthin gefahren war, um seinen Vater zu sehen. Und während er auf der Straße dahinfuhr, die ihm allmählich vertraut wurde, während Landschaften an ihm vorbeizogen, die aus einer geheimnisvollen, weit zurückliegenden Vergangenheit auftauchten, wunderte er sich, wie nahe er dem Ort des väterlichen Wiedererkennens immer gewesen war, wie wenig nötig gewesen wäre, um den Riss zu flicken und das Loch des Verlassenwerdens zu stopfen.

Er wunderte sich, wie nah er dem Abschluss seiner Suche nach dem fehlenden Teil war, nach der Heilung der Wunde. Das Leben der Menschen, dachte der Postbote, angefangen bei Venanzio, der immer auf der Suche nach Frauen war, bis zu dem Amerikaner, der bald auf den Mond fliegen würde, die ganze Geschichte der Menschheit, Vergangenheit und Zukunft, jedes Ereignis ließ sich in den Kategorien von Trennung und Wiedervereinigung deuten. Denn die Menschen funktionieren fast so wie die Knetmasse, mit der die Kinder spielen: Wenn man sie durchwalkt, lösen sich kleine Stücke und fangen an zu trocken. Sie verwandeln sich in etwas anderes, bis ein Kind, das aufmerksamer ist als die anderen, die Bröckchen entdeckt und sie wieder in den Ball einknetet, Bruchstücke, die zum Ganzen zurückfinden, Knetmasse, die wieder zu Knetmasse wird.

Der Rollladen der Poststelle war halb heruntergelassen.

Der Postbote klopfte, und bald darauf tauchte der Kollege in seinem weißen Kittel auf.

»Versprochen ist versprochen«, sagte der Postbote und hielt die Korbflasche hoch.

»Gott segne Sie«, antwortete der San Floreser und bedeutete ihm mit einer Geste, ihm in das kleine beleuchtete Büro zu folgen. Dem Postboten stieg der scharfe Geruch von Alkohol in die Nase. Korbflaschen, Strohflaschen, ganz gewöhnliche und sehr große Flaschen standen neben den Postsäcken. Auf dem Tisch in der Mitte des Raums lagen Werkzeuge, die einem professionellen Schnapsbrenner zur Ehre gereicht hätten – Destillierkolben, Waagen, Pipetten, Messkolben, Mörser, Reagenzgläser.

»Sie haben sicher schon verstanden, womit ich mich hier beschäftige. Jeder hat so seine Schwächen.«

Der Postbote nickte und dachte an seine eigene Schwäche. Die Korbflasche wurde ihm allmählich zu schwer.

»Wo kann ich sie hinstellen?«

»Geben Sie sie mir, ich finde schon einen Platz dafür.« Floro suchte nach einem Glas. »Sie trinken nicht, oder? *Bene, bene*«, sagte er und öffnete die Flasche.

Er goss sich Wein ein und stürzte zwei Gläser hinunter.

»Ernestuzzu Terremuatu hat Ihnen die Nachricht wohl überbracht.«

»Ja.«

»Hier, der ist für Sie«, sagte Floro und deutete auf einen Brief.

»Darf ich mal sehen?«, fragte der Postbote.

Es handelte sich um einen ganz normalen Umschlag, der an Lorenzo Calogero in der Via Napoli 14 adressiert war.

»Warum sollte der mich interessieren?«

Floro betrachtete konzentriert die gelbliche Flüssigkeit in einem der Destillierkolben und antwortete, ohne den Postboten anzublicken: »Weil es in San Floro keinen Lorenzo Calogero gibt.«

Der Postbote verstand nicht.

»Oder besser gesagt, es gab keinen Lorenzo Calogero, bevor ein Fremder hier eintraf. Der Brief kam schon gestern, aber ich habe ihn noch aufbewahrt. Ich dachte, Sie würden Calogero vielleicht gern kennenlernen.«

»Das ist sehr nett.«

»Na ja, Sie sind Totuzzus Sohn. Und außerdem, unter Kollegen hilft man sich doch.«

Er zog den Kittel aus, und sie machten sich auf den Weg.

Unterwegs erzählte der Kollege aus San Floro ihm Geschichten über den Ort und die Menschen, denen sie begegneten, aber der Postbote war mit den Gedanken woanders, denn sein Blick war auf den Umschlag gefallen, der aus Floros Jackentasche lugte.

»Woher kommt der Brief?«

»Sehen Sie ruhig nach«, sagte er und reichte ihm den Umschlag.

Der Stempel war vom Postamt in Melicuccà, Reggio Calabria, ein Dorf, von dem er noch nie gehört hatte.

Minicuzzas Haus war nicht die elende Hütte, die der Postbote erwartet hatte, als er sie beim ersten Mal verschwitzt und verdreckt vom Feld hatte kommen sehen. Floro erklärte ihm, dass ihr Sohn, der in der Schweiz als Maurer arbeitete, das Haus im Jahr zuvor wieder in Ordnung gebracht hatte.

Der anfängliche Eindruck von Ordnung verflüchtigte sich jedoch, sobald sie den Vorplatz erreichten. Links an der Hauswand lehnte eine chaotische Ansammlung von rostigem Zeug: Gitter, Balken, kaputte Spaten, Lattenzäune und Geländer und davor ein wildes Sammelsurium von Nägeln jeder Art. Auf der linken Seite des Hofs, neben einer Steintreppe, befand sich der Platz für das Brennholz, und auch hier verbargen sich die wenigen ordentlich gestapelten Scheite hinter einem Durcheinander aus verfaultem Holz, einem löchrigen Rollladen und einem Haufen kaputter Kisten. Ein Hund, der auf dem Boden lag, und ein paar Hühner zwischen dem wüsten Gestrüpp von Sträuchern waren die einzigen Lebenszeichen. Im Stall auf der linken Seite schrie ein Esel.

»Sie ist zu Hause«, sagte der Briefträger aus San Floro. »Sie geht nie ohne ihren Esel aus dem Haus. Minicuzza, Minicuzza!«, rief er laut.

Niemand antwortete, dafür kamen die Hühner auf den Vorplatz gelaufen.

»Minicuzza!«, rief er noch lauter.

»Wer ist da?«

Die tiefe Stimme schien nicht aus dem Haus zu kommen, sondern von weiter weg, aus einem Brunnen, einem Loch, vielleicht aus der Hölle.

»Lassen Sie sich nicht einschüchtern, sie ist eine anständige Frau.«

Der Postbote erinnerte sich kaum noch an die kurze Begegnung mit Minicuzza Varaccara, und angesichts des Ungestüms, mit dem sie jetzt die Tür aufriss, löste sich der flüchtige Eindruck vollständig auf. In der rechten Hand hielt sie ein graugelbes Gewirr, das sich bei näherem

Hinsehen als abgehackter Hühnerkopf erwies. Wegen dieses Details und wegen der Blutstropfen, die auf ihrer schmutzigen Schürze verteilt waren, kam Minicuzza dem Postboten wie die Verkörperung eines Monsters vor, das er als kleiner Junge in seinem geliebten Bilderbuch der Mythologie gesehen hatte: ein Riese mit nur einem Auge, der die Überreste zerstückelter menschlicher Körper in Händen hielt. Minicuzza Polyphema stand regungslos auf der Schwelle und sah aus wie eine Wächterin des Hades, die unseligerweise von ihrer unterirdischen Aufgabe abgelenkt worden war.

»Minicuzza, *bongiòrno a vùi*. Kommen wir ungelegen?«

Floro schob eine Hand in die Tasche und förderte den Obolus für das Überqueren des Höllenflusses zutage, den weißen Umschlag. Er hielt ihn hoch. Mit einer wilden Bewegung schleuderte die Wächterin den Hühnerkopf in Richtung des Hundes, dann wischte sie die blutverschmierte Handfläche an der einzigen noch sauberen Stelle ihres Kittels ab. Sie näherte sich den menschlichen Wesen.

»Hier ist ein Brief für deinen Gast«, sagte Floro, vollkommen unbeeindruckt von der mythologischen Wirkung der Szene.

»Kommt herauf«, sagte die homerische Gestalt.

»Dürfen wir?«

»Hier entlang.«

Sie drehte sich um, und nach einem prüfenden Blick auf den Hund, der dem Hühnerkopf in die glanzlosen Augen starrte, verschwand sie hinter der Tür.

Floro ging die Treppe hinauf, und während er ihm folgte, fragte sich der Postbote, wie es möglich war, dass ein Fremder in dieses gottverlassene Dorf und dieses überirdische Haus kam, ohne einen äußerst wichtigen Grund dafür zu haben. Sie klopften an. Schritte erklangen, und gleich darauf öffnete sich die Tür. Der Mann trug ein schwarzes Hemd mit weißer Krawatte und hielt eine Brille mit dicken Gläsern in der Hand; zwischen seinen Lippen klemmte eine brennende Zigarette.

»Signor Calogero?«

Der Fremde musterte sie von Kopf bis Fuß.

»Wenn ich mich nicht irre, sind Sie der Briefträger«, sagte er leise, und das stellte er aus gutem Grund fest, denn Floro trug seine Postbotenmütze nicht.

»Stets zu Diensten«, antwortete der und holte den Umschlag aus der Tasche. »Ich habe einen Brief für Sie.«

Überrascht betrachtete der Fremde das Kuvert.

»Sie sind doch Signor Lorenzo Calogero, nicht wahr?«

»Nehmen Sie Platz.«

Das Zimmer war bescheiden eingerichtet. Ein Bett, ein kleiner Campingkocher, drei Stühle, ein Tisch mit lauter Büchern, überall Papier, zwei Stangen Nazionali-Zigaretten. Am Fußende des Bettes ein Schuhkarton voll mit Medikamenten: Luminal, Promazin, Miltaun. Der Rauch war so dicht, dass man kaum atmen konnte.

Salvatore Crisante hat sich wirklich gut getarnt, dachte der Postbote, wenn er beschlossen hat, hinter diesen Mauern auf das Ergebnis seiner Liebeserklärungen zu warten. Endlich hatte er den Mann vor sich, den Teresa noch immer liebte, trotz der Vergewaltigung, trotz der Trennung, trotz der vielen Jahre, die vergangen waren. Er betrachtete ihn mit derselben Sorgfalt, die er sonst den kompliziertesten Handschriften vorbehielt.

Calogero räumte einen Stuhl frei.

»Setzen Sie sich, ich mache einen Kaffee.«

Der Postbote konnte die Blätter auf dem Tisch nun aus der Nähe betrachten, die kleine Schrift, die Streichungen und Kleckse, und er verglich sie mit der Schrift der Briefe und mit seiner eigenen. Auf den ersten Blick sahen sie nicht gleich aus, aber vielleicht waren es nachlässige Abschriften, sodass die Handschriften einander doch ähneln mochten, sobald er sorgfältiger schrieb.

Er betrachtete Calogero von hinten, während der den Kaffee zubereitete. Er war krumm wie ein Olivenbaum, und er fragte sich, was ihn mit diesem Mann verband, denn zwei Schriften, die man übereinanderlegen konnte, deuteten die Übereinstimmung eines Teils der Seele an: Einsamkeit, die Trauer um eine vergangene Liebe, das Warten auf ein Wunder oder der pythagoreische Glaube an die Seelenwanderung, denn wer wusste schon, in was für einem Körper Calogeros Seele im letzten Leben eingesperrt gewesen war – vielleicht in dem eines Maulwurfs oder einer Eule.

Der Postbote blickte wieder auf den Tisch: Crisante schrieb bereits an seinem nächsten Brief, denn auf einem Blatt Papier erblickte er einen Satz, der wie ein Gedicht war: *Einen Augenblick lang drücktest du deine Wange an meine.* Er stellte sich vor, wie Teresa Sperarò in diesem Zimmer auf und ab lief, zu Salvatore ging, sich über ihn beugte, ihn umarmte und anlächelte und mit dem Kinn seine Wange berührte.

Und er dachte an seine Mutter, die ihre Wange an seine gedrückt hatte, wenn er, der kleine Junge, aß, weil sie so gern spürte, wie er kaute.

»Hier, der ist für Sie«, sagte der Kollege aus San Floro und reichte ihm den Brief.

Calogeros Gesichtsausdruck verriet, dass er die Schrift auf dem Umschlag kannte. Er las und wirkte gerührt.

»Meine Mutter«, sagte er entschuldigend.

Er legte den Brief auf den Tisch und holte die Espressokanne. Das Aroma des Kaffees machte die verpestete Luft etwas erträglicher. Der Postbote las den Anfang des Briefes: *Lieber Sohn, du bist wieder fortgegangen, aber ohne dich schaffe ich es nicht mehr, denn du bist alles, was mir noch bleibt.*

Salvatore Crisante war aus Argentinien nach Melicuccà zurückgekehrt, ein gottverlassenes Dorf in der Gegend von Reggio, wohin die Eltern nach dem schlimmen Vorfall geflüchtet waren. Der Vater war einige Jahre zuvor gestorben, seine Mutter war allein geblieben, und der einzige Mensch, der sie am Leben erhielt, ihr geliebter Sohn, war fortgegangen. Sie wusste, nach Jahren der Qual und des Grübelns musste er an den Ort zurückkehren, an dem sein Herz geblieben war und wo das Leben in ein und demselben Augenblick begonnen und geendet hatte.

Calogero, der Herzenswanderer, goss den Espresso in die Tässchen.

»Entschuldigen Sie, aber ich habe keinen Zucker im Haus, ich vertrage ihn nicht.«

Während er den schrecklich bitteren Kaffee schlürfte, suchte der Postbote den Tisch nach verräterischen Zeichen ab – ein Siegel zum Beispiel oder ein Stück Siegellack.

»Wie gefällt es Ihnen in San Floro?«

Der Fremde stürzte den Kaffee hinunter, und in der Aufregung landete ein Tropfen auf seinem Hemd.

»Gut. Es ist so ruhig, wie ich es mir vorgestellt habe. Ich mag keinen Lärm.«

Er sprach leise und genau so langsam, wie er sich bewegte.

Der Postbote dachte, dass Crisante vielleicht eine Weile krank gewesen war, und wie hätte es auch anders sein können, wenn ein rechtschaffener Mann gezwungen wird, mit Mördern und anderen Verbrechern im Gefängnis zu sitzen.

Der Fremde hielt inne und musterte unseren Postboten, als habe er ihn gerade erst entdeckt. Floro sprang in die Bresche und sagte: »Ich möchte Ihnen einen Freund von mir vorstellen, er kommt aus Girifalco.«

Der Postbote reichte ihm die Hand, aber der Fremde schlug nicht ein, sondern lächelte nur und sagte: »Angenehm.«

»Kennen Sie Girifalco?«

»Nein, kenne ich nicht.«

»Lesen Sie gern?«, fragte der Postbote und deutete mit einem Kopfnicken auf die Bücher, die auf dem Tisch lagen.

»Ich schreibe lieber.«

»Sind Sie Schriftsteller?«

»Nein, so gut bin ich nicht. Ich schreibe nur Briefe. Briefe an Freunde, die weit weg leben.«

Der Gesprächston wurde jetzt freundlicher, und die drei Männer redeten über viele verschiedene Dinge, aber nichts davon konnte die Zweifel des Postboten zerstreuen. Und als die Zusammenkunft bereits fruchtlos zu enden drohte, zauberte Floro genau im richtigen Augenblick ein weißes Kaninchen aus dem Hut.

»Ach, bevor ich es vergesse, Signor Calogero«, sagte er und schob eine Hand in die Jackentasche, »es ist auch noch eine Postanweisung gekommen.« Er zog ein farbiges Blatt Papier aus der Tasche.

Calogero machte Anstalten, danach zu greifen.

»Können Sie sich ausweisen? Verzeihen Sie, es ist nicht so, dass ich Ihnen misstraue, aber ich muss Ihre Personalien in dieses kleine Heft hier eintragen.«

»Oh ja, natürlich, verstehe.«

Er reichte ihm seinen Ausweis, und Floro schrieb die Personalien des Mannes auf, wobei er laut und deutlich mitsprach: *Lorenzo Calogero, geboren in Melicuccà bei Reggio Calabria am 28. Mai 1910, wohnhaft in Melicuccà, Via Villa Nuccia 10, Beruf: Arzt.*

»Sie sind Arzt?«

»Ja, aber beurlaubt.«

Der Postbote konnte seine Enttäuschung nicht verbergen: Er hieß tatsächlich Lorenzo Calogero. Salvatore Crisante verschwand so plötzlich wie ein Gespenst, und vielleicht war er das ja auch, eine Figur aus ferner Vergangenheit, die er wieder zum Leben erweckt hatte, um sich an seiner eigenen Fantasie zu erfreuen.

Von da an war nichts mehr von Belang, weder Calogeros Worte, noch sein Schweigen oder seine nikotinfleckigen Finger. Sie verabschiedeten sich.

Auf dem Hof spielte der Hund mit dem abgerissenen Hühnerkopf.

»Er ist es nicht, oder?«

»Nein, wohl nicht. Aber danke für die Sache mit der Geldanweisung.«

Auf der Straße zur Piazza sprachen die beiden nur

wenig, als hätten sie im Haus des Fremden ihre tägliche Dosis an Worten bereits aufgebraucht.

»Er muss ein sehr einsamer Mensch sein«, sagte Floro. »Einsam und traurig.«

In einer Gasse nahe der Bushaltestelle sah der Postbote einen alten Mann auf einem Stuhl sitzen, und er dachte an seinen Vater.

Hätte er noch gelebt, wäre er genauso alt gewesen. Auch sein Vater hätte eine schwarze Schirmmütze und eine Brille mit dunklen Gläsern getragen, um seine Augen vor dem Sonnenlicht zu schützen; auch er hätte, auf einen Kastanienstock gestützt, auf den Tod gewartet, wie es sich gehört, wenn man alle Kapitel seines Lebens abgeschlossen hat und darauf achtet, kein neues mehr aufzuschlagen.

Der Postbote hätte ihn jeden Tag besucht und sich zu ihm gesetzt, und dann hätten sie über alles geredet, was ihnen durch den Kopf ging – unter einer Bedingung: Sie hätten aufrichtig sein und über Dinge reden müssen, die sie keinem anderen gegenüber auch nur angedeutet hätten, über Träume und Wünsche, Sünden und Reue, denn verlorene Zeit lässt sich nur nachholen, wenn man sie nicht mit nutzlosem Geschwätz vergeudet. Und so hätte er den Vater kennengelernt, ihn lieb gewonnen und am Tag seines Todes sogar um ihn geweint.

Aber das Schicksal hatte dem Vater keinen unbeschwerten Tod geschenkt, und vielleicht war Unbeschwertheit ohnehin ein Wort, das er nicht kannte, denn das Herz eines Vaters, der seinen eigenen Sohn verlassen hatte, konnte nicht unbeschwert sein.

Während der Überlandbus ihn zu seinem Geheimarchiv

zurückbrachte, bestand seine einzige Gewissheit darin, dass Calogero und Crisante nicht ein und dieselbe Person waren. Calogero, dachte der Postbote, war zwar nicht Crisante, konnte aber durchaus der Verfasser der Briefe sein, und er überließ sich einer Reihe von Mutmaßungen darüber, wann, wie und wo er Teresa Sperarò kennenund lieben gelernt hatte.

Als Anna Caraffota einstieg, richtete sich seine Aufmerksamkeit wieder auf die schnurgerade Strecke bei Borgia.

Wenn sie auch gemeinsam zurückfuhren, sollte es vielleicht so sein, und er betrachtete sie aufmerksam, um den Grund dieses Zufalls herauszufinden. Er fand ihn, und zwar in dem Eimer, der auf der Hinfahrt noch leer gewesen war.

Die Caraffota hatte es endlich geschafft und den Maulwurf zur Strecke gebracht, der ihr seit einem Monat Kartoffeln und Brokkoli ruinierte. Jetzt nahm sie das tote Tier mit nach Hause, denn sie aß Maulwurf gern in Öl gebraten und mit Essig, wie ihre Großmutter ihn immer zubereitet hatte.

Das tote Tier war die Antwort auf die Grübelei des Postboten, denn während er Calogero, krumm wie ein Olivenbaum, von hinten beim Kaffeekochen beobachtet und über den pythagoreischen und platonischen Glauben nachgedacht hatte, war ihm ausgerechnet ein Maulwurf als dessen vorheriges körperliches Gefängnis in den Sinn gekommen.

Zwar wusste er nicht mehr, warum ihm gerade dieses Tier eingefallen war, aber er bezweifelte nicht im Geringsten, dass Calogero und seiner randständigen Existenz dasselbe Los bevorstand wie jenes, das die Caraffota für den Maulwurf vorgesehen hatte. Sie würde es von der Erdoberfläche tilgen, indem sie es zerteilte, kaute, herunterschluckte und schließlich erneut dem endlosen Kreislauf der Wiedergeburten zuführte.

## 21

*Über eine von Enrico Berlinguer höchstselbst
verfasste Antwort, von Jesus und dem
Wappenschild mit dem Kreuz und vom Beginn
des Wahlkampfs im Zeichen einer Fabrik*

Die Welt schien nichts anderes zu tun, als zu warten. Der Postbote kannte eine Menge unzufriedener Menschen, die jeden Tag aufstanden, durchatmeten und darauf warteten, dass etwas geschah: Angeluzza spielte Lotto in der Hoffnung, Geld zu gewinnen und ein anderes Leben führen zu können. Mariarosa wartete darauf, dass Rorò starb, damit sie ihr den Ehemann wegnehmen konnte. Und so warteten auch Feliciuzza, Maria Beddicchia, die Tante, Teresa Sperarò, Pepè Mardente, Carruba und Vicenzuzzu Rosanò.

Auch Ciccio il Rosso wartete, aber der schien alles Nötige getan zu haben, um eine Antwort zu bekommen, denn vier Tage nach der Unterredung mit dem Postboten erhielt er einen Brief aus der Via delle Botteghe Oscure 4, dem Hauptsitz der Kommunistischen Partei Italiens.

Der Postbote konnte kaum glauben, dass die in der Hauptstadt ihm geantwortet hatten, und er riss den Brief sofort auf:

*Lieber Genosse,*

*Ihr Schreiben, das zeitgleich mit dem vieler anderer Genossen hier eingetroffen ist, beweist erneut, wie korrupt das politische System im Süden unseres Landes ist.*

*Allerdings sind wir Genossen verpflichtet, uns solch unmoralischen Erpressungen und der Korruption durch Industrielle und Grundbesitzer entschlossen zu widersetzen, auch wenn das bedeutet, auf einen Arbeitsplatz zu verzichten.*

*Unsere fortschrittlichen Werte, für die sich Tausende von Genossen in aller Welt geopfert haben, müssen mit aller Kraft und Entschiedenheit durchgesetzt werden.*

*Darum besteht unsere Antwort auf Ihre Frage in einem lauten, energischen NEIN und in der Aufforderung, die Erpressungen und Übergriffe, die Ihnen angetan wurden, bei der zuständigen Behörde zur Anzeige zu bringen.*

*Man muss kämpfen, Genosse, und in trostlosen Momenten des unsterblichen Beispiels derer gedenken, die um dieser Werte willen ihr Leben geopfert haben.*

*Es lebe der KOMMUNISMUS, es lebe das VOLK.*

Der Postbote war enttäuscht. Was wussten die in Rom schon von Leone Signorello, der drei Kinder ernähren musste und den ganzen Tag die Faust in der Tasche ballte, vor Hunger und vor Wut? Was wussten sie von Ciccio il Rosso, der von seinem Handschlag mit Palmiro Togliatti träumte wie der Pfarrer Palaia von der Erscheinung der Muttergottes?

Er stellte sich vor, wie Ciccio den Brief öffnete und den nächstbesten Unglücklichen anpöbelte, der nicht imstande war, ihm die Nachricht vorzulesen. Aber letztlich würde er sich von der Absage überzeugen müssen, schlaflose Nächte verbringen und am Ende doch die Christdemokraten wählen, weil seine Enkel Hunger hatten und weil Blut eben Blut ist. Aber das Schuldgefühl würde ihm niemand nehmen können.

Und wie könnte der Postbote zulassen, dass einen alten Genossen ein so schmerzliches Schicksal ereilte, während dieser fein herausgeputzte Scheißkerl von Stadtrat mit seiner Ehefrau, die Pelz trug wie ein Kaninchen, und dem dreizehnjährigen, leicht beschränkten Sohn durch die Gegend lief, der schon im Teenageralter die ersten sieben Artikel der christdemokratischen Parteisatzung auswendig konnte? Wie sollte er in aller Ruhe die Entbehrungen mitansehen, die Ciccio auf sich nahm, während der Ingenieur Scozzafava, dieses Riesenarschloch, trotz des Skandals schon wieder die Frechheit besaß, Frauen flachzulegen und die Leute um ihr Geld zu bescheißen? Wie sollte er zulassen, dass Leone Signorello, Sohn des mürrischen, aber stets ehrlichen Ciccio, sich nach einem Stück Brot sehnte, während dieser schwachsinnige, unmoralische und noch dazu gehörnte kommunale Vermessungstechniker sich jeden Sonntag frischen Fisch vom Hafen bringen ließ?

Wie jeder Mensch mit gesundem Menschenverstand nahm auch der Postbote die Verdrehtheit der Welt nicht einfach hin, aber im Gegensatz zu anderen konnte er Schicksale verändern und dafür sorgen, dass die Dinge sich nach seinem Gutdünken entwickelten. Verschweigen nicht auch Ärzte ihren Patienten, dass ihre Krankheit tödlich ist, um ihnen noch eine unbeschwerte Zeit zu gewähren? Im Stillen rechtfertigte er sein Tun damit, dass er Schicksale nicht von Grund auf veränderte, denn unter Schicksal sind vielleicht nur der Ausgangs- und Endpunkt eines Lebens zu verstehen und nicht das, was dazwischen geschieht. Vielleicht ist das Schicksal der Tod, der uns erwartet, aber es ist nicht die Art, *wie* er sich uns nähert. Zwar hatte das Schicksal beschlossen, dass Ciccio il Rosso eines Tages sterben und in einem Sarg mit roter Fahne zu Grabe getragen werden würde, aber es hatte nicht alle Freuden und Leiden festgelegt, die das Leben bis dahin für ihn bereithielt. In dieser Hinsicht konnte der Postbote möglicherweise etwas bewirken.

Er legte den ursprünglichen Brief beiseite und schrieb einen neuen:

*Verehrter Genosse Francesco Signorello aus Girifalco,*
*nach Lektüre Ihres Schreibens bezüglich der niederträchtigen Erpressung, deren Opfer Sie geworden sind, und in Anbetracht Ihres langen Kampfes in der Partei sowie Ihrer persönlichen Begegnung mit dem Genossen Palmiro, und da die Anfrage zudem nicht Ihretwegen, sondern zugunsten Ihres Sohnes Leone gestellt wurde, gebe ich, der unterzeichnete Enrico Berlinguer, Ihnen die Erlaubnis, bei der nächsten Kommunalwahl – und nur bei dieser – für die unaussprechliche Partei zu stimmen.*
*Betrachten Sie dieses Zugeständnis als gerechten Lohn für die langen Jahre Ihres ruhmreichen Kampfes für den Kommunismus.*

Am nächsten Tag stellte er den Brief zu. Beeinflusst von Ciccios Verschwörungstheorie fühlte sich der Postbote beim Einbiegen in den Rione Fontanella beobachtet. Als er vor der Hausnummer 26 stehen blieb, blickte er zu Mariannuzza Carmelitanas Balkon hinauf und bemerkte verwundert, dass die Anzahl der Blumentöpfe sich im Vergleich zu zwei Tagen zuvor verdoppelt hatte.

Ciccio öffnete die Tür, beäugte ebenfalls den Balkon und bat den Postboten herein. Sobald er den Brief in Händen hielt, fühlte er sich jeder Verschwörung gewachsen.

»*Chìddi cornuti*, diese Scheißkerle, diesmal haben sie es nicht geschafft!«

Er ritzte den Umschlag ein wie die Rinde eines Mandarinenbäumchens, und der Postbote lächelte, denn er sah das Ergebnis seiner gewissenhaft ausgeführten Handgriffe, seiner Vorsicht und übertriebenen Sorgfalt beim Fälschen als kleines Häuflein von Papierfetzen enden. Er las ihm den Brief vor, und Ciccio war so gerührt, dass ihm Tränen in die Augen traten. Er setzte sich; diese Flut von Gefühlen war selbst für sein bärenstarkes Naturell zu viel. Er glaubte, dies sei womöglich der schönste Tag seines Lebens, allein dafür habe es sich gelohnt, so viel zu erleben und zu erleiden, für diesen einen Moment, für die Worte, die seinem Kampf ihr stolzes Siegel aufdrückten.

Auch der Postbote war glücklich, denn offenbar lohnte es sich, das Schicksal zu beschummeln.

»Geh jetzt«, sagte Ciccio il Rosso leise, und das war seine Art, sich zu bedanken.

Erleichtert trat der Postbote wieder auf die Straße hinaus. Wie hatte er nur an ein Komplott und an Marianna als Verschwörerin glauben können?

Während sich der Nebel der politischen Fantastereien lichtete, gewann der Rione Fontanella seinen alten Zauber zurück: Moos zwischen den Mauersteinen, blumengeschmückte Balkone, der murmelnde Brunnen Cannaletta.

Die Antwort der römischen Kommunisten kam gerade rechtzeitig, denn genau an jenem Tag wurde in Girifalco, dem heiteren Städtchen in der Provinz Catanzaro, offiziell die Kampagne für die Kommunalwahlen eröffnet.

Tatsächlich waren die Plakate der Christdemokraten bereits einige Zeit zuvor aufgehängt worden, und Pfarrer Don Ciccio Palaia hielt seit Januar seine ganz persönliche Bergpredigt:

*Als Jesus die Menge erblickte, stieg er mit dem Wappenschild mit dem Kreuz auf den Berg, und als er sich gesetzt hatte, näherten sich ihm seine Lieblingsjünger, Alcide und Giulio. Also ergriff er das Wort und belehrte sie:*
*Selig seid ihr, die ihr leidet, denn ihr sollt getröstet werden.*
*Selig seid ihr, die ihr hungert, denn wenn wir gewinnen, geben wir euch Brot.*
*Selig sind die Bauern, denn sie werden das Erdreich bearbeiten.*
*Selig sind die Menschen, die reinen Herzens sind, denn man wird sie die Kinder Gottes nennen.*
*Selig seid ihr, wenn die Kommunisten euch beleidigen, verfolgen und belügen, indem sie euch um meinetwegen schmähen und allerlei Übles gegen euch reden.*
*Freut euch und jubelt, denn groß wird euer Lohn im Himmel sein.*

Don Ciccio Palaia war der mächtigste Mann der Stadt, mächtiger als der Bürgermeister, Dottor Vonella und der Rechtsanwalt Nicastrisa zusammen. Ohne seine Zustimmung geschah in Girifalco nichts von Bedeutung. Sein Wort entschied Auseinandersetzungen um Grund und Boden, amouröse Intrigen, arrangierte Ehen und sogar, wie die Kommunisten hinter vorgehaltener Hand behaupteten, über Tode, denn niemand starb ohne seinen Segen.

Die beiden Kandidatenlisten wurden im Wahlbüro des

Rathauses ausgelegt. Die Kommunisten hatten als Symbol die Trompete gewählt, und darum verbreitete sich im Ort der folgende Kehrreim:

> *Geld von Reichen ist kein Stehlen,*
> *scheiß drauf und Trompete wählen.*

In jenem Jahr wollten die Kommunisten die Sache groß aufziehen und hatten den Parlamentsabgeordneten Boerio zur Eröffnungskundgebung eingeladen.

Die Dorfbewohner waren so aufgeregt wie Ameisen, die aus einem zertrampelten Ameisenhaufen flüchten, oder wie Wespen, die in eine Flasche gesperrt und geschüttelt werden. Die Arbeiter kleideten sich festlich, indem sie das schmutzige Alltagshemd verkehrt herum trugen oder ihren besten Anzug anzogen, den sie Jahre zuvor anlässlich der Hochzeit irgendeines Verwandten gekauft hatten. Weil er keinen Sommeranzug besaß, ging Natale Donofrio in seinem alten Ensemble aus violettem Drillich los, eine weiße Nelke im Knopfloch, während Fernando Giampà, der schlechter dran war und nicht mal einen Winteranzug besaß, sich seinen vom Schwager geliehen hatte. Was machte es schon, dass ihm die Hose nur bis zu den Knien reichte und er sich in die Jacke zwängen musste wie in eine Wurstpelle?

Der Postbote, der an Ruhe in den Straßen gewöhnt war, fühlte sich von dem ungewohnten Durcheinander überwältigt, und dann mischte sich auch noch das Schicksal ein, indem es den Beginn des Wahlkampfes mit dem Marktdonnerstag zusammenfallen ließ, an dem die Bauern leichte Beute für die schlauen Füchse waren, die von den Christdemokraten dafür bezahlt wurden, dass sie Unwillige dazu brachten, die richtige Partei zu wählen.

Auch der kommunale Vermessungstechniker Cacalùavu war dort, geschmückt wie ein Zigeuneresel, und hatte seine Frau untergehakt, aus deren himmelblauem Hütchen ein Stück Mottenschutzpapier hervorlugte. Sie grüßten jeden Bauernlümmel, dem sie begegneten, und die Dummköpfe zogen vor den beiden den Hut, wie man es ihnen beigebracht hatte. Dem Postboten fiel der anonyme Brief ein, den er Cacalùavu vor einiger Zeit zugestellt hatte:

*Du bist ein* cornutu, *denn Deine Frau betrügt Dich mit dem Gemeindebeamten Argirò und mit allen anderen Beamten vom Standes- und Katasteramt auch.*

Wenn das der Commendatore gewusst hätte. Dem Postboten kam die Schrift durchaus bekannt vor. Darum hatte er in seinem Archiv nachgesehen und schließlich gefunden, wonach er suchte: Giovanna Garofalo, eine alte Jungfer, wohnte in dem Haus gegenüber von Cacalùavu. Die arme Garofalo war heillos verliebt in diesen Emporkömmling, der ihr als junger Frau vielleicht mal einen flüchtigen Blick gegönnt hatte. Arme Garofalo! Ihre erfolglose Antwort auf eine Heiratsannonce bewahrte der Postbote zu Hause auf:

*Meine Wenigkeit, die alleinstehende Witwe des Michelangelo Garofalo, Signora Garofalo Giovanna, hat Ihre Anzeige gelesen, in der Sie sich als seriösen Herrn mit anständigen Absichten bezeichnen, von schöner Gestalt und seit Kurzem*

*im Ruhestand. Ich teile Ihnen auf diesem Wege mit, dass ich interessiert bin, meine Tage mit Ihnen zu verbringen, dafür biete ich eine Aussteuer vom Anfang des Jahrhunderts und vollständige Unberührtheit.*
*Nur ernste Absichten.*
*Spezialität: Baccalà mit Kartoffeln und Fenchel.*

Andere hätten diesen gastronomischen Nachtrag belächelt, der Postbote aber nicht, denn er wusste, wozu die Einsamkeit einen treiben kann, wenn es so scheint, als wäre man sein Leben lang einen unendlichen Steilhang hinaufgeklettert, nur um festzustellen, dass einen hinter der Kurve ein weiterer Anstieg erwartet. Und waren im Grunde nicht auch seine Botschaften an die Welt Annoncen für einsame Herzen?

Als er die Post in Le Croci ausgetragen hatte und zurückkam, hatten sich die Leute, die sich normalerweise auf dem Bürgersteig drängten, um den Baum vor der Bar Catalano herum versammelt wie eine Gruppe von Ameisen um einen Tropfen Honig. Das bezirzende Lockmittel war ein Plakat der Stadtverwaltung.

»*U lavoru ppe figghiuma* – Arbeit für meinen Sohn!«, brüllte Luciano Ruggieri, während er bereits, mit den Armen wedelnd wie Giordano Bruno, als dessen Fersen Feuer fingen, nach Hause lief, um sich zu seiner Frau zu gesellen. Er würde auf das Ergebnis seines Protests warten müssen, ehe seine Gattin ihn wieder in den Genuss ihrer üppigen Formen kommen ließ. *Von wegen Arbeit!*, rief Salvatore Spadea, *die verarschen euch doch!* Damit kehrte er der Menge den Rücken zu und strebte auf die Chiesa dell'Annunciata zu. *Ihr seid Dreckschweine*, rief

Raffaele Tavella erregt, *darum müssen wir hungern, weil ihr solche Dreckschweine seid!*

Der Postbote kämpfte sich durch die Menge und las:

ARBEIT FÜR ALLE!!!
DER BÜRGERMEISTER INFORMIERT DIE BEVÖLKERUNG ÜBER
DIE ERÖFFNUNG EINER FABRIK,
DIE ARBEIT FÜR ALLE GARANTIERT:
DIE BEKANNTMACHUNG ERFOLGT WÄHREND EINER
AUSSERORDENTLICHEN SITZUNG DES STADTRATS
ANBERAUMT IN CRÙAZZUS GARTEN
HEUTE ABEND UM 20.00 UHR.

Alles genau berechnet, dachte der Postbote, der den Hintergrund der Angelegenheit kannte. Eine Frage jedoch ging ihm nicht aus dem Kopf: Wie konnte der Bürgermeister die Abholzung des Monte Covello und die Eröffnung einer Mülldeponie ankündigen und glauben, dass die Bevölkerung nicht dagegen rebellieren würde? An jenem Abend würde er zum ersten Mal an einer Ratssitzung teilnehmen.

Da der Gemeindesaal im Rathaus nicht größer als ein Kaninchenkäfig war, wurde der Rat in Crùazzus Garten einberufen, dem unbefestigten Platz zwischen dem alten Haus der Faschisten und der Wohnung von Saveruzzu Saracenu, ein nach allen Seiten abgeschlossener Platz, der für derartige Versammlungen wie gemacht war, und in der Tat wurde genau hier alle sieben Jahre die heilige *Pigghiàta* inszeniert und das Leben Jesu nachgespielt.

Für diesen Anlass schmückte man die Fassaden der umliegenden Häuser mit dreifarbigen Bändern und Kokarden, wofür Saveruzzu insgeheim dankbar war, denn der Stoff versteckte die Schimmelflecken und die Stellen, an denen der Putz fehlte. Auf einmal kam ihm sein Haus so schön vor, dass er den Bürgermeister bitten wollte, ihm die Dekoration wenigstens bis zum Ende des Wahlkampfs zu lassen, schließlich würde er ihn auch wählen.

In der Mitte des Platzes standen zwei Megafone, und aus dem Kindergarten von San Rocco wurden sämtliche Stühle geholt und in Reihen aufgestellt.

Die Ratssitzung war für acht Uhr abends anberaumt, aber der behelfsmäßige Versammlungsort quoll schon eine halbe Stunde früher über wie ein Korb Weintrauben am Abend der Ernte.

Der Postbote traf um zehn vor acht ein, als die Straßen des Orts schon verlassen waren. Das erste Lebewesen, dem er begegnete, war Colajizzus Esel, der an der Mauer vor Vito Cuarvucìttus Haus festgebunden war. Der Vierbeiner hatte bereits einen übel riechenden, braunen Haufen auf der Straße hinterlassen. Vermutlich hatte der Alte ihn absichtlich angebunden, um allen mitzuteilen, dass an diesem Abend und an diesem Ort außer stinkendem Mist nichts zu holen sein würde.

Die Dorfbewohner besetzten jeden Quadratzentimeter, und einen Tag lang fühlte sich Saveruzzu Saracenu fast wie der Großgrundbesitzer Rivaschieri am Ostersonntag beim Ritus der *Cunfrunta*, der Begegnung des wiederauferstandenen Jesus mit der Muttergottes und dem Apostel Johannes. Die Balkone seines Hauses befanden sich auf der Höhe der Statuen und waren so etwas wie Theaterlogen für den Adel von Girifalco, die begehrtesten Plätze für die Zuschauer, die auf der Straße versammelt waren. An jenem Tag hatte Saveruzzu die Ehre, auf seinen bescheidenen Balkonen Anwälte, Landvermesser und Doktoren aufzunehmen; er trug seinen besten Anzug und spreizte sich stolz wie ein Pfau.

Die treue Gefolgschaft des Bürgermeisters, in vorderster Reihe Mario Scalzo, stand links vom Ehrenpodest unter der Fahne der Democrazia Cristiana. Ihre Ehefrauen und die Bauern, die sie gezwungen hatten, sich zur Unterstützung des Spektakels dort zu zeigen, trugen eine weiße Binde am linken Arm. Assunta Valeriana, Ehefrau des Tagelöhners Filomeno, hielt in beiden Händen ein großes Werbeplakat mit der Aufschrift ARBEIT FÜR ALLE, dabei konnte die Arme nicht mal lesen. Mario Scalzo hatte es bei einer kurzen, heimlichen Zusammenkunft mehrmals wiederholt: Immer, wenn er sich über die Haare strich, sollte der Bauernchor laut »Ar-beit! Ar-beit!« rufen, und Assunta hatte dazu im Takt mit der Stange des Transparents auf den Boden zu stampfen.

Fünf Minuten vor der festgesetzten Zeit hielt der Stadtrat feierlich Einzug. An der Spitze des seltsamen Aufmarsches ging Friedhofswächter Cìccu, der das Banner der Partei trug. Angeführt vom Bürgermeister, nahmen die Stadträte einer nach dem anderen in den Ledersesseln Platz, die eigens für diesen Anlass herbeigeschafft worden waren. Mario Scalzo strich sich übers Haar, und der Sprechchor erklang: »Ar-beit! Ar-beit!«

Der Bürgermeister hob eine Hand, um die Beifallsbekundungen entgegenzunehmen. Aufseiten der Kommunisten, die sich unter roten Fahnen drängten, erhob sich ein Pfeifkonzert. Cosimo Vastarasu holte die Glocke von Spugnetta, seiner Lieblingskuh, hervor, und bimmelte so laut wie Küster Giovanni am Ostermorgen, wenn er dem Städtchen die Wiederauferstehung des Herrn verkündete.

Die Gemeindepolizisten standen als Wachen hinter dem Bürgermeister. Die Ratsmitglieder lächelten einander an und blinzelten sich zu. In der ersten Reihe ihre feinen Familien, halbkreisförmig angeordnet wie Dantes Engel: die Frau des Bürgermeisters und ihr Sohn, Signora Scozzafava mit einem Hut, der ihre Hörner versteckte, Signora Cacalùavu, welche die ihr gegenüber in einer Reihe sitzenden Ratsmitglieder betrachtete und sich vorstellte, wie sie in einer außerordentlichen Ratsorgie über und unter ihr lagen.

Als die Glocke der Chiesa Matrice gellend acht Uhr schlug, erhob sich Stadtrat Picchiarasu und sprach:

*Landsleute und Bürger, Arbeitslose von Girifalco,*
*euer zahlreiches Erscheinen zu dieser Sitzung zeigt mir, dass ihr verstanden habt, was dieser denkwürdige Tag für das Leben in unserem geliebten Ort bedeutet.*
*Und da wir alle wissen, wie und warum wir hier sind, übergebe ich das Wort sofort und ohne weitere Verzögerung unserem hochverehrten Herrn Bürgermeister.*

Mario Scalzo strich sich übers Haar, und der Chor erklang. Der Bürgermeister erhob sich, und sobald wieder Ruhe eingekehrt war, begann er die denkwürdige Rede vorzulesen, die er zusammen mit dem Stadtrat in einer anstrengenden Woche voller Nachdenken, Korrekturen und Reparaturen verfasst hatte:

*Bürger, Freunde, Brüder, Landsmänner* – fiat lux.
*Bisher war dieser bedeutende Ort in den angrenzenden Gebieten und darüber hinaus nur für seine Nervenheilanstalt bekannt, denn Girifalco ist, zumindest für die Kalabresen, die Stadt der Verrückten.*
*Aber das wird sich von nun an ändern, meine lieben Mitbürger.*
*Von nun an wird der Name Girifalco aus dem Mund der Redner wie das Synonym von Geist, Reichtum und Glück klingen.*
*Wir alle wissen, dass das Krebsgeschwür, das den Körper unserer Gemeinschaft aufzehrt, die Arbeitslosigkeit ist.*
*Lange habe ich mit meinen engsten Mitarbeitern über Heilmittel und Therapien zur Bekämpfung dieses schrecklichen Übels nachgedacht, das jeden Tag einen aus unseren Familien zwingt, die Koffer zu packen und fortzugehen und damit unser antikes Land der Bruttier seiner kostbarsten Söhne beraubt.*
*Wir haben nachgefragt, uns informiert, haben an jede Tür geklopft, und endlich wurde uns geöffnet.*
*Von nun an wird keiner unserer Söhne mehr gezwungen sein, das Haus seiner Vorfahren zu verlassen, denn wir, ich betone nochmals: wir, haben etwas getan, das noch niemand zustande gebracht hat – wir haben Arbeit nach Girifalco geholt.*
*Mitbürger, Freunde, Brüder, Einwohner der Stadt, ich verkünde euch feierlich, dass auf unserem Territorium, und zwar genauer gesagt auf dem Monte Covello, zwischen den Ortschaften Chiapparusi, Roccavù und Mangraviti, sehr bald eine Wasserfabrik eröffnen und allen Arbeit geben wird. Ihr versteht, was diese Fabrik für das Wohl der Gemeinschaft bedeutet. Und darum nutzen wir die Gelegenheit und fordern unsere verehrten Mitbürger, soweit sie das noch nicht getan haben, dazu auf, ihren Grund und Boden zu veräußern, um das Vorhaben zu erleichtern.*

*Wer sich diesem Projekt widersetzt und sich weigert, auf das eigene Stück Land zu verzichten, der zeigt damit, dass ihm am Wohl seiner Stadt nichts liegt und dass er den Ruin seiner Mitbürger billigend in Kauf nimmt.*
*Wollt ihr im Tausch gegen euer Land eine Stelle in der Fabrik? Wir geben euch auch das, aber bitte behindert unsere Unternehmung nicht weiter, die vor allem dem Ort neuen Reichtum bringen wird.*
*Mitbürger, Bewohner der Stadt, in Covello entsteht eine Wasserfabrik, die Arbeit für alle bringt, und sie wird die Zierde dieser Gegend sein.*
*Um das zu bewerkstelligen, müsst ihr erneut euer Vertrauen in diesen Stadtrat bekräftigen, das ist unverzichtbar.*
*Wählt uns! Gebt uns eure Stimme!*
*Wir werden dafür Sorge tragen, dass so bald wie möglich eine weitere außerordentliche Ratssitzung einberufen wird, in der wir die Einzelheiten dieser herausragenden Unternehmung erläutern werden.*
*Wählt Democrazia Cristiana, und es gibt Arbeit für alle!*
*Bis bald, liebe Mitbürger, Brüder, Freunde und Christdemokraten.*

Auf das Ende der Rede folgte allgemeiner Applaus; die Kommunisten hingegen schwiegen betroffen.

Der Postbote konnte es nicht glauben. Dieser Betrüger hatte seine Hausaufgaben gründlich gemacht. Er wusste genau, dass die Bürger von Girifalco sich gegen die Abholzung und die Mülldeponie wehren würden, und darum veräppelte er sie alle, indem er eine Wasserfabrik erfand. Und wenn sie später, nach Beginn der Bauarbeiten, merkten, dass es tatsächlich darum ging, Wälder und Kiefernhaine abzuholzen und den Müll anderer Leute in ihrer Erde zu vergraben, würde es zu spät sein.

Cruazzus Garten leerte sich im Nu. Auf dem Dorfplatz hatten sich Zusammenkünfte begeisterter Menschen gebildet, die an so viel Glück noch nicht glauben konnten. *Schluss mit dem Fluch, der auf uns lastet,* rief Cuncettino Ricchipàndi, und alle schienen seiner Meinung zu sein.

Die um sich greifende Begeisterung führte dazu, dass der Groll des Postboten auf die gemeine Hinterlist des Bürgermeisters noch bitterer wurde, und als er den Schlüssel ins Schloss steckte, war er bereits fest entschlossen, alles zu tun, um das scheinheilige Manöver aufzudecken.

## 22

*Vom vortrefflichen Vicenzuzzu Rosanò mit dem
seltenen Geschick, von den Strohhaufen für
Sant'Antonio, von Mario Cardatura und den
Köpfen der Menschen, die an- und ausgehen
wie Glühwürmchen*

Am Tag darauf gab es in Girifalco kein anderes Thema. Die Nachricht, dass eine Fabrik eröffnet werden sollte, regte die Fantasie der Einwohner stärker an als die zensierten Plakate der Sexfilme, die Turuzzu jeden Montagnachmittag in seinem kleinen Kino auf die Leinwand projizierte.

Turuzzu de Cecè dachte an diesem Tag, dass die Bürger von Girifalco nicht nur keine verbotenen, sondern überhaupt keine Filme mehr zu sehen bekommen würden, so groß war seine Wut, denn wenn in Girifalco tatsächlich ein Wassererzeuger aufmachte, konnte er seinen Kram hinschmeißen und in den Norden emigrieren. Seit Jahren schon versuchte er genug Geld zusammenzusparen, um eine kleine Fabrik für Wasser und Erfrischungsgetränke zu eröffnen. Er hatte seine letzten Ersparnisse in eine Maschine gesteckt, die Limonade herstellte, und jede Woche holte er mit dem kleinen Traktor seines Cousins Orazio

Hunderte Liter Wasser von der Quelle Fonte della Madonnina. Und jetzt kamen die aus der Hauptstadt und gingen ihm auf den Geist. Diese scheiß Fabrik, wiederholte er jedes Mal, wenn er Kaffee, Limo oder Weißwein ausschenkte, diese miese, beschissene Fabrik.

Die Nachricht hatte dieselbe Wirkung wie ein großer Stein, der in einen Teich geworfen wird, wie ein plötzlich ausbrechendes Erdbeben oder wie der Krankenwagen, der mit heulender Sirene aus Catanzaro kommt. Der Postbote dachte, dass sich Jahre zuvor auch Crisantes Gewaltakt wie ein Stein im Wasser ausgewirkt hatte. Er sah die Bewohner der Stadt auf den Bürgersteigen, vor Roccuzzus Kiosk und auf den Stufen vor der Chiesa Matrice schwatzen, und im Geist ging er in der Zeit zurück. Salvatore Crisantes Verhaftung hatte sich gerade herumgesprochen, und alle kamen aus ihren Häusern, um sich nach dem Wie und Warum zu erkundigen und sich irgendwelche idiotischen Erklärungen zurechtzulegen: Habt ihr gehört? Gestern Nacht! Cratellos Tochter, das arme Ding, sie hat den Vater von jeder Schuld reingewaschen ... Er war es, ganz sicher, ich habe ihn gesehen, diese Augen, das Blut auf den Händen ... Bei meiner Tochter hat er es auch schon versucht ... Dieser Verbrecher, so ein braves Mädchen ... Aber ihr eigener Vater, das kann doch nicht sein ... Manches vererbt sich eben ... Ich habe immer schon gesagt, er ist seltsam, immer allein ... Und die Verlobte?

In diese Gedanken vertieft, sah er Don Venanzio Saponetta den Hang von San Marco herunterkommen, schwankend wie ein Fahnenmast im Sturm. Eine Hand an die Wand gestützt, schleppte er seinen Rausch hinter sich her. Aus irgendeinem Grund dachte der Postbote an seinen Kollegen aus San Floro, und da es der Tag von Sant'Antonio war, würde er an diesem Abend, wenn er zu den Strohhaufen ging, Wein für den nächsten Besuch bei Floro mitnehmen.

Es war ein angenehmer Abend, denn von Covello her wehte ein lauer Wind, der den Duft von Harz und taufeuchten Blättern mit sich trug. Mit einer Fünf-Liter-Korbflasche ging der Postbote zur Weinkneipe in der Via Marzìgghia. Der Wirt, Vicenzuzzu Rosanò, war ein beeindruckender Mensch, ein fleißiger Arbeiter, ungewöhnlich geschickt und berühmt in der ganzen Provinz. Im Alter von vierzehn Jahren hatte er, nur mithilfe eines Hammers und eines Stahlbohrers, einen Karabiner gebaut, der besser war als die Gewehre, die sie in Brescia herstellten, ein ballistisches Juwel, das ihm – wie Rafeluzzu Saracenu mit einer Spur Neid in der Stimme zu sagen pflegte – nur mit der Hilfe des Teufels gelungen sein konnte. Aber der Teufel hatte nichts damit zu tun, denn Vicenzuzzu lag das Talent im Blut, und er hatte es auch an seine drei Söhne weitergegeben: Pepè, der älteste, baute mechanische Krippen, die eine echte Augenweide waren; Mimmo, der vielseitigste der drei, konnte aus Holz und Eisen alles Mögliche herstellen; Silvio, der jüngste, besaß ein ausgeprägtes künstlerisches Naturell. Und wenn Vicenzuzzu nicht in seiner Werkstatt war, ging er nach Mangraviti auf das Stück Land, dass ihm sein seliger Vater Giuseppe hinterlassen hatte, und kümmerte sich um seine köstlichen Trauben.

Für Girifalco war der 13. Juni, der Tag von Sant'Antonio, ein Tag der Freudenfeuer, und die einzelnen Viertel wetteiferten darum, wer den höchsten Strohhaufen bauen würde. Der Kampf begann schon einige Wochen vorher, wenn die Dorfjungs durch die Wälder streiften, um büschelweise blühenden Ginster zu sammeln, den sie dann trocknen ließen. Wer Glück hatte wie die aus San Marco, konnte einen Traktor benutzen, und wenn der vollgeladen war, fuhren sie durch den Ort wie in einer Prozession, um die Blicke der Leute auf sich zu ziehen und ihre staunenden Kommentare zu hören. Die anderen hingegen mussten die Ginsterbündel zwar in der Hand tragen, aber das machte mehr Spaß, denn auf der Straße blieb eine Spur aus kleinen gelben Blüten zurück wie an Mariä Himmelfahrt, wenn die Madonnenstatue vorbeigetragen wurde.

Vicenzuzzus Weinkneipe befand sich etwa dreißig Meter hinter dem Feuer in der Via Marzìgghia. Um Punkt acht Uhr zündete Pepè Mardente es an. Der Postbote sah, wie er ein Stück Papier nahm, es in die Flamme hielt und genau in die Mitte des Strohhaufens warf. Niemand hätte geglaubt, dass der Mann, der dieses Ritual ausführte wie ein Priester, blind war. Der Postbote stand neben seiner Tante und genoss den Anblick des brennenden Strohs. Die Flammen schlugen so hoch, dass Mariettuzza Rosanò, Vicenzuzzus Tochter, um die Kästen und die Markise ihres Balkons zu fürchten begann.

Als das Feuer die obere Schicht aus Ginster verzehrt hatte, strebte der Postbote auf die Kneipe zu. Er war nur selten in einer Bottega anzutreffen, darum waren viele der Anwesenden überrascht, ihn zu sehen, noch dazu mit einer Fünfliterflasche in der Hand. Von allen Seiten wurde er gegrüßt und sah Leute, die er niemals dort vermutet hätte, zum Beispiel Giuseppe Carcalomu, den Philosophielehrer, der eine besondere Beziehung zum Wein hatte, wie der Postbote in seinem Brief vom 13. Mai 1966 gelesen hatte:

*Sehr geehrter Herr Verleger,*
*es schreibt Ihnen Giuseppe Carcalomu, Studienrat für Geschichte und Philosophie am humanistischen Gymnasium Francesco Fiorentino in Lamezia Terme.*
*Meinen Hochschulabschluss habe ich in Messina bei Professor Bausola mit einer Arbeit über den Begriff des Schicksals bei Leibniz erworben. Ein Ausschnitt daraus wurde in der »Rivista Leibniziana« veröffentlicht.*
*Diesem Brief liegt ein maschinengeschriebener Text darüber bei, an dem ich viele Jahre gearbeitet habe und der hoffentlich Ihr Interesse findet:*
*IN VINO VERITAS ODER: DER WEIN UND DIE PHILOSOPHIE DER VORSOKRATIKER.*
*Lassen Sie sich von dem Titel nicht täuschen: Sage und schreibe 34 der »Fragmente der Vorsokratiker« von H. Diels sind dem Wein gewidmet.*
*Ausgangspunkt der Forschungen war ein Fragment des Pittakos von Mytilene:*
*»Und Aurikarkus nahm den Kelch Wein, trank und philosophierte: Der Wein führt direkt ins Zentrum der Wahrheit des Menschen.«*
*Ich hoffe, dass Sie den Essay aufmerksam lesen und somit meine Hypothese bestätigt finden werden.*
*Um Antwort an folgende Adresse wird gebeten.*

Der Postbote grüßte und reichte Vincenzuzzu die Korbflasche. Dieser spendierte ihm ein Glas Wein und ging dann zum Fass, um die Flasche zu füllen. In der recht schmalen Kneipe hallten laute Reden wider und wirkten betäubender als der Alkohol, darum ging der Postbote wieder hinaus auf den Bürgersteig, wo ein paar Stühle standen.

Der Wein, den er nicht gewöhnt war, stieg ihm bald zu Kopf, und er nahm Platz. Er blickte zu Angeluzzas Fenster hinauf und erkannte Schatten, die um einen Tisch herum versammelt waren. Er stellte sich vor, wie die Ehefrau das Essen für die Familie auftrug, den Duft von gebratenen Paprikaschoten, die Illusion, dass die ganze Welt in einem Zimmer eingeschlossen war. Die familiäre Szene ließ ihn so melancholisch werden wie einen Werwolf der Anblick des Mondes.

»*Buonasera.*«

Mario Cardatura nahm neben ihm Platz, in der Hand eine Halbliterkaraffe Wein.

»Heute Abend ist es wirklich angenehm draußen.«

Er war ein pensionierter Maurer, arbeitete aber immer noch, denn das Geld reichte nie. Die Arbeit hatte ihn krumm gemacht, und es war ein erbarmungswürdiger Anblick, wenn er in diesem Alter noch auf ein Gerüst stieg, sich einen Sack Kalk auf die Schulter lud oder einen Stapel Ziegelsteine schleppte.

Er hatte noch seine von Staub und Zement verschmutzte Arbeitskleidung an. Er trank und wischte sich den Mund am Ärmel ab, wobei auf seinen Lippen staubige Bröckchen Putz zurückblieben.

Wie alle Handwerker im Ort fing auch Cardatura schon morgens an, Peroni zu trinken. Für seinesgleichen war Bier reiner Treibstoff, so wie der Diesel für den Traktor, aber Wein war Vergnügen, der Geschmack von Einsamkeit und Vergessen, die notwendig waren, um weitermachen zu können.

»Du lässt dich nicht oft hier blicken.«

»Ich will eine Flasche Wein verschenken.«

»Und die Tante, wie geht es der?«

»Gut, sehr gut, danke.«

»Sie ist genauso alt wie ich.«

Cardatura legte beim Reden viele Pausen ein, und obwohl er Haltung zu wahren versuchte, konnte er nicht verbergen, dass er angetrunken war.

»Hier, trink«, sagte er und reichte ihm die Karaffe.

»Danke, ich habe noch was«, antwortete der Postbote und hielt sein Glas hoch.

»Meiner Meinung nach müsste das Haus im Annunciataviertel mal renoviert werden.«

Cardatura sprang von einem Thema zum nächsten wie eine Grille unter der Glasglocke.

»Es ist eine Schande, ein Haus einfach so verfallen zu lassen.«

»Stimmt«, antwortete der Postbote, der wusste, worauf der Maurer hinauswollte, »aber die Tante will nichts machen lassen. Und was würde ihr ein neues Haus schon nützen?«

»Wenigstens die Fassade muss verputzt werden, sonst stürzt euch in ein paar Jahren alles zusammen.«

»Hoffentlich nicht«, sagte der Postbote lächelnd.

»Wenn es am Geld liegt ...«

»Nein, ich glaube nicht.«

»Also, wenn es am Geld liegt: Ich erledige das für ein paar Lire.«

»Es geht nicht ums Geld. Wie gesagt, sie hängt an dem Haus, so, wie es ist.«

»Also gut, ich rate euch jedenfalls, es renovieren zu lassen. Falls ihr es euch anders überlegt: Ich mache es fast umsonst.«

»Wenn es dazu kommt, melde ich mich, Maestro Mario, ganz sicher.«

Cardatura trank noch einen Schluck. Aus dem Lokal drang die heitere Stimme von Studienrat Carcalomu. *In vino veritas* hatte er geschrieben ... und plötzlich hatte der Postbote eine Erleuchtung, so als wäre ihm ein Glühwürmchen in den Kopf geflogen.

»Darf ich Sie etwas fragen, Maestro?«

Die Flammen des Strohhaufens schienen kleiner zu werden, und Pepè Mardente schob mit einem Kastanienstock Holzscheite übereinander, um das Feuer gleichmäßiger brennen zu lassen.

»Nur zu.«

»Aber Ihre Karaffe ist fast leer«, erwiderte der Postbote. Er stand auf, ging in die Kneipe und ließ sich noch einen halben Liter eingießen, den er dem Maurer brachte.

»Das wäre doch nicht nötig gewesen.«

»Zum Wohl«, sagte der Postbote.

»Zum Wohl«, antwortete der Handwerker.

Als Cardatura seinen Durst gestillt hatte, beruhigt von dem kostenlosen Vorrat, den er noch in der Hand hielt, forderte er ihn erneut auf, seine Frage zu stellen.

Der Postbote sah sich um, um sicher zu sein, dass niemand in der Nähe war.

»Erinnern Sie sich noch an die Geschichte von Salvatore Crisante und Genoveffa Cratello?«

Cardatura nickte.

»Salvatore Crisante ... hilf mir ein bisschen, dann fällt's mir bestimmt wieder ein ...«

Und während der Postbote noch nach den richtigen Worten suchte, um die Erinnerung heraufzubeschwören, loderte ein anderes Flämmchen auf, diesmal im Kopf des Maurers.

»Ah! Crisante, sagst du. Ja, genau, so hieß er, Salvatore Crisante. Ja richtig, dieser junge Kerl, der das Mädchen vergewaltigt hat. Moment, wie hieß sie noch gleich ...« Er versuchte seinem Gedächtnis mit einem großen Schluck Wein auf die Sprünge zu helfen.

»Cratello«, wiederholte der Postbote.

Plötzlich trat Stille ein, und wieder blickte er sich um, denn er wollte auf keinen Fall, dass ihnen jemand zuhörte.

»Woran erinnern Sie sich noch?«

»Moment. Also, ich weiß noch, dass dieser Salvatore, ja genau, ich glaube, er hütete Ziegen, und dann ... dann hat er das Mädchen genommen ...«

»Und danach?«

»Nichts. *Nènta*. Sie haben ihn ins Gefängnis gesteckt.«

»Und Teresa Sperarò, die Verlobte?«

Cardatura warf ihm einen misstrauischen Blick zu.

»Über Leute, die noch leben, sagt man nichts Schlechtes.«

»Verzeihung.«

»Was konnte das arme Mädchen schon tun? Wie hätte Teresa sich gegen ihre Familie stellen können?«

»Die Familie? Warum?«

»Weißt du nicht, dass sie verwandt waren?«

»Wer?«

»Die Cratellos und die Venturas. Rocco Cratello war mit der Schwester von Teresas Mutter verheiratet.«

»Genoveffa war also eine angeheiratete Cousine von Teresa?«

»Ja, dieser *disgraziàtu* hat die Cousine seiner Braut vergewaltigt.«

»Teresa hätte nichts tun können.«

»Der Verlobte und Teresas *famigghia* klebten aneinander wie zwei Magnete, aber Blut ist nun mal dicker als Wasser.«

»Die Cousine«, murmelte der Postbote, und es war, als hielte ihm jemand das Foto von Teresa vors Gesicht, das er in dem Album gesehen hatte. Die Tragödie wurde immer größer, schwoll an wie ein Strom nach einem Gewitter.

»So war das damals. Aber da ist noch mehr passiert.«

»Was denn noch?«

Auf einmal schien Cardatura alles wieder einzufallen.

»Na, im Dorf wurde alles Mögliche erzählt, es gab Klatsch, Hexerei, böse Blicke. Jemand hat behauptet, dass Teresa sich nur mit Salvatore verlobt hat, weil dessen Mutter sie verhext hat. Sie soll eine Stoffpuppe in den Kirschbaum gehängt haben.«

Vom vielen Reden war dem Maurer der Mund trocken geworden. Die Flammen des Strohhaufens waren erloschen. Pepè Mardente begann die Kartoffeln vorzubereiten, die in die Glut gelegt werden sollten, während einige Mutige Anlauf nahmen und über die Feuerstelle sprangen.

»Und was meinst du?«, fuhr der Postbote nach kurzem Schweigen fort. »Glaubst du, dass es wirklich Crisante war?«

»Der Esel rennt dich über den Haufen, wann er will! Heute sind wir hier, morgen nicht mehr, heute sind wir vernünftig, morgen reden wir dummes Zeug. Crisante hat an jenem Tag wohl einfach den Verstand verloren. Siehst du die Glühwürmchen da? Die sind wie unser Kopf: Mal gehen sie an, dann gehen sie wieder aus. Man muss Glück haben, um nicht irgendwo anzustoßen, wenn es gerade dunkel ist. Crisante und die Kleine hatten kein Glück.«

Cardatura hatte seinen Wein ausgetrunken.

»Du gestattest«, sagte er und torkelte in die Kneipe zurück.

Der Postbote wartete einige Minuten. Während er auf das Feuer starrte, sah er aus dem Augenwinkel, wie sich eine Frau aus der Gruppe löste, und als sie näher kam, erkannte er Maria Beddicchia. Sie hielt die Strickjacke vor der Brust zusammen und machte sich auf den Heimweg. Als er sie grüßte, erkannte sie ihn nicht sofort, doch dann hielt sie inne, offenbar erstaunt, ihn an diesem Ort zu sehen.

»Verzeihung, ich hatte Sie nicht erkannt«, sagte sie.

Seit ihrer letzten Begegnung im Haus seiner Tante hatten sie nicht mehr miteinander gesprochen. Er sah sie manchmal am Fenster hinter der Gardine stehen, gab aber immer vor, sie nicht zu bemerken. Jetzt stand sie vor ihm, mit gesenktem Kopf wie jemand, der auf etwas wartet, worum er nicht zu bitten wagt.

»Geht es Ihnen gut?«

Maria hob den Blick, in dem der Widerschein der Flammen zu sehen war.

»Es könnte besser sein.«

In Vincenzuzzus Weinkneipe fluchte jemand. Maria blickte auf den Boden, und der Postbote hatte das Gefühl, sich rechtfertigen zu müssen.

»Ich will jemandem Wein schenken, und der Abend ist so schön.«

Maria sah ihn wieder an.

»Ja, ich finde es auch schön, irgendwie liegt so etwas wie Hoffnung in der Luft.«

Ihr Gesicht, dessen eine Hälfte vom Feuerschein erhellt wurde, wirkte jetzt noch schöner.

Maria fiel ein, dass es ungehörig war, sich bei einer Zusammenkunft von Säufern sehen zu lassen.

»Also, dann gute Nacht«, sagte sie, ehe sie sich widerstrebend auf den Heimweg machte.

Gute Nacht, *Maria mia*, dachte er, nicht ohne eine Spur Wehmut. Er blickte Maria nicht nach, sondern stand auf und betrat das Lokal.

Mario Cardatura stand in einer Ecke; er hatte sich einen weiteren halben Liter einschenken lassen. Der Postbote stellte sein Glas ab, nahm die Korbflasche und ging hinaus.

In der Nähe des Lagerfeuers gab Pepè Mardente Anweisungen, wie die Kartoffeln aus der Glut geholt werden sollten. Der Postbote grüßte ihn im Vorbeigehen.

»Wo willst du denn hin, *postìari*? Bleib doch und iss eine heiße Kartoffel mit uns.«

Er hatte keine Lust, allein zu Hause zu sitzen, darum nahm er die Einladung an. Er stellte die Korbflasche vor die Stufen zu Teresina Rosanòs Haus und nahm zwischen den Männern Platz, die sich um die Glut herum versammelt hatten.

Eine halbe Stunde später kam torkelnd Mario Cardatura auf sie zu. Der Postbote wunderte sich, dass er ihn in diesem Zustand noch erkennen konnte, aber als er nahe genug herangekommen war, musterte Cardatura ihn lange und nannte dann laut einen Namen: »Maestro Paolo Farrise.«

Mehrere Männer drehten sich um.

»Reden Sie mit mir?«, fragte der Postbote.

»Frag *ihn*«, sagte Cardatura, ehe er in der Dunkelheit verschwand.

Der Postbote blieb bis zum Schluss und half die Glut mit Wasser zu löschen.

Als er nach Hause gehen wollte, sah er auf Gioconduzzas Fensterbank ein Einweckglas voller Glühwürmchen, das irgendein Junge dort vergessen hatte. Er nahm es, ging zum Abhang in Musconì und ließ die Insekten frei, denn diese Art, sich eine Lampe zu basteln, hatte er noch nie gemocht.

Die Hecke wurde so hell, als sei ein Stück vom Sternenhimmel auf die Erde gefallen. Glühwürmchen leuchteten auf und erloschen wieder wie Sterne, die geboren werden und sterben, wie Menschen, die den Verstand verlieren und wieder zur Vernunft kommen.

In dem Augenblick, in dem sich die Straße und der Geist verdunkeln, kann jeder ins Straucheln kommen.

Genau das ist das Schicksal: eine zufällige Abfolge von Licht und Schatten.

## 23

*Von einem Steinchen im Schuh, von Salvatore
Crisantes achtem Brief, von den immer gleichen
Worten der Liebe und von Sandra*

Viele große Persönlichkeiten der Geschichte hatte Girifalco gesehen, vom Komponisten Leonardo Vinci bis zu Christoph Kolumbus, von Karl dem Großen bis zu Franz von Assisi, aber Philosophen ... offen gesagt, war kein einziger Philosoph darunter gewesen, *manco nu càzzu*. Kartoffeln und grüne Bohnen gab es im Überfluss, in der warmen Jahreszeit sogar Zucchini und Auberginen, aber Denker kamen so selten vor wie Feigenkakteen. Um die zu kosten, musste man auf Fiannuzzas Karren aus San Floro warten.

Warum nur, fragte sich der Postbote, als ihm wieder einfiel, was er am Tag zuvor in einem Buch über die Philosophen Kalabriens gelesen hatte, warum nur hatte eine Anhäufung von Bruchbuden wie Stilo einen Giandomenico Tommaso Campanella hervorbringen können, dazu ausersehen, drei große Übel zu bezwingen? Wie hatte Galluppi Pasquale, dem Sohn des Don Vincenzo, zwischen den paar Baracken von Tropea der kritische

Empirismus Locke'scher Prägung des *Saggio filosofico sulla critica della conoscenza umana* einfallen können? Und warum konnte sich sogar das kleine benachbarte Squillace eines Namens vom Rang des Flavius Magnus Aurelius Cassiodorus und seiner *Einführung in die geistlichen und weltlichen Wissenschaften* rühmen, während der größte Denker, auf den Girifalco, das mehr Einwohner als Stilo hatte, größer als Tropea und reicher als Squillace war, stolz verweisen konnte, Micu Marascazu war, Autor des unsterblichen Gedichtbandes *Lu tempu vola?*

Vielleicht – und nur vielleicht – hatte Archippos von Tarent, Schüler des Pythagoras, recht, der in dem verschollenen Traktat *De ittica philosophia* behauptet hatte, dass das Genie in den Meister mit den wirkmächtigen Nährstoffen eines geheimnisvollen Fisches eindrang, der ausschließlich an den Ufern Kalabriens lebte und den die Alten *ittiluco* nannten, weil er nachts im Wasser zu leuchten begann wie ein Glühwürmchen.

Und darum war der Ort Girifalco nicht geeignet, philosphische Gehirne hervorzubringen, denn anstatt *ittiluci* gab es dort höchstens Sardellen und Sardinen und die Seebarben, die Peppa Treqquarti für seinen Fischstand an der Kreuzung zwischen San Marco und Castagnaredda vom Hafen holte. Tatsächlich war es die gewaltige Stimme des Fischverkäufers gewesen, die den Postboten verleitet hatte, um eine Handvoll frische junge Sardinen zu bitten, und die ihm diese nutzlosen, verdrehten Gedanken in den Kopf gesetzt hatte.

Neunhundertsiebenundvierzig Meter nach dem Fischstand schlüpfte ihm ein Steinchen in den Schuh, ein kleines Ärgernis, das sich leicht hätte beheben lassen: stehen bleiben, den Schuh ausziehen und die natürliche Ordnung der Welt wiederherstellen, indem man das Steinchen auf die Straße warf.

Aber an jenem Morgen hatte der Postbote keine Lust, sich darum zu kümmern, und beschloss, auf Zenon von Kition, den Begründer der Stoa, zu hören und das Steinchen einfach zu ertragen. Anstatt nur leicht aufzutreten, um den Kontakt zu vermeiden, verlagerte er nun sein ganzes Gewicht auf den betroffenen Fuß. Die unmittelbare Intensität des Schmerzes nahm zu, aber gleichzeitig grub das Steinchen eine Art kleiner Bucht in seine weiche Fußsohle, sodass der Schmerz innerhalb kurzer Zeit erträglich wurde und das Steinchen sich wie eine kleine Unebenheit in der Schuhsohle anfühlte.

Der Postbote dachte, es sei besser, sich dem Schmerz zu stellen, ihn zu einem Teil unseres Körpers und unserer Seele zu machen, ihn zu umkreisen, zu umarmen und an sich zu drücken, kurz: das Leben um den Schmerz herum aufzubauen, denn nur dadurch ließ sich seine zerstörerische Wirkung mildern.

Er dachte an die seltsame Kurve, die das Steinchen beschreiben musste, um in den Schuh zu gelangen und sich unter den Fuß zu schieben, und an die Tatsache, dass ihm dasselbe schon am Tag zuvor an derselben Stelle passiert war. Ein Irrtum war ausgeschlossen: Zum zweiten Mal schlüpfte ihm ungefähr neunhundertsiebenundvierzig Meter hinter der Kreuzung zwischen San Marco und Castagnaredda, gegenüber dem Haus von Angelo Meramò, ein Steinchen in den Schuh.

Warum ausgerechnet dort? Gab es in dieser Gegend

vielleicht eine von einem Erdbeben aufgeworfene Scholle, die den Steinchen bei ihrer Aufwärtsbewegung half? Immer, wenn er sich mit derart unwahrscheinlichen Wiederholungen konfrontiert sah, suchte er nach einer Begründung, denn er hatte stets das Bedürfnis, sich die Ereignisse zu erklären, nach einer Regel zu suchen, etwas auf ein Gesetz zurückzuführen und es zu rechtfertigen, unbedingt. Geschah etwas ohne exakte Bedeutung, dann war es, als wäre es überhaupt nicht passiert.

Wollte der Stein ihn an die Tragödie von Angela erinnern, der Tochter von Angelo Meramò, die am 16. April 1967 mit acht Jahren gestorben war? Sie spielte auf der Straße, als sie sich plötzlich krümmte und sagte, ihr tue der Bauch weh. Dann sah sie den Vater an, der die Hände vor den Mund geschlagen hatte, und fiel auf den Boden. Angelo drückte die Kleine an sein Herz, aber sie war schon tot. Am Tag des Begräbnisses, als Don Ciccio Palaia vor dem kleinen Sarg stand und die Güte Gottes pries, hielt Angelo es nicht mehr aus. Er stand auf, stieß den Priester auf den Kirchplatz hinaus, warf Kerzenleuchter und Pult hinterher und ergriff die Flucht, während sein schrecklicher Schrei noch durch die Kirchenschiffe hallte. Dies war das Schlusswort der irdischen Geschichte Angelo Meramòs und seines Lebens in der Dorfgemeinschaft. Wäre er ein Seemann gewesen, wäre er für den Rest seines Lebens im Laderaum eines Frachtschiffs über die Weltmeere gefahren. Angelo aber war Bauer, und darum blieb ihm nichts anderes übrig, als jeden Tag auf dem Feld zu arbeiten und in einer Hütte zu schlafen, weit weg von den Menschen. Im Übrigen machte es nichts, dass er kein Matrose war, denn nichts auf dieser Welt ähnelt den

Wellen des Ozeans so sehr wie Ähren, die bei Wind in einem Kornfeld auffliegen.

Das Steinchen war vielleicht in seinem Schuh gelandet, um dem Postboten die Unwägbarkeit des Lebens und die stets lauernden Tragödien ins Gedächtnis zu rufen. Oder vielleicht auch nicht, denn ihm fiel ein, dass genau an diesem Punkt der Schauspieler, der Christus auf dem Kreuzweg spielte, zum zweiten Mal hingefallen war. Ob ihm das Steinchen vielleicht sagen wollte, dass auch sein Leben ein Leidensweg war?

Der Postbote hatte das Bedürfnis, sich jedes Ereignis zu erklären, nach den Regeln des Lebens zu suchen, das Gesetz zu verstehen, das alles bestimmt, auch die Vogelschwärme, die sich auf ihrem gemeinsamen Flug bisweilen zu perfekten geometrischen Mustern anordneten, die sicherlich etwas zu bedeuten hatten.

Bei jedem Phänomen von Chaos, Unordnung, Verwirrung, das er beobachtet hatte, gab es einen winzig kleinen Moment, in dem sich wieder eine Ordnung zu bilden schien, eine Form, ein Gesetz: die Ziegenherde, die changierenden Wolkenmassen, die Wassertropfen aus der zum Trocknen aufgehängten Wäsche. Und dann waren da all die Zufälle dieser Welt, die, so unwahrscheinlich sie auch waren, ebenfalls auf dieses Gesetz zu verweisen schienen.

Er ging nach Hause, und während er Nummer 456 aufschrieb, dachte er, dass es sich um einen besonderen Zufall handelte, denn endlich hatte der Däumling, fernab von jeder Metapher, ein leibhaftiges Steinchen auf seinem eigenen Weg gefunden:

*Nummer 456:*
*Zufall des kleinen Steins, der an zwei aufeinanderfolgenden Tagen vor Angelo Meramòs Haus in meinem Schuh landet.*

Der Postbote schrieb an den Heftrand, dass ein Zufall nur wahrnehmbar ist, wenn man auf ihn achtet, und vor allem muss die Person vorbereitet sein, denn sonst bekommt sie nichts davon mit. Ein Mann, der eilig auf sein Ziel zusteuert, wird einen Zufall kaum bemerken. Aber ein anderer, der dieselbe Straße ohne Ziel entlanggeht und sich auf der Suche nach Vorzeichen umschaut, wird nicht nur den Zufall wahrnehmen, sondern dieser bekommt plötzlich eine Bedeutung, denn jeder Zufall trägt naturgemäß eine tiefere Bedeutung in sich. Und sollte sich letztlich herausstellen, dass es diese Bedeutung doch nicht gab, so haftete dem Zufall in den Augen des Postboten dennoch eine eigene natürliche Schönheit an: Er war schön aus dem schlichten Grund, dass es ihn überhaupt gab.

Er wusste nicht, warum er mit dem Zufall die Vorstellung von Schönheit verband, aber für ihn war er genauso schön wie Carmela, die sich in den Hüften wiegte, oder wie die Augen seiner Mutter in seiner Kindheit. Sie hatten ihm eine leise Ahnung davon vermittelt, was Glück sein konnte, und letztlich war dies die Bedeutung von Schönheit: eine Bresche, in die Licht fiel, eine Kostprobe von dem, was sein würde, an einem unbekannten Ort und zu unbekannter Zeit, die Vollkommenheit des Lebens, das heißt, die Übereinstimmung dessen, was man will, mit dem, was man hat.

Schön war alles, was auf eine andere Existenz verwies,

ein ideales Leben, der Stachel, der dem weißen Laken vor den Schatten einen Riss beibrachte.

Risse, Laken und Schatten waren an einem Abend einige Jahre zuvor in seine philosophische Vorstellungswelt eingedrungen, als er im Theater Euripides' *Medea* gesehen hatte. Allein wegen des Bühnenbilds war das Stück ihm im Gedächtnis geblieben, denn der Chor spielte hinter einem großen weißen Laken, auf das Scheinwerfer, die hinter den Schauspielern angebracht waren, deren schwarze Umrisse projizierten. Die Zuschauer sahen sprechende Schatten:

*Über vieles waltet Zeus im Olymp,*
*vieles vollenden wider Erwarten die Götter.*
*Und was man gehofft, das erfüllte sich nicht,*
*jedoch für das niemals Erhoffte fand der Gott einen Weg.*

Dem Postboten, der auf der Suche nach passenden Darstellungen für seine Weltsicht war, gefiel das Bild, denn es vermittelte die Idee eines *anderen* Lebens. Die Welt, die wir kennen, entspricht den Schattenrissen auf dem Laken, und die Anzeichen von Schönheit den kleinen Rissen im Gewebe, die die wahre Bedeutung des Lebens erahnen lassen.

Als er Hunger bekam, wärmte er die Kartoffeln und grünen Bohnen vom Vortag auf und aß in aller Eile, weil er noch einen besonderen Brief öffnen musste. In der Hektik verschüttete er etwas Wasser. Er beobachtete, wie sich der Fleck auf dem Tischtuch ausbreitete und vom Stoff aufgesogen wurde. Der Gedanke vom Morgen kehrte zurück: Bei jedem Phänomen von Chaos und Unordnung gibt es einen Moment, in dem sich eine Ordnung, eine Form, ein Gesetz herauszubilden scheint: die Ziegenherde, die Verwandlung der Wolken, die Wasserflecke auf der Tischdecke. Er stand auf und nahm den Brief:

*Teresa mia,*
*wenn wir uns von einem lieben Menschen verabschieden, glauben wir nie, dass es das letzte Mal gewesen sein könnte, dass wir ihn nie wiedersehen werden und ihm nicht mehr sagen können, was wir uns bislang nicht auszusprechen getraut haben.*
*Erinnerst Du Dich, wie wir uns das letzte Mal gesehen haben? Wenn ich es nur gewusst hätte, wenn ich nur den Instinkt einiger Tiere gehabt hätte, die ihren bevorstehenden Tod spüren, dann hätte ich Dich nicht weggeschickt, sondern wäre bis zum letzten Augenblick, der mir vergönnt war, bei Dir geblieben. Ich hätte Dich an meine Brust gedrückt und Dir meine Liebe gestanden, wie ich es nie zuvor getan hatte.*
*Vielleicht hätte ich Dich gebeten, mit mir wegzugehen, und ich bereue, dass ich es nicht getan habe an jenem Tag, Du weißt schon, an welchem.*
*Es war unter unserem Baum. Du hattest eine weiße Bluse an und in der Hand die Blüte, die Du von der Bougainvillea an Pitocias Laube gepflückt hattest.*
*Ich habe Dir nie erzählt, dass ich oft vor Dir an unserem Treffpunkt angekommen bin und mich versteckt habe, um zu sehen, was Du während der Wartezeit tust, wie beim letzten Mal, als Du dort gesessen hast, mit dem Rücken am Baum. Ich weiß nicht, warum Du die Hand nach hinten ausgestreckt hast, als wolltest Du nach mir greifen. Ich konnte nicht widerstehen, ich kam näher, nahm Deine Hand, und weil Du mich nicht hast kommen hören, sagtest Du, dass sich Menschen nur im Traum so leise nähern können.*

*Zur Begrüßung drücktest Du einen Augenblick lang Deine Wange an meine, Du hast mich geküsst und gelacht.*
*Und ein Lächeln, das so schön ist wie Deines – das gibt es nicht mal im Traum.*

Nein, dachte der Postbote, er hatte damals gewusst, dass er Rosa zum letzten Mal sah, und er war sich nicht sicher, ob der Abschied dadurch weniger schrecklich geworden war. Nur einer Person hatte er nicht Lebewohl sagen können, und dieser versäumte Abschied von der Mutter lag ihm noch immer auf der Seele wie ein Gewicht, das ihm niemand nehmen konnte.

Als er den Satz las: *Zur Begrüßung drücktest Du einen Augenblick lang Deine Wange an meine,* glaubte er zu erschauern. Er erinnerte sich an den Moment und den Ort, wo er ihr zum ersten Mal begegnet war, wie er vor ihr gestanden hatte, wo er gesessen hatte, die Zigarettenkippen auf dem Pflaster, die nervöse Handschrift. War also Calogero ... *ist* er Crisante, die Worte aus seiner Feder, die ich in seinem Zimmer gelesen haben – hier sind sie, in schöner Schrift verfasst: dasselbe Thema, dieselben Worte, dieselbe zarte Liebe.

Einen Augenblick lang war er verwirrt, und er gab sich Mühe, kühlen Kopf zu bewahren, um seine Vermutungen eingehend zu prüfen. Die erste bestand darin, dass Calogero diesen Brief geschrieben hatte, und dass folglich Calogero Salvatore Crisante war, trotz der Ausweispapiere, die das Gegenteil bezeugten. Die zweite Vermutung bestand darin, dass Salvatore Crisante nichts mit den Briefen zu tun hatte und Lorenzo Calogero selbst Teresas Geliebter war, was sehr unwahrscheinlich war angesichts des versiegelten Briefes und der genauen Angaben, die eine gründliche Kenntnis der Gegend voraussetzten. Die letzte Hypothese lautete, dass Calogero einerseits der Verfasser des Schriftstücks in seinem Zimmer war, andererseits aber beide denselben Satz geschrieben hatten, und je länger er darüber nachdachte, desto besser gefiel ihm diese Idee. Es handelte sich um einen wunderbaren Zufall: Zwei Männer, die denselben Satz in kurzem zeitlichem Abstand verwenden.

Das kam gar nicht so selten vor. In Liebesbriefen werden immer dieselben Vokabeln benutzt, und diese Briefe haben die Macht, sie immer wieder neu klingen zu lassen. Zwei Verliebte benutzen dieselben Worte in derselben Reihenfolge, indem sie eine ganz gewöhnliche Geste beschreiben, eine Handlung, die zu jeder Liebe gehört: eine Liebkosung. Wie oft ist in den Millionen von Liebesbriefen, die in der Geschichte der Menschheit geschrieben wurden, eine Zärtlichkeit auf ein und dieselbe Weise dargestellt worden? Wie viele von den Liebesbriefen, die er in seinem Archiv aufbewahrte, schienen von ein und derselben Hand zu stammen?

*Nummer 457:*
*Übereinstimmung des Satzes: »Zur Begrüßung drücktest du einen Augenblick lang deine Wange an meine« zwischen Calogeros Schriftstück und dem versiegelten Brief.*

Der Postbote dachte, dass Zufälle etwas mit Wahrscheinlichkeitsrechnung zu tun haben, dass ihr Zauber darauf beruht, wie selten zwei gleichartige Ereignisse miteinander in Verbindung stehen.

Vom mathematisch-naturwissenschaftlichen Standpunkt aus betrachtet ist es weniger wahrscheinlich, dass ein bereits eingetretenes Ereignis noch einmal vorkommt. Wenn Mario Ritrunga beim Scopa-d'assi-Spielen in der Sportbar mit der ersten Hand zwei Asse bekam, war es sehr wahrscheinlich, dass sich das in den folgenden Partien nicht wiederholte.

Von einem anderen Standpunkt aus jedoch, der dem Wesen des Postboten eher entsprach, ist das Eintreten eines Ereignisses gerade deshalb wahrscheinlicher, weil es bereits vorgekommen ist, da die Faktoren, die die erste Erscheinung hervorgebracht haben, sich als wirksam erwiesen haben, wie wenn sie eine Bresche geschlagen hätten, die nun müheloser zu befahren ist als zuvor. Der durch den Regen angeschwollene Strom, dachte der Postbote, tritt immer an derselben Stelle über das Ufer.

So viele Gedanken an einem einzigen Tag! Er war erschöpft und hatte das Bedürfnis, sich aufs Bett zu legen und die Augen zu schließen. Vielleicht konnte ein Traum ihn von der Schwere in seinem Kopf befreien.

Als er aufwachte, sah er vor seinem geistigen Auge, wie Crisante und Teresa endgültig auseinandergingen. Nach so vielen Jahren war der Mann zurückgekehrt, und sie hatten einige Tage miteinander verbracht, aber nun sagte er ihr, dass er erneut fortgehen musste, und diesmal würde es für immer sein. Sie lehnte sich dagegen auf, sprach von ihrer Liebe, die so viele Jahre gehalten hatte, von der Treue, die die schwierigsten Prüfungen unversehrt überstanden hatte; sie fragte ihn nach dem Grund seines Aufbruchs, aber er senkte nur den Kopf, drehte sich um und schloss die Tür hinter sich.

Der Postbote dachte, dass es da einen Baum gab, den er

suchen musste, und der einzige Anhaltspunkt, von dem er ausgehen konnte, war die von Bougainvilleen bewachsene Laube vor Pitocias Haus. Filomena war die Einzige mit dem Spitznamen Pitocia, die er kannte, sie wohnte an der abschüssigen Straße beim Carlo-Pacino-Brunnen. Er ging los und sah nach, aber dort stand weder ein Baum, noch gab es einen Ort, an dem Crisante sich hätte verstecken können.

Abends stattete er seiner Tante einen Besuch ab und fragte sie, ob sie noch eine andere Pitocia kannte, aber sie verneinte. Er ging wieder nach Hause, denn er empfand ein fast körperliches Bedürfnis nach gekochten und gewürzten Bohnen mit Öl. Er wärmte die Bohnen auf, fügte ein paar Tropfen Olivenöl hinzu und aß sie mit frischen Schalottenschnitzen. Und beim Essen fiel ihm ein anderer Teller mit aufgewärmten Bohnen ein.

Er stellte das Geschirr in die Spüle und holte Feliciuzzas Brief an Cecco hervor. Er hatte ihn noch nicht abgeschickt, denn er war sicher, dass er seinen Empfänger nie erreichen würde. Andererseits: Wie konnte er am Schicksals zweifeln? Warum sollte er eine Kette von Briefen unterbrechen, die er selbst begonnen hatte? Er nahm einen Umschlag und schrieb auf die rechte Seite: *An Cecco Vaiti, Postamt 4, Petrosani, Rumänien*, und auf die linke: *Abs.: Feliciuzza Combarise, Via delle Acacie 14, Girifalco, ITALIEN*. Am nächsten Tag würde er den Brief abschicken.

Er war müde. Es gab diese besonderen Tage, an denen der Zufall wütete und die Botschaften an die Welt dringlich wurden. Wegen der Ereignisse, die eingetreten waren, die er erdacht und aufgezeichnet hatte, war dieser Tag besonders aufwühlend gewesen. Er ging zu Bett. Als er den linken Schuh ausziehen wollte, erinnerte er sich an das Steinchen, und mit der Erinnerung kehrte auch der Ärger zurück. Er zog den Schuh aus, drehte ihn um, aber nichts fiel heraus. Er zog auch die Socke aus und berührte seinen Fuß. Da war eine kleine Druckstelle, wie ein Abdruck des Steins. Er tastete mit einer Hand im Schuh herum, blickte auf den Fußboden, konnte aber nichts entdecken. Er bedauerte das, denn das Steinchen hätte er gern aufbewahrt. Als einziges der vielen, die der Däumling längs des Wegs verteilt hatte, war es wiedergefunden worden.

Der Postbote ging zu Bett, und in der Dunkelheit und den lebhaften Fantasien, die dem Schlaf vorausgehen, erinnerte er sich an Pepè Mardente. Es war eine merkwürdige Assoziation, vielleicht lag es daran, dass Pepè nur noch Dunkelheit sehen konnte. Vermutlich hätte Pepè das Schicksal nicht um Frauen gebeten – er hatte jede Menge gehabt –, sondern einfach um sein Sehvermögen. Ein Mal noch hätte er die Welt betrachten wollen, wenn auch nur für einen Tag. Ihm wäre bewusst geworden, wie sehr sich die Stadt verändert hatte, wie alt die Menschen inzwischen waren und dass er selbst in diesen dunklen Jahren schöner als Marcello Mastroianni geworden war.

In der Dunkelheit, die das Zimmer ausfüllte, in der nächtlichen Stille einer Welt, die ihm auf einmal klein vorkam, dachte der Postbote, dass Teresa Sperarò, so schön und geheimnisvoll wie Claudia Cardinale in dem Film *Sandra,* als einzige Frau in Girifalco attraktiv genug war, um den Vergleich mit Pepè Mardente nicht scheuen zu müssen. Und hätte es all die hässlichen Geschichten nicht gegeben, würden die beiden jetzt vielleicht im selben Bett schlafen, Marcello und Claudia, neben Kindern, die die schönsten der Welt gewesen wären. Diese beiden vom Schicksal geküssten Wesen, die schlafend den Atem tauschten, waren das Letzte, was der Postbote sah, bevor er sich im wundervollen Reich des Schlafes verlor, in dem so viele Dinge wie zufällig zur gleichen Zeit geschahen.

## 24

*Von einem blauen Vogel, der Glück bringt oder
auch nicht, von einem Dachziegel als Henker,
von der keuschen Kirchendienerin und von
einem Höschen aus einem erträumten Leben*

Ein seltsamer Traum von einem blauen Vogel, der ihm auf der Straße folgte, und er hätte nicht zu sagen gewusst, ob das Tier ihm Glück oder Pech bringen würde.

Langsam erwachte der Postbote. Er setzte sich im Bett auf, denn ihm war ein wenig schwindelig. Er musste unbedingt richtig wach werden. Die Dusche und der Kaffee trugen ihren Teil dazu bei, trotzdem war er immer noch wie betäubt. Er ging zum Sessel, um seine Kleidung zu holen, und als er sich die Hose anzog, bemerkte er, dass die kleine Lupe, die er immer bei sich trug, nicht mehr in der Tasche war.

Er hatte sie als kleiner Junge in einem Schuhkarton gefunden, der unter einer Kommode versteckt gewesen war. Für das Kind war sie ein komisches Stück Glas gewesen, das auf einer Seite alle Dinge größer machte, sie auf der anderen jedoch verkleinerte, magisch wie alle Gegenstände, die eine Eigenschaft und deren genaues Gegenteil in sich tragen. Die äußersten Enden einer Sache, einer Tatsache, einer Vorstellung zu besitzen und zu kennen, das ist, als besäße und kenne man sie voll und ganz, und die Lupe, die das Nächste und das Entfernteste in sich vereint, beherrscht den gesamten Raum.

Angesichts einer Welt, die Größen, Beziehungen und Hierarchien festlegen wollte, beharrte das Kind darauf, seine eigenen Vorstellungen durchzusetzen. Wenn ihm etwas nicht gefiel oder ihm Angst machte, stellte es sich vor, es hielte sich die Lupe vors Auge und rückte den Gegenstand in die Ferne: den schwarzen Mann, der vom Gemüsegarten her kam, die Hand unterm Bett, die Billardkugel, die ihn zerschmettern wollte, die nächtlichen Tränen seiner Mutter. Wenn ihm hingegen etwas Schönes widerfuhr, holte er es näher heran, indem er die imaginäre Lupe umdrehte. Er wurde größer, aber seine Gewohnheit, die Lupe bei sich zu tragen, behielt er bei: aus Nostalgie, um unleserliche Schriften besser entziffern zu können, aber auch, um nicht zu vergessen, dass man die Welt immer auch anders betrachten kann.

Und die Welt, das war für den Postboten sein Dorf, dessen Geschichten und die Menschen, die dort lebten. Er verfolgte die alltäglichen Vorkommnisse, als kündigten sie Fortunas Niederlage an, das Schicksal, das Schlachtfeld der Gelegenheitsfurien, die Geschicke des Kosmos. Und darum war er an dem Morgen, von dem wir nun erzählen werden, überzeugt, den Zufall als göttlichen Willen zu erkennen.

Der Kirchendienerin fiel ein Ziegel der Chiesa Matrice auf den Kopf. Der Postbote beobachtete die Szene, und während die Dorfbewohner dem unglücklichen Opfer bereits zu Hilfe eilten, vergegenwärtigte er sich den Vorfall noch einmal. Wie viele Ziegel gab es auf den Dächern des Städtchens? Wie oft hatte in den vergangenen fünfzig Jahren ein so starker Wind geweht? An wie vielen anderen Orten hätte sich Donna Mariana in diesem Augenblick aufhalten können? Die Gesamtheit der Variablen ergab eine äußerst geringe Wahrscheinlichkeit für dieses Ereignis, und das bedeutete, dass der Dachziegel der Kirchendienerin Donna Mariana auf den Kopf fallen *wollte*. Aber warum?

Im Geist ging der Postbote noch einmal die Tatsachen durch: Er war in demselben Moment aus Acetos Tabakladen gekommen, in dem Roccuzzu im Kiosk nebenan die letzten Exemplare des *Domenica del Corriere* neu ordnete, genau in dem Augenblick, in dem Colajizzu sich nach dem hundertsten Streit mit seiner Frau auf die Bank setzte, genau zu dem Zeitpunkt, als die Kirchendienerin Donna Mariana vorbeiging, schwarz gekleidet wie eine Witwe, mit einem weißen Rosenkranz, den sie auf ihrem vor Einsamkeit geschwollenen Busen zur Schau stellte. Wie bei allen Kirchendienerinnen wirkte ihr Gang, als trüge sie ein unsichtbares Kreuz auf den Schultern, und sie trug tatsächlich eines. Es hieß Altjungfernschaft.

Donna Mariana war ungefähr fünfzig Jahre alt, und da sie sich nie ihren Anteil an fleischlichem Genuss genommen hatte, würde früher oder später der Zeitpunkt kommen, an dem sie entweder diesen Anteil ausschöpfen oder die Begierde sie erschöpfen würde. Entschlossen, sich alles zu nehmen, was ihr zustand, befand sie sich daher seit einigen Monaten auf der Suche nach dem passenden Werkzeug. Und hätte sie ein besseres finden können als einen jungen Pfarrer, der in ihren Augen noch dazu den Vorzug besaß, ein Mittelsmann Gottes auf Erden zu sein?

Don Paolo Tiramùacculu kam aus Simeri Crichi. Er war ein ausgesprochen schöner junger Mann, hochgewachsen, schlank und groß, blond wie ein Weizenkorn im August. Als Mariana ihn zum ersten Mal sah, auf den Stufen zur Chiesa Matrice, kam er ihr wie ein Wunder vor, und sie schmolz dahin.

Von nun an fand sie keine Ruhe mehr, und die Tage in der Sakristei waren die reinste Quälerei. Sündhafte Gedanken suchten sie heim, wenn sie die blutbefleckte Brust der Christusstatue abstaubte, und sie bekreuzigte sich rasch. Doch wenn sie niederkniete, ließ diese Körperhaltung sie an andere Verrenkungen denken, sodass sie Gebete und Rosenkränze einfach sein ließ und sich eilig auf den Weg zu den großen Kerzen machte. Ehe sie aber den Docht anzünden konnte, sah sie schon die große weiße Kerze, die sich dem Himmel entgegenreckte und ...

Don Paolo war wirklich ein göttliches Werkzeug, denn einmal hatte sie im Verborgenen gesehen, wie er sich auszog und in die Badewanne legte! O Wunder des Lebens! Die Kirchendienerin meinte der Offenbarung des Fleisches beizuwohnen, denn als sie ihn von der Seite erblickte, mit einem Schwanz zwischen den Beinen, der Colajizzus Esel würdig gewesen wäre, glaubte sie innerlich zu kochen wie Wasser in einem Kessel. Sie lief fort, aber immer, wenn sie den Eselsriemen vor ihrem geistigen Auge sah, schwitzte Mariana wie Vicenzuzzu Rosanò nach einem ganzen Tag auf dem Feld.

Von da an hatte sie nur noch einen Gedanken: Sie wollte sich auf Don Paolo setzen, während er badete, und in den vollen Genuss seines sinnlichen Anhangs kommen. Das Verlangen quälte die Gemarterte, die sich fühlte wie ein brennender Ölbaum. So kann ich nicht weiterleben, dachte sie, entweder finde ich eine Lösung, oder ich lasse mich ins Irrenhaus einweisen.

Die Arme war nicht die Einzige, die den Priester begehrte. Eine ganze Schar unbefriedigter Frauen klopfte unter dem Vorwand, dringend beichten zu müssen, bei Don Paolo an, um ihn von Nahem zu betrachten und seinen Duft einzuatmen.

Die Entschlossenste von allen aber war Marilena Cittacìtta, eine Expertin für amouröse Eroberungen. Sie vermochte sich so hinreißend auszudrücken, dass einem das Herz aus der Brust sprang und sie damit spielen konnte wie mit einem Rosenkranz. Wie hätte der frisch berufene Paolo sich gegen eine solch erfahrene Angreiferin zur Wehr setzen sollen?

Sie war es, die ihm den folgenden Brief schrieb:

*Don Paolo mio,*
*hier öffnet Ihnen eine Frau ihr Herz, die der Teufel, der böse Versucher, dazu gebracht hat, sich unsterblich in Sie zu verlieben.*
*Wenn Sie mir bei meinem Kampf gegen das Böse helfen wollen, bitte ich Sie sehr, das zu tun, denn meine Seele ist schwach, und im Traum habe ich Sie sogar nackt gesehen.*
*Erteilen Sie mir die Absolution von dieser Sünde, bitte helfen Sie mir, denn ich bin verzweifelt.*

Der leichtgläubige Priester bewahrte die Zeilen auf, weil er der reuigen Sünderin tatsächlich helfen wollte. Eines Tages jedoch fiel der Brief der Kirchendienerin in die

Hände, denn er lag in einer halb geöffneten Schublade. Die Sakristanin wurde sehr wütend, und wenn ich kämpfen muss, dachte Mariana, dann werde ich kämpfen. Was mir gehört, lasse ich mir nicht einfach wegnehmen.

Und so sicher, wie zwei plus zwei vier ergibt, so sicher handelt es sich bei dieser Schlampe um Marilena, diese dreckige Hure, diese unverschämte Heuchlerin. Nur sie hat die Stirn, sich so etwas herauszunehmen, denn gestern bin ich ihr begegnet, als sie aus der Kirche kam, und sie hat mich angeglotzt und breit gegrinst, und das nicht zum ersten Mal. So was hast du vor ein paar Jahren schon mal angestellt, du Flittchen. Wenn du damals nicht gewesen wärst, hätte ich Brancaleone geheiratet, der genau gegenüber gewohnt hat. Aber diesmal nicht, diesmal wird dir das nicht gelingen, du falsche Schlange!

Während die Kirchendienerin vor Eifersucht fast platzte, schritt Marilena zur Tat. Eines Tages setzte sie sich, nur bekleidet mit einer durchsichtigen weißen Bluse und einem noch durchsichtigeren Büstenhalter, der kaum ihre Brustwarzen verhüllte, auf Don Paolo, holte seine Eselsrute heraus und nahm sie in den Mund, sodass der Priester begriff, was Ekstase wirklich hieß.

Es folgten Nächte des Fastens und der Buße, aber als Marilena drei Tage später erneut das körperliche Bedürfnis zu beichten verspürte, konnte der arme Don Paolo nichts dagegen tun. Zwar weigerte er sich anfangs, das stimmt, aber die Frau folgte ihm ins Pfarrhaus und war verwegen genug, ihn unter der Statue Unseres Herrn zu nehmen.

Und diesmal bemerkte Mariana den Verrat. Nicht nur sah sie Marilena mit hochrotem Kopf und unvollständig zugeknöpfter Bluse aus dem Pfarrhaus kommen, sondern bei der abendlichen Wäsche enthüllten auch einige weiße Flecken auf der Soutane die Wahrheit. Marianas Wut war so groß, dass sie das ganze Dorf in Brand gesteckt hätte, um das gottlose Techtelmechtel zu beenden, selbst wenn sie dem jungen Geistlichen damit wehgetan hätte.

Und so ging die Kirchendienerin eines Nachmittags, als Tiramùacculu Marilena die Beichte auf seinem Schoß abnahm, zu Don Ciccio und forderte ihn auf, ihr zu folgen, denn der Teufel sei am Werk. Sie überraschten das unverheiratete Paar von hinten. Angesichts des Knäuels menschlicher Gliedmaßen schimpfte Mariana auf Don Paolo, auf die Schwäche des Fleisches und den Wankelmut der Frauen. Marilena, nicht im Geringsten erschüttert, richtete sich die Kleider und verschwand mit dem zufriedenen Gesichtsausdruck einer Frau, die soeben einen kleinen Sieg errungen hat.

Drei Tage später wurde der junge Pfarrer in ein winziges Nest im Aspromonte versetzt. Und ausgerechnet am Tag nach seiner Abreise fiel der Dachziegel – überhaupt nicht zufällig – der verwirrten Kirchendienerin auf den Kopf. Um Marilena hingegen kümmerte sich Don Ciccio Palaia, denn als sie eines Sonntags in der ersten Reihe saß, verspottete er sie öffentlich in seiner Predigt, indem er sagte, Dirnen seien nicht würdig, sich in Gegenwart des Herrn zu zeigen, und wer ein schlechtes Gewissen habe, solle sofort aufstehen und gehen. Dabei hatte der Don die Frechheit, mit dem Finger auf sie zu zeigen, und verärgert und rot wie eine Mohnblume fuhr sie auf und stürmte wutschnaubend und beschämt aus der Kirche.

Am Tag, an dem der Dachziegel herunterfiel, war Donna

Mariana aus der Via delle Cruci, in der sie wohnte, auf den Dorfplatz gekommen, schwarz gekleidet wie eine Witwe, der Busen geschwollen vor Einsamkeit. Sie überquerte die Straße und traf dort den Komplizen des Zufalls in Person von Michìali Catarisano, der auf dem Fahrrad näher kam und die zerstreute Sakristanin beinahe überfahren hätte. Also bremste er abrupt, und auch sie bremste ab, denn andernfalls wäre sie zu früh zum Rendezvous mit dem Dachziegel gekommen. So aber verweilte sie gerade so lange wie nötig. Catarisano war es daher zu verdanken, dass der Ziegel Mariana am vorbestimmten Ort und zur vorbestimmten Zeit treffen konnte, unter der Marienstatue, deren Hände zum Himmel erhoben waren und die die Inschrift trug: SUB TUUM PRAESIDIUM CONFUGIMUS.

Der Postbote dachte, dass der Ziegel auf Donna Mariana gefallen war, um sie für ihre rasende Leidenschaft und die profane Enthüllung zu bestrafen, denn nichts auf der Welt geschieht ohne Grund. Er dachte, dass auch Gegenstände vom lebendigen Geist des Schicksals beseelt sind, dass keine der Missetaten, die wir begehen, ungestraft bleibt und dass jedes Ereignis im Universum mit allen anderen Ereignissen eng verknüpft ist.

Er dachte zu viel, der Postbote, und zu viel Denken tut weder dem Kopf gut, noch hilft es im Leben. Beinahe wäre ihm der Schädel geplatzt, aber glücklicherweise waren Dachziegel an jenem Tag nicht das Einzige, das in Girifalco vom Himmel fiel.

Der Traum jener Nacht war für ihn so etwas wie das erste Knistern der Feuer von Sant'Antonio gewesen, ein Vorbote des Höllenspektakels aus Farben und Feuer und

Flammen und krachenden Geräuschen. Darum war er bereits mit einem Gefühl gespannter Erwartung aufgewacht.

Als er dem Zufall in Form der am Kopf verletzten Kirchendienerin begegnete, dachte er, dass der blaue Vogel den fliegenden Ziegel bereits angekündigt hatte, und dieser Gedanke beruhigte seinen Geist und dämpfte das Verlangen nach Neuigkeiten.

Gemächlich wie immer ging er also in Richtung Castagnaredda und überlegte, wie er den Zufall mit dem Dachziegel in seine Abhandlung eintragen würde. Als er in die Via Boccaccio einbog, wurde sein Blick wie jeden Morgen magnetisch vom Balkon der wohlriechenden Carmela angezogen, denn er hoffte, sie beim Wäscheaufhängen anzutreffen. Hoffentlich hatte sie vergessen, ihr Höschen anzuziehen, sodass er einen Moment lang in den Genuss höchster Freude kommen würde. Er dachte, wie merkwürdig die Welt ist, denn ihr armer Ehemann, ein ganz normaler Mann, der weder schön noch reich war, ahnte nicht einmal, dass der Postbote ihn mehr als jeden anderen Mann auf dieser Welt beneidete. Er durfte sich nämlich jeden Abend zu Carmela ins Bett legen, durfte zusehen, wie sie sich wusch, sich auszog und sich bückte. Er musste nur die Hand ausstrecken, um ihr feuchtes, behaartes Geschlecht zu berühren und die Finger hineinzustecken. Im Bett musste er sich nur umdrehen, um auf ihr zu sein oder in ihr, wenn er sie stöhnen und kommen hören wollte – wann immer er wollte und solange er wollte. Er beneidete ihn, weil er Carmela bitten konnte, nackt im Haus herumzulaufen, ohne Unterhose über die Felder zu spazieren und sich unter einem Olivenbaum von ihm anfassen und nehmen zu lassen. Wäre der Postbote ihr Ehemann gewesen, hätte er sie um all diese Dinge gebeten.

Er blickte zum Balkon hinauf, aber die Wäsche hing bereits auf der Leine, und Carmela war nirgendwo zu sehen. Er war einige Meter weitergegangen, da wehte ihm plötzlich eine kräftige Brise ins Gesicht. Das Gefühl hielt mehrere Sekunden lange an. Instinktiv blickte er in den Himmel und sah, wie sich ein hellblaues Höschen von dem feuerverzinkten Draht auf Carmelas Balkon löste und in der Luft Pirouetten drehte, bis es sich dem erbarmungslosen Gesetz der Schwerkraft ergeben musste. In diesem Moment war es ein Glück, dass die Regel der Erdanziehung galt, denn nach einigem Flattern und Zögern, Flimmern und Schwanken schwebte das Kleidungsstück auf sein ungläubiges Gesicht hinab und blieb dort liegen.

Er griff mit beiden Händen danach und blickte sich um, aber niemand war zu sehen. Er ging zum Eingangstor und rief: »Signora Carmela! Signora Carmela!«, aber sie antwortete nicht. Einen Augenblick lang zog er in Erwägung, das Höschen einfach auf die Treppe zu legen, aber dann bemerkte er, dass die Garage offen stand, und er trat ein. Eigentlich hatte er das Höschen dort ablegen wollen, doch fühlte er sich bei der Vorstellung, sich von dem Fetisch zu trennen, noch einsamer als zuvor.

Also warf er einen Blick auf die Straße, und als er sich sicher war, dass niemand ihn sehen konnte, steckte er das Unterhöschen in die große Posttasche.

Er ging nach Hause, trank ein Glas eiskaltes Wasser aus Covello, setzte sich an den Schreibtisch und griff nach dem Heft mit den Zufällen:

*Nummer 458:*
*Als die Kirchendienerin unter der Marienstatue entlanggeht,*
*löst sich ein Ziegel vom Dach und fällt ihr auf den Kopf.*

Er öffnete die große Tasche, holte Carmelas hellblaues Höschen heraus und legte es auf den Schreibtisch.

*Nummer 459:*
*Übereinstimmung zwischen dem Traum vom blauen Vogel und der Tatsache, dass Carmelas hellblaues Höschen auf meinem Gesicht landet.*

Mit einer Schere schnitt er ein Stückchen hellblauer Spitze von der Seite des Slips ab und befestigte es mit einer Spur Klebstoff unter dem letzten Satz im Heft, denn wo immer möglich, bewahrte er die irdischen Beweise der Zufälle auf, so als würden diese dadurch wahrer.

Er öffnete die Schublade, um das Heft wieder an seinen Platz zu legen, und entdeckte die Lupe, deren Fehlen seine erste Sorge an diesem Tag gewesen war. Der Postbote wunderte sich, denn kurz zuvor, als er die Abhandlung über den Zufall herausgeholt hatte, war sie ihm nicht aufgefallen. In seinem Kopf hallten die Worte seiner Mutter wider. Wenn sie etwas verlegt hatte, behauptete sie immer, der Teufel habe es versteckt. Dieser Satz, den sie auszusprechen pflegte wie eine Zauberformel, hatte ihn als Kind geängstigt. Er steckte die Lupe in die Hosentasche.

Dann wusch er sich, zog seinen Pyjama an und ging ins Bett, wobei er das himmelblaue Höschen auf das Kissen legte.

Er löschte das Licht, schloss die Augen und atmete den Duft von Carmelas feuchtem Körper ein. Er stellte sich vor, sie läge neben ihm wie eine Ehefrau, nackt unter ihrem Nachthemd. Er streckte den Arm aus, schob ihr das Hemd hoch und fand darunter, nur wenige Zentimeter von seinem eigenen Körper entfernt, das ganze Glück des Universums. Es verbarg sich in Carmelas feuchtem, behaartem Geschlecht, das er nun sanft zu liebkosen begann, indem er zunächst die Beschaffenheit der einzelnen Haare prüfte, dann kleine Büschelchen zwischen die Finger nahm und sanft daran zog, als wollte er sie mitsamt der Wurzel ausreißen. Er schob die Finger ins Dickicht, ließ sie bis zu den Lippen gleiten, die halb geöffnet waren wie eine Kastanienhülle oder eine blutende Wunde, die er zu stillen versuchte, indem er sie ganz bedeckte.

Und so endete der Tag des Postboten wie so oft genau da, wo er begonnen hatte, mitten im Traum von einem Leben, das anderen gehörte.

## 25

*Über das Ende von Cecco, Feliciuzzas Sohn, von Teresa Speraròs vergessenem Brief und von zwei unglücklichen Wesen, die einander die Hand reichen*

*Gegen unseren Willen dreht die Welt sich weiter. Die Liebe geht, und wir können sie nicht aufhalten, die Kinder werden groß, um zu anderen Menschen zu gehören, und wir können sie nicht zurückhalten – so geht es allen.*
*Und im unaufhörlichen Vergehen der Zeit, in diesem Fließen, das alles mit sich nimmt, bleibt uns nichts anderes, als nach den Gründen unserer Existenz zu suchen und nach der Art, wie diese sich in das System einfügt, das auch alle anderen Einzelexistenzen umfasst. Mehr kann man nicht tun: Die Struktur des Systems, seine Funktionsweise, entzieht sich unserem Blick und unserem Einfluss.*

Da er am Abend zuvor Ceccos Vater auf dem Dorfplatz begegnet war, dachte der Postbote nun an diesen Unglücklichen, der mutterseelenallein durch die Welt irrte, und schließlich verfasste er eine seiner Botschaften.

Wie um die geheime Übereinstimmung der Geschehnisse auf dieser Erde wahrhaftiger zu machen, öffnete er an jenem Morgen einen an Feliciuzzas Mann adressierten Brief von der italienischen Botschaft in Bukarest.

*Verehrte Familie,*
*mit tiefem Bedauern teile ich Ihnen mit, dass Ihr Sohn Cecco Vaiti, dessen Identität anhand seiner Papiere eindeutig festgestellt werden konnte, einem Unfall im Bergwerk von Vulpin zum Opfer gefallen ist.*
*Anlässlich dieses traurigen Ereignisses spreche ich Ihnen mein aufrichtiges Beileid aus und bitte Sie, sich dem Willen des Herrn anzuvertrauen.*

Das Funktionieren des Systems, dachte der Postbote traurig und bitter, liegt außerhalb unserer Reichweite. Diese Nachricht würde Feliciuzza umbringen. Er aber konnte dafür sorgen, dass sie weiterhin hoffte, denn es ist besser, auf die Rückkehr eines Sohnes zu warten, als seinen Tod zu beweinen. So legte er nach langem Zögern den Brief beiseite und versetzte sich in Cecco hinein, einen Mann auf der Flucht, der sich dafür entschieden hatte, sich den Menschen ebenso fremd zu fühlen wie dem Leben. Das heißt also, er versetzte sich in sich selbst hinein und begann zu schreiben:

*Liebe Mama,*
*entschuldige, wenn meine Schrift nicht sehr leserlich ist, aber ich sitze gerade im Zug.*
*Endlich habe ich es geschafft, alles hinter mir zu lassen, und jetzt geht es mir besser. Dass ich Dir nicht geschrieben habe, liegt daran, dass ich Dich nicht traurig machen will.*
*Ich reise an einen weit entfernten Ort, ans andere Ende der Welt, nach Argentinien.*
*Dort liegt mein Glück, dessen bin ich mir sicher, denn ich*

*denke schon sehr lange darüber nach. Verstehst Du das, Mama?*

*Ich bin glücklich, und ich weiß, wenn ich glücklich bin, dann bist Du noch glücklicher als ich. Es wird nicht leicht für mich sein, Dir von diesem Ort namens Patagonien aus zu schreiben; vielleicht gelingt es mir überhaupt nicht mehr.*

*Ich bitte Dich, Mama, gräme Dich deshalb nicht, denn jetzt weiß ich endlich, was ich mit meinem Leben anfangen will, und wenn Du keine Nachrichten mehr bekommst, was macht das schon? Die Liebe bleibt bestehen. Ich werde Dich immer lieben und Du mich auch.*

*Denk an mich und tröste Dich mit dem Gedanken, dass Dein Sohn an dem Ort angekommen ist, an dem er immer schon hatte sein sollen.*

Beim Schreiben dachte er die ganze Zeit an seine eigene Mutter. Er stellte sich vor, sie sei noch am Leben, und er habe beschlossen, nach Patagonien zu gehen, um zu vergessen, wer er war, um Niemand zu werden, wie er sich in einer seiner Botschaften anmaßend genannt hatte. Und er verlangte das Unmögliche von der Mutter, die diese Dinge nicht verstand, weil das Leben sie vom Fluch des Denkens befreit hatte. Er flehte sie an, ihn zu verstehen und glücklich zu sein in Abwesenheit desjenigen, den sie liebte. Er bat sie, sich der Verzweiflung zu widersetzen, weil sie wusste, dass ein anderer seinen Seelenfrieden gefunden hatte. Denn für den Postboten bedeutete Lieben genau das: den Wunsch, dass der Mensch, der uns viel bedeutet, glücklich sei, unabhängig davon, ob er bei uns ist oder nicht. Lieben hieß, das Glück eines anderen über das eigene zu stellen.

Die Mutter würde es nicht verstehen; sie beurteilte die

Welt nach Entfernungen. Alles, was ihr nah war, machte sie glücklich, alles, was in die Ferne rückte, tat ihr weh. Für sie war es dasselbe, ob ihr Mann tot war oder im Nachbarort lebte: Wir sind entweder da oder wir sind es nicht. Die Nuancen waren ihr gleichgültig, und darum würde sie ihren Sohn nicht verstehen und um ihn weinen, als wäre er tot. Sie würde sein schönstes Foto auf eine Konsole stellen und jeden Tag ein Grablicht für ihn anzünden. Die Vorstellung, dass sie sich erneut in den Mantel der Witwenschaft hüllt, tut dem Sohn in der Seele weh, und kurz vor der Abreise, wenn er beim Anblick des Meeres denkt, dass alle Ozeane der Welt nicht so groß sein können wie der Schmerz der Mutter, wird er das Gefühl haben zu sterben. Und dann kehrt er zu ihr zurück, ohne sich umzudrehen, denn der Blick zurück verwandelt einen in Sand, Stein und Salz. Lieben bedeutet auch, auf die Vollendung des eigenen Schicksals zu verzichten, denen zuliebe, die einem am Herzen liegen.

Er las den Brief mehrmals durch und fand ihn gelungen.

Am Tag darauf stellte er ihn zu.

Feliciuzza hatte keine Erwartungen mehr, und als sie die Türglocke hörte, dachte sie, dass Bettina vielleicht die Zwiebeln vergessen hatte. Der Postbote vor ihrem Gartenzaun kam ihr so schön vor wie ein Offizier der Bersaglieri. Sie ging auf ihn zu, und ihr Herz schlug schnell wie Schwalbenflügel.

»Ein Brief von Ihrem Sohn«, sagte er fröhlich.

»Ich wusste es, *u sapìa!*«, rief Feliciuzza erfreut. Am liebsten wäre sie gleich ins Haus gelaufen, hätte die Tür hinter sich zugezogen und den lang ersehnten Brief gelesen, doch sie schien sich irgendwie revanchieren zu wollen. Darum steckte sie eine Hand in die Tasche ihrer Strickjacke und holte etwas heraus.

»Nehmen Sie«, sagte sie und verschwand hinter der kleinen Eingangstür.

Es war ein Anisbonbon. Der Postbote lächelte, wickelte es aus und steckte es sich in den Mund. Von da an war der Geschmack von Anis für ihn der Geschmack mütterlichen Glücks.

Am Abend beschloss er, das Archiv aufzuräumen, und als er Feliciuzzas Briefe in eine extra Mappe steckte, geschah etwas Außergewöhnliches – er fand einen Brief von Teresa Sperarò wieder.

Einige Jahre zuvor hatte er ihn abgeschrieben und archiviert; damals schien es sich um einen ganz gewöhnlichen Brief zu handeln. Bis zuletzt hatte er sich nicht entscheiden können, ob er ihn kopieren sollte oder nicht. Jetzt aber entdeckte er die Gründe für seine Entscheidung, den hundertsten Zufall, ein unbedeutendes Vorkommnis, das erst Jahre später im Licht anderer Ereignisse einen Sinn bekam. Und wer weiß, wie viele solcher Dinge sich in unserem Leben ereignen. Wie viele zufällige Blicke, unerwünschte Begegnungen, wie viele Worte, die wir lesen oder hören, wie viele winzige Vorkommnisse gibt es, deren Bedeutung wir erst viel später vollständig ermessen können, wenn dem Schrei, der in einer leeren Höhle losgelassen wird, das Echo folgt, das ihn vervollständigt.

Es war, wie wenn er einen Schatz gefunden hätte. Er öffnete die Mappe und sah eine Schrift vor sich, die ihm die einzig mögliche für Teresa zu sein schien.

Sie schrieb an ihren Sohn im Internat:

*Domenico mio,*
*ich bin allein, ich sitze am Tisch in der Küche.*
*Ich schreibe Dir von hier, weil ich gerade aufgeräumt habe und alles ordentlich ist und mir das Zimmer jetzt ruhiger erscheint.*
*Deinen Brief habe ich mehrmals gelesen, und bei jedem Lesen freue ich mich sehr.*
*Dass ich Dir nicht eher geschrieben habe, liegt nicht daran, dass ich Dir nichts zu sagen hätte, sondern daran, dass ich mich, wie Du weißt, nicht gut ausdrücken kann.*
*Ich möchte Dir so vieles sagen. Du fehlst mir, und ich muss schon wieder weinen.*
*Oft sitze ich auf dem Sofa, bin traurig und fühle mich allein, wenn ich an Dich und Deine Schwester denke. Und daran, wie die Zeit vergeht. Es scheint noch nicht lange her, als Ihr kleine Kinder wart, und jetzt seid Ihr groß und von mir fortgegangen.*
*Manchmal bedauere ich, dass ich mich vor lauter Nervosität schlecht benommen habe, sowohl Dir als auch Deiner Schwester gegenüber.*
*Ich bitte Euch beide um Verzeihung, und Ihr sollt wissen, dass ich Euch von Herzen gernhabe. Du und Deine Schwester, Ihr seid mein Leben. Nur wegen Euch habe ich Freude daran.*
*Schon lange wollte ich Dir schreiben, aber wenn ich den Kugelschreiber in die Hand nehme, werde ich immer ganz aufgeregt. Heute Morgen schreibe ich trotzdem, auch, weil ich Dir erzählen will, was ich neulich nachts geträumt habe.*
*Ich war in Großmutters Haus, und da kamen drei Diebe zum Fenster herein, eine Frau und zwei Männer. Ich habe versucht, sie zu verscheuchen, habe gesagt, ich würde jemanden rufen. Weil ich nicht wusste, wer sich dahinter befand, habe ich die Tür aufgemacht, und im Bett lagen Großvater, Großmutter und Onkel Silvio.*

*Ich habe sie nur kurz angesehen und die Tür sofort wieder zugemacht. Dann ging plötzlich alles durcheinander, und die Diebe sind verschwunden.*
*Irgendwann spürte ich, dass mich jemand an der Schulter berührt. Ich drehte mich um, es war Dein Vater, aber er war nicht er selbst, er war ein Mann, den Du nicht kennst, ich habe ihn sofort auf die Wange geküsst und zu ihm gesagt: Du bist wieder da.*
*Zur Antwort hat er mich in die Arme genommen, hochgehoben und sich immer rundherum gedreht.*
*Dann habe ich zu ihm gesagt: Du bist dick geworden, und er antwortete: Ja, ich bin dick geworden, und mir geht es gut. Grüß mir die anderen.*
*Hier ist der Brief erst mal zu Ende.*
*Deine Mama, die Dich lieb hat.*

Ein ganz normaler Brief, da hatte er schon recht gehabt, aber jetzt kam er ihm vor wie ein Schrei der Einsamkeit, ausgestoßen am Abgrund der Welt. Ein Traum, der Angst verriet, und dann der Schatten eines Mannes, den die Kinder nicht kennen, ein Mann, der nach langer Zeit zurückgekehrt ist und sie küsst, sodass die Einsamkeit für einen Moment nicht mehr existiert, ein Mann, der sie in den Arm nimmt und sie herumwirbeln lässt wie in einem Karussell: Salvatore Crisante.

Arme Teresa Sperarò, die ihr Leben damit verbracht hat, zu warten, immer fröhlich, wenn man ihr auf der Straße begegnete, immer lächelnd und so allein.

Teresa, die auch von ihren Kindern in der Einsamkeit einer Frau zurückgelassen worden war, die vergeblich liebt.

Teresa Sperarò, die das Glück den Träumen anvertraut,

die sie vielleicht am Morgen erfindet, denn manchmal, wenn es keinen echten Trost gibt, bleibt einem nichts anderes als eine tröstliche Lüge.

Teresa, der das Leben die Freude gezeigt und sofort wieder entrissen hatte, um sie mit langen Jahren voller Schmerz und Einsamkeit dafür bezahlen zu lassen.

Teresa Sperarò, die wie der Postbote die Welt und die Menschen in den Spuren erkannte, die sie hinterließen: die Kinder in den Feiertagen, die verlorene Liebe in den Träumen, das glückliche Leben in den Lancio-Fotoromanen, die sich in einer alten Kiste stapelten.

Es gibt unglückliche Wesen, die auf die Welt kommen, um für die Freude eines anderen zu büßen. Sie verkümmern wie Knospen, die im Schatten bleiben.

Es gibt unglückliche Wesen wie dich, Teresa, und wie mich, den Postboten, die wir durch die Welt laufen und genau wissen, wen wir suchen. Gleichzeitig wissen wir aber, dass wir ihn niemals finden werden.

Wir sind unglückliche Wesen, Teresa, der Widerschein eines Lebens, das sich anderswo abspielt, zwei treibende Schatten. Reich mir die Hand.

## 26

*Von Sabbettuzzas beschädigtem Dachsims,*
*von einem Olivenbaum, der wieder heil werden*
*will, und von einem Meister an der Schwelle*
*zur Hölle*

Nun geschah es, dass in Girifalco die Erde bebte.

Es war nicht das erste Mal; allzu oft schon waren Hunderte, ja Tausende von Häusern durchgeschüttelt worden wie ein Olivenbaum am Tag der Ernte.

Es schien, als habe die Erde gelegentlich die Nase voll – vielleicht, weil die Kalabresen zu zahlreich oder zu schläfrig geworden waren, oder weil sie zu viel fluchten, sich betranken oder herumhurten. Kurz und gut, wenn eine gewisse Grenze überschritten war, machte die göttliche Vorsehung Berechnungen und Leben zunichte, indem sie dafür sorgte, dass die Erdkruste und ihre Millionen Jahre alten Erhebungen sich aufbäumten und zu schaukeln begannen.

Der Mensch baute auf, und die Erde zerstörte, so gründlich, dass der berühmte Geograf Theobald Fischer die Erdbeben als Grund für die Misere Kalabriens anführte.

Nach Jahrhunderten voll unermesslicher Katastrophen

hatte sich die göttliche Vorsehung einige Jahrzehnte lang milder gezeigt, sodass sich der Schaden durch das Erdbeben vom 16. November 1894 in Girifalco, wie es in den Chroniken zu lesen ist, *auf eine wellenförmige und ruckartige Erschütterung in Nord-Süd-Richtung* beschränkte, die *zehn Sekunden andauerte und allseitig zu spüren war: kleine und große Gegenstände, Türen usw. erzitterten; Glocken klingelten, es kam zu kleineren Rissen in wenigen, schlecht gebauten Häusern und im Glockenturm der Chiesa Matrice; zudem sehr starke Regenfälle.*

Der Ort war diesen strafenden Juckreiz der Erde also gewöhnt, und die Gewohnheit hatte unzählige versöhnlich stimmende Rituale hervorgebracht: Bei der ersten Erschütterung hängte die Nachbarin Adelaide einen Kranz Peperoni an einen Balken, die Kirchendienerin holte den alten Rosenkranz ihres im Krieg gefallenen Mannes aus der Schublade, die Schwestern Maria und Concetta Denzìu von gegenüber traten auf den Balkon, um das Städtchen vom bösen Blick zu befreien. Der Einzige, der sich überhaupt nicht rührte, war Maestro Vicianzu Cordaru. Er blieb einfach sitzen und beschränkte sich darauf, all den geschäftigen Idioten zuzuwinken.

Das Erdbeben weckte den Ort auf und ließ ihn rumoren wie den Bauch des Ingenieurs Scozzafava, wenn er ein Kilo Bohnen gegessen hatte. Und tatsächlich handelte es sich um ein nächtliches Rumoren; die Erdstöße kamen immer nachts, so als fände die Vorsehung Gefallen daran, die Leute zu wecken.

Am Morgen erzählten die Dorfbewohner einander, was passiert war, die Berichte gingen von Mund zu Mund,

und schließlich klang es, als habe in der Nacht zuvor in Girifalco das Jüngste Gericht stattgefunden, mit Trompeten und Verteilung der Seelen. Nachbarin Rosina, der eine Espressotasse zersprungen war, beklagte lauthals den Verlust ihres Porzellanservice; Micu Spizzuna erzählte, er habe sich in der Nähe der Nervenheilanstalt eine Schramme am Finger geholt, aber als die Nachricht im Annunciataviertel angekommen war, wurde bereits sein Tod beweint. Totu Marunitu war daraufhin so neidisch, dass er sich den Arm verband und behauptete, er habe den Dachbodenbalken aus Kastanienholz ganz allein hochgehalten.

Falls es noch jemanden gab, der nichts mitbekommen hatte, so sorgte Kioskbesitzer Roccuzzu dafür, dass sich das änderte. Als er nämlich in den Zeitungen keine Nachrichten aus Girifalco fand, hatte er einen Geistesblitz und stellte eine Lokalzeitung her, die nur aus einem Aufmacher bestand. Jeden Morgen hängte er nun eine große Zeitungsseite ins Fenster des Kiosks, auf die er per Hand die Nachricht des Tages schrieb, und an diesem Morgen war der Titel sehr plakativ:

ERDBEBEN IN GIRIFALCO

SABBETTUZZAS DACHGESIMS BESCHÄDIGT

Lina Guaddarusa wiederholte, sie habe das Erdbeben vorhergesehen, denn am Abend zuvor sei ihr rechtes Knie angeschwollen. Ihr Mann Palaia bestätigte das und schwor bei den Gebeinen seiner noch lebenden Mutter, dass es so gewesen war. Rosinuzza Baracchina hatte die Ehre, das Beben als Erste vernommen zu haben. Ich habe es als Erste gehört, ich, denn um die fragliche Uhrzeit war ich im Bad, auf dem Klo, ich bin als Erste auf die Straße gelaufen und habe laut gerufen, alle sollen rauskommen, weil es ein Erdbeben gibt, mir habt ihr zu verdanken, dass ihr heil und gesund seid. Wie? Weißt du das etwa nicht? Gianninu, ja, Gianninu Menzalora, den hat Doktor Vonella als Notfall ins Krankenhaus einliefern lassen. Nein, nein, er ist auf der Treppe ausgerutscht, als er hinuntergehen wollte, da hast du was verpasst, ... die Ehefrau ... und was hat die Cardusa damit zu tun? Und ob die was damit zu tun hat, die ist so, wie sie war, aus dem Haus gekommen, halb nackt im Nachthemd, die Freuden des Erdbebens. Und dann die Tochter des Apothekers im schwarzen bestickten Unterrock, halb durchsichtig! Wer hätte gedacht, dass sie unter ihrem Kittel so hübsche Brüste versteckt? Virgiliuzzu ist ausgeplündert worden, denn als er den Erdstoß gespürt hat, ist er rausgerannt und hat alles offen gelassen ... Er sagt, es war Ferdinandu, der Nachbar ... *Madonna mia bella*, welcher Gefahr sind wir da entkommen! Nicht mal das Erdbeben kann diesem Scheißkerl von Stadtrat was anhaben. Er wohnt neben Sabbettuzza. Hätte das Dachgesims nicht *ihm* auf den Kopf fallen können?

Rechtsanwalt Pittanchiùsa begann die Schäden aufzunehmen und holte die Unterschriften der Geschädigten ein, um Schadenersatzansprüche gegen die Provinz geltend zu machen, ach was, gegen die Region oder nein, noch besser, die Regierung. Er würde die Sache als Naturkatastrophe deklarieren und extra Haushaltsmittel für den Wiederaufbau bekommen, und während er seinen Schwulst zusammenstümperte, steckte er Vorschüsse ein, weil er ja so schwer arbeiten musste. Alles in Ordnung mit Ihrem Haus, Herr Postbote? Ja, Herr Anwalt, keine Schäden. Ist nicht zufällig der Putz von einer Mauer abgeplatzt? Nein! Hängt ein Balkon schief? Nein! Ein rostiges Eisengitter? Nein! Ein zerbrochener Stuhl? Nein! Nein! Nein! Aber wenn Sie wollen, können wir ja was kaputt machen.

Himmel, was für ein Schrecken! Wie konntest du dabei nur schlafen? Francu Bramuasu hatte die Nacht damit verbracht, Kleider, Möbel und Nippessachen in den Schuppen im Gemüsegarten zu verfrachten, und jetzt war er in der Via Musconì, um alles wieder in Ordnung zu bringen.

In dieser Straße hatte das schreckliche Erdbeben im Jahr 1626 eine bodenlose Spalte in die Erde gerissen. *Der Schlund der Hölle* wurde sie genannt, denn wenn man hineinblickte, glaubte man den Mittelpunkt der Erde zu sehen. Wenn in Girifalco jemand verschwand, hieß es sofort, er habe sich dort hinuntergestürzt, und wenn der Verschwundene wenige Tage später wiederauftauchte, dann hatte der Schlund ihn ausgespien, weil er nicht mal für die Teufel der Hölle gut genug war. Es war nicht ratsam, sich der Spalte am Tag nach einem Erdbeben zu nähern, darum war der Postbote überrascht, als er dort eine Gestalt sah.

Seit dem Abend, als Cardatura ihm den Namen Maestro Paolo Farrise zugerufen hatte, fragte sich der Postbote, was der Mechaniker mit Salvatore Crisante zu tun hatte. Wenn er Farrise begegnete, starrte er ihn an wie Lulù der Verrückte, der sich manchmal vor seinem eigenen Spiegelbild in einem Schaufenster erschrak, weil er sich darin nicht erkannte. Er hätte gern mit ihm geredet, aber wie hätte Maestro Farrise es aufgenommen, wenn ihm jemand, der ihn bis zu diesem Tag kaum gegrüßt hatte, solche Fragen stellte? Und außerdem konnte der Postbote kaum glauben, dass Farrise tatsächlich dort stand, allein am Rand eines höllischen Abgrunds.

Es gibt Bilder, die so intensiv sind wie die Visionen von Heiligen. Ein unerklärlicher Drang zwingt den Betrachter, sich ihnen zu nähern, und vielleicht ist es dieser Drang, den wir gern als Faszination bezeichnen. Der Postbote war fasziniert von der Vorstellung, wie Paolo Farrise am Rand der Hölle stand, vornübergebeugt, als wäre er im Begriff, sich hineinzustürzen. Er näherte sich ihm. Der Maestro sah seinen Schatten und drehte sich um.

»Genau an Sie habe ich gerade gedacht.«

Der Postbote war überrascht.

»Haben Sie sich diesen Olivenbaum hier schon mal richtig angesehen?« Farrise zeigte auf einen einsamen Olivenbaum auf der rechten Seite des Steilhangs.

Der Postbote sah hin, während er noch mit seinen vorherigen Gedanken beschäftigt war.

»Und jetzt blicken Sie auf die andere Seite des Abgrunds. Sehen Sie den zweiten Olivenbaum dort?«

Er blickte in die Richtung, in die Farrise deutete, und wunderte sich, dass ihm der Baum bislang noch nie aufgefallen war.

»Man sagt, als das Erdbeben hier die Erde gespalten hat, wurde der Olivenbaum in zwei gleiche Hälften geteilt, eine blieb auf dieser, die andere auf der anderen Seite. Nach so vielen Jahren sind sie immer noch da und blicken einander an, aber sie sind dazu verdammt, für immer getrennt zu bleiben.«

Wer weiß, warum der Postbote an Salvatore und Teresa dachte.

»Wenn ich mir die so ansehe, fallen mir die Worte meiner seligen Mutter ein: Die Dinge können durch die Welt ziehen, so lange sie wollen, am Ende kehren sie doch immer an ihren Platz zurück. Nun, beim nächsten Erdbeben, vielleicht erst in hundert Jahren, kommen sie vielleicht wieder zusammen.«

Der Postbote hörte schweigend zu.

»Haben Sie das Erdbeben heute Nacht gespürt?«, fragte Farrise.

»Nicht von Anfang an, ich habe geschlafen.«

»Ein gutes Gewissen ist ein sanftes Ruhekissen.«

»Ich war müde.«

»Ich nicht, ich konnte nicht einschlafen, hab's sofort gehört, und wissen Sie, was ich gedacht habe? Vielleicht ist heute ja die Glücksnacht für die Olivenbäume.« Der Maestro verstummte.

»Jedes Erdbeben ist eine überstandene Gefahr.«

Farrise drehte sich um und sah ihm in die Augen.

»Sie wollten mit mir reden?«

Vielleicht verdichten sich Gedanken, wenn sie beharrlich und drängend genug sind, zu Worten, denn woher sonst hätte Farrise wissen sollen, was der Postbote vorhatte?

»Ich sehe, dass Sie überrascht sind, genauso überrascht, wie ich es war.«

»Ich verstehe nicht ganz.«

»Warum laufen Sie überall herum und fragen nach Salvatore Crisante?«

Wollte Farrise etwa behaupten, er liefe herum und frage

die Leute aus? Bislang hatte er nur mit drei Personen darüber gesprochen, mit zweien davon heimlich – und ob Mario Cardatura sich nüchtern an alles erinnerte, was er betrunken erzählt hatte?

»Es gibt Dinge, über die man in einer Weinkneipe besser nicht spricht.«

Cardatura konnte sich unmöglich an ihr Gespräch erinnert haben. Bestimmt war jemand in der Nähe gewesen. Der Maurer hatte recht laut gesprochen, und er hatte den Namen genannt, auf der Straße, sodass alle es hören und weitererzählen konnten. Meinen Namen hat er gesagt, seid ihr sicher? Was habe ich mit dem Kerl zu tun? Ach, sie haben über Crisante geredet, dieser Säufer, soll er sich doch um seine eigenen Angelegenheiten kümmern.

»Darf ich Sie fragen, warum Sie sich für diese alte Geschichte interessieren?«

Was sollte der Postbote darauf antworten? Dass er heimlich die Briefe anderer Leute las und dass Salvatore Crisante zurückgekehrt war?

»Nur so, aus Neugier.«

»Das glaube ich nicht, es muss noch einen anderen Grund geben.«

»Nein. Ich habe von dieser Sache gehört, meine Tante danach gefragt, und ganz zufällig habe ich auch mit Cardatura darüber geredet, neulich abends vor der Kneipe.«

»Und ist Ihre Neugier jetzt befriedigt?«

»Nein, noch nicht.«

Farrise lächelte ironisch.

»Sie verheimlichen etwas, mich können Sie nicht an der Nase herumführen.«

Der Postbote nutzte die Sekunden, in denen Farrise

wieder auf den Abgrund blickte, um sich zu überlegen, was er sagen sollte. Wenn er jetzt ging, ohne etwas in Erfahrung zu bringen, würde er keine weitere Gelegenheit bekommen. Und da er es war, der diese Begegnung herbeigeführt hatte, musste er auch das Losungswort finden.

Farrise war anders als Cardatura oder Ciccio. Das lange zurückliegende Ereignis lag ihm auf der Seele, aber er wollte nicht darüber reden. Man musste ihn aus der Reserve locken, ihn an den Rand des Geständnisses bringen, so wie er jetzt am Rand des Abgrunds stand, und da kam ihm eine Idee, die ihm genial erschien, grandios geradezu.

»Ich habe Salvatore Crisante gesehen.«

Er konnte Farrises Gesichtsausdruck nicht sehen, aber er zuckte zusammen, und nun wusste der Postbote, dass er ins Schwarze getroffen hatte.

»Was sagen Sie da? Sie haben Crisante gesehen? Wollen Sie mich auf den Arm nehmen? Crisante! Wer weiß, wo der inzwischen begraben liegt. Crisante in Girifalco, Sie machen wohl Witze!«

»Nein. Ich habe ihn nicht in Girifalco gesehen. Aber wenn Sie mir nicht glauben ...« Er drehte sich um und wollte gehen, hoffte aber, der andere würde ihn zurückhalten.

»Warten Sie! Nun warten Sie doch! Erzählen Sie!«

Er kehrte wieder um.

»Geben Sie mir Ihr Wort, dass niemand von dem erfährt, was ich Ihnen gleich sagen werde.«

Farrise gab ihm die Hand darauf.

»Salvatore Crisante lebt, und er ist wieder da.«

»Sind Sie sicher?«

»Ich habe mit ihm gesprochen.«

Dieser Satz schien den Wahrheitsgehalt zu bestätigen, und der Maestro begann ihm zu glauben. Er bedeckte das Gesicht mit beiden Händen, als wollte er beten, tat einen Atemzug, dem man die Erleichterung anhörte, und wiederholte mit einer Stimme, die einem Seufzer glich: »Er lebt, Crisante è vìvu. Aber wo ist er? Wie geht es ihm?«

»Es geht ihm gut, jetzt geht es ihm gut, er hat sich ein neues Leben aufgebaut.«

Farrises Miene hellte sich auf, denn sein Herz füllte sich mit Dankbarkeit.

»Crisante lebt und hat sich ein neues Leben aufgebaut! Sie können sich nicht vorstellen, wie viel mir das bedeutet!«

»Erklären Sie es mir.«

»Was ich Ihnen jetzt sage, ist ein Geheimnis.«

Wieder richtete der Meister den Blick auf den Abgrund.

»Salvatore Crisante war unschuldig.«

Der Postbote hatte so oft darüber nachgedacht, dass die Aussage ihn nicht mehr überraschte.

»Warum sind Sie da so sicher?«

»Eines Tages war ich in der Gegend von Chiani, um Pilze zu sammeln, in der Nähe der Felder der Familie Cratello. Ich gehe so vor mich hin, den Blick auf den Boden gerichtet, und als ich kehrtmachen will, sehe ich zufällig zu ihrem Häuschen hinüber. Und da habe ich es gesehen. Wissen Sie, was merkwürdig ist? Immer wenn ich von Weitem auf einen Baum blicke, sehe ich die Szene von damals wieder vor mir.«

»Welche Szene?«

»Sie waren hinter einer Eiche. Am Anfang habe ich es für ein Spiel gehalten, aber dann habe ich genauer hingesehen. Er hatte die Hose runtergelassen, das Mädchen war unter ihm, ihr Rock war hochgeschoben, und er hat ihr den Mund zugehalten. Ich war wie versteinert. Ich weiß nicht, wie lange ich so dagestanden bin, aber es kann nicht lange gewesen sein, denn plötzlich hat diese Bestie mich gesehen. Er sprang auf, und da bin ich abgehauen. Ich habe mich hinter einer Hecke versteckt und ihn beobachtet, wie er auf der anderen Seite stand und die Umgebung mit dem Blick abgesucht hat wie ein hungriges wildes Tier.«

»Aber wer ist *er?*«

»Franco Cratello!«

Der Postbote machte ein verblüfftes Gesicht.

»Franco Cratello, der Bruder von Peppino, der gegen Crisante ausgesagt hat. Franco ist der Kleinste der Cratellos, aber auch der Schlimmste. Sie kennen ihn nicht, er ist nicht mehr in der Stadt, und ich hoffe, der Teufel hat ihn geholt. Er war der mit der heruntergelassenen Hose, der Onkel des Mädchens. Ich dachte, er hätte mich nicht erkannt, aber stattdessen ...«

»Was war stattdessen?«

»Er hat mich gesehen. Am selben Abend kam er zu mir nach Hause und drohte mir. Ich solle bloß den Mund halten, alles andere würde mich teuer zu stehen kommen. Gott sei Dank haben Sie nie erlebt, was für Leute die Cratellos waren, und mit Franco war am wenigsten zu scherzen. Wenn er etwas androhte, dann tat er es auch, und tatsächlich fand ich am nächsten Morgen vor der Tür zu meiner Werkstatt einen Benzinkanister. Er hätte es fertiggebracht, die Werkstatt mitsamt meiner ganzen Familie, die obendrüber wohnte, in die Luft zu jagen. Mir war das einfach zu gefährlich. Meine Kinder waren noch klein, und ich brauchte die Werkstatt, damit sie etwas zu essen hatten. Ich habe niemandem etwas gesagt, obwohl der Gedanke mir keine Ruhe ließ.«

»Und Salvatore Crisante? Was ist danach passiert?«

»Das kann ich mir nur zusammenreimen, denn am nächsten Tag haben die Carabinieri ihn festgenommen. Aber Franco Cratello hat garantiert Zweifel an meiner Verschwiegenheit gehabt, darum hat er vorgebeugt. Er hat dem Mädel eine Gehirnwäsche verpasst, und seinem Bruder hat er erzählt, auf dem Weg zum Feld habe er gesehen, wie Salvatore Crisante Genoveffa vergewaltigte. Er ließ sich das von einem Arzt bestätigen, und dann sind sie zur Polizei gegangen, um ihn anzuzeigen. Es war leicht, auf Crisante zu kommen. Ein junger Mann, dessen Feld praktisch nebenan lag, und der angeblich die Frauen am Fluss ausspähte. Sie können sich vorstellen, so jemanden verteidigt niemand.«

»Außer Ihnen vielleicht.«

»Ja, vielleicht. Die Carabinieri suchten nach Zeugen, die wussten genau, was die Cratellos für eine Sippe waren. Franco hat mich jeden Tag aufgesucht und mir gesagt, ich solle an das Benzin denken, ich sei Familienvater, und das Wohl meiner Familie hinge von meinem Schweigen ab. Und eines Tages hat er sich nicht mehr mit Worten begnügt.«

Farrise krempelte den Hemdärmel auf und entblößte eine Narbe.

»Er zog ein Messer und hinterließ mir dieses Souvenir mit den Worten, Kinderhaut sei noch viel zarter. Ich hatte einfach Angst.«

»Genug, um Crisantes Untergang zuzulassen.«

»Ja, so war es. Eine schreckliche Zeit. Am Ende beschloss ich sogar, nach Catanzaro zu fahren, zum Gericht, am Tag des Prozesses. Die schlimmste Erinnerung meines Lebens, dieser arme Junge in Handschellen, der weinte und schrie, er sei unschuldig. Und ich wusste Bescheid, hatte aber Angst um mich und meine Familie. Ja, vor allem um meine Kinder war ich besorgt, viel mehr als um mich selbst, das müssen Sie mir glauben. Diese Zeit war so schwer wie Blei für mich. Sie haben keine Kinder, oder?«

»Nein.«

»Dann verstehen Sie das nicht. Wer nie Vater geworden ist, versteht das nicht.«

»Ich verurteile Sie nicht.«

»Mir reicht schon, dass ich das selbst tue. Und wissen Sie was? Ich habe dafür gebüßt. Mit einem Leben voller Gewissensbisse, nie konnte ich mich freuen, wie ein Stein lag mir die Sache im Magen, und immer hatte ich diesen einen Gedanken: Was macht Salvatore Crisante wohl in diesem Augenblick? Lebt er? Ist er gestorben? Und dann bete ich zum Herrn, dass es ihm gut gehen soll, wo immer er ist, und ich verfluche Cratello und seine Sippe. Wo bleibt die Gerechtigkeit auf dieser Welt? Und heute erzählen Sie mir all diese Dinge. Wenn das stimmt, dann ist die Last auf meinen Schultern ein bisschen leichter, und ich kann wieder besser atmen.«

»Aber warum hat Cardatura mich zu Ihnen geschickt? Haben Sie wirklich nie darüber geredet?«

»Das Gerede der Leute ist wie eine schiefe Bahn. Man muss einen Ball nur hinlegen, schon rollt er los. Jemand hat gesehen, dass Genoveffas Onkel meine Werkstatt betreten hat, dabei hatte er gar keine Maschinen, die repariert werden mussten. Und vor allem wusste jeder, dass ich als Einziger aus Girifalco beim Prozess war. Was wollte ich dort? Jeder erfand ein bisschen was dazu, und dann hieß es, ich wüsste etwas.«

Maestro Paolo Farrise hatte in seinem ganzen Leben noch nicht so viel geredet. Er war es gewöhnt, Maschinen und Traktoren einzustellen, Pegelstände in Ordnung zu bringen und Auspuffrohre zu schweißen, sodass er sich am Ende vermutlich vorkam wie ein Motor, dem vor einer Steigung das Benzin ausgeht.

»Und jetzt ist Crisante wieder da.«

Als beruhten diese Worte nicht auf einer Erfindung, antwortete der Postbote: »Es geht ihm gut, und er hat nicht die geringste Absicht, hierher zurückzukommen. Außerdem würde ihn auch keiner mehr erkennen. Er hat gesagt, was passiert ist, ist passiert, er ist niemandem mehr böse, und er lebt jetzt glücklich in Argentinien.«

»Er kommt nicht mehr zurück.«

»Nein, ganz sicher.«

Maestro Farrise schüttelte erstaunt den Kopf.

»Sie wissen nicht, was diese Worte mir bedeuten, es ist, als hätten Sie eine Zündkerze ausgewechselt an einem Motor, der nicht mehr anspringen wollte. Endlich kann ich wieder durchatmen. Und soll ich Ihnen noch etwas sagen? Ich weiß gar nicht mehr, was ich an diesem Abgrund hier eigentlich tun wollte. Erdbeben kommen und gehen, Gräben öffnen und schließen sich wieder, und das Leben, ach, es ist wirklich seltsam! Ich weiß nicht, wie ich Ihnen danken soll, aber wenn Sie jemals etwas brauchen – Paolo

Farrise wird sein Leben lang in Ihrer Schuld stehen. Vielen Dank und guten Tag.«

Er reichte dem Postboten die Hand, und dann ging er fort, denn er hatte es eilig, wieder ins Leben zurückzukehren.

Der Postbote dachte, dass Gewissensbisse wie die Löcher sind, die ein Erdbeben im Boden hinterlässt, dass Farrise hergekommen war, um sich seiner schlimmsten Verfehlung zu stellen, und dass die Konfrontation jetzt vorüber war.

Er dachte, dass Gewissensbisse immer mit einem Abbruch zu tun haben, mit dem Tod, der das Leben verjagt, dem Exil, das jemanden von der Heimat trennt, mit der Einsamkeit, die einen von der Liebe abschneidet.

Er dachte, dass Gewissensbisse dieselbe dunkle Farbe haben wie der Himmel nach einem Erdbeben.

Er dachte, dass niemand sein eigenes Bedauern lindern konnte, und dass die Toten nicht wieder lebendig wurden.

Der Postbote dachte, dass es nicht vorgesehen war, dem Doppelgänger zu begegnen, den wir alle haben, denn das wäre wie das Auftauchen einer Hand mitten in einem Marionettentheaterstück oder wie ein Laken, das herunterfällt. Im besten Fall ist es uns vergönnt, einer verwandten Seele zu begegnen, die im Grunde ein verkleideter Doppelgänger ist.

Er dachte, dass auch eine solche Begegnung nicht jedem vergönnt war, denn die Wände des Labyrinths sind immer ein bisschen höher als die Person, die die Gänge entlangläuft.

Der Postbote dachte an Platon, ohne zu wissen warum, und er dachte an Teresa und Salvatore.

Er blickte auf die Olivenbäume und sah Teresa und Salvatore, die gezwungen waren, einander für immer fernzubleiben, aber eines Tages würde ein starkes Erdbeben kommen und den Lauf der Geschichte wieder rückgängig machen.

Er dachte, dass von jenem Tag an *er* derjenige sein würde, der am Rand des Abgrunds balancierte, denn seine Gewissensbisse waren immer noch da. Es gibt nämlich Orte, die nur existieren, um angeschaut zu werden, und Geschichten, die nur passieren, um erzählt zu werden.

## 27

*Vom verstorbenen Lorenzo Calogero, der er
selbst ist oder auch nicht, von Onkel Michele,
der es sich an der Côte d'Azur gut gehen lässt,
vom Reich der Schatten und von
Pepè Mardente im Exil*

Am Morgen des 20. Juni 1969 schien die Sonne. Einige Tage zuvor hatte Micu Aracri die kleinen Tische auf den Bürgersteig gestellt, und in der milden Wärme, die das Dorf mit Zufriedenheit erfüllte, genoss der Postbote das Frühstück noch mehr als sonst.

Ein wenig Sonnenschein genügte, damit die Menschen dem Leben wohlwollender gegenüberstanden, denn ihre Laune hing von sehr merkwürdigen Faktoren ab. Er blätterte in der *Gazzetta del Sud* und stieß im Nachrichtenteil auf folgenden Bericht:

DICHTER CALOGERO TOT AUFGEFUNDEN

Catanzaro. Es war nicht – wie zunächst angenommen – die Leiche eines Landstreichers, die gestern im Gärtchen der Privatklinik Villa Nuccia gefunden wurde, sondern der leblose Körper des Dichters

> Lorenzo Calogero. Eine dramatische Affäre scheint damit ihr tragisches und vorhersehbares Ende gefunden zu haben.
>
> Calogero, 1910 in der Gegend von Reggio Calabria geboren, litt seit vielen Jahren an psychischen Problemen, die ihn immer wieder in verschiedene Krankenhäuser der Region führten, darunter auch in die Villa Nuccia.
>
> Als zutiefst einsamer Mensch, krank an Körper und Seele, litt er unter verschiedenen hypochondrischen Symptomen, er war nervös, empfindlich, übermäßig angespannt, und konsumierte übermäßige Mengen an Tabak und Beruhigungsmitteln.
>
> Schon zweimal hatte er versucht, sich das Leben zu nehmen. Beim ersten Mal zielte er mit einer Pistole auf sein Herz, beim zweiten Mal schnitt er sich die Pulsadern auf. Es ist also nicht auszuschließen, dass es sich um einen Selbstmord handelt. Genaueres wird die Untersuchung durch den Gerichtsmediziner ergeben.

Der Postbote machte ein Kreuz neben den Artikel und ging ins Postamt.

Den ganzen Morgen dachte er an den Dichter Calogero. Er stellte sich ihn in jenem Haus an der Grenze zum Reich des Hades vor, als Minicuzzas Gast, so ängstlich, dass er sich kaum zu atmen traute. Er sah die auf dem Tisch verteilten Blätter vor sich, denn natürlich war er ein Dichter, und seine Werke hatte er als Briefe an weit entfernte Freunde bezeichnet. ... *drücktest du einen Augenblick lang deine Wange an meine,* das war vielleicht ein Vers aus einem Liebesgedicht, denn einsame Männer schreiben die schönsten Liebesgedichte. Er spürte, dass sich sein Herz zusammenzog, und dachte, wie seltsam es war, vom Tod einer Person, die man kannte, aus der Zeitung zu erfahren.

Am Nachmittag sah er im Spiegel, dass seine Haare zu lang geworden waren, und ging zum Friseur. In Girifalco ließ man sich beim Friseur nicht nur die Haare oder den Bart schneiden, sondern man hörte dort auch die neuesten Frauengeschichten. Man konnte einfach dasitzen und plaudern, wenn es regnete und in der Bar kein Platz mehr war, und man konnte in der *Gazzetta del Sud* blättern, ohne eine Lira ausgeben zu müssen.

Auf dem Tischchen des Barbiers lagen Dutzende abgegriffener, zerfledderter pornografischer Comics, aber an jenem Tag blitzte – warum auch immer – aus dem speckigen Haufen Papier der Rand einer ganz normalen Illustrierten hervor.

In Tilutàgghius *cuaffèrs*-Laden etwas zu finden, das nichts mit Pornografie zu tun hatte, war ungefähr so überraschend, als öffnete man in der Kirche den Hostienkelch und fände eine kommunistische Fahne darin. Man befand sich dort sozusagen in einer kleinen, der Pornografie geweihten Sakristei. Die Wände waren mit Kalendern voller nackter, üppiger Frauen tapeziert, Stühle und Tischchen waren mit Pornoheften übersät, und auf der gläsernen Theke standen kleine Statuen in den Kopulationsstellungen des Kamasutras. Es gab Ansichtskarten, auf denen das Kolosseum von einem Hintern und der Schiefe Turm von Pisa von einem emporragenden Gemächt verdeckt wurde, das zahlreiche ältere Dorfbewohnerinnen in Verzückung versetzt hätte.

Und mittendrin stand der Friseur Tilutàgghiu, stets

mit der Schere in der einen Hand, während er sich mit der anderen die Kronjuwelen zurechtrückte, überzeugt von der Geschichte, die man ihm als Kind erzählt hatte: dass nämlich die Sache mit dem Schwänzchen so ähnlich funktioniert wie beim Brotteig – der geht auch nur auf, wenn man ihn gründlich knetet.

Der Postbote konnte kaum glauben, dass sich in diesem Haufen von papierenen Schwänzen, Brüsten und Mösen in Schwarz-Weiß eine richtige Illustrierte verbarg, noch dazu eine französische. Wie war die da hingekommen? Er fragte den Friseur danach, der gerade seine Geschichte über einen Bankangestellten beendete, der seine Frau von drei Freunden vögeln ließ. Tilutàgghiu antwortete, er könne sich nicht mehr erinnern, wer das Blatt habe liegen lassen, aber es müsse wohl ein Schweizer gewesen sein.

Der Postbote begann in der Illustrierten zu blättern und verstand das eine oder andere, weil er in der Schule Französisch gelernt hatte. Beim Stöbern fand er einen Artikel mit Fotos vom traditionellen Anbaden an der Côte d'Azur im Frühling. Die Gruppe auf dem Bild war bunt gemischt: Eine hübsche Blondine flüchtete vor einem Jungen, der sie nass zu spritzen versuchte, um die beiden herum waren zahlreichen Männer zu sehen, und unter diesen befand sich ... das war ja unglaublich ... Er hielt sich die Zeitschrift näher vors Gesicht, denn er war zwar ein Theoretiker des Überblicks, aber in diesem Fall musste er sorgfältig auf jedes Detail achten. Er betrachtete also den Mann in der schwarzen Badehose, seine grau melierten Haare und den mageren Körper, der von Hunger und Entbehrung zeugte. Die eingehende Betrachtung führte zu der in wissenschaftlicher Hinsicht unwahrscheinlichen, aufgrund ihrer Augenfälligkeit jedoch glaubwürdigen Schlussfolgerung, dass der Mann Onkel Michele war. Das war einerseits nicht weiter überraschend, denn schließlich konnte jeder innerhalb von zwei Tagen die Côte d'Azur erreichen und dort ein Bad nehmen. Gleichzeitig war es aber andererseits sehr unwahrscheinlich, weil der Onkel, ein Cousin der Mutter, neun Jahre zuvor an einer Leberkrankheit gestorben war.

Armer Onkel Michele! Er hatte den Postboten so gerngehabt wie einen eigenen Sohn. Irgendwann war er in die Schweiz gegangen, um das Tischlerhandwerk zu erlernen, und dort hatte er sich an das gute Leben gewöhnt. Frauen waren seine Leidenschaft. Ständig erzählte er von den Schönheiten, die er kennengelernt, von den Orten, die er gesehen und dem Geld, das er ausgegeben hatte. Es ist mir egal, ob ich sterbe, hatte er ihm an einem der letzten Tage seines Lebens anvertraut, in denen der Mensch über eine Art tierischen Instinkt verfügt und seinen bevorstehenden Tod spürt, ich habe mein Leben gelebt. Und von allen Orten war ihm die Côte d'Azur zu Zeiten der unvergesslichen blonden Marie der liebste gewesen. Der Postbote betrachtete das Foto. Es war durchaus möglich, dass die Frau, die sich vor den Wasserspritzern schützte, Marie war, zu der der Onkel zurückgekehrt war, um ihr unter falschem Namen den Hof zu machen. Vielleicht lebte Michele ja noch und ließ es sich an der Côte d'Azur gut gehen. Oder besser gesagt: Zio Michele war tatsächlich gestorben, der Postbote hatte ihn im schwarzen Samtanzug im Sarg liegen sehen – niemand weiß, wie der Onkel es geschafft hatte, sogar diesen mit Spänen zu beschmutzen –, aber er war aus dem Leben in Girifalco geschieden, um an der Côte d'Azur ein neues zu beginnen.

Der Postbote dachte, dass der Tod nicht das Ende von allem war, sondern eine Reise an einen anderen Ort und in eine andere Zeit. Er glaubte nicht, dass mit dem Tod alles endete. Nichts wird erschaffen und nichts zerstört, und vielleicht ereilte die Seelen der Menschen dasselbe Schicksal wie das Wasser, das verdampfte und dann zurückkehrte, um wieder Wasser zu sein. Zio Michele war in Girifalco wegen eines Leberleidens geschmolzen und hatte an der Côte d'Azur neben seiner Marie wieder feste Gestalt angenommen.

Er schlug die Zeitschrift zu und blickte sich um. Die Szene im Salon, die er vor sich sah – der Friseur Tilutàgghiu, der Haare schnitt und drauflosredete, die anderen, die ihm zuhörten und lachten, die verräucherten Wände, die kleinen schwarzen Häufchen abgeschnittener Haare auf dem Boden –, all das erschien ihm wie eine Theateraufführung, wie Schauspieler und ein Bühnenbild aus einer anderen Welt, die beschlossen hatten, einen Augenblick an diesem Ort und zu dieser Zeit zusammenzukommen. Vielleicht war Tilutàgghiu in einem früheren Leben ein Sultan gewesen und hatte die fleischlichen Freuden eines Harems genossen, Hunderte und Aberhunderte von Frauen jeder Art, bereit, all seine unaussprechlichen Fantasien zu befriedigen.

Und Lorenzo Calogero? Wo würde der wieder Gestalt annehmen? Würde auch er wie Zio Michele an die Seite der Frau zurückkehren, die er nie vergessen hatte, die Frau, die kurz ihre Wange an seine gedrückt hatte?

Die Theorie des Postboten vom parallelen Leben besagte, dass das irdische Leben der Menschen, das heißt unsere Alltagsexistenz, nicht die einzige Form von Leben auf der Erde darstellte, sondern dass es eben ein paralleles, unsichtbares Leben gab, das von Schatten oder Spiegelungen oder Seelen bewohnt wurde, neben unserem verlief und sich gelegentlich mit ihm überschnitt.

Seine Theorie war nicht bis ins Detail ausgearbeitet. Es reichte ihm, hin und wieder Spuren davon zu finden wie jetzt im Fall von Zio Michele, oder wie einige Jahre zuvor, als er in der Zeitung *La Domenica del Corriere* die Fotografie »Hinter dem Bahnhof Saint-Lazare, Paris« von Cartier-Bresson betrachtet hatte. Seine Aufmerksamkeit war damals magnetisch von dem Mann im Vordergrund angezogen worden, einem Schatten, der sich anschickt, über das Wasser zu springen oder vielleicht darüberzulaufen wie ein Christus in Eile. Ein weiterer Schatten im Hintergrund, der die Szene aus der Ferne betrachtet. Und dann war da die Leiter, die auf dem Wasser liegt wie ein Trampolin in die Zukunft, und die halbkreisförmigen Gegenstände im Vordergrund, die er nicht genau hatte erkennen können, und das Fahrrad, das regungslos im Hintergrund steht. Was ihn verblüfft hatte, waren die Vollkommenheit und Leichtigkeit der Spiegelung im Wasser. Von Anfang an hatte seine Aufmerksamkeit diesem Detail gegolten, und je länger er das Bild betrachtete, desto mehr löste sich das Spiegelbild von der Gestalt, die es projizierte, und begann ein Eigenleben zu führen. Es handelte sich nicht um einen Mann, der den Sprung vollführte, und seinen Schatten, sondern um zwei getrennte Wesen, die im selben Moment dieselbe Geste vollführten. Er drehte die Zeitung auf den Kopf, und der Eindruck verstärkte sich. Der Schatten war zur Person geworden, die Person ein Schatten.

Er fragte Tilutàgghiu, ob er die Seite mit Onkel Michele herausreißen dürfe.

»Nehmen Sie sie einfach mit, hier versteht sowieso niemand Französisch«, antwortete er, nachdem er sich zum hundertsten Mal das Gemächt zurechtgerückt hatte.

In diesem Augenblick kam Pepè Mardente herein. Als der Friseur ihn sah, begannen seine Augen vor Verehrung zu leuchten, denn er betrachtete ihn als die personifizierte Männlichkeit. Pepè war der Mann, der die schönsten Frauen Girifalcos, Borgias, Cortales und Amaronis geliebt hatte, der Mann, der die Ehemänner des halben Bezirks in Verzweiflung gestürzt hatte, ein wandelndes Lehrbuch der Liebe.

Pepè sah den Salon vor seinem geistigen Auge, denn er setzte sich ohne zu zögern auf den Platz links des Postboten.

»Ich grüße den Meister«, sagte er, an Tilutàgghiu gewandt.

»Und wir verneigen uns vor *unserem* Meister«, antwortete der Barbier, »dem größten Liebhaber in der Geschichte Girifalcos.«

Pepè begrüßte den Postboten.

»Der Meister übertreibt. Wo komme ich denn heute noch hin?«

»Du hast schon genug getan, denn Rechtsanwalt Olivadoti erinnert sich noch heute an dich. Kennt ihr den Rechtsanwalt Olivadoti?«, fragte er, an die Anwesenden gewandt. »Er hatte die schönste Ehefrau von Amaroni, so schön, dass manche Verkäufer aus Cosenza und Pizzo extra zum Markt kamen, nur um sie zu sehen. Wie alt warst du damals, Pepè?«

»Ach, wer will das wissen? Ich war jung, achtzehn, zwanzig. Lasst gut sein, das interessiert doch keinen.«

»Du hast damals für den Anwalt gearbeitet, nicht wahr?«

»Ja, saisonweise, bei der Olivenernte.«

»Eines Tages geht die Signora mit ihrem Mann auf die Felder und begegnet einem Musterexemplar von Mann, wie sie es noch nie gesehen hat, muskulös – *nevvero, Pepè?* – und mit schwarzen Augen. Die Bäuerinnen übertrumpften sich gegenseitig mit den Summen, die sie zahlen wollten, um eine einzige Nacht mit ihm zu verbringen. Und was passierte dann?«

Pepè Mardente war ein zurückhaltender Mann, aber es schmeichelte ihm, dass der Friseur eine Vergangenheit wiederaufleben ließ, die sich nie wiederholen würde.

»Nichts ist passiert.«

»Nichts? Von wegen! Die Moral von der Geschichte war, dass die Frau den Anwalt verließ, denn sie hatte sich hoffnungslos verliebt. Vielleicht war ja tatsächlich etwas zwischen den beiden gelaufen, wer weiß? Aber dann wollte Pepè nicht mehr. Die Arme ist verschwunden, und keiner hat sie je wiedergesehen. Stimmt's, Pepè?«

»Nicht mal die Hälfte von dem, was du da erzählst, ist wahr.«

»Du bist zu bescheiden, *troppo modesto* ...«

In diesem Moment erschien, herbeigelockt von den letzten Worten, Modesto Rosanò, dessen Gesicht so finster war wie das des seligen Orazio Mardente, wenn er auf dem Berg Contisa Holzkohle machte.

»Was ist passiert?«, fragte Tilutàgghiu.

»Micuzzu Sgrò hat sich mit seinem Traktor umgebracht!«

»Micuzzu? Wann? Wie?«

»Sie haben ihn gerade gefunden, draußen. Seine Frau hat sich Sorgen gemacht, weil er seit heute Morgen nicht nach Hause gekommen war. Er lag unter dem Traktor, der arme Kerl!«

Tilutàgghiu dachte daran, dass er Micuzzu tags zuvor noch Haare und Bart geschnitten hatte, und vielleicht hatte er sich schön machen lassen, um im Angesicht des Herrn gut dazustehen.

»Der arme Kerl, was für ein schreckliches Ende, das hat er wirklich nicht verdient.«

Niemandem fiel auf, wie Pepè Mardente auf die Nachricht reagierte. Micuzzu war sein Jahrgang, sie waren zusammen zur Schule und zum Militär gegangen, am Meer besuchten sie dasselbe Strandbad und teilten alles miteinander: Essen, Kleidung und die Rosinen im Kopf. Er war sein bester Freund, und noch am Abend zuvor waren sie zusammen auf dem Dorfplatz gewesen, um sich an die denkwürdigen Tage ihrer Jugend zu erinnern: als sie per Anhalter zur Küste gefahren waren und am Strand geschlafen hatten, als er kein Geld gehabt hatte, um sein Haus fertig zu bauen und ihm Micuzzu alles lieh, was er besaß.

Und nun, auf einmal, würde er seinen besten Freund nie wiedersehen. Während Pepè am Tisch gesessen und in Ruhe gegessen hatte, hatte der Traktor seinem Freund die Beine zerquetscht; er hatte um Hilfe geschrien und in seiner Verzweiflung vielleicht seinen Namen gerufen, Pepè! Pepè, hilf mir, mein Freund!

Pepè Mardente sah aus, als hätte man ihm die Hälfte seines Lebens geraubt, als wäre er ein weiteres Mal erblindet. Der Postbote sah, dass er den Kopf senkte, ihn in die Hände stützte und zu weinen begann, denn hätte man ihm ein Messer zwischen die Rippen gerammt, wäre sein Schmerz nicht größer gewesen. Und während er leise weinte, damit es niemand hörte, formte er mit den Lippen die folgenden Worte: »Aber warum? Warum nur?«

Der Postbote erstarrte wie die steinerne Statue von Carlo Pacino.

Pepè Mardente. Seit achtzehn Jahren suche ich dich, dabei hatte ich dich die ganze Zeit hier vor Augen, und ich habe es nicht gemerkt. Pepè Mardente, dieselben Worte, dieselbe verzweifelte Stimme, achtzehn Jahre lang ... Warum nur habe ich dich nicht früher erkannt, warum habe ich nicht begriffen, dass du der Mann mit der grauen Jacke warst, der Dorfbewohner, der eines Nachmittags in einer Bar in Zürich Liebesworte mit Assunta Chillà, geborene Vonella, Rosas Mutter, gewechselt hat?

Tausend Gedanken und Bilder gingen ihm durch den Kopf. Pepè Mardente war der geheimnisvolle Mann, der Assunta den Zettel geschrieben und das Schicksal des Postboten verändert hatte, der Mann, dessen Schrift der seinen so ähnlich war, und der ihm darum selbst ähnelte. Der Postbote sah, wie Pepè den Kopf in den Händen vergrub, und plötzlich wurde ihm vieles klar: sein warmherziges, väterliches Verhalten, denn vielleicht hatte es Momente gegeben, in denen er für ihn wie für einen Sohn empfunden hatte, weil er mit der Tochter der Frau verlobt war, die er liebte. Ihm wurde klar, warum Pepè und er zwei Frauen liebten, die sich ähnelten, und vielleicht liebten sie das gleiche Profil, das die beiden miteinander verband, die gleichen Augen, den gleichen Atem.

Pepè und der Postbote waren durch viele Details miteinander verbunden. Auch Pepè hatte kein glückliches Leben gehabt, im Gegenteil, einige Jahre zuvor war ihm sogar sein Sehvermögen genommen worden. Schon damals in der Bar hatte er eine Brille mit dunklen Gläsern getragen, denn die Blindheit hatte bereits ihre ersten schrecklichen Vorboten geschickt. Und jetzt war auch klar, warum er allein geblieben war und im Haus seiner Schwester Barbara lebte, obwohl er schöner als Marcello Mastroianni war und die Frauen ihn noch immer hofierten: Sein Herz war in Zürich geblieben, für immer gefangen von Assuntas Schönheit, von der einzigen Frau, die jemals Nein zu ihm gesagt hatte, denn obwohl sie ihn liebte und jede Nacht von ihm träumte, konnte sie ihre Tochter nicht verlassen. Sie durfte das Versprechen, das sie Gott gegeben hatte, nicht brechen. Sie konnte ihren alten, im Dorf gebliebenen Eltern, die Assunta aufgezogen hatten, obwohl sie selbst fast verhungert wären, keine Schande machen. Assunta, die unsterblich in Pepè verliebt war, aber lieber für immer unglücklich blieb, als die Menschen ins Unglück zu stürzen, die ihr am nächsten standen. Pepè, der Assunta ewig lieben würde, und der, weil er sie nicht haben konnte, beschlossen hatte, allein zu bleiben.

Der Postbote dachte, dass es die Einsamkeit war, die sie verband, ihn und Pepè, der Verzicht auf die Liebe, das selbst gewählte Exil, die Tage zwischen Hoffnung und Resignation, ein und dasselbe Schicksal, bekräftigt durch identische Handschriften. Und als er so darüber nachdachte, fiel ihm auf, dass er in seinem Archiv keinen einzigen Brief von Pepè Mardente aufbewahrte. Genau das war der Grund, warum er dem Geheimnis nie auf die Spur gekommen war.

Achtzehn lange Jahre hatte er sich gefragt, wie er sich an dem Tag fühlen würde, an dem er diese Entdeckung machte, und jetzt kam ihm alles ganz natürlich vor. Er empfand weder Hass noch Groll, denn die Ursache all dessen war ein Mann, der litt und alleine war wie er selbst, der ebenso von den Rädern des Zufalls zermalmt worden war, dem das Leben nach und nach alle Freuden abgezupft hatte wie einer Margerite die Blütenblätter.

Unter Tilutàgghius verwundertem Blick stand der Postbote auf, ging zu Pepè und legte ihm eine Hand auf die Schulter. Pepè mit dem gebrochenen Herzen hielt den Kopf noch immer gesenkt, streckte aber die linke Hand aus und drückte die des Postboten. Zwei Schicksalsgefährten hatten sich wiedergefunden, und nachdem sie sich zwischen den Tischen einer Bar in Zürich fast gestreift hatten, reichten sie sich nun im Friseurladen von Tilutàgghiu die Hand.

Der Postbote begriff, dass sie beide Bescheid wussten, und das Wissen machte sie zu Komplizen. Pepè stand auf.

»Entschuldigt«, sagte er und an Modesto gewandt: »Geh mit mir zu Micuzzus Haus.«

Die Glastür fiel hinter Pepè ins Schloss. Der Postbote verharrte regungslos und fragte sich, warum ihm eine böse Vorahnung auf der Seele lag.

»Wie immer?«, fragte Tilutàgghiu. Mit einer Geste forderte er ihn auf, Platz zu nehmen.

»Ja«, sagte er leise. Er setzte sich und schloss die Augen.

Am Abend griff er zu dem Heft mit den Zufällen. Dass

er Pepè Mardente wiedererkannt hatte, war keine regelrechte Übereinstimmung von Ereignissen, aber was er zu Micuzzus Tod gesagt hatte, dieselben Worte im selben Tonfall wie achtzehn Jahre zuvor, das war tatsächlich ein schöner Zufall:

*Nummer 460:*
*Pepè Mardente benutzt bei Tilutàgghiu die gleichen Worte wie in der Bar in Zürich. Pepè Mardente war Assuntas Geliebter.*

Dann schnitt er das Foto von Zio Michele aus und klebte es in seine Abhandlung.

*Nummer 461:*
*Zufall des Fotos in der Zeitschrift bei Tilutàgghiu: Zio Michele ist in ein zweites Leben an der Seite von Marie zurückgekehrt.*

Nichts konnte die Melancholie vertreiben, die das Wiedererkennen Pepè Mardentes in ihm wachgerufen hatte. Den Grund für diese traurige Vorahnung würde er sehr bald verstehen.

## 28

*Von Floro und Don Alfredo, die miteinander
ins Geschäft kommen, von einem Tabakhändler,
den die Ehefrau hungern lässt, und vom
Wiedererkennen, das von weit her kommt*


Am nächsten Nachmittag klingelte es überraschend an der Tür. Der Postbote versteckte die geöffneten Briefe, die auf dem Schreibtisch lagen, und trotz seiner lebhaften Fantasie kam er nicht darauf, wer der Besucher sein könnte. Mit jedem hätte er gerechnet, von der Tante bis zu dem Nachbarn, der seit Monaten auf ein Telegramm wartete, mit jedem, nur nicht mit dem Briefträger Floro Nacademo. In einem blauen, von zahlreichen Handwäschen ausgeblichenen Leinenanzug stand er da, die Haare mit Brillantine gebändigt und auf die linke Seite gekämmt, in der Hand eine in Packpapier gewickelte Flasche.

»*Buongiorno*«, sagte der Postbote sichtlich erfreut.

»*Buongiorno a voi*«, antwortete Floro, »ich hoffe, ich störe nicht.«

»Überhaupt nicht, im Gegenteil. Kommen Sie herein.«

Er schloss die Tür und bedeutete seinem Besucher, ihm in die Küche zu folgen.

»Ich habe mich erkundigt, wo Sie wohnen.«

Sie setzten sich, Floro blickte sich um, und ihm schien, als zirkuliere zwischen den Wänden die gleiche einsame Luft wie bei ihm zu Hause. Er ertappte sich bei einem Gedanken, den auch der Postbote schon gehabt hatte, dass es nämlich vielleicht ihre Arbeit war, die sie einsam machte.

»Das Dorf ist gewachsen, die Häuser schießen wie Pilze aus dem Boden.«

»Ja, viel zu viele.«

»Bei uns dagegen fallen die Mauern in sich zusammen wie Mehl, wenn es regnet. Und die jungen Leute sind alle weg. Ganz anders als hier.«

»Warum ziehen Sie nicht nach Girifalco?«, scherzte der Postbote.

»Ich? Nein, wenn man alleine lebt, ist einem jeder Ort recht. Ich bin wie ein Maulwurf, ich kann gut unter der Erde leben, zu viel Licht tut mir nur in den Augen weh.«

Auch der Postbote aus Girifalco hatte einmal an einen Maulwurf gedacht, als er Zaccone ein Gedicht zu Ehren des Nagetiers deklamieren hörte. Er fand, dass er dem Maulwurf ein wenig ähnelte. Auch er hätte gern unter der Erde gelebt, wo die Geräusche des Lebens nur gedämpft ankamen. Ihm war nicht das Schicksal einer Taube beschieden, die alles von oben sieht, sondern das eines Wesens, das einen Haufen Erde zum Durchwühlen vor sich hat.

»Aber jetzt hat der Maulwurf beschlossen, den Kopf aus der Erde zu stecken und nachzusehen, woher der Wind weht.«

Er wickelte das Päckchen aus, eine Flasche selbst gebrannten Grappa.

»Sie kennen meine Leidenschaft inzwischen, und ich dachte mir, dass ich hier vielleicht ein paar Flaschen verkaufen kann.«

»Das ist bestimmt eine gute Idee.«

»Ich habe zwar viele Freunde in diesem Dorf, aber ich dachte, Sie kennen vielleicht jemanden, der an so einem Geschäft Interesse haben könnte.«

»Denken Sie an jemand Bestimmten?«

»Ein Obstverkäufer, ein Händler, jemand, der sie anbieten kann. Natürlich soll er auch daran verdienen.«

Der Postbote dachte nach, und ihm fiel sogleich der passende Kandidat ein.

»Don Alfredo ist genau der Richtige, in seinem Laden gibt es alles.«

»Kennen Sie ihn gut?«

»Gut genug, um ihn mit Ihnen ins Geschäft zu bringen. Gehen wir?«

Floro dachte an die Worte seines Vaters, dass man früher oder später erntet, was man gesät hat. Sie verließen das Haus und mussten nicht weit laufen, denn der Laden war keine hundert Meter entfernt.

»Er ist ein freundlicher alter Mann«, sagte der Postbote, »und wenn er ein Geschäft wittert, lässt er es sich nicht entgehen.«

Der Laden war leer. Don Alfredo Loiarro war ein penibler Mensch, und in seinem Geschäft hatte alles seine Ordnung: Eine Mortadella hing neben der anderen, links davon der rohe Schinken, rechts der Presssack; in den Regalen waren Büchsen und Schachteln aufgereiht und mit handgeschriebenen Preisschildern versehen, die Tüten mit Ciccio-Polenta-Chips lagen auf einem Ständer, den Maestro Michìali Catalanu eigens dafür gebaut hatte.

Don Alfredo stand hinter der Käsetheke und wickelte gerade einen Provolone aus. Er hatte einen Schnurrbart und weiße Haare, hinter dem rechten Ohr klemmte akkurat ausgerichtet ein Kugelschreiber, und er trug den unvermeidlichen weißen Kittel, aus dessen Tasche ein Knochenkamm hervorguckte. Der Postbote stellte ihm seinen Kollegen als guten Freund vor.

»Kennen Sie Fiannuzza?«, fragte Don Alfredo.

»Ja, wer kennt die nicht?«

Floro erzählte ihm von der alten Frau, der es nicht gut ging, beantwortete Don Alfredos Fragen zu weiteren alten Leuten in San Floro, und als sich eine gewisse Vertrautheit eingestellt hatte, erklärte er ihm den Grund seines Kommens.

»Haben Sie ein Glas?«, fragte er, während er die Flasche auswickelte.

Don Alfredo holte drei Gläser mit dem Zielscheiben-Logo der Kaffeemarke Guglielmo hervor.

»Vielen Dank, ich ...«, setzte der Postbote an, aber der Kaufmann ließ ihn nicht aussprechen.

»Bedanken kannst du dich später, jetzt trinken wir erst mal.«

Floro goss ein und füllte, dem Wink seines Kollegen folgend, in das dritte Glas kaum einen Schluck.

»Mögen Sie Grappa?«, fragte Floro.

»Oh ja, ich war im Krieg, oben in den Bergen«, erklärte Don Alfredo stolz.

»Dann probieren Sie und sagen Sie mir, ob der hier nicht besonders gut ist!« Floro reichte ihm das kleine Glas.

In diesem Augenblick verriet das Geräusch des Vorhangs, dass jemand den Laden betrat.

»Unser lieber *tabaccaio*«, sagte Don Alfredo. »Du kommst genau recht. Nur hereinspaziert, ich habe etwas für dich.«

Ntuani Carvunigru kam näher. Don Alfredo stellte ihm Floro vor und holte ein weiteres Glas.

»Was ist los, Ntuani, hat Donna Filumena die Küchenschränke abgeschlossen?«

Donna Filumena, die Frau des Tabakhändlers, war der festen Überzeugung, dass ihr Mann dicker geworden war, und darum hatte sie ihn auf Diät gesetzt. Weder Wein noch Wermut noch Anisschnaps gab es mehr, keine gefüllten Nudeln, keine Cannelloni, keine gefüllten Kartoffelkroketten und gebratenen Paprika mehr, keine Auberginen, keine Bohnen, keine Süßspeisen, nichts, absolut gar nichts – kurz gesagt, im Haus des *tabaccaios* wurde gehungert.

Als er es nicht mehr aushielt und er anstelle seiner Frau einen Truthahn sah und die Schachteln mit den Zäpfchen sich in gefüllte Cannelloni zu verwandeln schienen, da war der Moment gekommen, um heimlich zu Alfredo zu laufen, dem Freund seit Kindertagen, den die Natur mit einem schlanken, hochgewachsenen Körper bedacht hatte und der Salsiccia und Griebenschmalz essen konnte, ohne dick zu werden.

»Ich kann nur kurz bleiben.«

Alfredo schnitt etwas Mortadella und ein paar Scheiben Brot ab und legte beides auf den Tresen. Gierig aß der Tabakhändler alles auf, dann stürzte er den Grappa hinterher.

»Ausgezeichnet«, sagte Don Alfredo.

»Hervorragend«, bestätigte der Tabakhändler, »woher hast du den?«

Don Alfredo sagte es ihm.

»Sehr gut. Kauf zwei Flaschen davon für mich«, sagte Ntuani.

Und schon hatte Floro seinen ersten Kunden. Der *tabaccaio* steckte sich noch ein letztes Stück Mortadella in den Mund und schluckte es hinunter, ohne zu kauen. Dann zog er eine Schachtel Pfefferminzbonbons aus der Jackentasche.

»Die hier erlaubt sie mir. Wollt ihr?«

Er steckte sich drei Bonbons in den Mund.

»Immer, wenn ich nach Hause komme, kontrolliert sie meinen Atem«, sagte er, als wolle er sich für seine Gefräßigkeit entschuldigen. Dann verabschiedete er sich und ging fort.

Floro und Don Alfredo besprachen die Lieferung. Am nächsten Tag würde er ihm mit dem dreirädrigen Kastenwagen von Fiannuzzas Mann dreißig Flaschen bringen, über die Bezahlung würden sie sich später einigen.

Nachdem sie den Laden verlassen hatten, spazierten die beiden Postboten auf das untere Dorf zu.

»Haben Sie diesen Fremden noch mal gesehen, diesen Calogero?«

»Wissen Sie was, an den habe ich auch gerade gedacht! Er hat sich schon eine Weile nicht mehr blicken lassen, vielleicht ist er fortgegangen.«

»Ich fürchte, er ist tot.«

Floro war überrascht.

»Wie kommen Sie darauf?«

»Ein Zeitungsartikel. Über einen Dichter namens Calogero, der in Catanzaro gestorben ist.«

»Oh, das tut mir leid«, sagte Floro und schüttelte den Kopf. »Woran ist er denn gestorben?«

»Er soll sich umgebracht haben.«

»Dass er ein verzweifelter Mensch war, konnte man ihm ansehen.«

Der Postbote blickte zu dem Mäuerchen der kleinen Piazza, auf dem einige alte Männer saßen, und er dachte an den Alten aus San Floro, der ihn damals an seinen Vater erinnert hatte.

Hätte er noch gelebt, dann hätte auch er eine schwarze Schirmmütze und dunkle Brillengläser getragen, er hätte sich auf einen Stock aus Kastanienholz gestützt und auf den Tod gewartet, wie es sich gehörte, nachdem er die Kapitel seines Lebens abgeschlossen hatte und sorgfältig darauf achtete, kein neues zu beginnen. Der Postbote dachte an Calogeros Selbstmord und an den plötzlichen Tod des Vaters, und dann stellte er eine ungewöhnliche Frage, die ihm in den Tagen zuvor häufig durch den Kopf gegangen war: »Woran ist mein Vater eigentlich gestorben?«

Wie seltsam dieses Wort aus seinem Mund klang! Nur wenige Tage war es her, dass er seinen Vater in aller Öffentlichkeit verleugnet hatte, und nun brannte er vor Verlangen, etwas über ihn zu erfahren.

»Totuzzu ist an einem Herzinfarkt gestorben, als er auf dem Land spazieren ging. Einfach so, ganz plötzlich, niemand hat damit gerechnet. Am Tag davor haben wir noch zusammen Kaffee getrunken, er sah ein bisschen müde aus. Ich habe ihn gefragt, ob es ihm gut geht, und er sagte Ja, ihm fehlten nur ein paar Stunden Schlaf. Er war ein anständiger Mann, so ein Ende hat er nicht verdient, der Arme.«

Der Postbote hatte sich schon gedacht, dass dem Vater kein leichter Tod beschieden gewesen war, und nun bestätigten Floros Worte seine Vermutung. Ein Herzleiden – dann stimmte es also tatsächlich, dass er keine Unbeschwertheit kannte, denn das Herz eines Vaters, der seinen Sohn verlässt, konnte nicht unbeschwert sein.

Er war an Gram gestorben, und das war das Zeichen, dass er ihn vielleicht doch nicht vergessen hatte, dass Tag für Tag die Reue an ihm genagt hatte, bis er schließlich daran zerbrochen war.

Der Postbote dachte, dass der Name des Sohnes, den er nie kennengelernt hatte, vielleicht sein letzter Gedanke gewesen war, ehe er die Augen schloss, ehe er spürte, wie ihm das Herz stehen blieb und er auf einmal ein blendendes Licht sah. Vielleicht hatte er gedacht, dass es keine Rolle spielte, ob er starb, denn eines Tages würde er seinen Sohn wiedersehen, in einer anderen Zeit und einer anderen Welt, und dann würde er ihn in die Arme nehmen und die Dinge zu ihm sagen, die er schon vor langer Zeit in seinem Herzen begraben hatte.

Der Postbote dachte, dass vielleicht auch der Vater in der Erwartung gelebt hatte, ihm zu begegnen, und einen Augenblick lang heiterte ihn diese Vorstellung auf.

»Ich weiß gar nicht, wie ich Ihnen danken soll«, sagte Floro, um die dunkle Wolke der Traurigkeit zu vertreiben, und lächelnd fuhr er fort: »Oder vielmehr, ich weiß es doch.«

»Ich habe Ihnen schon genug Umstände gemacht.«
»Ich kann aber noch mehr tun.«

»Und das heißt?«

»Ich habe mich gründlich informiert: Außer Calogero gibt es keine Fremden im Dorf.«

»Das war doch eigentlich von Anfang an klar.«

»Moment, das ist ja noch nicht alles.«

»Sie spannen mich auf die Folter.«

»Hin und wieder ist es gut, auf die Folter gespannt zu werden, vor allem jetzt, wo wir Bescheid wissen.«

»*Was* wissen wir?«

»Ich habe gesehen, wer die Briefe verschickt.«

Der Postbote schrak zusammen.

»Sie haben ihn gesehen?«

»Mit eigenen Augen, neulich abends. Ich war zur Poststelle gegangen, um ein paar Flaschen zu holen. Er hat sich lange umgesehen, dann hat er den Brief eingeworfen und ist eilig weggegangen.«

»Und wer ist es?«

Floro schüttelte ungläubig den Kopf. »Ich hätte es nicht für möglich gehalten ...«

»Wer war es?«

»Die Briefe, für die Sie sich interessieren, hat Dottor Cordito versendet.«

Der Postbote war verwirrt.

»Dottor Cordito?«

»Ja, wer hätte das gedacht? Ein Mann in seinem Alter, verheiratet, ein Familienvater und vorbildlicher Arzt, der anonyme Briefe schreibt!«

»Sind Sie sicher, dass es wirklich dieser Brief war, den er eingeworfen hat?«

»Es war kein anderer im Kasten.«

Der Postbote kam sich vor wie ein Schüler, der gut in

Mathematik ist, der die Lösungsschritte einer Aufgabe tadellos absolviert, am Ende aber entdeckt, dass sein Ergebnis nicht mit dem im Lehrbuch übereinstimmt. Er musste mit den Berechnungen von vorn beginnen, und dazu brauchte es Konzentration, Stille, Einsamkeit. Er hatte das Bedürfnis, möglichst bald nach Hause zurückzugehen.

»Und wie halten Sie's jetzt mit der Signora?«
»Mit welcher Signora?«
»Die Empfängerin der Briefe.«
»Ach ja.«
»Werden Sie es ihr sagen?«
»Ich weiß noch nicht, mal sehen.«

Der Postbote begleitete Floro zum Piano, der Überlandbus würde in Kürze dort vorbeikommen. Er verabschiedete sich und machte sich auf den Heimweg.

Was hatte Dottor Cordito mit Salvatore zu tun? Oder gab es gar keine Verbindung zu Teresas alter Geschichte, und Cordito schrieb eigene Liebesbriefe, die er mit dem Anfangsbuchstaben eines Pseudonyms versiegelte? Auf all die Fragen, die sich in seinem Kopf überstürzten, gab es nur eine Antwort: Er musste mit ihm reden. Aber wie sollte er das anstellen? Sollte er sich ihm vorstellen, indem er sagte: Angenehm, ich bin der Postbote von Girifalco, und weil ich Ihre Briefe gelesen habe, möchte ich gern Genaueres wissen? Wie sollte er sich dem Mann nähern?

Nach einigem Nachdenken fasste er den Entschluss, ihm einen Brief zu schreiben, denn so würde er der auf Papier gebannten Geschichte zwischen Teresa und Salvatore gerecht werden – indem er auf demselben Weg einen Nachtrag dazu erstellte. Aber die Adresse? Der Bus war noch nicht gekommen, und er machte kehrt, um den Freund nach der Anschrift zu fragen.

»Ich hatte gehofft, dass Sie noch da sind.«

»Tja, wann ist der Postbus schon mal pünktlich?«

»Eine letzte Sache noch.«

»Gerne.«

»Sie erinnern sich nicht zufällig an die Adresse des Dottore?«

»Dottor Saverio Cordito, Via Italia 18, San Floro.«

»Via Italia 18«, wiederholte der Postbote, um sich die Anschrift einzuprägen. »Ich glaube, ich werde ihm schreiben.«

»Tun Sie, was Sie für richtig halten, aber wenn Sie ihn persönlich sprechen wollen, begleite ich Sie. Sie wissen ja, wo Sie mich finden.«

Die Dankesworte des Postboten wurden vom dröhnenden Motor des Busses übertönt, der sich, müde wie ein alter Mann, den Anstieg zur Piazza hinaufquälte, bis er schließlich in Sichtweite kam.

»Ich habe das Gefühl, dass wir uns bald wiedersehen werden«, sagte Floro.

Nachdem er eingestiegen und der Bus verschwunden war, bekam der Postbote Durst, und er ging zu Turuzzu de Cecè und trank eine Brasilena.

Als er vor der Grundschule stand, sah er den Plakatkleber von Musconì herunterkommen. Er blieb vor Rafeluzzu Saracenus Hauswand stehen und klebte ein Plakat an.

»Wer ist gestorben, Carruba?«

Der Postbote kam näher. Beim Lesen gefror ihm das Blut in den Adern:

*PLÖTZLICH UND UNERWARTET WURDE SIE AUS DEM KREIS IHRER LIEBEN GERISSEN.*
*ASSUNTA CHILLÀ, GEB. VONELLA, EMIGRIERT NACH ZÜRICH.*
*IN TIEFER TRAUER:*
*EHEMANN ROCCO, TOCHTER ROSA UND ALLE VERWANDTEN.*

Rosas Mutter, die Frau, die Pepè Mardente sein Leben lang geliebt hatte, dieselbe, in deren Haus der Postbote gewohnt, gegessen und geschlafen hatte, die heimliche Geliebte, die er um den Preis seines eigenen Glücks gerettet hatte, war tot.

In seinem Kopf überstürzten sich die Gedanken: die Reise in die Schweiz, Assuntas schönes Gesicht, die geflüsterten Worte in der Bar, und er dachte, dass auch sie – wie Pepè, wie Teresa Speraró, wie Crisante, wie er selbst – zum Menschenschlag der unglücklich Liebenden gehörte, dass der Verzicht auf Pepè ihr möglicherweise entsetzlichen, herzzerreißenden Schmerz bereitete, dass sie an jenem Tag vielleicht gern mit ihm hinausgegangen und eng umschlungen durch die Straßen von Zürich gelaufen wäre und durch alle anderen Straßen der Welt, um das Leben zu leben, das sie sich gewünscht hätte, mit dem Mann, den sie liebte.

Warum verriet das Plakat nicht, wie sie ums Leben gekommen war? Hatte sie in Gedanken an Pepè eine Straße überquert und das Auto nicht bemerkt, das mit großer Geschwindigkeit näher kam? Oder war sie bei der Erinnerung an ihn ausgerutscht und die Treppe hinuntergefallen? Er war fest davon überzeugt, dass ihr Tod mit ihrem gebrochenen Herzen zu tun hatte.

Vor seinem geistigen Auge sah er die Wohnung in Zürich. Der Sargdeckel stand neben dem Ausgang, Signor Chillà, ganz in Schwarz gekleidet, saß mit gesenktem Kopf da, und neben ihm *sie*, seine Rosa, die hinreißend aussah, obwohl ihre Haare zerzaust und die Augen vom langen Weinen geschwollen waren. Auch ihm kamen die Tränen und ein Gedanke dazu: Vielleicht hatte Rosa darauf bestanden, die Plakate im Dorf aufzuhängen, damit er von der Tragödie erfuhr. Vielleicht bat sie ihn auf diese Weise, sie zu trösten. Vielleicht war das ihre Art zu sagen: *Amore mio*, nach so vielen Jahren denke ich noch immer an dich, und ich will, dass du weißt, wie groß mein Schmerz ist, ich will, dass du bei mir bist, dass du meine Hand nimmst, und wenn es nur in Gedanken ist, denn das reicht mir schon. Und dann ein weiterer Gedanke, noch deutlicher: Nach so vielen Jahren würde Rosa ins Dorf zurückkehren, um ihre Mutter zu begraben, und die Vorstellung, sie zu sehen, ließ ihn erbeben wie ein Schilfrohr. Wie oft hatte er sich vorgestellt, ihr zu begegnen.

Er war schon einige Meter gegangen, als ihm Pepè Mardente einfiel. Pepè konnte keine Plakate lesen, er würde es an einem belebten Ort erfahren, in der Bar Arabia oder bei dem Friseur Tilutàgghiu, er würde jemanden sagen hören, dass Carruba Todesanzeigen an die Mauern und Hauswände im Dorf gehängt hatte. Wer ist gestorben? Weiß ich nicht, hat in der Schweiz gelebt. Er trauert noch um seinen guten Freund, und schon gefriert ihm erneut das Blut. In der Schweiz? Wer ist es? Dass es eine Frau ist, lässt seine Angst noch größer werden. Mein Gott, mach, dass sie es nicht ist, ich bitte dich, *Signùra mio*, nimm mich, jetzt, in diesem Moment, nimm, wen du willst, aber nicht sie, nicht sie, bitte nicht sie. Pepè schickt jemanden los, der den Namen liest, und während er auf die Todesnachricht wartet, fühlt er sich selbst schon wie tot, denn tief in seinem Herzen weiß er, welche Worte der todbringende Merkur sagen wird: Assunta, Assunta Chillà, geb. Vonella. Aber Pepè hört nichts mehr, er hat das Gefühl zu ersticken, er muss hier raus, und er geht los, ungeschickt, stößt Leute an und wirft Gegenstände um, aber er spürt nichts, die Anwesenden tauschen Blicke und verstehen nicht, warum er offenbar verrückt geworden ist. Er findet sich auf einem Gehweg wieder und weiß nicht, wo er ist und wohin er sich wenden soll. Er berührt die raue Wand, tastet sich an ihr entlang, eine Ecke. Von einem Balkon hört er Mariannuzza Scicchitanos Stimme, sein Haus ist nur wenige Meter entfernt. Er sucht nach dem Schlüssel, öffnet die Tür und wirft sie mit einem lauten Knall hinter sich zu. Die ganze Welt bleibt draußen, endlich ist er mit seiner Tragödie allein, um zu weinen, die Vorsehung zu verfluchen, mit dem Kopf gegen die Wand zu schlagen, sich die Stirn zu zerschrammen, zu verweifeln. Er fühlt sich nicht gut, die Luft bleibt ihm weg, ein Stein in seinem Magen will heraus. Armer Pepè Mardente, der Witwer geworden ist, obwohl er nie verheiratet war!

Wo war er in der schicksalhaften Stunde? Was tat er in dem Augenblick, in dem Assuntas Herz stehen blieb? Spürte er einen Schmerz in der Brust? Hat sich ihr Tod in seinem Körper durch Kopfschmerzen oder Atemnot angekündigt?

Eines Morgens stehen wir auf wie an jedem Morgen unseres Lebens, und während wir die Füße auf den Boden setzen, ahnen wir nicht, dass in genau diesem Moment ein Prozess in Gang kommt, der dafür sorgt, dass unser Leben von nun an ein anderes sein wird. Und sobald Pepè von Assuntas Tod erfuhr, würde ihm das Leben eine größere Last sein als der Tod.

Auf dem Weg zum Postamt und später nach Hause hoffte der Postbote vergebens, ihm zu begegnen. Armer Pepè, er hätte ihn gern in den Arm genommen, diesen verhinderten Vater, und ihn getröstet.

In wenigen Tagen würde er Rosa wiedersehen, und während er im Halbdunkel ausgestreckt auf dem Bett lag, malte er sich die Einzelheiten einer Begegnung aus, die keine sein würde. Zu einem Treffen würde es nicht kommen, weil er wusste, dass ihm der Mut fehlen würde, mit ihr zu reden. Höchstens, um ihr sein Beileid auszusprechen, hätte er sie angesprochen. Er malte sich genau aus, von wo aus er sie beobachten und wie er sich anziehen würde. Jeder Gedanke zog hundert weitere nach sich und dazu die Gefühle, Hoffnungen und Illusionen, die dieser seit vielen Jahren ersehnte Anblick hervorrief.

Der Postbote plante jede Einzelheit durch. Abgesehen davon kam er zu dem Schluss, dass drei Tage eine lange Zeit waren, dass sich vieles noch ändern konnte, dass Rosa überhaupt nicht oder aber in Begleitung von Mann und Kindern kommen würde, sodass er letztlich also gar nichts planen konnte. Am Morgen des 24. Juni, einem der wenigen Tage seines Lebens, die er mit einem weißen Steinchen markiert hatte, würde er deshalb einfach tun, wonach ihm zumute war.

## 29

*Über Marotten, die einen von den anderen trennen, vom geretteten Monte Covello, von einem grauen Hündchen und vom Tod eines großherzigen Menschen*

Ereignisreiche Tage lagen hinter dem Postboten, und als wäre das nicht genug, würde bald auch noch Rosa kommen.

Um die Vorstellungen und Überlegungen des Nachmittags fortzusetzen, stellte sich der Postbote am Abend des 21. Juni zum Nachdenken auf den Balkon und hoffte, dass das frische Lüftchen, das vom Monte Covello heranwehte, ihm beim Ordnen seiner Gedanken helfen würde.

Von Rosa hatte er nie wieder gehört, und wenn er sie in drei Tagen zu Gesicht bekäme, wie dem Plakat zu entnehmen war, würde er sie vielleicht kaum wiedererkennen. Und selbst wenn sie allein käme, wenn sie unverheiratet geblieben war, was konnte er schon tun? Sollte er auf sie zugehen und mit ihr reden, als wäre nichts geschehen? Im Grunde war er der Mann, der sie bloßgestellt, betrogen und getäuscht hatte, jedenfalls glaubte sie das. Vielleicht hasste sie ihn noch immer oder, schlimmer noch, sie hatte ihn vergessen. Mal angenommen, sie denkt noch an mich – was soll ich dann tun? Ich habe schon seit Jahren mit keiner Frau mehr gesprochen.

Die Zeit und die Einsamkeit hatten dazu geführt, dass er sich von den Menschen abgesondert hatte, um die anderen in den Gegenständen zu suchen, die sie umgaben, in den Spuren ihres Vorbeigehens, als existierten die Menschen nur in ihrer Abwesenheit. Wie hätte es auch anders sein sollen bei einem Menschen, der als Kind seinen Vater zum ersten Mal auf einem Foto gesehen hatte, das aus einer Tasche ganz hinten im Schrank gefallen war? Mit dem Wort Vater verband er keine Zärtlichkeit oder den Menschen, der einen auf der Straße an der Hand hielt, sondern ein zerknittertes Schwarz-Weiß-Foto, das nicht einmal in einem schützenden Bilderrahmen auf dem Nachttisch stand wie ein Andachtsbild, sondern in einer Ledertasche versteckt worden war wie etwas Schändliches, und dem der feuchte, leicht modrige Geruch des Leders für immer anhaften würde.

Bis auf seine Mutter, die einzigartig und echt gewesen war, kamen ihm die Menschen wie Spiegelbilder in einem Schaufenster vor. Er näherte sich der Scheibe und hauchte darauf, bis die Aureole seines Atems das Bild auslöschte. Dann fing er an, die Briefe zu stehlen, und alles begann sich zu gleichen: Der Vater war das modrig riechende Foto, die Frauen waren die Höschen und BHs, die zum Trocknen auf der Leine hingen und die er hin und wieder mitnahm in der Hoffnung, dass Wasser und Seife die metaphysischen Gerüche des Körpers noch nicht ausgelöscht hatten, und das Universum war die Gesamtheit der geschriebenen Worte, die er insgeheim las.

Wer weiß, wohin ihn diese Gedanken noch geführt hätten, wäre nicht der arme Carruba aus Castagnaredda heruntergekommen, um Plakate zu kleben.

Noch ein Toter, dachte der Postbote. Fast schien es ihm, als hätte sich eine Wolke von Verwünschungen auf Girifalco niedergelassen wie Rosinuzzas riesiger Arsch auf dem wackligen Kindersitz ihrer Tochter. Er ging hinunter, um den Namen des Verstorbenen zu lesen, aber die Gedanken an den Tod verblassten recht bald. Das Plakat kündigte nämlich die zweite Sitzung des Stadtrats für den Abend des ersten Julis an.

Er trat wieder auf den Balkon, aber nun ging ihm ein anderer Gedanke durch den Kopf. Er konnte sich nicht damit abfinden, dass ein Mann aus Girifalco, zwar ein Hurensohn, aber trotzdem einer der Ihren, den Ruin des eigenen Dorfes plante.

Er musste Covello retten, und er begann, unter dem dunkler werdenden Himmel Pläne zu schmieden. Er musste einen zuverlässigen, entschlossenen Mann ins Boot holen, der den Bürgermeister so sehr hasste, dass er ihn zerstören wollte. Na klar, einen Kommunisten! Einen, dem er ohne Bedenken ein Geheimnis anvertrauen konnte. Sofort tauchte Ciccio il Rosso vor seinem inneren Auge auf, und das gefiel ihm, denn der Trotzkist-Leninist hatte ihn seinerseits zum Hüter eines Geheimnisses gemacht. Ciccio hatte die richtige Einstellung. Er würde zu Vincenzo Guardia gehen und ihm die Briefe zeigen, ohne zu verraten, wie und von wem er sie bekommen hatte.

Und eingedenk des verrückten Traums dieser Nacht, in dem ihm ein graues Hündchen gestorben war, das er nicht kannte, klopfte er am nächsten Morgen im Rione Fontanella 26 an.

Ciccio öffnete die Tür, die langen Koteletten von Rasierschaum bedeckt.

»Störe ich?«

»Komm rein«, antwortete Ciccio und warf einen flüchtigen Blick in Mariannuzzas Richtung.

Er beäugte den Postboten, wie er jeden Menschen beäugte, der ihm einen Gefallen getan hatte. Für den Bruchteil einer Sekunde blitzte der Gedanke in ihm auf, dass die Parteizentrale es sich womöglich noch einmal anders überlegt hatte.

»Darf ich mich setzen?«

Ciccio ging ins Badezimmer und wischte sich mit einem Handtuch übers Gesicht.

»Hat mir jemand geschrieben?«

»Nein, es geht um etwas anderes, etwas sehr Heikles.«

Ciccio nahm ihm gegenüber Platz.

»Weißt du noch, was du mich gefragt hast, als ich den Brief für dich schreiben sollte?«

Nein, Ciccio erinnerte sich nicht mehr.

»Du hast gefragt, ob ich einer von denen bin, ein Christdemokrat.«

»Das frage ich jeden.«

»Nun, ich bin gekommen, um zu beweisen, dass ich es nicht bin.«

Er öffnete die Posttasche und holte eine kleine Mappe heraus. »Aber zuerst will ich dir ein paar Fragen stellen.«

»Bitte.«

»Wie sehr wünschst du dir den Ruin des Bürgermeisters?«

Ciccio sah ihn spöttisch an. »Willst du dem Metzger Fleisch verkaufen? Ich will, dass dieser *gran cornuto* scheitert, er und seine ganze beschissene Mischpoke!«

»Um jeden Preis?«

»Worauf du dich verlassen kannst.«

»Und was ist mit deinem Sohn?«

Cioccio schwieg und dachte eine Weile nach. Dann sagte er: »Wenn der Bürgermeister sich verpisst und wir die Wahl gewinnen, wird sich für einen fleißigen Kerl wie meinen Sohn schon eine Arbeit finden lassen.«

Der Postbote zeigte ihm die Aktenmappe.

»Und noch etwas, ganz wichtig: Sag niemandem, dass ich hier war, um dir diese Unterlagen zu geben.«

»Ich schwöre es beim Andenken von Togliatti.«

Der Alte öffnete die Akte, konnte aber nur das Wappen der Gemeinde entziffern.

»Was soll ich damit?«

»Kennst du die Geschichte mit der Wasserfabrik?«

»Ja.«

»Das ist alles gelogen!«

»Wie bitte?«

»Es gibt keine Wasserfabrik. Der Bürgermeister führt uns an der Nase herum. Das hier sind Kopien seiner Briefe.«

Ciccio blätterte die Unterlagen durch und hoffte, dass sie angesichts dieser Aussage eine andere Bedeutung annehmen würden.

»Da steht alles drin. Der Bürgermeister will eine Mülldeponie bauen lassen, um dort den ganzen Mist aus dem Norden abzuladen. Er will Covello zerstören und benutzt die Geschichte von der Wasserfabrik als Vorwand.«

»Dieser *figghiùlu de puttàna*! Er wird Covello nicht anrühren!«

Ciccios energische Stimme beruhigte den Postboten.

»Du musst ihn aufhalten.«

»Worauf du dich verlassen kannst! Dieser *gran cornuto* ist jetzt schon erledigt.«

Ciccio war begeistert von der heiligen Mission, die ihm anvertraut worden war. Nur ihm stand es zu, Girifalco und seinen wundervollen Kiefernwald zu verteidigen und die Verschwörungen auffliegen zu lassen, die die Democrazia Cristiana in diesem Teil der Welt anzettelte, er allein durfte die hohen, edlen Werte der Resistenza verteidigen. Mit eigenen Händen würde er dem Bürgermeister das verdiente Ende bereiten, er würde ihn kochen und häuten wie ein Schwein.

»Ich werde dir beweisen, wozu Ciccio il Rosso fähig ist!«

»Ja, aber nicht vergessen: Erwähne meinen Namen nicht.«

»Nein, keine Sorge.«

In der Gewissheit, sich an die richtige Person gewendet zu haben, ging der Postbote hinaus und setzte frohen Mutes seine Runde fort.

Von dem, was danach passierte, erfuhr er nichts. Noch am selben Morgen ging Ciccio il Rosso zu Vincenzo Guardia und erzählte ihm alles. Ein schöneres Geschenk als diesen Riesenskandal hätte er ihm nicht machen können, erklärte der Genosse, ein Skandal, der in der Zeitung steht, und zwar nicht in der *Gazzetta del Sud,* sondern im *Corriere della Sera,* auf der Titelseite, unser politischer Triumph, der Beginn des Sieges, und schon sah sich Vincenzo als regionalen Vorsitzenden der Partei. Gleich am nächsten Tag würden sie mit dem Bus nach Catanzaro fahren und beim Provinzverband des PCI Briefe, Flugblätter und Plakate vervielfältigen, um schließlich abends beladen wie die Esel nach Girifalco zurückzukehren.

Nachdenklich und mit freudigem Herzen machte sich der Postbote auf den Weg zur Via ai Potìaddi. Unterwegs kam ihm Totò Tolone entgegen. Seine Miene wirkte finster und traurig.

»Guten Tag«, grüßte der Postbote.

»Heute ist überhaupt kein guter Tag.«

»Warum nicht?«

»Weil Pepè Mardente gestorben ist, dieser großherzige Mensch.«

Der Postbote erstarrte, und als Tolone weiterging, musste er sich setzen, denn er fühlte sich schwach.

So blieb er eine Weile sitzen. Kaum hatte er erfahren, dass Pepè Assuntas Liebhaber gewesen war, da verschwand er schon für immer. Allzu oft hatte das Schicksal den Menschen, die ihm wichtig waren, nur eine kurze Zeitspanne auf Erden zugestanden. Vielleicht wäre er eines Tages auf Pepè zugegangen und hätte ihm erzählt, dass er ihn damals aus der Bar hatte kommen sehen, dass er noch den Brief aufbewahrte, den Pepè geschrieben hatte und der ihm, dem Postboten, zum Verhängnis geworden war – aber nein, kein Verhängnis, Pepè, bitte versteh doch, ich will dich nicht beschuldigen, sagen wir lieber, dieser Brief hat mein Leben verändert, denn jetzt bin ich damit zufrieden, hier Postbote zu sein, aber natürlich, stimmt schon, wer weiß, wo ich heute mit Rosa sein könnte. Ich weiß, dass du sie gern hattest wie eine eigene Tochter. Warum senkst du den Blick? Wie eine Tochter. Hätte ich das nicht sagen sollen? Pepè nickt, und dem Postboten geht ein Licht auf, warum ist er nicht früher darauf gekommen? Sag mir die Wahrheit, seit wann liebst du Assunta? Pepè antwortet, ohne aufzublicken. Seit ich sie das erste Mal gesehen habe. Noch ehe sie geheiratet hat? Ja. Der Postbote blickt auf den Boden. Rosa ist deine Tochter, nicht wahr? Pepè seufzt. Ich habe es erst nicht geglaubt, aber als ich sie dann gesehen habe ... Mein Schmerz war doppelt so groß, denn ich war nicht nur ein Ehemann ohne Frau, sondern auch ein Vater ohne Tochter. Dass ich blind geworden bin, war das Beste, was mir passieren konnte, denn die Welt war für mich sowieso schon verschwunden. Und wenn es wirklich so gewesen war, wenn Rosa tatsächlich Pepès Tochter war, dann hätte er ihn Vater nennen können, hätte zum ersten Mal in seinem Leben das geliebte und zugleich verhasste Wort aussprechen können, und er hätte mehr Lust gehabt, mit ihm zu reden und ihm vielleicht all das zu sagen, was er im Herzen trug und nie ausgesprochen hatte.

Aber er hatte es nicht geschafft, mit Pepè zu reden, denn Thanatos war gekommen und hatte ihn mitgenommen, der Bruder von Hypnos, der Sohn der Nacht, der ungeduldige Tod mit den schwarzen Schwingen und dem finsteren Blick. Bei genauerem Nachdenken kam dieser Tod nicht ganz unerwartet, denn am Tag zuvor hatte er die ungute Vorahnung gehabt, dass Pepè Mardentes Herz die schrecklichen Stürme dieser Tage nicht verkraften würde.

Voller Trauer machte sich der Postbote auf den Weg zur Wohnung des verhinderten Vaters, Gott hab ihn selig. Vor dem Haus, in dem Pepè mit seiner Schwester gelebt hatte, versammelten sich immer mehr Dorfbewohner. Er war in der Nacht im Schlaf gestorben. Gegen acht Uhr hatte seine Schwester ihn wecken wollen, aber er antwortete nicht, sodass sie ihn schüttelte, ihn anschrie und schließlich auf die Straße lief, um Hilfe zu holen. Eine halbe Stunde später hatte Dottor Vonella den Tod festgestellt und auf Barbaras beharrliches Nachfragen, woran ihr Bruder gestorben sei, geantwortet: Es war das Herz.

Der Sarg stand im ersten Stockwerk. Barbara hatte ihrem Bruder die dunkle Brille abgenommen, denn da, wo Pepè jetzt hinging, nützte sie ihm nichts mehr, dort war alles schwarz, und darum hatte der Postbote das Gefühl, ein neues Gesicht zu sehen, schöner und heiterer als zuvor. Wie viele Frauen hatten ihn geliebt, wie oft hatte Assunta ihn liebkost, ihn geküsst, ihm nachgetrauert! Wie ein Klageweib beweinte seine Schwester die Schmerzen seines leidvollen Lebens, zählte unter Tränen die Stationen des langen Kreuzweges auf, als hätte Pepè nichts anderes erlebt als Unglück. Der Postbote näherte sich dem Toten, legte ihm eine Hand auf die Schulter, wie er es erst wenige Tage zuvor in Tilutàgghius Friseursalon getan hatte, dann bekreuzigte er sich und ging hinaus.

Die Beerdigung fand am Nachmittag des darauffolgenden Tages statt. Der Postbote zog seinen schwarzen Anzug an und machte sich auf den Weg. Fast das ganze Dorf war dort, denn jeder hatte Pepè gemocht. Die Kirche war voll wie eine Kiepe nach der Getreideernte, sodass viele Don Ciccios Predigt von den Stufen der Chiesa Matrice aus lauschen mussten, und der Postbote, wie üblich zu spät, blieb vor der Bar der Schwestern Catalano stehen.

Er glaubte, als Einziger auf der Welt den wahren Grund

für Pepès Tod zu kennen. Um diese Zeit war der Sarg mit Assuntas Leichnam bereits unterwegs, vielleicht schon in Neapel, womöglich sogar bereits in der Gegend von Catanzaro. Pepè und Assunta lagen beide im Sarg, und er dachte, dass die Welt schöner, weil sinnvoller wird, wenn man gewisse Zufälle bemerkt.

Als der Gottesdienst zu Ende war, wurde Pepès Sarg mitsamt Blumen auf das Fuhrwerk geladen, und dahinter stellten sich auf der einen Seite seine Brüder, auf der anderen die Schwester und die Cousinen in einer Reihe auf. So konnte der uralte und heilige Ritus der Beileidsbekundungen beginnen, bei dem die Dorfbewohner sich anstellten, um der Reihe nach jedem Familienmitglied die Hand zu schütteln, die Männer den Männern, wobei sie den Hut zogen, und die Frauen den Frauen, während sie flüsternd die Tugenden des Toten priesen. Als die Schlange nur noch kurz war, stellte sich auch der Postbote an, um sein Beileid auszudrücken.

Danach ging er zurück, setzte sich auf eine Bank und blickte auf die vor ihm liegende Szene, als säße er in Turuzzus Kino: der Dorfplatz, der sich leert, der Karren, der den Sarg langsam zum Friedhof fährt, die weinenden Angehörigen, die ihm folgen. Und wenn die Statisten verschwunden sind, bleibt nur der ewige Bühnenhintergrund, die Kirche aus Steinen und Zement, deren Blässe die Gleichgültigkeit der Natur gegenüber den menschlichen Tragödien verkörpert. Es war ein weiterer emotionaler Tag gewesen, und so ging er, nachdem er eine Brasilena getrunken hatte, nach Hause.

Um seinem Kopf eine Pause vom Denken zu gönnen, archivierte er zwei Zeitungsausschnitte.

In die Mappe, die dem Thema Reisen vorbehalten war, legte er eine Nachricht über einen Mann, der sich in den Kopf gesetzt hatte, Odysseus' Reiseroute abzufahren, dann aber an der libyschen Küste gestrandet war.

Im zweiten Artikel ging es um einen Hund, der vier Tage lang den leblosen Körper seines Herrchens bewacht hatte und am Tag nach der Trennung an gebrochenem Herzen starb. Er brachte die Meldung mit dem Traum der vergangenen Nacht in Verbindung, und ihm schien, als habe er eine Bestätigung dafür gefunden, dass Pepè Mardente an Kummer gestorben war, genauer gesagt, an Liebeskummer. Er bewahrte bereits ähnliche Berichte auf, und jedes Mal fragte er sich, ob Schmerz und Leid tatsächlich töten konnten, aber wahrscheinlich handelte es sich dann eher um Selbstmord als um einen natürlichen Tod, wie wenn ein Mensch seinem Herzen befohlen hätte stehen zu bleiben. Das Herz ist ein unwillkürlich arbeitender Muskel, aber nur zum Teil, dachte der Postbote, nur zum Teil.

Die Dorfbewohner hatten zwei Wörter, mit denen sie alle unerklärlichen Todesfälle bezeichneten: der Schlag und die Krankheit. Ersteres bezog sich ausschließlich auf das Herz, das zweite Wort auf den Rest des Körpers. Während man bei Krankheit an einen langen, geheimen Vorgang dachte, der das Leben nach und nach aufzehrte, war der Schlag eine plötzliche unvorhergesehene, schnelle Angelegenheit.

Am Nachmittag auf der Beerdigung hatte der Postbote beide Wörter gehört. Einige Dorfbewohner waren der Ansicht, dass dieselbe Krankheit, die Pepè die Sehkraft genommen hatte, sich verschlimmert und ihn umgebracht hatte, andere hingegen waren überzeugt, dass ihn wegen seines Junggesellenlebens der Schlag getroffen habe.

Für den Postboten jedoch war Pepè Mardente an gebrochenem Herzen gestorben, und dieser Ausdruck – gebrochenes Herz – gefiel ihm sehr, denn er klang, als sei ein Gedicht in ihm enthalten: gebrochenes Herz, ein Tod, der unglücklich Liebender würdig ist, gebrochenes Herz, derselbe Tod, der vielleicht auch seine Mutter ereilt hatte und Assunta und den Vater, den er nicht kannte, gebrochenes Herz, der Tod, der die Unglücklichen erwartete und darum womöglich eines Tages hinter einer Straßenecke oder unter der Bettdecke auch auf ihn warten würde. Und der Postbote dachte, wie schön es sein würde, diesen Ausdruck unter seinem Vor- und Zunamen und den Lebensdaten auf seinem Grabstein zu lesen. Diese Worte, *gestorben an gebrochenem Herzen*, schienen ihm auf angemessene Weise ein ganzes Leben zu umschließen.

## 30

*Vom ersten und einzigen Brief an den Dottore,
von Männern, die sich bewegen wie die Hirten
in der Krippe, und von einer Nichtbegegnung
im Zeichen des Lazarus*

Am Morgen des 24. Juni erwachte der Postbote sehr früh, was bedeutete, dass die Nacht unruhig verlaufen war. Er hatte sich auf den Laken hin und her gewälzt, wie Mariettuzzas Wäsche sich auf dem Balkon drehte, wenn Schirokko und Westwind gleichzeitig wehten. Dennoch war er so frisch wie Peppa Treqquartis zappelnde junge Sardinen, und nachdem er sämtliche Fenster geöffnet hatte, weil es noch früh und kühl war, setzte er sich an den Schreibtisch, um einen Brief an den Dottore zu schreiben.

Er musste unbedingt herausfinden, ob Cordito wirklich Cordito war, oder ob es sich um Crisante handelte, der unter anderem Namen aus der Versenkung aufgetaucht war. Nach Floros Worten war das nicht auszuschließen, denn der Dottore war kein Einheimischer. Viele Jahre zuvor war Crisante aus dem Gefängnis freigekommen. Er hatte sich eine neue Identität verschafft, wieder zu studieren begonnen, einen Abschluss gemacht und war dann in seine Heimat zurückgekehrt, um zu heiraten und zur lang ersehnten Normalität zurückzukehren. Dann sieht er eines Tages im städtischen Krankenhaus in Catanzaro, wo er arbeitet, seine Teresa wieder, und sie ist noch schöner, als er sie in Erinnerung hatte. Sein Herz spielt verrückt, und er begreift, dass er sich dem Schicksal, das sie unauflöslich miteinander verbunden hat, nicht entziehen kann.

Der Postbote wollte nicht, dass der Dottore der Dottore war. Er fand die Vorstellung, Teresa könne noch einen anderen Liebhaber als Crisante gehabt haben, richtiggehend sündhaft, denn so eine Frau war sie nicht. Wenn sie jemals ihren Mann und ihre Kinder betrog, dann nur für eine Liebe, die es schon vor ihnen gegeben hatte, und wenn man vorher gegebene Versprechen hielt, dann betrog man niemanden. Und außerdem: Warum sonst kannte Cordito sich in Girifalco so gut aus?

Er war sich fast sicher, dass der Arzt Crisante war, und jetzt hatte er sogar seine Adresse. Er nahm ein Blatt Papier und begann zu schreiben: *Lieber Dottor Cordito, ich schreibe Ihnen im Namen von Signora Teresa ...* Nein, zu direkt, und was fiel ihm überhaupt ein, Teresa zu erwähnen? Er musste sie aus der Sache raushalten. Was, wenn der Doktor sie so gut kannte, dass er sie fragte, ob seine Behauptung stimmte? Er zerriss das Blatt, und während er den Stift in seiner Hand betrachtete und nach dem richtigen ersten Satz suchte, überlegte er, was Cordito-Crisante wohl empfinden mochte, wenn er eine Schrift vor sich sah, die seiner eigenen so ähnelte. Er fing mehrmals an zu schreiben, aber jedes Blatt landete im Papierkorb, denn manchmal hatte er zu viel gesagt und manchmal zu wenig.

Nachdem er sich etwa eine Stunde lang den Kopf zerbrochen hatte, kam er zu dem Schluss, dass es sich um einen dicken Fisch handelte, den er mit einem großen Köder locken musste. Darum glaubte er das Richtige zu tun, als er einfach *Salvatore Crisante* auf ein Blatt schrieb. Und dann war da noch das Problem des Namens und der Adresse für eine etwaige Antwort. Er benahm sich wie jemand, der eine falsche Identität braucht und sich überlegt, wer er sein will. So wurde aus dem Postboten der große kalabresische Reisende *Luigi Gemelli-Careri, Largo Cannellini 16, Girifalco*. Für den Kenner aller Dorfgassen war es kein Problem, eine Adresse zu erfinden, denn er wusste, dass die Hausnummern in dieser Straße bei vierzehn endeten. Nun hatte er alle nötigen Vorkehrungen getroffen. Er verschloss den Umschlag und schob ihn in seine Jackentasche.

Der Postbote ging ins Badezimmer und betrachtete sich im Spiegel. Was würde seine Rosa zu sehen bekommen? Jeder Teil seines Körpers kam ihm so verwüstet vor wie ein Kartoffelfeld, über das ein Traktor gefahren war. Er tat, was er konnte: ein gepflegter Bart, eine gründliche Wäsche, die Haare mit Brillantine glatt zurückgekämmt, der Hals mit Körperpuder bestäubt.

Seitdem er von der Beerdigung ihrer Mutter und von Rosas Ankunft wusste, hatte er sich oft ausgemalt, ihr zu begegnen, und jedes Mal war es anders verlaufen. Er würde mit einem Blumenstrauß zu ihrem Haus gehen, er würde auf den Stufen zur Chiesa Matrice auf sie warten, er würde sich in der Kirche neben sie setzen, sie auf dem Friedhof oder auf offener Straße und vor aller Augen einfach ansprechen. Dann wiederum hatte er sich vorgestellt, ihr gar nicht zu begegnen, und er überlegte, von wo aus er sie beobachten könnte, ohne selbst gesehen zu werden. Doch was er sich auch ausmalte, er war nie zufrieden damit, denn nach so vielen Jahren waren die Erwartungen einfach zu groß. Darum hatte er beschlossen, erst am Morgen des 24. zu entscheiden, was zu tun war. Er hatte den Gedanken daran immer wieder aufgeschoben, so als hätte er unendlich viel Zeit, doch jetzt war er gekommen, der Moment der Entscheidung, und blickte ihn aus dem Spiegel auffordernd an. Und während er damit beschäftigt war, sich vorzeigbar herzurichten, während er sich im Spiegel ansah – was er sonst nur selten tat –, wusste er noch immer nicht, wie er sich verhalten würde.

Einige Minuten früher als üblich verließ er das Haus, und kaum stand er auf der Straße, da begriff er, dass sich dieser Tag von allen anderen unterscheiden würde, denn er konnte Rosa überall und jederzeit begegnen. Nach der Bar ging er ins Postamt, brachte den Brief an Dottor Cordito auf den Weg und begab sich auf seine Runde.

In jeder Straße und hinter jeder Ecke rechnete er damit, ihr zu begegnen, aber als er sich der Via Cola di Rienzo näherte, wurde er noch aufgeregter, denn wenn sie und ihr Vater schon im Dorf waren, konnten sie nur zum Haus von Linuzza Vonella gegangen sein, Assuntas Schwester, die am Ende dieser Straße wohnte. Und darum zögerte er, bevor er einbog. Seine Rosa sollte ihn nicht mit dieser Mütze auf dem Kopf sehen, also nahm er sie ab und strich sich das Haar glatt. Würde sie ihn wiedererkennen? Erinnerte sie sich noch an ihn? Er überprüfte ein letztes Mal, ob alles richtig saß, polierte seine Schuhspitzen mit dem

Taschentuch und bog dann nach einem langen Seufzer in die Via Cola di Rienzo ein.

Er blickte sofort zum Ende der Straße und fand seine Vermutung bestätigt, denn vor Linuzzas Tür sah er eine Menschenmenge stehen. Instinktiv senkte er den Blick. Er musste zwei Briefe und eine Rechnung überbringen, und nachdem er dies getan hatte, verließ er die Straße rasch wieder.

Während er sich bis zu diesem Zeitpunkt noch nicht sicher gewesen war, was er tun würde, machte sein Rückzug in diesem Augenblick eine Begegnung unmöglich, und der wankelmütige Postbote erkannte, dass er niemals den Mut aufbringen würde, sich der geliebten Frau zu zeigen, ihre Hand zu nehmen, mit ihr zu reden, ja sie womöglich zu küssen, wie er es sich oftmals vorgestellt hatte.

Das schmerzliche Bewusstsein der Nichtbegegnung führte dazu, dass er sich besser fühlte, denn bisweilen ist jede Entscheidung einer fortwährenden Ungewissheit vorzuziehen. Vielleicht hasste Rosa ihn noch immer, vielleicht war sie verheiratet und hatte eine ganze Kinderschar. Er hatte nie wieder von ihr gehört, und obwohl er sie liebte, war sie im Grunde eine Unbekannte für ihn. Oder vielleicht konnte er sich ihr gerade deshalb nähern, denn sie hatten sich beide ein eigenes Leben aufgebaut und dachten nicht mehr aneinander, und was war schlimm daran, wenn er in die Kirche ging und ihr sein Beileid aussprach? Vielleicht konnte er sie am Nachmittag bei der Beerdigung ansprechen? Und schon lag ihm der Zweifel wieder schwer im Magen.

Der Postbote setzte seine Runde fort und hoffte, dass die Zeit schnell vergehen würde. Er aß nur sehr wenig, und am Nachmittag versuchte er sich abzulenken, indem er einige Briefe abschrieb, aber die Arbeit ging ihm nur langsam von der Hand, sodass er bald aufgab. Der Kopf tat ihm weh, darum schloss er das Fenster und legte sich hin.

Gegen vier Uhr erwachte er. Er wusch sich das Gesicht, zog sich etwas Graues an, und ungefähr eine halbe Stunde später ging er aus dem Haus.

Bei den Schwestern Catalano holte er sich einen Espresso und schlürfte ihn am Eingang zur Bar. Er lehnte sich an die Wand, um das immer gleiche Leben der Dorfbewohner zu beobachten: Chiappa, Chiappparedda und Malarazza saßen jeden Tag auf derselben Bank, Colajizzu überquerte die Piazza täglich um dieselbe Zeit mit der Hacke über der Schulter, Isti Istis Hund verkündete die Ankunft seines Herrchens aus Musconì, die Schwalben vom Vorjahr saßen nebeneinander auf dem Glockenturm der Matrice und würden bald, sobald es zu läuten begann, auf das Kranzgesims des Rathauses fliegen wie an jedem Tag der Jahreszeit, die sie in diesem Dorf verbrachten.

Sie alle schienen sich nicht von den Hirten aus Ton zu unterscheiden, die Silvio, Mimmo und Pepè Rosanò, einfallsreiche Söhne des ebenso einfallsreichen Vicenzuzzu, jedes Jahr in die wundervolle Krippe stellten, die sie in der Nervenheilanstalt aufbauten. Die Männer auf der Piazza waren wie der Bäcker, der gegen einen Glückspfennig das Brot in den Ofen schob und es wieder herausholte, sie waren wie der Schmied, der langsam mit dem Hammer auf den Amboss schlug, sie waren wie die Schäfchen, die in einer Höhle verschwanden und gleich wieder herauskamen, sie waren wie der melancholische Komet, der am sternenklaren Himmel aufstieg und wieder herabstürzte.

Assuntas Beerdigung würde genauso verlaufen wie alle anderen: der geschulterte Sarg, die jungen Männer aus dem Dorf, die gegen ein Trinkgeld die Kränze und Blumenkissen trugen, die Verwandten in rabenschwarzer Kleidung, der Zug der Frauen, die sich in ihre Umschlagtücher hüllten, und dann der Zug ihrer Männer, die Mütze auf dem Kopf, die Hände hinter dem Rücken. Die Kirchenglocken schlugen die Stunde; Schwalben flogen auf, und die Dorfbewohner versammelten sich vor der Kirche.

Der Postbote blickte zur ansteigenden Straße nach Le Croci, von wo in wenigen Minuten Assuntas Sarg zu seinem letzten Gang durchs Dorf auftauchen würde. Er hatte sie sagen hören, dass sie in Girifalco begraben werden wollte, nahe am Grab ihrer Mutter, und wer weiß, ob sich nicht in diesem Wunsch die heimliche Hoffnung verbarg, dass ihr Pepè sie auf ihrem letzten Weg begleiten würde, Pepè, der erst am Tag zuvor dieselbe Straße hinuntergetragen worden war und nun auf dem Friedhof auf sie wartete.

Am Ende der Straße tauchte der Trauerzug auf. Instinktiv trat der Postbote einen Schritt zurück. Alle Gedanken verschwanden aus seinem Kopf wie Tauben bei einem Gewehrschuss. Sein Herz raste wie ein Tier, und seine Hände schwitzten, denn er glaubte, Rosas Anblick nicht ertragen zu können. Zuerst erschien der geschulterte Sarg, und gleich dahinter kam sie, schwarz verschleiert und mit gesenktem Kopf. Er erkannte sie trotz des verhüllten Gesichts. Zu sehr hatte er diesen Körper geliebt, diese Beine, diesen Gang. Er ließ sie nicht aus den Augen, vor allem nicht, nachdem sie vorbeigegangen war und er sie von hinten in ihrem schwarzen Kleid sehen konnte, das die Städterin verriet.

Der Sarg wurde in die Kirche getragen. Der Postbote wartete ab, bis alle Platz genommen hatten, dann betrat er das linke Kirchenschiff in der Nähe des Gemäldes der *Madonna della Grazia,* von wo aus er unbemerkt die erste Reihe beobachten konnte.

Auf einmal wurde er von Gefühlen überwältigt. Er lockerte den Hemdkragen, und während Don Ciccios faszinierende Predigt die Aufmerksamkeit der Dorfbewohner auf sich zog wie ein Magnet, betrachtete der Postbote seine Rosa. Sie hatte den schwarzen Schleier angehoben, der von ihrem Hütchen herunterhing, und ihr weißes Gesicht schien das einer Madonnenstatue zu sein: *Rosa mia,* wie schön du bist! Sein Herz bebte wie Kartoffeln, die in siedendes Öl geworfen werden, und er spürte die lästigen Spritzer überall. Er sah keine Fremden, und das bedeutete, dass nur der Vater und die Tochter aus der Schweiz gekommen waren. Das beruhigte ihn. Vielleicht hatte Rosa gar nicht geheiratet. Vergeblich versuchte er einen Blick auf ihre linke Hand zu erhaschen. Die Kommunion begann. In der zweiten Reihe auf ihrer Seite gab es einen leeren Platz, und einen Moment lang war er versucht, sich dort hinzusetzen, den Austausch des Friedenszeichens abzuwarten, und sobald sie sich umdrehte, würde er ihre Hand ergreifen und ihr in die Augen sehen. Dann ließ die Versuchung nach, und wenn er sich etwas vorstellte, war es ohnehin, als hätte er es bereits getan. Als Don Ciccio die Trauergäste aufforderte, sich zum Zeichen des Friedens die Hand zu reichen, sah der Postbote Rosas Hand auffliegen wie eine Taube. Es steckten keine Ringe daran, und sie kam ihm vor wie eine dieser weißen Tauben, die man bei Hochzeiten fliegen ließ, als Verkünderinnen froher Botschaften, Botschaften von ledigen Frauen. Seine Rosa war seine Rosa geblieben: Erneut beobachtete er verstohlen ihr Gesicht, das ihm nun noch schöner vorkam.

Als die Messe zu Ende ging, verließ er die Kirche und ging zurück zur Bar. Die Glocken läuteten, und der Sarg wurde zusammen mit den Kränzen und Blumenkissen auf Caliòs Karren gestellt, der nach den Beileidsbekundungen zum Friedhof rollte, gefolgt von ungefähr fünfzehn Angehörigen und Freunden.

Der Postbote nahm die Abkürzung über Le Cruci, ging die Anhöhe von San Marco hinunter, strich durch Castagnaredda und erreichte den Friedhof noch vor dem kleinen Trauerzug.

Das Grab war bereits ausgehoben worden, und dieses Loch im Erdreich beeindruckte ihn, weil es so groß war wie der Körper eines Menschen. Die ausgehobene Erde wimmelte von Würmern. Er suchte nach einem Versteck und fand es hinter einer Reihe von Pappeln in der Nähe der Friedhofsmauer.

Rocco De Vito, der ihm beim Warten Gesellschaft leistete, war am 16. Februar 1947 gestorben. Auf dem Kreuz war nicht einmal ein Foto, nur ein alter, vom Regen ausgeblichener Rosenkranz, und auf dem Grab lagen die Scherben einer Vase. Er dachte, dass einsame Menschen auch nach ihrem Tod einsam bleiben, dass man im Leben zwar so tun konnte, als wäre man nicht allein, dies jedoch nach der Beerdigung nicht mehr möglich war. Rocco de Vito würde an diesem Tag für einige Minuten Gesellschaft bekommen. Der Postbote sammelte die Scherben ein und warf sie über die Friedhofsmauer, sodass das Grab ein bisschen ordentlicher aussah. Er wischte die schmutzigen Hände an der Rinde einer Pappel ab, und wenige Minuten später traf der Trauerzug ein.

Der Holzkarren hielt vor dem Erdloch an. Der Sarg wurde in das Grab hinuntergelassen, und Rosa verfolgte besorgt sämtliche Stadien des Begräbnisses, als wäre ihre Mutter noch am Leben. Sobald der Sarg in der Erde verschwunden war, begann Francischinu ihn mit Erde zu bedecken, und da sah der Postbote seine Rosa zum ersten Mal weinen. Sobald das Loch zugeschüttet war, gingen die wenigen Menschen fort. Kurz darauf kam Caliò und sagte etwas, dann folgten ihm Signor Chillà und seine Schwägerin und verschwanden.

Rosa, allein zurückgeblieben, weinte lauter. So ging es ungefähr fünf Minuten lang, dann blickte sie den Pfad entlang, und da ihr Vater nicht zurückkam, beschloss auch sie, fortzugehen. Der Postbote kam hinter der Pappel hervor und folgte ihr tieftraurig. Immer wieder hatte er sich vorgestellt, sie zu umarmen, sie an sich zu drücken und zu trösten, und er hatte tatsächlich versucht, den ersten Schritt zu machen! Aber so war er nun mal: wagemutig in der Fantasie und ängstlich in der Realität. Regungslos stand er noch da, als sie sich bereits anschickte, den Friedhof zu verlassen. Er beugte sich ein bisschen weiter vor und sah Rosa an den Grabsteinen und Kreuzen vorbeilaufen, die den Weg säumten, bis sie auf einmal stehen blieb. Er trat einen Schritt zurück und sah, dass sie ein Kreuz anstarrte, das erst vor Kurzem dort aufgestellt worden war, zwei notdürftig zusammengenagelte und in einen Erdhaufen gesteckte Hölzer, darauf das Schwarz-Weiß-Foto eines sehr schönen Mannes, dessen Name mit der Hand auf ein Stück Pappe geschrieben worden war.

Einen Moment lang war der Postbote verwirrt: Ausgerechnet hier war sie stehen geblieben und betrachtete dieses Kreuz, das konnte kein Zufall sein. Ihm war, als begriffe er nichts, oder aber, was ein und dasselbe ist, als verstünde er alles. Es war wie im Traum. Rosa beugte sich vor, streckte die Hand zum Kreuz aus und liebkoste das Foto des seligen Pepè Mardente mit einer Geste voller Zuneigung. *Signùra mio*, was hat das zu bedeuten? Mir platzt der Schädel, damit habe ich wirklich nicht gerechnet. Sie weiß also alles. Ausgerechnet Pepè Mardentes Gesicht hat sie gestreichelt. Irgendwie musste Rosa erfahren haben, dass er einen Tag nach ihrer Mutter gestorben war, sie war also nicht zufällig stehen geblieben. Assunta hatte ihr alles gestanden. Vielleicht war das schon vor Jahren passiert, weil ihre Mutter es seltsam fand, dass der Postbote nichts mehr von sich hören ließ, und weil sie es nicht ertragen konnte, ihre Tochter so traurig zu sehen, und eines Tages hat sie ihren Mut zusammengenommen, als ihr Mann auf der Arbeit war, und Rosa gebeten, auf dem Sofa Platz zu nehmen. Und jetzt sag es mir, alles! Was alles? Na, alles! Rosa erzählte ihr von dem Brief, dass der Postbote sie betrogen hatte, und während sie redete, sah sie, wie das Gesicht ihrer Mutter die Farbe wechselte. Mama, was ist? Was hast du? Ihre Mutter hörte ihr nicht mehr zu. Sie stand auf, steif wie ein ausgestopftes Tier. Mama, was hast du? Assunta hielt sich mit beiden Händen den Kopf, dann drehte sie sich um, blickte ihre Tochter aus tränenfeuchten Augen an und sagte: Vergib mir, es ist alles meine Schuld. Rosa musterte sie bestürzt. Was soll das heißen: Es ist deine Schuld? Und dann erzählte ihr Assunta von Pepè Mardente und ihrer hoffnungslosen Liebe. Rosas erster Gedanke galt dem Postboten, was für einen großartigen Mann hatte sie an ihrer Seite gehabt, der lieber verschwand, anstatt eine ungeheuerliche Wahrheit preiszugeben, ein Mann, dessen Opfer nur mit einem ebenso großen Opfer wettgemacht werden konnte, mit meiner ewigen Einsamkeit, meiner Einsamkeit als Frau. Nicht nur begann sie ihn wieder grenzenlos zu lieben, sondern sie beschloss, ihr Leben lang ihm zu gehören, wie es verzichtbereite Menschen tun, die sich selbst in eine Ecke verbannen, ohne etwas zu verlangen. In den Tagen nach der Enthüllung war Rosa mehrmals versucht gewesen, den Zug in den Süden zu nehmen, aber sie begegnete dem Leben auf dieselbe Art wie der Postbote, indem sie nämlich nicht mehr von ihm verlangte, als es ihr zu geben bereit war. Und wer weiß, ob nicht Assunta, mitgerissen von ihrer Bekenntniswut, die Linie des Sagbaren überschritten und ihrer Tochter gestanden hatte, dass Pepè Mardente nicht nur die einzige und wahre Liebe ihres Lebens war. Was willst du damit sagen, Mama? Aber sie musste nichts mehr hinzufügen, denn das Eingeständnis der Vaterschaft lag in einer Geste der Kapitulation, im gesenkten Blick ihrer Mutter. Arme Rosa, sie muss erleben, wie sich ihre ganze Existenz von einer Sekunde auf die andere überschlägt wie eine Schildkröte, die mit Füßen getreten wird. Viele Tage lang sprach sie nicht mehr mit ihrer Mutter. Stattdessen klammerte sie sich an den Vater und dachte im Stillen: Du bist mein Vater, du und kein anderer. Die Zeit verging, und als sie – wie es so oft geschieht – die Wahl der anderen mit dem Maßstab ihres eigenen Charakters bewertete, verstand sie, dass ihre Mutter sich geopfert hatte, weil sie an ihre Tochter und an die Familienehre gedacht hatte. Mit der Zeit verstärkte dieses Geheimnis noch das Band zwischen den beiden Frauen, denn sie stellten fest, dass sie zufällig beide auf der Insel der Seelen wohnten, die ihr Leben einer verlorenen Liebe geweiht hatten.

In dem Moment, als Rosa Pepès Foto liebkoste, spürte der Postbote ihre Hand auf der Wange, denn auch ihm galt diese Geste, und im Licht jener Erkenntnis nahm sein Leben fern von Rosa eine andere Bedeutung an.

Man kann nicht von einem Moment auf den anderen aufhören, jemanden zu lieben, auch wenn derjenige einem das größte Unrecht angetan hatte, das man sich vorstellen kann, und so hatte auch Rosa nach der Lektüre des Briefes nicht aufgehört, ihn zu lieben. Nachdem er fortgegangen war, hatte sie sich eine Disziplin des Vergessens auferlegt, einen Rosenkranz von Ermahnungen, den sie täglich betete, um den Dämon der Liebe schrumpfen zu lassen. Formeln, die man ständig wiederholt, haben die magische Eigenschaft, wahr zu werden, und darum dachte sie, dass jener Dämon nach so vielen Beschwörungen längst verschwunden sein musste. Dann plötzlich entpuppt sich ein scheinbares Unrecht als Liebestat, und schon zeigt sich, wie leer die Formeln sind, und die Liebe drängt wieder an die Oberfläche, explosiver als zuvor, erstarkt durch all die Versuche, sie zu unterdrücken. Der Postbote war sich sicher, dass Rosa ihn noch immer liebte und ihn immer lieben würde, so wie Assunta Pepè geliebt hatte.

Aber wenn wir uns doch lieben, wenn wir jeden Tag unseres Lebens damit verbringen, auf den anderen zu warten, wenn uns jetzt nichts anderes mehr trennt als dreißig Meter der Ewigkeit geweihte Erde, was für einen Sinn hat es dann, sich zu verstecken?

Er kam hinter dem Baum hervor und betrat ohne zu zögern den Pfad. Rosa betrachtete das Foto auf dem Kreuz und hörte seine Schritte nicht, denn auf dem Friedhof werden die Bewegungen der Menschen lautlos. Sie drehte sich erst um, als sie sah, dass sich ein Schatten zwischen sie und den Erdhaufen schob, und sie betete bei der Seele ihrer verstorbenen Mutter, dass er es war, betete, dass Pepè dieser Begegnung seinen Segen erteilte. Beide Wünsche wurden ihr erfüllt, und als sie sich umdrehte, blickte sie dem Mann in die Augen, den sie liebte. Sie zögerte gerade lange genug, um sicherzugehen, dass sie sich nicht getäuscht hatte, dann stürzte sie auf ihn zu und umarmte ihn. Der Postbote glaubte zu träumen, denn das hatte er nicht zu hoffen gewagt, und einen Moment lang, während seine Hände auf Rosas Hüften lagen, auf den Hüften seiner Rosa, kostete er den wundervollen Geschmack des Lebens.

»Meine Rosa«, flüsterte er ihr ins Ohr. »*Rosa mia.*«

Auch sie wollte etwas sagen, aber es hatte ihr die Sprache verschlagen. Er spürte, dass ihm eine Träne in den Kragen lief, und jetzt, mit Pepès väterlichem, beruhigendem Segen, konnte er behaupten, ein glücklicher Mensch zu sein.

Es spielte keine Rolle, wie sein Leben von diesem Moment an verlaufen würde, wichtig war nur, Arm in Arm mit Rosa loszugehen und fortan jede Sekunde, die das

Leben ihm schenkte, mit ihr zu verbringen. Und als er die Schwelle überschritt, die den Raum der Lebenden von dem der Toten trennt, fühlte sich der Postbote ein wenig wie Lazarus, denn sein neues Leben hatte er auf einem Friedhof gefunden.

## 31

*Von einem seltenen, weil an den Postboten adressierten, Brief, von Teresa, in die er sich vor lauter Betrachten verliebt, und von der abgeschnittenen Blüte einer Bougainvillea*

Der Postbote kam hinter dem Baum hervor, oder vielmehr stellte er sich vor, dahinter hervorzukommen und das zu tun, was er sich ausgemalt hatte, aber etwas ließ ihn zögern. Ein einziger Schritt würde genügen, er musste nur die Augen schließen und springen, wenn es schlecht läuft, holst du dir einen Korb, eine Ohrfeige, aber all das ist nichts im Vergleich zu der Freude, die du empfinden würdest, wenn es gut geht. Du musst dich nur zeigen, damit sie nicht gleich wieder verschwindet. In genau diesem Augenblick hatte das Schicksal ihm die Chance gegeben, den Lauf seines Lebens zu verändern, wie es jedem mindestens einmal widerfährt. Aber wie so viele Jahre zuvor, wie immer, hatte der Postbote zu lange gezögert, und das reichte, um den ursprünglichen Impuls zu schwächen und sich von zu viel Grübelei lähmen zu lassen.

Erneut betrachtete er Rosa, ihr Abschied von Pepè Mardente näherte sich dem Ende. Er war überzeugt, dass es zu spät war, und diese Überzeugung beruhigte ihn, denn sie nahm ihm die Angst, handeln zu müssen. Und warum sollte er in aller Eile eine Entscheidung treffen, die vielleicht falsch war, wusste er doch ohnehin, dass sie ihn liebte. Er konnte in jedem beliebigen Augenblick in den Zug steigen, was womöglich noch schöner wäre, denn Rosa würde nicht damit rechnen, ihn bei der Rückkehr von der Arbeit bei sich zu Hause vorzufinden, mit einem Blumenstrauß in der Hand. Wieder einmal machte die Annahme der Machbarkeit die Enttäuschung über die Nichterfüllung eines Traums erträglicher.

Rosa richtete ihre Kleider und ging fort. Der Postbote blieb reglos stehen, bis er sie hinter der Mauer verschwinden sah. Er verabschiedete sich vom seligen Rocco de Vito und trat hinter dem Baum hervor. Er wollte abwarten, bis Rosa weg war, und dann zu Pepès Grab gehen. Wer weiß, ob er von seinem parallelen Universum aus nicht alles mitangesehen hatte, ob er vor lauter Tränen die Liebkosung der Tochter überhaupt wahrgenommen hatte, und wie bitter für ihn, dass er die sanfte Berührung dieser Hand nicht auf der Wange hatte spüren können, als er noch lebte. Meine Tochter, wenn du wüsstest, wie viel mir diese Geste bedeutet! Wenn du wüsstest, wie oft ich an dich gedacht habe, jeden Tag meines Lebens! Danke, meine Rosa, und danke auch dir, Assunta, dass du ihr den Namen meiner Mutter gegeben hast, diesen Namen, in dem wir das Band sahen, das uns heimlich zusammenhielt.

Der Moment des Abschieds war gekommen, und als der Postbote das große Friedhofstor hinter sich ließ und seine Schritte in der stillen Luft des späten Nachmittags wieder zu hallen begannen, dachte er, dass die Welt eben so war, dass die Menschen, die Taten, die Gedanken, dass alles hundert Mal eine neue Wendung nahm, sich in Bewegung setzte, sich entfernte und verschwand, letztlich aber doch am richtigen Ort eintraf. Ein bisschen so wie die Steine, die jetzt vor dem Haus von Maestro Ielapi auf einem Haufen lagen, schmutzig, unordentlich und unregelmäßig, die in wenigen Tagen aber alle zusammen ein hübsches Mäuerchen ergeben würden.

Er fühlte sich jetzt ein bisschen sicherer. Darum legte er sich an jenem Abend mit dem Gefühl von Frieden und dieser gewissen Erleichterung ins Bett, die man nach Momenten extremer Aufregung empfindet, und er schlief ohne Mühe ein.

Am nächsten Morgen ging er seinen Espresso trinken, und während er sich mit Isti Isti unterhielt, der den unvermeidlichen Pilgermantel trug, fuhr Peppino Rosanò mit seinem gemieteten Fiat Seicento vor, und seine Miene verriet, dass der Tag gut angefangen hatte.

»Ich habe den Witwer Chillà und seine Tochter zum Zug begleitet, sie fahren wieder in die Schweiz zurück.«

Die gute Laune des Postboten bekam den ersten Riss des Tages, und ihm wurde schwer ums Herz. Er ging ins Postamt, sortierte die Umschläge und begann, die Post zuzustellen.

Seine übliche Runde änderte er leicht ab, denn als er die Straße zur alten Mühle erreicht hatte, machte er sich auf den Weg zum Friedhof.

Es war das erste Mal, dass er den Friedhof mit der großen Posttasche in der Hand betrat, und dass er es tat, war umso bemerkenswerter, als er tatsächlich einen Brief für einen Verstorbenen dabeihatte.

Kaum war er durch das Tor eingetreten, grüßte ihn schon jemand.

Feliciuzza Combarise füllte Wasser in eine Flasche. Sie wunderte sich, ihn um diese Zeit auf dem Friedhof zu sehen, und einen Augenblick lang dachte er, dass die Arme von Ceccos Tod erfahren hatte, dass sie ihn vielleicht ins Dorf gebracht und beerdigt hatten, ohne dass er etwas davon mitbekommen hatte.

»Was machen Sie da, bringen Sie den Toten die Post?«, fragte Feliciuzza und deutete ein Lächeln an, das die Befürchtungen des Postboten zerstreute.

»Nein, nein, ich war nur zufällig in der Gegend.«

»Ja, ich weiß, Ihnen ist auch jemand an diesem Tag gestorben. Mein seliger Vater, heute vor zwölf Jahren ist er von uns gegangen, und ich bin hier, um ihm Blumen aufs Grab zu stellen.«

Feliciuzza verschwand hinter der Reihe kleiner Kapellen, aber der Postbote konnte nicht aufhören, an Cecco zu denken, der auf der anderen Seite des Globus gestorben und in fremder Erde begraben worden war, ohne jemanden zu haben, der ihm Blumen brachte oder das Glas vor seinem Foto mit einem tränenfeuchten Taschentuch blankrieb. Was hatte er sich nur dabei gedacht, Feliciuzza die Wahrheit zu verschweigen, so schmerzhaft sie auch sein mochte? Er hatte die arme Frau daran gehindert, um ihren geliebten Sohn zu weinen, nicht einmal dieser Trost würde ihr bleiben. Eines Tages würde sie sterben, ohne die Wahrheit zu kennen, ohne zu wissen, dass die Blumen, die sie für ihren seligen Vater herrichtete, auch für das anonyme Grab des Sohnes bestimmt waren.

Ohne es zu merken, war er vor dem Grab des Empfängers seines Briefes angekommen. Der Anblick des Schwarz-Weiß-Fotos reichte, um Cecco und Feliciuzza zu vergessen. Nie hätte er geglaubt, dass die Sache auf diese Weise enden würde. Er blickte sich um, hob ein Stück von einem Dachziegel auf und wühlte in dem frischen Erdhaufen herum. Als er fertig war, zog er den alten Brief aus der Tasche. Er las ihn ein letztes Mal, obwohl er sich an jedes Wort erinnern konnte, an jeden Absatz, an jeden unausgesprochenen Gedanken. Er faltete das Blatt, legte es in das Loch und bedeckte es wieder mit Erde. So ging es auf der Welt zu: Menschen, Taten und Gedanken, alles nahm hundert verschiedene Wendungen, bewegte sich, entfernte sich und verschwand, aber letztlich fand es sich doch am richtigen Ort ein. Ein bisschen so wie die Steine, die vor dem Haus von Maestro Ielapi auf einem Haufen lagen. Der Brief kehrte nach langen Jahren zu seinem rechtmäßigen Eigentümer zurück. Ein letztes Mal betrachtete er das Bild von Pepè Mardente, der mit seinen dunklen Brillengläsern schöner als Marcello Mastroianni war, und er liebkoste es wie seine Rosa am Tag zuvor, denn ihm war, als streichle er mit dieser Geste auch sie. Er drehte sich um und steuerte auf den Ausgang zu, zufrieden wie Maestro Ielapi, wenn er sein hübsches Mäuerchen betrachtete.

Doch im Lauf seiner täglichen Zustellungsrunde erwartete ihn ein weiteres Mäuerchen, denn dies war ein besonderer Tag, an dem sich mehrere Kreise seines Lebens schließen sollten.

Er hatte soeben einen Umschlag vor Totu Puglieses Fenster gelegt, da stand er plötzlich dem alten Rocco Melina mit den schwarzen Fingernägeln gegenüber. Er kam vom Fischhändler Peppa Treqquarti zurück, und aus der Tüte in seiner Hand drang ein leichter Duft nach frischen Sardinen. Der Postbote hatte den Dienst nicht vergessen, den Rocco ihm erwiesen hatte, und als er ihn erblickte, kam ihm derselbe Gedanken wie damals beim Verlassen der Werkstatt: Früher oder später würde er ihm einen Brief im Namen seines Sohnes schreiben.

»Wohl bekomm's!«

Die Worte des Postboten lieferten dem Alten einen Vorwand, um stehen zu bleiben, zu Atem zu kommen und den Rücken zu dehnen.

»Das Kreuz will einfach keine Ruhe geben«, sagte er mit leidender Stimme. »Ich gehe nur ein wenig spazieren«, fügte er hinzu und setzte sich wieder in Bewegung.

Der Postbote sah Rocco davonhinken. Aus der Tüte tropfte Wasser, sodass er ihm wie eine Schnecke vorkam, die eine Spur von Meerwasser hinter sich herzog. Nach wenigen Metern sah er, wie dem alten Mann ein Stück Papier aus der Hosentasche fiel.

»Maestro Melina, Sie haben etwas verloren.«

Der Alte drehte sich um, entdeckte den Zettel und ging zurück, um ihn aufzuheben. Er hatte kaum einen Meter zurückgelegt, da ertönte plötzlich das laute, dumpfe Geräusch eines schweren Gegenstands, der zu Boden fällt.

Von dem Gerüst um Pasquale Quirinos altes Haus herum war ein Eimer Kalk heruntergefallen, der dem Lehrling Pechìcu aus der Hand geglitten war wie eine Eidechse, genau an dem Punkt, an dem sich eine Sekunde zuvor noch der Alte befunden hatte. Bei dem beängstigend dumpfen Aufprall blickten sich alle um, und als sie merkten, dass sie der Gefahr entkommen waren, reagierte jeder auf seine Art. Rocco Melina seufzte erleichtert, und Pechìcu blickte sich erschrocken um, um zu sehen, ob Maestro Olivadese sein Malheur bemerkt hatte. Dieser fing an, auf Gott, die Muttergottes und sämtliche Heiligen des Frate-Indovino-Kalenders zu schimpfen, ließ Eimer und Kalk stehen und lief Pechìcu zwischen Hämmern, Spachteln und anderem Kleinzeug schimpfend hinterher, wobei er ihm Verwünschungen nachrief und die Pest an den Hals wünschte. Als er ihn einholte, hatte Pechìcu schon die Straße erreicht und machte Anstalten, für ein paar Tage aus dem Dorf zu verschwinden. Maestro Olivadese aber packte ihn am Kragen und zog ihn an sich wie einen Hahn, dem er den Kopf abhacken wollte. Dem Elenden blieb keine Zeit, San Rocco um Hilfe anzurufen, bevor der Chef ihm einen Nackenschlag versetzte, so kräftig, dass der Postbote und Rocco Melina schon glaubten, er habe ihn umgebracht. Einen Moment lang blieb Pechìcu die Luft weg, und als er ihn unter seinen Händen schlaff werden fühlte wie einen leeren Sack Kartoffeln, befürchtete sogar der Meister das Schlimmste.

»Lass gut sein«, sagte Rocco gutmütig.

»Wie soll ich es gut sein lassen, Maestro Rocco, dieser *disgraziato* hätte Sie fast umgebracht.«

Im unheilvollen Schatten, den diese Worte auf die Gasse I° Vico Pitagora warfen, begegneten sich die Blicke des Postboten und des alten Druckers, und sie dachten beide dasselbe: Hätte er nicht nach ihm gerufen, hätte Rocco Melina dasselbe Schicksal ereilt wie die frischen Sardinen, die er in der Hand hielt – er wäre nämlich nur noch ein Fettfleck auf dem Boden gewesen.

Was für ein erbärmliches Ende, durch die Hand des

zerstreuten Pechìcu und seinen Kalkeimer zu Tode zu kommen! Rocco Melina, der an jedem Tag seines Lebens Stempel aus Heideholz geschnitzt hatte, die aneinandergereiht eine Colonna Traiana ergeben hätten, kaum bescheidener in den Ausmaßen als das Original, Rocco Melina würde nicht zulassen, dass die letzte Form, die irgendeine Schicksalsgöttin an seiner Stelle schnitzte, eine Szene mit einem alten Mann darstellte, der durch einen schmutzigen Kalkeimer ums Leben kam.

Dank dem Postboten und seiner Gewohnheit, die Menschen zu beobachten, war dieses unrühmliche Ende ausgeblieben. Rocco bückte sich, um das Papier aufzuheben, ohne – im Gegensatz zum Postboten – daran zu denken, dass sein Tod auch von diesem zerknüllten Blatt mit irgendwelchen Notizen verhindert worden war. Als er es nämlich aus der Zeitung gerissen hatte, um sich einige Zahlen zu notieren, von denen er nicht mal mehr wusste, wozu sie nütze sein sollten, hatte der Alte sich gewiss nicht vorgestellt, dass der Fetzen ihm das Leben retten würde.

Er steckte das Stück Papier in die Tasche und sagte: »Sie haben mir das Leben gerettet.«

Er war beeindruckt von der Ernsthaftigkeit, mit der Rocco diese Worte aussprach.

»Jetzt sind wir quitt«, sagte er, drückte sich die Tüte mit dem Fisch an die Brust und setzte seinen Heimweg fort. Der Postbote blickte ihm nach und dachte, dass er ihm trotzdem eines Tages einen Brief von seinem Sohn schreiben würde.

»Du hättest jemanden umbringen können«, sagte Maestro Olivadese zu Pechìcu, als sie bereits wieder auf das

Gerüst geklettert waren. Diese Worte hüllten den I° Vico Pitagora erneut in eine bedrückende Aura des Todes, so als wäre sein Gespenst nicht vollständig verschwunden, sondern verharre noch auf der Straße, trotz der plötzlich veränderten Route bereit, endlich zuzuschlagen.

Der Postbote beschleunigte den Schritt, um das dumpfe Trauergefühl hinter sich zu lassen, und so gelangte er in weniger als einer Minute auf den Corso Migliaccio, wo deutliche Lebenszeichen seine traurigen Vorahnungen vertrieben. Er dachte, dass es ein guter Tausch war, sich jetzt dort aufhalten zu können, wie ein Siegel aus Heideholz, das jemand auf sein entsiegeltes Leben gedrückt hatte.

Ihm kam es vor, als habe an diesem Morgen jemand eine große Kiste geöffnet, in der sich all die Menschen drängten, deren briefliches Leben er in den letzten Jahren verfolgt hatte. Und dieser Jemand hatte sie alle auf einmal herausgelassen, wie wenn die Beerdigung von Pepès altem Brief lauter Erinnerungen zum Vorschein gebracht hätte. Und so begegnete er auf der Strecke zwischen dem I° Vico Pitagora und dem Anstieg zur Nervenheilanstalt erst der wohlriechenden Carmela, dann Ninuzza Rosanò, geborene Palazzo, die zur Kirche ging, Marianna Fòcaru in einer leichten, transparenten Bluse, Geno Marguzzo und Vittorio Mastrìja unter dem Baum vor dem Kiosk, Leone Signorello mit den Fäusten in den Taschen, Cecè Zàfaru in der Bar Arabia an einem Tischchen, wo er Kleinanzeigen studierte, und Paolo Farrise, der einen Reifen für ein dreirädeviges Auto über der Schulter trug.

Am Nachmittag besuchte er seine Tante, die geträumt

hatte, ihr sei die Decke auf den Kopf gefallen, und die darum beschlossen hatte, den Dachboden aufzuräumen. Der Postbote hatte befürchtet, die Einladung seiner Tante habe etwas mit der Hochzeit von Micu Cordaru zu tun, und er war erleichtert, dass er nur aufräumen sollte, denn er schwitzte lieber Unter- und Oberhemd voll, als sich wortreiche Vorwürfe anzuhören.

Der Dachboden seiner Tante war der chaotischste Ort, den er je gesehen hatte: Kisten, Truhen, Kleider, Wäscheständer, Schachteln und Kartons, Strohflaschen, Korbflaschen, zerbrochene Stühle, Berge von Schuhen, Schmierseife, Hüte, die mit Sicheln an Balken genagelt waren, Heugabeln, Hacken und sogar eine alte, von Mäusen zerfressene Schneiderpuppe.

»Wo sollen wir bloß anfangen?«, fragte er mutlos.

Sie fingen mit den leichten Sachen an, denn für die schweren, hatte die Tante sich überlegt, würde sie jemanden kommen lassen. Jedes Mal, wenn er etwas in die Hand nahm, um es wegzuwerfen, sagte sie: *Das nicht,* und so wurde aus einer Ansammlung von ausrangierten Gegenständen ein Umzug vom Dachboden in den Lagerraum im Erdgeschoss.

»Man soll nie etwas wegwerfen, Neffe, merk dir das. Früher oder später kann man alles gebrauchen, wirklich alles. Wenn wir etwas im Haus haben, dann kannst du sicher sein, dass es irgendwann wiederverwendet wird. Ach, da fällt mir ein«, sagte sie, »ich habe neulich ganz vergessen, dir zu sagen, dass es in Girifalco noch eine andere Frau gibt, die Pitocia genannt wird.«

Im ersten Moment war der Postbote überrascht, denn er erinnerte sich nicht sofort, dass er sie danach gefragt hatte, aber dann fiel ihm Salvatores und Teresas Baum wieder ein.

»Heute Morgen habe ich mich auf der Straße mit Rosina unterhalten, der Nachbarin. Sie hat gesagt, die Pitocia ist gerade vorbeigekommen und hat gegrüßt, und da habe ich an dich gedacht und sie gefragt, welche Pitocia sie meint, und sie hat geantwortet, dass auch Francescuzza Scaza so genannt wird. Das wusste ich noch gar nicht.«

Als sie fertig waren, rief die Tante ihn zu sich, ehe er das Haus verlassen konnte.

»Eins wollte ich dich noch fragen, *napùta mio*«, sagte sie und seufzte. Wenn sie ihn so nannte, sprach immer ihr Herz. »Interessiert dich Maria Beddicchia denn wirklich gar nicht?«

Der Postbote küsste die Tante und schwieg, obwohl er gern Nein gesagt hätte, vor allem jetzt nicht, wo ich Rosa wiedergesehen und von ihrer Liebe und Treue erfahren habe.

Mariettuzza senkte den Blick.

»Ihre Mutter hat mir gesagt, dass ein junger Mann um ihre Hand angehalten hat.«

»Das freut mich für sie, sie ist ein nettes Mädchen und hat es verdient.«

»Aber es ist nicht richtig.«

»Liebe Tante, alles ist richtig, wenn es passiert.«

Francescuzza Scaza wohnte an der kleinen Piazzetta dei Maraddisi, ein lauschiger Ort, zu dem man von Le Cruci aus über eine schmale abschüssige Gasse gelangte. Niemand hielt sich dort auf. Die alten Häuser schienen seit Jahrhunderten im Tiefschlaf zu liegen, gleichgültig gegenüber dem Vergehen der Zeit. Die Bougainvilleen an der Laube blühten, und der Postbote brach eine Blüte ab. Weiter hinten, am Ende der kleinen Piazza, stand unter einem Feigenbaum ein großer Stein in Form einer Bank.

Er hatte das Gefühl, sich in der im Brief beschriebenen Szene zu befinden. Wo hatte sich Crisante versteckt, um Teresa zu beobachten? Hinter der Bougainvillea gab es eine Nische unter der Treppe, die wie ein Versteck aussah, und er schlüpfte hinein. Auf Augenhöhe fehlten ein paar Ziegelsteine, als hätte jemand absichtlich Schlitze angelegt, um sehen zu können. Der Postbote beobachtete den kleinen Platz, und er fühlte sich wie der abwartende Crisante. Plötzlich ... das war doch nicht möglich ... Er hatte sich so sehr in die Situation hineinversetzt, dass er zu träumen glaubte. Er spürte, wie ihm die Luft wegblieb, sein Atem ging langsam, er fing an zu schwitzen, und doch – Teresa Sperarò hatte den Platz betreten. Sie hielt eine Tasche in der Hand, hatte beim Laden vorbeigeschaut und beschlossen, auf diesem Weg nach Hause zu gehen, denn durch den Brief hatte sie Sehnsucht nach Salvatore bekommen. Der Postbote dachte, dass Wunder vielleicht nur absolute Zufälle sind. Teresa riss eine Blüte ab, hielt sie sich unter die Nase, und der Postbote berührte die Blüte, die er selbst in der Hand hielt. Teresa vergewisserte sich mit einem Blick, dass niemand da war, dann trat sie unter den Baum, strich über die Rinde, stellte die Tasche auf die Erde und setzte sich auf den Stein. Sie lehnte den Kopf an den Stamm, schloss die Augen und streckte den Arm nach hinten. Einige Sekunden lang hielt sie ihn so, bis ihr klar wurde, dass niemand nach ihrer Hand greifen würde.

Sie lächelte, stand auf und verschwand hinter der Ecke.

Der Postbote betrachtete die Szene mit der gleichen Verehrung, die Crisante empfunden haben musste, und als sie den Arm ausstreckte, hätte er sie gern bei der Hand genommen und sie vielleicht geküsst, umarmt und ihr ins Ohr geflüstert: »Ich bin wieder da, siehst du? Ich bin wieder da.« Er wartete eine Weile, ehe er sein Versteck verließ, dann ging er zu dem Baum und setzte sich auf Teresas Platz.

An jenem Abend notierte er den Zufall und fügte einen Nachtrag hinzu:

*Nummer 462:*
*Zufällig kommt Teresa Speraró genau in dem Augenblick vorbei, in dem ich so tue, als sei ich Salvatore Crisante, genau so, wie es im Brief beschrieben ist.*

*PS: Wunder sind nichts anderes als absolute Zufälle.*

## 32

*Von Viapianas Prinzip, von weiteren Zufällen, von einem ungeschriebenen Brief und von der Reise des Menschen ins Königreich Anderswo*

Lieber Viapiana, du hattest tatsächlich recht. Nichts wird erschaffen und nichts zerstört, aber hättest du dir träumen lassen, dass dein Tod ein weiterer Beweis dafür sein würde?

Am Morgen des 28. Juni segnete Michele Viapiana, Mathematiklehrer an der örtlichen Mittelschule, das Zeitliche. Während er Palaia Giovanni zu Lavoisiers Gesetz abfragte, brach er plötzlich vor dem Katheder der Klasse 6b zusammen. Die Schüler glaubten, er sei eingeschlafen, was durchaus vorkam, denn Viapiana stand schon im Morgengrauen auf, um die Schweine zu füttern. Giovanni Palaia, Matteos Sohn, fing sogar an ihn zu schütteln, lief dann aber eilig zum Hausmeister, der sich vom Ernst der Sache überzeugte und den Schulleiter Giuseppe Vitaliano herbeirief. Kurze Zeit später stellte Dottor Vonella fest, dass der liebe Professore gestorben war, vermutlich an einem Infarkt.

Nichts wird erschaffen und nichts zerstört. Auch der

Schüler Palaia wusste das, er hatte die Formel auswendig gelernt, obwohl ihm nicht einleuchtete, dass das Wasser, das ihm auf den Kopf fiel, dasselbe sein sollte wie das, das er ausgepinkelt hatte.

Nichts wird erschaffen und nichts zerstört, aber alles verwandelt sich. Und mit seinem Tod bestätigte Viapiana diesen Satz, denn drei Stunden nach dem Infarkt brachte seine Tochter Francesca im städtischen Krankenhaus von Catanzaro den kleinen Michele Scicchitano zur Welt. Der Großvater starb, und der Enkel wurde geboren; die Menge an Leben blieb dieselbe, es wechselte nur den Ort. Und wenn das stimmte, dann hatten in Girifalco, in Kalabrien und in der ganzen Welt schon immer dieselben Seelen gelebt.

Viapianas Witwe konnte es nicht fassen. Am Abend war sie verzweifelt, weil sie wegen des Trauerfalls keine blaue Schleife für das männliche Neugeborene an die Tür hängen konnte, und weil ihr treuer, fürsorglicher Ehemann seinen Enkel niemals sehen würde. *Mein armer Mann, daran ist nur Dottor Vonella schuld,* murmelte sie, in Trauerkleidung gehüllt, vor sich hin.

Als der Postbote sie klagen hörte, verstand er nicht, was Dottor Vonella, geschätzter Arzt und Held des Dorfes, mit dem Tod des Mathematiklehrers zu tun haben sollte. Darum spitzte er die Ohren, als der Schwiegersohn den Grund für die Wahnvorstellung seiner Schwiegermutter erklärte. Der arme Lehrer Viapiana, ein präziser, aber der *Madonna della Matrice* streng ergebener Mathematiker, hatte nämlich am Ostersonntag der *Cunfrunta* nicht beiwohnen können, weil er aufgrund plötzlichen Unwohlseins in der Nacht zum Karfreitag von Dottor Vonella ins

Krankenhaus eingewiesen worden war. Und dort hielten die Ärzte ihn fest, obwohl er sich heftig dagegen sträubte.

Heilkunde und Heilige vertragen sich nicht gut, und so war der Professore gezwungen, den Morgen des Ostersonntags in einem Krankenhausbett zu verbringen und sich die Botschaft des Apostels Johannes, den Lauf der Heiligen, den Flug der Tauben und den tosenden Applaus der Zuschauer in allen Einzelheiten auszumalen. *In diesem Jahr geschieht mir ein Unglück,* wiederholte er von da an ständig, denn in seinem ganzen Leben, von dem Tag an, an dem ihn die drei Votivkapellen zur Welt kommen sahen, hatte er keine einzige *Cunfrunta* verpasst. Nicht dabei zu sein, wenn die Muttergottes den schwarzen Umhang abstreifte, das brachte in Girifalco Unglück, schlimmer noch, als wenn eine Fledermaus ins Haus kam, ein Spiegel zerbrach oder einen der Totengräber Talaiò grüßte. Seine Befürchtungen konzentrierten sich auf die schwangere Tochter, denn wer weiß, was ihr alles zustoßen könnte, aber letztlich ging für den kleinen Michele Scicchitano alles gut aus, für ihn schon, aber nicht für den armen Großvater.

Und da die Witwe nicht die Herzschwäche, sondern die von Vonella verschuldete Abwesenheit bei der *Cunfrunta* für die Todesursache hielt, hatte eben der Doktor den Lehrer umgebracht. Zwei weitere Zufälle, die der Postbote in die kurze Abhandlung aufnehmen konnte:

*Nummer 463:*
*Der Lehrer Viapiana stirbt in dem Jahr, in dem er zum ersten Mal in seinem Leben nicht an der* Cunfrunta *teilgenommen hat.*

*Nummer 464:*
*Zeitliche Übereinstimmung zwischen Viapianas Tod und der Geburt des Enkels, der denselben Vornamen erhält wie sein Großvater. Nichts wird erschaffen und nichts zerstört.*

Die beiden Zufälle brachten den Postboten auf die Idee, eine neue Kategorie einzuführen:

FOLGERICHTIGE ZUFÄLLE

*Auch »doppelte Zufälle« genannt, sind solche, bei denen der zweite eindeutig die Folge einer Tatsache und/oder eines Ereignisses des ersten Zufalls ist.*
*Wie im Fall von Nummer 463 und 464: Wäre Viapiana nicht infolge der verpassten* Cunfrunta *gestorben, wäre auch alles andere nicht passiert.*
*Wie die gleichartigen Zufälle müssen auch diese unterstrichen werden, weil sie zwei Zufälle betreffen und eine Verdoppelung der Bedeutung darstellen.*

Auch die *Kurze Abhandlung über den Zufall* ähnelte Maestro Ielapis Mäuerchen, denn nach und nach fügten sich die Einträge der Ordnung und den Regeln, die die Welt regieren, genau wie die Tag für Tag angehäuften, ungeordneten, unregelmäßig geformten Steine. Nicht nur registrierte der Postbote sämtliche Zufälle, deren Zeuge er wurde, sondern im Lauf der Zeit war es ihm ein Bedürfnis geworden, darüber nachzudenken, die Mechanismen dahinter zu verstehen und eine regelrechte Theorie des Zufalls zu ersinnen.

Und so führten die Zufälle 441 und 442 dazu, dass er die Theorie über gleichartige Zufälle aufstellte; die Zufälle rund um die Geschichte mit Viapiana riefen den

Gedanken an die folgerichtigen Zufälle hervor, und Nummer 439 führte zum numerischen Zufall:

### NUMERISCHE ZUFÄLLE

*Wie man aus dem Zufall Nr. 439 folgern kann, wird ein normales Vorkommnis durch die Häufigkeit, mit dem es geschieht, zu einem Zufall.*
*Eine Tatsache allein hat noch nichts zu bedeuten. Aber wenn sie sich viele Male und unter bestimmten Umständen wiederholt, dann wird sie zu einem Zufall.*

Darauf ließ er zahlreiche weitere Überlegungen folgen:

*Damit diese Abhandlung vollständig wird, müsste es in diesem Heft von jedem Zufall ein Bild geben, eine Fotografie des Ereignisses, während es geschieht.*
*Aber das ist unmöglich, und zwar aus dem einfachen Grund, dass manche Zufälle überhaupt nicht fotografiert werden können.*
*Häufig nehme ich meine Nikon mit in der Erwartung, dass ein Zufall geschieht, aber trotz aller Aufmerksamkeit ist es mir noch nie gelungen, einen zu fotografieren.*
*Entweder trat der Zufall ganz plötzlich ein, und mir blieb nicht genug Zeit, oder er geschah ausgerechnet an einem Tag, an dem ich die Kamera nicht mitgenommen hatte.*
*Daraus kann man schließen, dass der Zufall nicht aufgenommen werden will, so wie alte Menschen sich manchmal abwenden, wenn sie eine Kamera sehen.*
*Darum habe ich auf das Fotografieren verzichtet, fände es aber trotzdem sehr schön, wenn diese Abhandlung bebildert wäre.*

Und weiter:

*Der Zufall ähnelt einer kleinen Lupe, die ein Fadengewirr klarer erkennbar macht und Ordnung und Bedeutung bringt, wo nur Verwirrung und Zufälligkeit zu herrschen scheinen.*
*Er ist wie ein Fenster, das sich plötzlich öffnet und den Blick auf eine Landschaft freigibt, die wir noch nie gesehen haben, er zeigt uns ein paralleles Leben, das sich um uns herum abspielt, ohne dass wir es wahrnehmen. Durch Zufälle deutet es seine Existenz jedoch an.*

Der Postbote bekam niemals Briefe. Es war das Schicksal seiner anonymen Botschaften, dass sie nie beantwortet wurden. Auf das Schreiben, das er mit falschem Absender an Dottor Cordito geschickt hatte, erwartete er allerdings eine Antwort, und die erreichte ihn am Morgen des 29. Juni:

*Sehr geehrter Herr,*
*ich weiß nicht, warum Sie mir diesen Brief geschrieben haben. Und da es sich nicht um eine Verwechslung handeln kann, hoffe ich, dass Sie mir die Gründe Ihres Vorgehens erläutern werden.*
*Sie wissen offenbar, dass mir der Name, den Sie genannt haben, nicht fremd ist, und ich hoffe, dass dieses Eingeständnis ausreicht, damit Sie sich genauer dazu äußern.*
*In der Erwartung, Ihre Bekanntschaft zu machen.*

Nach dem Mittagessen setzte sich der Postbote an den Schreibtisch:

*Sehr geehrter Herr Doktor,*
*Ihre Antwort lässt mich auf eine Fortsetzung unseres Briefwechsels hoffen. Einstweilen soll es Ihnen genügen zu wissen, dass ich ein Freund von Teresa bin ...*

Wie sollte er seine Einmischung in diese Geschichte begründen? Einen Moment lang empfand er das wohlbekannte Gefühl der Fremdheit, doch dann war ihm die naheliegende Idee gekommen, sich für einen Freund von Teresa auszugeben. Sollte der Arzt mit ihr in Kontakt stehen und sie um eine Erklärung bitten, die sie ihm nicht geben konnte, so schützte ihn immer noch der Schleier der fiktiven Identität.

Ein guter Freund von Teresa! Stimmte das etwa nicht? Lag ihm ihr Leben nicht tatsächlich am Herzen? Dachte er nicht mehrmals täglich an sie?

Der Postbote verliebte sich nicht leicht, aber seine Zuneigung zu Teresa kristallisierte sich allmählich heraus, wie es bei der Liebe manchmal der Fall ist, bevor sie endlich offen ausbricht: Wenn sie auftauchte, empfand er es wie eine Offenbarung, und er sah einen Engel ohne jeden Makel in ihr.

Fast alle Frauen in seinem Leben hatte er nur mit dem Blick geliebt: Angela, Teresa, Maria, Carmela, doch seit den Zeiten dieser Urbilder von Weiblichkeit hatte er keine Frau mehr so aufmerksam beobachtet.

Die Briefe schienen Teresas Gewohnheiten und Befindlichkeiten nicht verändert zu haben: derselbe Gesichtsausdruck, dieselben Kleider, derselbe Tagesablauf. Aber war das möglich? Nach über zwanzig Jahren taucht die tragische Liebe ihres Lebens wieder auf, und sie bleibt vollkommen gleichmütig? Sie war es sicher gewöhnt, ihre wahren Gefühle nicht zu zeigen. Seitdem Salvatore verschwunden war, musste sie so tun, als ob, musste täglich lügen, immer wieder eine Miene aufsetzen, die die anderen glauben machte, es sei alles in Ordnung. Und nach so vielen Jahren des leidvollen Sichverstellens kommt endlich der ersehnte Moment, und dann muss sie ihr Glück verheimlichen. Im Grunde hatte sich nichts geändert, sie musste nur an vergangene Schmerzen denken, daran, dass die Liebesbriefe bald ausbleiben würden, weil keine Freude lange anhält. Also, Teresa, warum solltest du dich freuen?

Auch der Postbote musste weiterleben wie bisher, um elf zu Alfreduzzus Lebensmittelladen gehen, wo er manchmal gleich nach Teresa eintrat und beobachtete, wie sie Tiefkühlgerichte aus der Gefriertruhe nahm. So tun, als ob nichts wäre, höchstens an sie denken. *Warum bist du in San Floro geblieben, Salvatore? Die Furcht, überflüssig zu sein, natürlich: Du glaubtest zu stören, hattest Angst, dass die Leute über dich reden. Und im Grunde hast du befürchtet, dass ich nicht in dich verliebt bin, und wenn doch, wärst du meiner vielleicht nicht würdig gewesen. Du bist in San Floro geblieben, hast gezögert wie damals, als du unter meinem Balkon standest. Ehe du den Stein an den Fensterladen warfst, sah ich dich lange warten. Du brauchst Gewissheit, bevor du dich in Bewegung setzt, denn um nichts in der Welt könntest du ein Nein ertragen.*

Der Postbote sah, wie Teresa vor dem Regal mit den Nudeln stehen blieb und ein Kilo Bucatini herausnahm.

*Wer weiß, wann du beschließt, den Stein ans Fenster zu werfen, wann du dich zeigen wirst, ohne etwas zu sagen oder auf ein Wort von mir zu warten, weil du mich nur ansehen musst, um zu wissen, dass zwanzig Jahre nicht ausgereicht haben, um dich vergessen. Ach, wenn es doch nur bald dazu käme, vor diesem Laden hier oder auch ein Stück weiter, in der Nähe der Sportbar.*

Die letzte Schachtel mit grobem Salz stand ganz oben im Regal, und Teresa vollführte einen kleinen Sprung, um sie herunterzuholen. Der Postbote wollte zu ihr gehen, um ihr zu helfen, blieb aber stehen, wo er war.

*Wenn ich nur wüsste, wo ich dich suchen muss! Würde ich es tun? Ich weiß es nicht. Wer soll den entscheidenden Schritt wagen? Das heißt, wer von uns fühlt sich schuldiger? Ich weiß schon, was du mir antworten würdest.*

Zuletzt holte Teresa Brot, dann bezahlte sie und ging hinaus. Der Postbote sah sie mit den Tüten fortgehen. Das Gewicht der Ware machte ihr zu schaffen, aber wenn man drei schwere Tüten trägt und seine Hände und Arme kaum noch spürt, ist es umso schöner, nach Hause zu kommen, sie abzustellen und eine körperliche Erleichterung zu empfinden, die sich sonst nicht eingestellt hätte. Genau wie den Schmerz: Auch nach zwanzig Jahren reicht ein Fünkchen Glück, und der Schmerz ist nur noch eine ferne Erinnerung, kaum mehr als eine flüchtige Empfindung.

Er zerriss das Blatt und fing noch einmal von vorne an:

*Sehr geehrter Herr Doktor,*
*Ihre Antwort lässt mich auf eine Fortsetzung unseres Briefwechsels hoffen.*
*Dies ist nicht der Moment, um Ihnen zu sagen, wie ich von Ihrer Verbindung zu diesem Namen erfahren habe, aber inzwischen glaube ich, dass unsere Begegnung keinen Aufschub mehr duldet.*

Hätte er im täglichen Leben nur dieselbe Sicherheit gehabt, die er beim Schreiben an den Tag legte: Wie gut verstand er zu schreiben, wie schlecht aber zu leben!

Beim ersten Mal hatte er sich hinter einem erfundenen Namen verstecken können, aber auch wenn er sich jetzt die Hose hochkrempelte, um den Fluss zu durchqueren, würde er dennoch nasse Füße bekommen und sich an das kalte Wasser gewöhnen müssen. Wovor fürchtete er sich eigentlich? Er war der einzige Mensch, der in diese Geschichte verwickelt war, ohne etwas zu riskieren: Sowohl der Doktor als auch Teresa waren verheiratet, also waren sie diejenigen, die allen Grund hatten, die Tatsachen herunterzuspielen. Dass er am längeren Hebel saß, beruhigte ihn.

Am Abend konnte er nicht einschlafen, und die Schuld dafür gab er dem grellen Licht, das durch die Spalten der Fensterläden hereinfiel. Er stand auf, weil er glaubte, das Licht der Straßenlaterne spiele verrückt, aber tatsächlich war es der Mond, der die Nacht erhellte.

Er glaubte, dass die Nacht das Schicksal des Schwans teilte, der kurz vorm Tod am schönsten sang.

Er dachte, dass der Mensch ein ehrgeiziges Wesen ist, dass es sich aber nicht lohnte, so weite Wege zurückzulegen, wenn man jedes Mal wieder an den Ausgangspunkt zurückkehren musste.

Er dachte, dass die Mondlandung dem Aufbruch der Menschen der Antike in unbekannte Meere ähnelte – wichtig war nicht, was man fand, sondern was man zurückließ.

Er dachte, dass der Mensch seine langen Irrfahrten durch Länder, über Meere und zu Planeten, auf denen er vielleicht fremden Völkern begegnete, welche Menschen in Schweine verwandelten oder sie aufaßen, vor allem deshalb unternahm, weil er auf diese Weise vor sich selbst fliehen und sich vormachen konnte, dass das Leben, das ihm zusteht, nicht jenes ist, das er auf dieser Welt lebt, sondern eines, das ihn an einem unbekannten Ort erwartet, dem Königreich Anderswo, in dem jeder Tag die glücklichen, hoffnungsvollen Farben der Kindheit hat.

## 33

*Von Carruba, der Hand Gottes, und von
Totuzzu Stranieris verlorenem Sohn, den
endlich das gefürchtete Gespenst einholt und
der es dadurch hinter sich lassen kann*

Wo Schicksal und Vorbestimmung gescheitert waren, hatte Carruba Erfolg, aber vielleicht hatten sie ihn auch nur zum Instrument ihres Willens auserkoren. Ort der göttlichen Erscheinung war die demolierte Hauswand von Nachbarin Annuzza, die der junge Plakatkleber Jahre zuvor als geeignete Kulisse für die Bekanntmachungen, wer im Dorf gestorben war, ausgewählt hatte. Tausende von Todesanzeigen würden sich im Lauf der Jahre hier anhäufen, Tausende von Namen und Zahlen, Tausende von windzerfetzten, vom Regen aufgeweichten, von frevelhaften Händen zerrissenen Plakaten. Carruba hatte diesen Ort auch deshalb gewählt, weil sich gegenüber das Fenster von Maestro Ninu Pisciàru befand, der ihm auf die Nerven ging. Ein äußerst abergläubischer Mensch, dieser Maestro, der sich an seinem in die Milch getunkten Brot verschluckte, wenn er morgens auf diesen makabren Terminkalender sah.

An jener Hauswand also vollbrachte Carruba das Wunder, das sich mittels Näherung, Kombination und Nebeneinanderstellen ereignete, indem er nämlich das, was einander fern, aber zur Begegnung bestimmt war, am selben Ort und zur selben Zeit aufeinandertreffen ließ. Die göttliche Hand hatte die Nachricht vom Ableben unseres lokalen Marcello Mastroianni am einzigen Ort dieser Welt aufgehängt, der ihm gebührte: neben der Todesanzeige der Frau, die er geliebt hatte.

Allein der Postbote wusste, dass die heimliche Liebe zwischen Pepè Mardente und Assunta Chillà so ihre Vollendung gefunden hatte, dass sich vielleicht hinter dem vernachlässigten Äußeren von Carruba der Götterbote Merkur verbarg, und dass der Zahnstocher zwischen seinen Lippen die irdische Projektion des Merkurstabs war. Im Tod waren Pepè und Assunta sich so nah, dass sie einander fast berührten wie Romeo und Julia, und der Postbote dachte, dass sich das Schicksal, bevor es sich erfüllt, zu unerklärlichen Wallfahrten hinreißen ließ, und dass sich diese Liebe vielleicht nur in dieser symbolischen Berührung im Tod verwirklichen konnte. Jedenfalls war es, als verwandelte sich Carruba für einen Moment in Don Ciccio Palaia, der Pepè und Assunta vermählte.

Der Postbote war der einzige Gast bei dieser Hochzeit, und tatsächlich spielte sich die Trauung vor seinen verwunderten Augen ab. Annuzza, die ein paar blühende Zweige aus ihren Blumentöpfen vom Balkon warf, war die Sakristanin, die auf dem Kirchplatz Rosenblüten streute. Mario Cardatura hinkte vorbei und pfiff eine Melodie, die offenbar die Begleitmusik war, und Maestro Giovannis

Handkarren fuhr vor, wie wenn er das Brautpaar aufsteigen lassen und fortbringen wollte.

Wieder zu Hause angekommen, schlug der Postbote die Abhandlung auf:

*Nummer 465:*
*Carruba hängt zufällig die Todesanzeigen für Pepè Mardente und Assunta Chillà nebeneinander auf.*

In Girifalco schien ein böser Zauber zu wirken, denn am Nachmittag ging der Postbote zu einer weiteren Beerdigung: Der junge Pechìcu war gestorben, der fleißige, aber zerstreute Lehrling. Es war eines der Unglücke passiert, die die Zerbrechlichkeit der Existenz spürbar werden lassen, denn der arme Pechìcu hatte einen falschen Schritt getan und war hingefallen, als er Maestro Olivadese einen Kalkeimer bringen wollte, wobei er mit dem Kopf gegen die Mauer schlug und auf der Stelle tot war. Er war ein zerstreuter Junge, und es ist nicht gut, wenn so ein Mensch auf einem Gerüst arbeitet, aber wie so vielen jungen Männern in Kalabrien blieb Pechìcu, der seine drei kleinen Schwestern durchfüttern musste, keine andere Wahl. Er war ein Träumer gewesen. Er malte sich fremde Welten aus und lebte hundert verschiedene Leben. Und zwischen zwei Leben fiel ihm auch der Kalkeimer um, oder, schlimmer noch, er selbst kam zu Fall.

Der Postbote brachte Pechìcus Tod mit dem in Verbindung, was im I° Vico Pitagora geschehen war, mit der Aura des Todes, die entstanden war, nachdem Rocco Melina fast gestorben wäre, mit dem Gespenst des Todes, das durch die unvorhergesehene Kursänderung verwirrt und darum bereit gewesen war, bald wieder zuzuschlagen.

Bei der Beerdigung sah er Teresa Sperarò.

Er hatte beschlossen, nach San Floro zu fahren. Dem Arzt hatte er nicht zurückgeschrieben, weil er den Eindruck hatte, damit eine Soße zu verwässern, die im Gegenteil noch angedickt werden musste. Wenn er den Fluss durchquerte, würde er zwangsläufig nasse Füße bekommen, auch wenn er sich die Hose hochkrempelte.

Und so fuhr er am 1. Juli nach San Floro. Dem Gesetz der sich schließenden Kreise gemäß lösten sich genau an jenem Morgen beim Durchblättern des Lokalteils der *Gazzetta* seine Zweifel an der Identität des Dichters Lorenzo Calogero auf:

### LORENZO CALOGERO – SELBSTMÖRDER AUS LIEBE

Der Dichter Lorenzo Calogero, dessen Leichnam vor einigen Tagen im Garten der Villa Nuccia gefunden wurde, soll sich aufgrund einer unerwiderten Liebe das Leben genommen haben.

Der Bericht des Gerichtsmediziners führt den Tod auf übermäßigen Konsum von Barbituraten zurück. Der Tod war also beabsichtigt. Der Dichter hatte zuvor bereits mehrmals versucht, seinem Leben ein Ende zu setzen, ein schmerzliches und unausweichliches Schicksal, das nicht einmal der Gewinn des *Premio Città di Palmi* abzuwenden vermochte. Während der vorhergegangenen Aufenthalte in der Villa Nuccia hatte sich der Dichter unsterblich in eine junge Krankenschwester aus Borgia, Aurora M., verliebt, die seine Zuneigung jedoch nicht erwiderte.

Calogero, der mit seiner Mutter zusammenlebte, hatte vor einigen Monaten eine Wohnung in San Floro angemietet, vermutlich, um der geliebten Frau näher zu sein.

Menschen, die ihn in letzter Zeit gesehen haben, sprechen von einem unsauberen, unordentlichen Menschen, der zu viel rauchte und jeden körperlichen Kontakt ablehnte.

Ein Zettel, der in seiner Jackentasche gefunden wurde, lässt keinen Zweifel an der Natur dieses Suizids: *»Aber ich interessiere mich nicht mehr für das Leben. / Heute kümmere ich mich um den Tod. / Sehr bald schon werde ich sterben und rasch, / denn morgen folgst auch du mir auf den See. / Und die Schale ist gekrümmt / schon springt sie auf und scheint zu gähnen. / Dir auszuweichen, lohnt kein langes Mühen. / Kaum noch interessiert sie mich; / jetzt ein jungfräuliches Gähnen / und das Blut ist flüssig, doch sonst ist es dasselbe Ding. / Wie eine frische Binse / hältst du dir eine Narzisse an die Nase.«*

Der Postbote stieg in den Überlandbus und dachte, dass dies seine letzte Fahrt ins Dorf seiner Vorfahren sein würde. Er blickte sich um, denn er wollte sich alles genau einprägen: die Schwitzränder auf den Sitzen, den Staub, der auf den Fensterscheiben geronnen war wie Blutspritzer, das weiße Kruzifix am Rückspiegel des Fahrers, das hin und her schwang wie ein Pendel.

Er fuhr nach Floro, aber die Poststelle war geschlossen. Die Abwesenheit des Kollegen war das Zeichen, dass er allein mit dem Doktor reden sollte. Er erinnerte sich an den Weg, den der Freund ihm gezeigt hatte, und brach auf.

In diesen Straßen war sein Vater aufgewachsen, auf diesem Pflaster, unter diesen sich selbst überlassenen Straßenlaternen. Mit einem Mal empfand er Neugier und wünschte sich, etwas über den Menschen Totuzzu Stranieri zu erfahren: was er als Kind gespielt und welche Frauen er geliebt, wovon er heimlich geträumt hatte. Und wer weiß, vielleicht hatte auch er die Dinge gern von Weitem betrachtet oder sich gewünscht, ans Ende der Welt zu reisen. Er hatte nie schlecht von seinem Vater gedacht. Indem er sein eigenes verzichtbereites Wesen auf ihn projizierte, stellte er Ähnlichkeit her, so als bestünde für den verlassenen Sohn der Weg zum Heil darin, sich in den Vater hineinzuversetzen und an dessen Stelle zu treten.

Bald darauf kam er vor dem Haus des Arztes an. Das Tor war geschlossen, eine Klingel gab es nicht. Er spähte zwischen den Gitterstäben hindurch. Nach kurzer Zeit kam eine Frau mit einem Weidenkorb aus dem Haus. Sie hatte ihn nicht bemerkt und wollte gerade im Garten verschwinden.

»*Buongiorno*«, sagte der Postbote laut.

In dem Augenblick, in dem er beschlossen hatte, nach San Floro zu fahren und mit dem Arzt zu reden, hatte er Schüchternheit und Bedenken beiseitegeschoben und sich immer wieder gesagt, dass er, auch wenn er sich die Hose hochkrempelte, um den Fluss zu durchqueren, sich dennoch die Füße nass machen und an das kalte Wasser gewöhnen musste.

Die Frau kam auf ihn zu.

»Guten Tag. Was kann ich für Sie tun?«

»Ich möchte mit dem Dottore reden.«

»Sie sind nicht aus dem Dorf.«

Doch, hätte er gern gesagt, ich bin Totuzzu Stranieris verlorener Sohn, aber er traute sich nicht.

»Ich komme aus Girifalco.«

»Sie haben Glück, normalerweise ist der Doktor um diese Zeit bei der Arbeit. Ich hole ihn«, sagte sie und drehte dem Postboten den Rücken zu. »Kommen Sie herein, das Tor ist offen.«

Er trat in den Garten. Unter jedem Obstbaum stand ein Tisch aus Holz: unter dem Nussbaum, unter der mit Zibibbo überwachsenen Laube, unter dem Pflaumenbaum. Drei Obstbäume und drei Tische wie die Arbeitsplätze eines seltsamen Schriftstellers, der an drei verschiedenen Büchern arbeitet und für jedes davon den richtigen Schatten braucht.

Die Tür öffnete sich, und der Postbote drehte sich um. Auf der Schwelle stand ein Mann um die sechzig, mit weißem Haar und weißem Bart. Er hatte nicht die scharfen Gesichtszüge der alten kalabresischen Bauern. Seine Stirn war hoch, die Wangen glatt, die Augen schwarz. Er hielt die *Gazzetta del Sud* in der Hand; bestimmt hatte auch er von Lorenzo Calogeros Tod erfahren, und vielleicht hatten die beiden sich sogar gekannt. Vielleicht hatte der einsame Dichter ihn gefragt, ob er unter der Weinlaube ein paar Verse schreiben dürfe, denn dort würden sie gefühlvoller geraten. Der Gedanke an den selbstmörderischen Dichter verblasste jedoch sofort, denn endlich, nach langer Suche, stand der Postbote Salvatore Crisante gegenüber.

»Ich bin Dottor Cordito«, sagte der Mann beim Näherkommen und reichte ihm die Hand.

Seine Stimme war klar und fest. Die Ehefrau ging zum Ende des Gartens. Vielleicht lag es daran, wie der Arzt ihn musterte, oder auch daran, dass er wusste, worin seine Arbeit bestand, jedenfalls war dem Postboten unbehaglich zumute. Er wusste nicht, was er sagen sollte, um die Verlegenheit des Augenblicks zu überwinden, aber das war auch nicht nötig.

»Ich nehme an, Sie sind Signor Luigi Gemelli-Careri.«

Er hatte das Pseudonym fast vergessen und fand es komisch, auf diese vornehme Art angesprochen zu werden. Fast hätte er gelächelt.

»Kommen Sie, setzen wir uns.«

Tatächlich nahmen sie unter der Laube Platz, und der Postbote spürte ein frisches, stärkendes Lüftchen im Rücken.

»Möchten Sie etwas trinken?«

»Kaltes Wasser wäre schön.«

Der Arzt rief nach seiner Frau und bat sie, ihnen etwas zu trinken zu bringen, und als sie wieder allein waren, blickte er ihm unverwandt ins Gesicht.

»Also, da wären wir. Sie wissen, wer ich bin, aber wer sind Sie?«

Die falsche Identität schützte den Postboten, und es war wichtig, eine Tarnung zu haben, hinter der er sich verstecken konnte, denn er wusste nicht, wohin diese Begegnung führen würde.

»Meinen Namen kennen Sie bereits, und was meinen Beruf betrifft: Ich bin Drucker.«

»Ah, Drucker, interessant, und würden Sie mir jetzt bitte auch sagen ...«

In diesem Moment kam seine Frau mit einem Tablett

und Gläsern zurück. Sie stellte es auf den Tisch und ging wieder ins Haus.

»Also, würden Sie mir bitte erklären, warum Sie mir den Brief geschrieben und diesen Namen genannt haben? Ich würde gern verstehen, wie Sie auf mich gekommen sind, an meine Adresse, und was Sie von meiner Verbindung zu diesem Namen wissen. Langer Rede kurzer Sinn: Was haben Sie mit Salvatore Crisante zu tun?«

Mit dieser Frage hatte der Postbote gerechnet. Wissen Sie, lieber Herr Doktor, ich vertreibe mir die Zeit, indem ich die Briefe anderer Leute öffne, sie lese, abschreibe und aufbewahre, und eines Tages habe ich zufällig einen Brief aufgemacht, der exakt in meiner Handschrift geschrieben war, und das war nicht das erste Mal, wissen Sie. Er war an Maria Migliazza adressiert, tatsächlich aber an Teresa Sperarò gerichtet. Da bin ich neugierig geworden, habe mich erkundigt und bin auf den Namen Salvatore Crisante gestoßen. Und als ich den Stempel von San Floro gesehen habe, bin ich mithilfe meines Freundes, des Briefträgers, den Sie sicherlich kennen, hierhergekommen. Nun sitze ich endlich hier dem Verfasser der Briefe gegenüber und weiß noch nicht, ob er Dottor Cordito oder Salvatore Crisante unter falschem Namen ist.

»Dasselbe könnte ich Sie fragen«, sagte der Postbote.

Der Doktor lächelte. »Aber Sie haben nach mir gesucht, und wenn wir so weitermachen, kommen wir zu nichts. Und wir sind uns doch einig, dass wir beide mit neuen Antworten aus diesem Treffen hervorgehen wollen. Sie haben nach mir gesucht, also ist anzunehmen, dass Sie die dringenderen Gründe haben.«

Der Postbote setzte das Glas an die Lippen, um Zeit zu

gewinnen und seine Gedanken zu ordnen. Im Grunde hatte der Arzt recht, er war derjenige, der den ersten Schritt tun musste.

»Sagen wir, ich stehe der Empfängerin der Briefe sehr nahe, die, wie Sie wissen, eine gebundene Frau ist. Eine Ehefrau und Mutter, die jetzt Antworten haben will.«

Er ging ein großes Risiko ein, das war ihm klar, denn wenn der Doktor mit Teresa in Verbindung stand, würde er ihm auf die Schliche kommen. Doch als der Arzt antwortete, sah er an seiner Miene, dass seine Strategie richtig war.

»Sind Sie ein guter Freund von ihr?«, fragte der Doktor, und sprach das Wort *guter* mit einem anzüglichen Unterton aus. Der Postbote spürte, dass seine Stimme zittern würde, darum wartete er einen Moment, ehe er antwortete: »Nein.«

Das schien sein Gegenüber zu beruhigen.

»Dann sind Sie also ein Verwandter?«

»Nein.«

»Nun erklären Sie es mir endlich. Schickt sie Sie?«

Die Dringlichkeit der Frage und der Grad an Unkenntnis, den sie offenbarte, machten dem Postboten wieder Mut.

»Nein, aber es ist, als hätte sie es getan.«

»Und wie sind Sie auf mich gekommen?«

Nun konnte der Postbote einen Teil der Wahrheit preisgeben.

»Der Poststempel. Ich bin nach San Floro gekommen, habe mich informiert und einen guten Freund gefunden, der mich zu Ihrer Straße geführt hat. Dann habe ich Ihnen den Brief geschrieben, und Ihre Antwort hat meine Vermutung bestätigt.«

»Und jetzt, wo Sie mich gefunden haben? Welche Nachricht haben Sie für mich? Wollen Sie mir sagen, dass die Briefe sie stören und dass es besser wäre, wenn ich ihr keine mehr schreibe?«

»Darum geht es nicht.«

»Und? Kann ich erfahren, was die Dame zu den Briefen sagt?«

»Dass es nur einen Menschen gibt, der sie geschrieben haben kann.«

Der Arzt senkte den Blick, sodass der Postbote zum ersten Mal Gelegenheit hatte, ihn eingehend zu betrachten. Wie oft hatte er sich Crisantes junges Gesicht vorgestellt, die Augen, die Lippen, die Wangen.

»Dann glauben Sie also, dass ich dieser Mensch bin.«

Der Postbote begriff nicht gleich, was dieser Satz bedeutete, so offensichtlich war die Schlussfolgerung. »Um das herauszufinden, bin ich hier.«

»Sie werden es erfahren, keine Sorge, aber vorher müssen Sie mir noch etwas sagen. Ich kenne Ihren Namen und Ihren Beruf, aber sonst weiß ich nichts von Ihnen. Sagen Sie mir, warum Sie hier sind, dann erfülle ich meinen Teil der Abmachung. Ich werde Sie nicht enttäuschen.«

Bis zu diesem Augenblick war der Postbote vorsichtig gewesen, weil er befürchtete, dass der Arzt mit Teresa in Verbindung stand. Aber so war es nicht, und darum fühlte er sich etwas sicherer.

»Also gut«, sagte er, »ich erzähle Ihnen eine Geschichte, und Sie sagen mir, was Sie davon halten. Eine Signora, nennen wir sie Teresa, führt ein ehrenwertes Leben als Ehefrau und Mutter. Aber dann erhält eines Tages ihre beste Freundin, die wir Maria nennen wollen, einen an

Teresa gerichteten Brief. Als sie ihn liest, wird sie fast ohnmächtig. Der Brief, die Worte, die Schrift, die Erinnerungen ... nur ein einziger Mensch kann das geschrieben haben. Denn diese Signora, die wir Teresa nennen, war einmal wahnsinnig in einen Mann verliebt, der Opfer eines großen Unglücks geworden ist. Von diesem Mann, nennen wir ihn Salvatore, hat sie nie wieder etwas gehört. Die Jahre vergehen, Teresa heiratet, bekommt Kinder, und eines Tages tritt Salvatore einfach so wieder in ihr Leben, indem er ihr Briefe schreibt. Sie ist verwirrt und will mehr über ihn wissen. Also ruft sie einen lieben Cousin von sich an, der Drucker ist und den sie so gernhat wie einen Bruder, erzählt ihm die Geschichte und betraut ihn mit der Aufgabe, Näheres herauszufinden. Und nach vielen Nachforschungen findet der Drucker den Verfasser der Briefe und sucht ihn auf, um mit ihm zu sprechen. Ist die Geschichte jetzt klarer?«

»Ein bisschen. Aber die Frau in dieser Geschichte, die glückliche Ehefrau und Mutter, wie reagiert die auf die Briefe? Freut sie sich darüber? Missfallen sie ihr? Hat sie Salvatore vergessen?«

Hat Teresa ihn je vergessen? Der Postbote erinnerte sich daran, wie sie den Brief an sich genommen und ihn unter ihrem Wollpullover versteckt hatte. Kann man einen Menschen vergessen, dessen Liebesworte man diesen besonderen Platz vorbehält, unter dem Pullover, in der Herzgegend?

»Das hat Teresa dem Cousin nicht gesagt, so weit hat sie ihn nicht ins Vertrauen gezogen. Sie will alles ganz genau wissen. Vielleicht wird sie später von sich erzählen, aber vorerst will sie etwas erfahren.«

Der Arzt hatte ins Leere gestarrt und zugehört, und als der Postbote fertig war, wirkte er entspannter.

»Was halten Sie von dieser Geschichte?«

»Das ist nicht wichtig.«

»Vielleicht doch.«

»Soll ich ganz offen sein?«

»Ich bitte darum.«

»Ich glaube, dass Sie nicht Saverio Cordito sind. Sie sind Salvatore Crisante. Sie stammen aus Girifalco und sind verliebt in die wunderschöne Teresa Sperarò. Vor vielen Jahren wurden Sie beschuldigt, ein Mädchen vergewaltigt zu haben, Sie wurden festgenommen und inhaftiert und sind irgendwie aus dem Gefängnis entkommen. Sobald Sie frei waren, haben Sie Ihren Vor- und Nachnamen und Ihre Gewohnheiten geändert. Sie haben Ihr Studium wiederaufgenommen und sind Arzt geworden, und dann haben Sie beschlossen, in Ihre Heimat zurückzukehren, unbewusst vielleicht wirklich wegen der Frau, die Sie nie vergessen konnten. Und hier passiert etwas, wodurch die Liebe zu Teresa, die Sie erloschen glaubten, wiedererwacht ist, so stark, dass es Sie dazu treibt, ihr zu schreiben und sich einzubilden, Liebe und Leben an dem Punkt wiederaufnehmen zu können, an dem beides vor vielen Jahren unterbrochen wurde.«

Es folgte ein Moment des Schweigens. Dann ergriff der Arzt das Wort: »Eine tadellose Rekonstruktion. Sie haben es geschafft, mir ein Leben zusammenzuschustern, ohne das Geringste von mir zu wissen. Respekt.«

»Sie haben mich nach meiner Meinung gefragt.«

»Und Sie waren ehrlich, das muss ich zugeben. Nur eine Frage: Haben Sie Teresa gern?«

»Ja, wie ein Bruder seine Schwester gernhat.«

Wie eine Schwester? Er hatte sie so oft auf der Straße beobachtet, und ein allzu beharrlicher Blick kann manchmal Augen und Herz täuschen: Wer etwas lange Zeit betrachtet, nimmt es in seine Gedanken auf und erinnert sich gelegentlich daran. In der Erinnerung kommt es einem schöner vor, und weil es schöner erscheint, gewinnt man es lieb, und wenn man es lieb gewonnen hat, verliebt man sich womöglich in das Objekt seiner Betrachtung. Der Postbote blickte Teresa an wie ein Verliebter, denn er hielt sie für vollkommen. Wenn er aus dem Haus ging, hoffte er, ihr zu begegnen, und wenn er in ihrer Straße die Post austrug, trödelte er, um sie zu sehen; er hatte sogar schon von ihr geträumt, sie vielleicht sogar begehrt. War das etwa der Grund, warum er Rosa nicht angesprochen hatte? Wie seltsam, dass er nicht schon früher auf diesen Gedanken gekommen war! Er war in Teresa verliebt, genau wie Crisante, der die gleiche Schrift hatte wie er – ein verwirrendes Spiel von Überschneidungen.

»Kommen Sie mit.«

Er folgte dem Arzt ins Sprechzimmer, das im Halbdunkel lag. Überall waren Bücher und Zeitschriften verstreut.

Cordito näherte sich dem Fenster und hob den Rollladen an, gerade genug, um die Details der Einrichtung sichtbar zu machen.

»Setzen Sie sich doch«, sagte er und deutete auf einen Sessel.

Er öffnete eine Schublade, holte einige Unterlagen heraus und nahm neben dem Postboten Platz. Er setzte die Brille auf und begann zu lesen: »Crisante, Salvatore, Sohn von Luigi und Caterina Scudizza, geboren in Girifalco am 2. Februar 1914.«

»Sie sind Crisante, oder?«

»Nein«, antwortete der Mann, »ich bin tatsächlich Dottor Saverio Cordito. Es tut mir leid, dass ich Ihre gewissenhafte Rekonstruktion widerlegen muss, aber ich bin nicht Salvatore Crisante.«

»Aber wo ist er dann?«

Der Doktor stand auf und ging eine Weile auf und ab, bis er vor dem Postboten stehen blieb. Er verschränkte die Hände hinter dem Rücken und blickte ihm lange in die Augen.

»Salvatore Crisante ist tot.«

## 34

*Von Totuzzu Stranieris verlorenem Sohn, angeblich Drucker von Beruf, den endlich das gefürchtete Gespenst einholt und der es dadurch hinter sich lassen kann*
(Fortsetzung)

Der Postbote konnte es nicht glauben, bestimmt hatte er den Doktor falsch verstanden. Crisante war gestorben. Aber wann? Wie? Und die Briefe? Er blickte sein Gegenüber an, als wollte er ihm wortlos diese Fragen stellen. Er musste alles erfahren.

»Ich habe Crisante in Salerno kennengelernt, als ich gerade meinen Facharzt in Psychiatrie gemacht hatte. Zweimal wöchentlich ging ich ins Bezirksgefängnis, um in der Krankenstube auszuhelfen. Als ich ihn das erste Mal sah, saß er zusammengekrümmt da und starrte regungslos ins Leere. Nach Aussage des Internisten war er ein hoffnungsloser Fall. Noch nie hatte er mit jemandem ein Wort gewechselt, sodass alle glaubten, er sei stumm. Er aß nur sehr wenig, lachte nicht und war immer allein. Ich war ein junger Psychiater, Berufsanfänger, und ich war überzeugt, dass es einen Schlüssel zu jedem Geist gibt. Es war eine ereignisreiche Zeit. Ich suchte in Zeitschriften nach ähnlichen Fällen, ich redete mit den Professoren darüber, ich fing an, verschiedene Therapien auszuprobieren. In seiner Patientenakte stand nichts Hilfreiches. Ich habe sie immer noch.«

Cordito stand auf und holte ein Bündel alter Krankenakten hervor. Er öffnete eine, nahm ein Blatt heraus und reichte es dem Postboten. Es war Crisantes Personalbogen. An der für das Foto vorgesehenen Stelle war das Papier eingerissen, und der Postbote dachte, es müsse Schicksal sein, dass er Crisantes Gesicht nicht sehen konnte. Er hätte den Arzt gern nach dem Bild gefragt, aber der hatte wieder zu sprechen begonnen, und er wollte ihn nicht unterbrechen.

»Das erste Jahr saß er im Gefängnis von Palmi ab, aber eines Nachts wurde er niedergestochen, wahrscheinlich wegen der Art des Verbrechens, das er verübt hatte. Viele Tage lang schwebte er zwischen Leben und Tod, und als er über den Berg war, wurde er nach Salerno verlegt. Sehr wahrscheinlich haben die Schlägerei und die lange, schmerzhafte Genesung ihn verstummen lassen. Ich fing an, mich regelmäßig mehrmals pro Woche mit ihm zu treffen. Im ersten Monat blieb er starr und stumm, er sah mich nicht an und hörte mir nicht zu. Eines Tages, als ich an ihm vorbeiging, fiel mir ein Stift herunter. In der stillen Zelle hörte sich das sehr laut an. Als ich den Stift aufhob, merkte ich, dass Crisante ihn anblickte, und dann starrte er auf die Kitteltasche, in die ich ihn gesteckt hatte. Also traf ich eine unüberlegte Entscheidung, die mich meine Stelle gekostet hätte, wenn der Gefängnisdirektor davon erfahren hätte. Ich ließ einen Stift und ein

Blatt Papier auf der Pritsche liegen. Ein Stift, das ist ein Gegenstand, der in der Hand eines Verrückten zu einer schrecklichen Waffe werden kann, aber ... Ich weiß nicht, wie ich es erklären soll. Irgendwie vertraute ich diesem Mann. Beim nächsten Besuch standen zusammenhanglose Sätze auf dem Papier, aber es war immerhin ein Anfang. Ich ließ ihm noch mehr Blätter da, und so begann er mit einer gewissen Regelmäßigkeit zu schreiben. Anfangs waren seine Sätze vollkommen chaotisch, die Schrift war kaum zu entziffern, aber mit der Zeit wurde es besser, und irgendwann standen die ersten sinnvollen Worte auf dem Papier.«

Der Arzt reichte ihm einen Zettel. Der Postbote sah seine eigene Schrift, und einen Moment lang glaubte er, in einem früheren Leben Crisante gewesen zu sein.

»Auf einmal fand ich Dutzende beschriebener Blätter in seiner Zelle. Offenbar war er nicht immer bei klarem Verstand, manchmal schrieb er wirres Zeug. Ganze Seiten waren einfach vollgekritzelt, oder er hatte wie besessen unverständliche Silben wiederholt. Aber wenn er klar war, schrieb er mir von seiner Unschuld, von seiner Liebesgeschichte, und ich las all das wie eine Erzählung. Und so kam es, dass er eines Tages plötzlich richtige Briefe an Teresa schrieb. Seine Liebe zu dieser Frau hatte etwas Morbides, Manisches an sich: ein absolutes, ausschließliches, kräftezehrendes Gefühl. Abgesehen von Momenten innerer Leere schrieb Crisante wie ein normaler Mensch. Darum rechnete ich auch nicht mit dem, was dann geschah. Es war ein Donnerstag, acht Monate nach unserer ersten Begegnung. Mir war sofort klar, dass etwas passiert war, denn die Wärter brachten mich ins Büro des

Direktors. Der erklärte mir mit wenigen Worten, Crisante habe sich in der vorangegangenen Nacht das Leben genommen, indem er sich mit der Feder des Füllhalters die Pulsadern aufgeschlitzt habe. Er fragte mich, ob ich mir der Leichtfertigkeit meines Handelns bewusst sei und dass ich aufgrund der geltenden Vorschriften als mitverantwortlich für die Unglückstat betrachtet werden könne, aber da ich ein vielversprechender Wissenschaftler sei, würde er über alles Stillschweigen bewahren, wenn ich dasselbe täte. Bevor er das Gespräch beendete, gab er mir einen Karton mit Crisantes wenigen persönlichen Dingen, einschließlich all seiner Aufzeichnungen. Ich muss Ihnen nicht sagen, wie groß mein Schuldgefühl war, weniger wegen des Füllhalters, den ich ihm überlassen hatte, als vielmehr wegen der Gründe, die ihn zu dieser Tat getrieben hatten. Bei ihm waren in letzter Zeit Gefühle wieder an die Oberfläche gekommen und hatten ihn verwirrt, die Erinnerung an eine Liebe, die er noch einmal komplett durchlebte und die ihm zeigte, wie verzweifelt und unerträglich die Gegenwart war. Crisante hat die letzten Monate seines Lebens schreibend verbracht, und er hat sich mit dem Werkzeug seines Schreibens umgebracht. Es war, als wollte er ein aus Papier und Silben, aus Tinte und Blut bestehendes Schicksal bekräftigen. Die Stimme dieses Mannes habe ich nie gehört, obwohl unsere Beziehung sich zu ungeahnter Vertrautheit entwickelt hatte. Seitdem werde ich die Erinnerung an diesen unschuldigen Menschen nicht mehr los. Ein junger Mann, der im falschen Moment am falschen Ort war, denn das ist die eigentliche Tragödie, diese verkehrte Verbindung der Koordinaten von Raum und Zeit.«

»Das stimmt, er hatte nichts damit zu tun«, unterbrach der Postbote den Arzt zum ersten Mal.

»Woher wissen Sie das?«

»Im Dorf kennen einige Leute die Wahrheit. Crisante hatte mit der Vergewaltigung nichts zu tun. Sie haben ihn nur in die Enge getrieben, weil er ein scheuer, wehrloser Mensch war.«

Cordito stand auf, um etwas zu trinken. Der Postbote schwieg und überlegte sich seine nächsten Fragen.

»Und dann haben Sie plötzlich beschlossen, die Briefe abzuschicken.«

»Nun ja ...«

»Aber haben Sie denn gar nicht daran gedacht, was das für Teresa bedeuten würde?«

»Sicher habe ich darüber nachgedacht.«

Cordito stellte die Flasche ab und nahm wieder Platz.

»Glauben Sie an Zufälle?«

Genauso gut hätte er einen Totengräber fragen können, ob er an den Tod glaubte.

»Ja, eigentlich schon.«

»Ein Mann der Wissenschaft sollte gewisse Schwächen vermutlich nicht zugeben, aber ich weiß überirdische Zeichen durchaus zu schätzen. Gerade wegen meines Berufs glaube ich daran, denn oftmals geschehen Dinge, die sich mit der Vernunft nicht erklären lassen. Jedenfalls hat mich eine Reihe von Zufällen zu der Entscheidung gebracht, die Briefe abzusenden. Vor drei Jahren wird ein Pfleger namens Agazio Cristofaro in meine Abteilung versetzt. Wir lernen uns kennen, und beiläufig erfahre ich, dass seine Frau Teresa Sperarò heißt. Sie können sich meine Verwunderung vorstellen, als ich diesen Namen hörte. So viele Fantasien und Bilder hatte ich von dieser Frau im Kopf, diesem ungewöhnlichen Wesen, dem es gelungen war, Crisante für immer an sich zu binden. Sie musste es einfach sein, aber ich wollte mich trotzdem vergewissern. Ich fragte die anderen Pfleger aus Girifalco, die mir meine Vermutung bestätigten. Und da habe ich den Karton mit den Briefen wieder hervorgeholt. Ich habe sie noch einmal gelesen und hatte das Gefühl, dass die Zeit stehen geblieben war, dass sie tatsächlich in jedem beliebigen Augenblick hätten geschrieben werden können, so voller Liebe und ohne jeden Zeitbezug waren sie. Es schien, als hätte Crisante sie absichtlich so verfasst. Und das ist die Summe all dieser Zufälle: die Begegnung mit Salvatore, dass ich seine Briefe aufbewahrt habe, dass ich eine Frau geheiratet habe, die nur sechs Kilometer von Girifalco entfernt wohnt, und vor allem, dass Teresa Speraròs Ehemann zu meiner Abteilung gehörte. Kurz und gut, mein Leben schien einem roten Faden zu folgen, der parallel zu dieser Geschichte lief, und in gewisser Hinsicht schien es mit ihr verflochten zu sein. Dennoch hätten mich diese Zufälle allein nicht dazu gebracht, die Korrespondenz anzufangen. Es musste noch eine bedeutende Einzelheit hinzukommen.« Der Doktor trank einen weiteren Schluck.

»Eine Einzelheit«, wiederholte der Postbote, damit sein Gegenüber nicht den Faden verlor.

»Ja, eine sehr wichtige. Teresa Sperarò ist eine unglückliche Frau.«

»Sie haben sie also kennengelernt.«

»Letztes Jahr war sie in Catanzaro, um ihren Mann zu besuchen. Eine sehr schöne Frau betrat den Krankenhausflur, und ich weiß nicht, wie ich es erklären soll ... Ich wusste nicht, dass sie es war, aber sie sah so aus, wie ich mir Teresa Sperarò vorstellte. Als ich sah, wie sie an mir vorbei und auf ihren Mann zuging, begriff ich, dass sie es tatsächlich war – genau so schön, wie ich sie mir ausgemalt hatte. Agazio stellte sie mir vor, ich gab ihr die Hand, sah ihr in die Augen, und sie lächelte, aber alles, was sie nicht bewusst kontrollierte, verriet ihre Traurigkeit: wie sie ging, wie sie sich umblickte, wie sie gestikulierte. Und ich war mir sicher, dass diese Traurigkeit etwas mit Crisante zu tun hatte. Ich will nicht behaupten, dass Teresa ihren Mann nicht liebt. Das Leben gesteht uns zu, dass wir mehr als einmal lieben, aber vielleicht ist jede Liebe nur die Suche nach jener ersten und einzigartigen Liebe, die uns zum Leben erweckt hat. Ich war mir sicher, dass die Briefe in gewisser Weise das Kapitel abschließen würden, das in ihrem Herzen noch offen war. Sie musste erfahren, dass Salvatore sie bis zuletzt geliebt und ihr Briefe geschrieben hatte, die er vielleicht tatsächlich hatte absenden wollen.«

Der Doktor holte Luft. Er schloss die Akte und legte sie auf den Schreibtisch.

»Aber wie sind Sie auf Maria Migliazza gekommen?«

»Unter den Aufzeichnungen, die mir am Tag nach dem Suizid übergeben wurden, befand sich ein Blatt mit Marias Namen und Adresse. Das Blatt wies Knicke auf, also habe ich es wieder zusammengefaltet, und heraus kam ein Umschlag, adressiert an diese Frau. Erst die Briefe, dann ein Umschlag. Das schien mir eine Art Botschaft zu sein, fast eine Bitte. Also habe ich mich informiert und erfahren, dass Maria und Teresa Nachbarinnen waren, und plötzlich ergab alles einen Sinn. Als sie verlobt waren, hat Crisante seine Briefe vielleicht an Maria geschickt, damit die sie verwahrte.«

»Und wenn Maria nicht verstanden hätte, dass die Briefe für Teresa waren?«

»Das Risiko bestand, das stimmt, aber wie Sie sicher bemerkt haben, stand das Gerüst, das ich gebaut hatte, ohnehin auf wackeligen Beinen und konnte jeden Moment zusammenbrechen. Maria würde Teresas Namen lesen und verstehen, dass der Brief nicht für sie war, vielleicht würde sie die Schrift wiedererkennen oder sich an ein besonderes Zeichen erinnern.«

»Das Siegel.«

»Das ist eine der vielen Seltsamkeiten in dieser Geschichte. In Crisantes Karton aus dem Gefängnis befand sich ein Siegel. Ich weiß nicht, wie das dorthin gekommen ist. Vielleicht hatte er es bei der Festnahme in der Tasche, und da es kein wertvoller Gegenstand ist, haben sie es ihm nicht abgenommen. In manchen Aufzeichnungen spielt er auf ein Siegel an, vielleicht hat er damit die Briefe an Teresa gekennzeichnet, oder es war ein Geschenk von ihr. Er hat mir so vieles geschrieben, dieser Mensch. Jetzt, wo Sie hier sind, stelle ich erfreut fest, dass meine Strategie gut funktioniert hat, und meine zahlreichen Sorgen hinsichtlich des Schicksals dieser Briefe lösen sich auf.«

»Acht Briefe.«

»Es sind viel mehr.«

Der Postbote überlegte, ob er darum bitten sollte, sie alle lesen zu dürfen, aber im Augenblick gab es wichtigere Fragen.

»Warum haben Sie beschlossen, sie ihr nach und nach

zu schicken und sie in dem Glauben zu lassen, dass Crisante noch lebt, anstatt alle auf einmal abzusenden und ihr mitzuteilen, dass er tot ist und sie bis zuletzt geliebt hat?«

»Stimmt, ich hatte die Wahl, wie ich ihr die Briefe zukommen lasse, aber ich wollte nicht, dass es so plötzlich zu Ende geht. Der Kreis musste sich auf die richtige Weise schließen, mit derselben Leidenschaft und demselben Bangen, die an seinem Beginn standen. Ich wollte, dass Teresa glaubt, Crisante sei zu ihr zurückgekommen. Die Briefe enthalten zu viel Liebe, um zu einem Toten zu gehören.«

»Aber früher oder später mussten sie ausbleiben.«

Der Arzt schwieg einen Augenblick. »Ja, und ich muss zugeben, dass der Epilog der einzige Teil dieser Geschichte ist, der mir nicht gefallen wird. Von einem Tag auf den anderen wird Teresa keine Briefe mehr bekommen. Ich habe in den Unterlagen nach einer Botschaft gesucht, irgendetwas Schriftliches, das als Abschiedsgruß dienen könnte. Ich habe zwar etwas gefunden, aber das befriedigt mich nicht ganz. Crisante hat es an einem der letzten Tage geschrieben, an denen wir uns getroffen haben. Aber was sagen Sie dazu?«

»Ich?«

»Natürlich, Sie sind derjenige, der mir von Teresa berichten kann, von der Wirkung, die die Briefe auf sie haben. Sie können mir sagen, wie es enden soll.«

Der Postbote dachte daran, wie sie Maria den Brief aus den Händen genommen und ihn an ihr Herz gedrückt hatte. Sie war glücklich gewesen, aber ja! Mehr noch, sie hatte sich etwas vorgemacht. Und vielleicht hatte auch er sich vorgemacht, dass diese Liebesgeschichte nach zwanzig Jahren ein gutes Ende finden würde, dass Teresa den Mut gehabt hätte, ihren Mann zu verlassen. Vielleicht war diese Flucht in ihren Gedanken schon passiert, aber stattdessen ... stattdessen waren die Worte der Briefe tot, alle Handlungen ohne Wirkung. Der Doktor fragte ihn, was er tun sollte, aber was konnten sie angesichts von Crisantes Tod schon tun? Sollten sie Teresa weiterhin etwas vorgaukeln?

»Kann ich diesen letzten Brief einmal sehen?«

Cordito reichte ihm ein Blatt Papier. Der Postbote las, war aber nicht zufrieden. Er dachte, dass der Brief Teresa nicht helfen würde, weil er nichts erklärte. Es war ein ganz normaler Brief, dabei hätte man ihr, um den Kreis zu schließen, den Sinn all dessen erklären müssen, was passiert war. Nach so vielen Illusionen brauchte Teresa jemanden, der ihr zu begreifen half, warum Crisante erneut in ein Schattenreich verschwunden war.

»Teresa liebt ihn also noch?«

»Ich glaube, sie hat ihn nie vergessen.«

»Das hatte ich gehofft«, antwortete Cordito befriedigt. »Und was schlagen Sie jetzt vor?

»Ich glaube, es ist nicht angebracht, ihr weitere Briefe zu schicken.«

»Nicht mal diesen hier?«, fragte er und zeigte auf das Blatt Papier, das der Postbote in der Hand hielt.

»Nein, nicht mal diesen.«

Der Arzt senkte den Kopf und legte den Brief wieder auf den Schreibtisch.

»Ich glaube, ich habe meine Schuldigkeit getan.« Er sammelte die Unterlagen ein und legte sie in einen Karton.« »Die sind zu nichts mehr nütze. Ich habe sie immer mit mir herumgeschleppt, aber jetzt ...«

Seine Geste schien mehr zu bedeuten als nur das Schließen eines Kartons: das Ende einer Liebe, das Nachwort zu einer Geschichte, der letzte Abschied von Menschen, die man nicht kennt, aber so gern hat wie die eigenen Geschwister. Diese Geste war auch das Signal für den Postboten, sich aus diesem ihm unbekannten Haus zu verabschieden. Es war nur natürlich, dass er jetzt aufstand und sich anschickte, fortzugehen. Der Doktor verstand und hielt ihn nicht auf. »Was werden Sie Teresa von all dem hier erzählen?«

»Dass meine Nachforschungen in San Floro nutzlos waren. Wenn sie keine Briefe mehr bekommt, wird sie sich damit abfinden. Sie wird glauben, dass Salvatore zu ihr zurückkommen wollte, dass ihn aber irgendetwas daran gehindert hat. Und vielleicht tröstet sie sich mit dem Gedanken, dass der Mann, den sie liebt, nicht eine Sekunde lang aufgehört hat, sie anzubeten.«

Sie reichten sich zum Abschied die Hand, und während der Postbote auf das Tor zustrebte, war ihm so schwer ums Herz, als käme er von einer Beerdigung.

Ganz allein stand er mitten auf der Straße und wusste nicht, was er tun sollte. Für den Bus war es noch zu früh. Er sah sich um: Die Geschichte von Teresa und Salvatore hatte ihn in das Dorf seines Vaters geführt, ein Ort, der seiner hätte sein können, ein Leben, das seines hätte sein können, es aber nicht war. Eine Linie, die an einem bestimmten Punkt durch einen Zusammenprall oder einen Sturz oder vielleicht auch durch eine kleine Ablenkung unterbrochen worden war und sich in eine andere Richtung fortgesetzt hatte. Ein Zusammenprall, ein Sturz oder vielleicht eine kleine Ablenkung, so wenig genügt, um die Linien des Lebens zu verändern. Es genügt, wegen einer Katze, die die Straße überquert, wegen eines Bekannten, der einem eine Frage stellt, oder wegen einer alten unbedeutenden Angelegenheit, die einem plötzlich durch den Kopf geht, zu spät zu kommen, und schon schlägt das Leben einen anderen Weg ein. Wenig genügt, damit unser Leben nicht das eine, sondern das andere wird, eine der Myriaden von Möglichkeiten, die die Götter den Menschen schenken. Das Geheimnis besteht darin, die Gründe des Zusammenstoßes, des Sturzes, der Ablenkung zu verstehen, nicht die unmittelbaren Ursachen, die sie ausgelöst haben – ein Stoß, eine Schwäche, ein Gedanke –, sondern die Auswirkungen, die die Ereignisse schließlich nach sich ziehen.

Er wünschte sich, seinen Vater zu sehen, und es gab nur einen Ort, an dem er ihn besuchen konnte, solange es nicht zum Jüngsten Gericht kam, bei dem er an der Seite des väterlichen Schattens stehen würde.

Der Friedhof von San Floro befand sich hinter dem Abhang am südlichsten Punkt des Dorfes; sein Kollege hatte ihm den Friedhof auf einem ihrer gemeinsamen Spaziergänge gezeigt. Der Postbote ging hin, denn in den letzten Tagen waren Friedhöfe für ihn zu Orten bedeutsamen Wiedererkennens geworden. Der von San Floro war klein, und er fand mühelos Antonio Stranieris Grabstein aus weißem Marmor, gleich links an der Friedhofsmauer. Es war wie ein Schlag in den Magen, den eigenen Nachnamen auf einem Grabstein zu erblicken und noch dazu das Gesicht seines Vaters, das er noch nie gesehen hatte.

Er hatte gehofft, ihm an einem anderen Ort zu begegnen, aber dem Schicksal gefällt es, die Linien miteinander zu verflechten, sie zu verdrehen und zu verwickeln. Es rührte ihn, wie ähnlich sie einander waren: die gleichen dunklen Augen, der gleiche Haaransatz, die gleichen Lippen. Das Foto musste bei einem wichtigen Anlass aufgenommen worden sein, denn der Vater trug eine dunkle Krawatte, und sein Blick wirkte ernst, beinahe besorgt. Trotz der Ähnlichkeiten kam dem Postboten das Gesicht fremd vor, und es fiel ihm schwer zu begreifen, dass dieser Fremde der Mann war, der seine Mutter geliebt und geheiratet hatte, dass in den Adern dieses Fremden das gleiche Blut floss wie in seinem eigenen Körper. Er wusste nicht zu sagen, ob die ernste Miene Hartnäckigkeit oder Strenge, Traurigkeit oder Resignation oder alles gleichzeitig zum Ausdruck brachte. Floro hatte recht gehabt, ein erschöpfter Mann, gezeichnet von jahrhundertealter Müdigkeit. Es schien also wirklich zu stimmen, dass sein Vater das Wort Unbeschwertheit nicht gekannt, dass die Gewissensbisse, weil er Frau und Sohn verlassen hatte, ihn Tag für Tag ausgezehrt hatten, bis sein Lebenslicht schließlich erloschen war. Und der Postbote wünschte sich, es wäre anders gekommen und sein Vater lebte noch, sodass er ihn hätte umarmen und an sich drücken können.

Ihm war zum Weinen zumute, aber er schluckte die Tränen hinunter und streichelte das Foto des Unbekannten mit derselben Zärtlichkeit, die Rosa für Pepè Mardente aufgebracht hatte und die das Erkennungszeichen der Kinder sein musste, die sich selbst überlassen waren. Eines Tages werden wir uns begegnen, du und ich, dachte er, ich weiß nicht wo und wann, aber eines Tages wird es so weit sein. Er schloss die Augen und senkte den Kopf, dann atmete er tief durch und ging fort.

## 35

*Von einer Trompete, die erschallt, und vom geretteten Monte Covello, über den Traum vom Vater, der das Leben verändert, von Feliciuzza als Großmutter und von Männern, die vorübergehen wie die Jahreszeiten, Teresa*

Um Punkt sieben stieg der Postbote am Dorfplatz aus dem Bus. Er wunderte sich über die ungewöhnliche Menge von Menschen, die zu Crùazzus Garten eilte, doch dann fiel ihm die Ratssitzung wieder ein. Er hatte keinen Hunger, denn die Nachricht von Crisantes Tod schnürte ihm immer noch die Kehle zu. Er hatte zu nichts Lust, außer nach Hause zu gehen und sich hinzulegen, aber andererseits wollte er unbedingt wissen, was nun passieren würde, nachdem er Ciccio il Rosso die Briefe übergeben hatte.

Bevor er sich zur Schar der ahnungslosen Dorfbewohner gesellte, die zum Versammlungsort zogen, trank er deshalb einen Espresso in der Bar Catalano, um wieder richtig wach zu werden.

Crùazzus Garten war vollgestopft wie eine Büchse Auberginen. Seit der letzten Sitzung schien sich nichts geändert zu haben – von Saveruzzu Saracenu, der auf seinem Balkon wie Mussolini aussah, bis zum stinkenden Haufen von Colajizzus Esel, der die Grenze der Versammlung markierte. Das einzig Neue war, dass sich in der Gruppe der Kommunisten einige Genossen aus Catanzaro befanden.

Der Postbote gähnte ein ums andere Mal, denn der Tag war lang und ermüdend gewesen. Auch das Ritual vom letzten Mal wurde wiederholt: Am Eingang zur Versammlung strich sich Mario Scalzo übers Haar, und die Gruppe der Gläubigen, die sich unter der Fahne mit dem christdemokratischen Kreuzschild drängte, rief: »AR-BEIT! AR-BEIT!«, während Assuntinuzza Valeriana, Ehefrau des Tagelöhners Filomeno, mit der Plakatstange auf den Boden stampfte.

Alle waren gekommen: Der Kommunist Cosimo Vastarasu ließ die Glocke seiner Kuh Spugnetta läuten wie der Sakristan die Kirchenglocke am Morgen des Ostersonntags, die örtliche Polizei, die Frau des Bürgermeisters und ihr dummer Sohn, die Damen Scozzafava und Cacalùavu mitsamt den Hörnern, die sie ihren Männern aufgesetzt hatten, alle waren sie da.

Nach dem achten Glockenschlag der Chiesa Matrice hob der Bürgermeister die Hand und ergriff das Wort. Aber im Gegensatz zum letzten Mal, als die Dorfbewohner ihm schweigend und gesittet zugehört hatten, erhob sich nun leises Gemurmel. Ausgehend von der Ecke der Kommunisten machten ein paar Flugblätter die Runde, und je mehr davon verteilt wurden, desto lauter wurde das Geflüster. Der Bürgermeister redete dennoch weiter, wobei er Passalacqua anblickte, wie um ihn zu fragen, was zum

Teufel hier eigentlich los war, aber der Stadtrat zuckte nur mit den Schultern, obwohl bereits böse Vorahnungen in ihm aufstiegen.

»Ich bitte um Ruhe«, sagte der Bürgermeister ins Mikrofon. Seine Worte hatten auf die Menschenmenge dieselbe Wirkung wie das Schütteln einer Flasche Sekt auf den Korken, der endlich explodieren darf, denn was er sagte, bot dem Murren und Klagen einen Vorwand, endlich laut zu werden.

»Du Scheißkerl!«, schrie Ciccio il Rosso seine angestaute Wut heraus. Maresciallo Telamone stellte sich auf die Zehenspitzen, um herauszufinden, wer das gesagt hatte.

»Pass bloß auf, Ciccio«, antwortete der Bürgermeister mit erhobenem Zeigefinger, aber schon fiel ihm Vincenzo Guardia ins Wort:

»Du Lügner, du führst uns doch alle an der Nase herum!«

Nun erhob sich überall lautstarker Protest.

»Ihr erzählt uns hier bloß Mist«, setzte Vonella nach, »der Bürgermeister will den Monte Covello kaputt machen. Lest nur, *lijìti*, wir sagen die Wahrheit«, und er wedelte mit einem Flugblatt in der Luft herum. Passalacqua gab dem Bürgermeister eines davon, und als der die Kopie seines Briefes an die Eco.Scarti sah, wurde er so rot wie eine reife Paprikaschote. Der Anblick des schwankenden Bürgermeisters verlieh den Protestierenden Mut und Kühnheit:

»Dieser Scheißkerl will den Monte Covello an die aus dem Norden verhökern! Verdammter Hurensohn, das sollst du uns büßen!«, und dann erklangen weitere Beleidigungen, Flüche, Schmähungen und Verwünschungen.

Den Worten folgten Taten: Rocco Ielapi bewarf den Bürgermeister mit einer Kastanie, Marietta Giampà nahm zwei ortsübliche Eier aus ihrem Schultertuch und reichte sie ihrem Mann, der damit auf den Stadtrat und den Vermessungstechniker zielte, und so flogen große und kleine Steine auf die Tribüne, Konservendosen und Flaschen, faule Tomaten und löchrige Schuhe und sogar der stinkende Mist von Colajizzus Esel, den jemand mit Zeitungspapier aufzusammeln gewagt hatte. Die Carabinieri hatten alle Mühe, die Ratsmitglieder und deren Angehörige vor der Lynchjustiz zu retten, denn das Volk von Girifalco ließ sich nicht gern an der Nase herumführen. Stühle flogen durch die Luft, das Megafon wurde zerschlagen, die Plakate zerrissen und zertrampelt, die Kokarden zu Saveruzzu Saracenus Bedauern in Stücke gerissen.

Als der Garten sich leerte, sah er aus wie ein Schlachtfeld. Manche sammelten die Gegenstände wieder ein, die sie geworfen hatten, andere wiederum setzten sich einfach, erschöpft vom Geschrei und enttäuscht, weil ihnen die Chance entgangen war, in der Fabrik zu arbeiten. Die Kommunisten waren zufrieden, vor allem Ciccio il Rosso, der den Postboten dankbar anlächelte. Die Gerechtigkeit war wiederhergestellt, und der Postbote ging nach Hause, beglückt vom guten Ausgang seiner Taten und noch müder als zuvor.

Er verbrachte eine Woche voller Unentschlossenheit, Zweifel und Grübeleien, bis er eines Nachts träumte, in einem sehr hohen Haus mit Wänden aus Glas zu sein. Zusammen mit Teresa Speraró stieg er in den Aufzug. Er war schweigsam und traurig. Auf einmal hält der Aufzug an, der Postbote steigt aus und begegnet seinem Vater. Er umarmt ihn, weint, drückt ihn an sich und kann sich nicht mehr von ihm lösen. Er ist so glücklich wie nie zuvor. Er fühlt sich erfüllt und vollständig, und er begreift, dass dies das Glück ist. Nach einer gewissen Zeit sagt Teresa, dass sie nun gehen müssen, aber er will den Vater nicht loslassen: Er klammert sich an ihn, wirft sich schließlich verzweifelt auf den Boden. Und dennoch müssen sie gehen – der unaussprechliche Schmerz der Trennung. Kaum ist er wieder in den Fahrstuhl gestiegen, vergeht das Gefühl von Glück und Fülle, und die alltägliche Traurigkeit kehrt zurück.

Er hatte tatsächlich geweint, denn beim Aufwachen war das Kissen feucht. Es würde ein Tag des Nachdenkens und Schreibens werden, denn Nachdenken und Schreiben waren seine Art, wieder Ordnung in sein Leben zu bringen. Nach dem Aufwachen war er traurig, denn der Traum hatte ihm ein weiteres Mal gezeigt, dass er das Leben niemals voll auskosten würde, und hatte ihm jede Hoffnung genommen. Wenn der Vater für das Glück stand, würde der Postbote niemals ein glücklicher Mensch sein. Jetzt wusste er, was es hieß, glücklich zu sein, denn das Gefühl der Fülle in der Nacht zuvor trug er nun in sich und hütete es wie ein uraltes Unterhemd. Womöglich war alles, wonach er im Leben strebte – das Schreiben, die Liebe, Patagonien –, ein Ersatz für etwas, das er nie besitzen würde, denn nicht immer schließt das Schicksal alle Maschen. Noch nie hatte er eine so tiefe Traurigkeit empfunden, noch nie so schrecklich geträumt, so beklemmend, dass es womöglich den Lauf seines Schicksals verändern würde.

Das Erwachen, der Augenblick, in dem er wieder zu Bewusstsein kam, war am schwierigsten: Er musste dem

Nichts widerstehen, das ihn verschlingen wollte, musste aushalten und vergessen, damit sein Bild von sich selbst, das er mühsam um die Leere herum errichtet hatte, nicht zerbrach.

Der Postbote wusste, dass auf dieser Welt ein unabänderliches Gesetz gilt: Eine Kugel, die man auf eine schiefe Ebene legt, rollt hinunter, bis sie am tiefsten Punkt angelangt ist. Der Mensch ist wie eine Kugel: Jedes Ereignis entspricht einem Rollen, und jedes Rollen ist eine Annäherung an ein vorherbestimmtes Ende, denn der Ausgang ist bereits beschlossen, unabhängig vom Gewicht der Kugel und dem Neigungswinkel der Schräge.

Am Morgen nach dem Traum fühlte sich der Postbote wie eine Kugel. Er wollte anhalten, aber die Neigung der Ebene ließ das nicht zu. Am nächsten Tag würde es ihm besser gehen, die Natur sorgt stets für Ausgleich, und gegen ihre unerbittlichen Gesetze bietet sie Abkürzungen an: Das Heilmittel des Vergessens würde ihn retten. Also bemühte er sich, an etwas anderes zu denken, und ihm fiel Teresa Sperarò ein, denn auch sie hatte im Traum das Glück hinter sich gelassen. Wenn sie keine Briefe von Salvatore mehr bekam, würde sie glauben, sterben zu müssen, denn es gibt kein Gefühl, das dem Tod ähnlicher ist als das Ende einer Liebe.

An jenem Morgen fiel es ihm schwer, zur Arbeit zu gehen: aufstehen, sich anziehen, sich in eine Welt stürzen, der er sich nicht mehr zugehörig fühlte, die Beklemmung der Existenz spüren, die Qual, die es bedeutete, zum Leben gezwungen zu sein. In diesem Gemütszustand ging er nach Hause, und dort fand er, der es gewöhnt war, Briefe zu versenden, eine für ihn bestimmte Nachricht vor, sozusagen einen Brief in menschlicher Form, denn Feliciuzza Combarise wartete vor den Stufen seines Hauses auf ihn. Noch immer grübelte die Frau darüber nach, ob sie diesen einen Brief nun schreiben sollte oder nicht, den sie für die beste Art hielt, endlich einen Schlusspunkt unter ihre unglückliche Geschichte zu setzen. Dann aber beschloss sie, den Postboten persönlich aufzusuchen, denn es gab Dinge, die sie ihm nur so erklären konnte. Somit wurde sie zu einem menschlichen Brief, einer lebendigen Botschaft, zu einem von vielen Büchern in Menschengestalt, die durch die Weltgeschichte laufen. Wäre Feliciuzza ein Brief gewesen, hätte er folgendermaßen gelautet:

*Postino mio, mein Schutzengel,*
*Sie müssen erfahren, wie die Dinge sich entwickelt haben, denn schließlich sind Sie ein Teil davon. Das Dorf ist klein und geschwätzig, und so haben Sie bestimmt von der Frau gehört, die ich bei mir zu Hause beherberge.*
*Nun, sie ist meine Schwiegertochter, und das kleine Wesen, das sie mitgebracht hat, ist mein wunderbarer Enkel, Ceccos Sohn.*
*Wie widersprüchlich doch das menschliche Wesen sein kann: in einem Moment entsetzlicher Schmerz und Verzweiflung, weil mein Sohn in einem Bergwerk umgekommen ist, im nächsten Moment überschwängliches Glück, weil ich feststelle, dass ich einen Enkel habe, der seinem Vater ähnelt wie ein Ei dem anderen.*
*Ja, mein Cecco ist für immer gegangen, aber er hat mir ein wundervolles Kind hinterlassen, das mein Unglück ein wenig lindert. Und Ihnen ist es zu verdanken, dass dieses Kind und seine Mutter mich gefunden haben; dank des Briefes, den Sie nach Rumänien geschickt haben, hat sie meine Adresse herausgefunden.*

*Sie haben dafür gesorgt, dass meine Schwiegertochter herkommen konnte, und dafür schulde ich Ihnen ein erstes Dankeschön.*

*Aber da ist noch etwas. Anfangs dachte ich, dass sie sich vielleicht geirrt hat, weil Cecco ja Rumänien verlassen hatte, wie es in seinem Brief stand, doch dann gab sie mir ein Stück Zeitungspapier, in dem seine angesengte Goldkette lag.*

*Wer aber hat mir dann damals den Brief geschrieben? Darüber habe ich lange nachgedacht, denn die Schrift war seine. Eines Morgens sah ich dann Sie vorbeigehen und nach mir Ausschau halten, aber Sie haben mich nicht bemerkt.*

*In diesem Augenblick wurde mir klar, dass Sie es waren, der mir geschrieben hat, denn Sie sind ein guter Mensch und haben es nicht mehr ausgehalten, mich wegen einer Nachricht leiden zu sehen, die nie eintreffen würde.*

*Sie haben mir geschrieben, was mir zeigt, dass Sie ein guter Sohn waren und Ihre Mutter eine gute Mutter.*

*Und darum muss ich Ihnen ein zweites Mal danken, denn bis heute war ich aufgrund Ihres Briefes fast beruhigt, nicht gerade glücklich, aber auch nicht aufgeregt. Und als mich dann der Schmerz überfiel und fast zerrissen hätte, begleitete ihn eine Freude, die so groß war, dass sie Tote hätte aufwecken können.*

*All das schreibe ich Ihnen, weil ich nicht den Mut habe, es Ihnen zu sagen. Danke.*

Der Brief in Menschengestalt linderte für einen Augenblick die Traurigkeit des Postboten, aber die Wirkung hielt nur kurze Zeit an. Nachdem er die Tür geschlossen hatte, zog er sich aus und ging ins Bett, ohne etwas zu essen.

Er schlief lange, und als er wieder aufwachte, war es schon fünf. Sein erster Gedanke galt Teresa Sperarò. Im selben Augenblick, in dem er Cordito gebeten hatte, die Korrespondenz einzustellen, hatte er beschlossen, den letzten Brief selbst zu verfassen, und seitdem dachte er darüber nach, was er schreiben sollte, welchen Trost und welche Worte am meisten Sinn ergeben würden.

Auf einmal aber wusste er, was er schreiben würde. Mit ungewohnter Selbstsicherheit nahm er am Schreibtisch Platz. Er musste sich nicht anstrengen, denn der Traum vom Vater, der Traum vom verpassten Glück, half ihm, sich einzufühlen in den sehnsüchtigen Schmerz dessen, der sich von dem einzigen Menschen verabschieden muss, den er liebt. Er würde nichts vortäuschen müssen, denn dieser Brief war wie eine seiner Botschaften an die Welt.

Manche Formulierung überdachte er mehrfach und schrieb den Brief immer wieder neu. Er zerriss ihn, strich Sätze durch, probierte andere aus, aber am späten Abend beendete er Crisantes letzten Liebesbrief, und diesmal musste er nicht mal eine Schrift imitieren, die sich von seiner unterschied:

*Teresa mia,*
*wir sind so vergänglich wie die Früchte an einem Baum. Wir können beim ersten Windhauch herunterfallen oder bis zuletzt durchhalten. Vielleicht sieht uns der Bauer nicht, und wir bleiben hängen, verfaulen am Ast, denn auch von Vögeln gefressen zu werden, ist ein Schicksal.*
*Wir sind wie die Jahreszeiten, die, egal, wie lange sie dauern, doch immer wieder beginnen und zu Ende gehen. Auf dieselbe Art vergehen auch wir, Teresa, und in diesem Vergehen besteht unser Leben.*
*Warum sich ängstigen, warum klagen und bereuen, wenn uns*

*nichts anderes erwartet als das Ende? Warum wegen einer vergangenen Liebe leiden oder wegen eines Menschen, den man nie wiedergesehen hat?*

*Wir sind wie Blätter, die dem Wind ausgesetzt sind. Stünde am Ende all der Furcht und der Mühen die Ewigkeit oder die Vollkommenheit, dann würde es sich lohnen, zu kämpfen und sich zu widersetzen, aber wir sind eben Menschen, und wir vergehen.*

Amore mio, *nach dem Gefängnis und der Begnadigung war mein erster Gedanke, zu Dir zurückzukehren.*

*Aber was hätte ich Dir bieten können? Darum beschloss ich, das Schicksal zu begünstigen, das in jenem Augenblick die Gesichtszüge eines ebenfalls begnadigten Kameraden annahm, der nach Argentinien ging. Ich folgte ihm in der Überzeugung, dass unser Wiedersehen nur aufgeschoben war.*

*Bei allem, was ich in diesem Land getan habe, habe ich nur an Dich gedacht.*

*Nach so vielen Jahren kam endlich der ersehnte Augenblick der Rückkehr, aber mitten auf dem Ozean fragte ich mich zum ersten Mal, ob Du mich noch liebtest. Also beschloss ich, nichts zu erzwingen, und ließ mich in San Floro nieder.*

*Von hier aus habe ich angefangen, Dir zu schreiben, und je mehr ich schrieb, desto mehr fragte ich mich, was meine Worte Dir bedeuteten.*

*Ich musste es einfach wissen, und darum bin ich vor ein paar Tagen hergekommen und habe mich unter die Kunden auf dem Markt gemischt, um Dich zu sehen.*

*Wie aufregend es war, nach Girifalco zurückzukehren!*

*Jeder Pflasterstein erinnerte mich an Dich, und plötzlich warst Du da. Kein Wort kann ausdrücken, was ich bei Deinem Anblick empfand: Da standest Du, vor meinen Augen, und sahst genauso aus wie vor vielen Jahren, so leicht wie die Wolken am Himmel.*

*Es war, als wäre ich in der Zeit zurückgegangen, und dann bin ich Dir gefolgt, bis zum Brunnen, immer entschlossener, Dich anzusprechen.*

*Aber dort angekommen, umarmtest Du einen anderen. Ich habe ihm ins Gesicht gesehen, seine Augen waren Deine, und ich war wie erstarrt, denn auf einen Sohn war ich wirklich nicht vorbereitet.*

*Ich hatte das Gefühl, aus einem Traum zu erwachen – was tat ich hier?*

*Es war nicht mehr mein Dorf und nicht mehr meine Zeit, und auch Du warst nicht mehr nur die einzige Frau, die ich je lieben würde: Du warst Mutter. Verwirrt ging ich fort.*

*Ich habe tagelang gezweifelt und gegrübelt, und unter Schmerzen, die stärker waren als das Leben selbst, beschloss ich, wieder abzureisen – für immer.*

*Ich kann Dich Deinem Sohn nicht wegnehmen, im Wissen um seine Existenz habe ich keine Rechte mehr.*

*Für Dich bin ich um die halbe Welt gereist, nur für Dich habe ich gelebt, und dann habe ich alles losgelassen. In diesem Verzicht, Teresa, liegt mehr, als ich sagen kann: eine unendliche Liebe und das Ende meines Lebens.*

*Morgen früh gehe ich fort.*

*Alles geht zu Ende, denn wir sind Früchte am Baum, aber manchmal ist etwas, das wie ein Ende aussieht, der Beginn einer anderen Geschichte, und so wird unsere Liebe wiedergeboren werden, Teresa, denn manchmal brauchen Schicksale mehr als ein Leben, um sich zu erfüllen.*

*Die Zeit unserer Liebe wird kommen. Bis dahin lebe Du Dein Leben, denn ich werde immer auf Dich warten, amore mio, auf dem Grund des Ozeans oder auf einer Wolke. Verzeih mir, dass ich Dich enttäuschen muss, und lebe Dein Leben, als würden wir uns gleich zum Rendezvous treffen, denn unsere Liebe währt ewig.*

Der Postbote hatte darüber nachgedacht, was im Leben dieser Frau die Enttäuschung über Salvatores plötzliches und endgültiges Verschwinden ausgleichen könnte, und da waren ihm die Worte eingefallen, die sie ihrem Sohn geschrieben hatte, die grenzenlose Liebe einer Mutter. Er wollte sich sehr deutlich ausdrücken, damit Teresa bewusst wurde, dass sie Crisante trotz aller Hoffnungen der letzten Monate nicht wiedersehen würde, und er wollte ihrem Gedächtnis die einzige Tatsache einhämmern, die den Verlust ausgleichen konnte. Sie sollte denken: »Du hast recht, es ist besser so, denn ohne meine Kinder kann ich nicht sein. Ich würde es nicht ertragen, sie leiden zu sehen, und danke für diese tröstenden Worte einer Liebe, die, das weiß ich nun, ewig ist, und die eines Tages, wenn sich der Kreis schließt, Erfüllung finden wird. Im Grunde hast du recht, wir vergehen, nichts dauert ewig, und mir gefällt der Gedanke, dass die Menschen, die wir lieben, uns ebenfalls lieben, auch wenn sie sich am anderen Ende der Welt aufhalten.«

Teresa würde weinen, und wenn jemand sie dabei sah, konnte sie immer noch auf die verdammten, in Wahrheit aber gesegneten Zwiebeln schimpfen. Den letzten Brief würde sie zusammen mit den anderen in der Abstellkammer aufbewahren und ihn hüten wie ihren Augapfel, sodass sie in Fastenzeiten und wenn Verzicht, Buße und Beichte geboten waren, nur den häuslichen Altar öffnen musste, um in tröstlichen Liebesworten zu baden.

Der Postbote ließ den Brief auf dem Schreibtisch liegen und ging wieder zu Bett, müde an Körper und Geist. Er schloss die Augen in der Hoffnung, noch einmal den Traum der Nacht zuvor zu träumen, erneut in den Aufzug zu steigen und im Stockwerk des Glücks auszusteigen, diesmal für immer. Und es war ihm egal, ob es am Morgen danach noch schlimmer sein würde. Lethe würde ihm köstliche Medizin von pramnischem Wein, geriebenem Käse, Mehl und gelblichem Honig schenken. Lethe, die Botin des Vergessens, vermochte mit der Zeit jedes Leid zu lindern.

# 36

*Von dem Menschen, der die Säulen des Herakles
hinter sich lässt, von der ewigen Carmela und
von Lulù, der vom Mond träumt oder:
die flüchtigen Vorzeichen des bevorstehenden
Endes der Geschichte*

Am Montag, dem 21. Juli 1969, borgte sich der Postbote neben der *Gazzetta del Sud* auch den *Corriere della Sera*, wie immer, wenn etwas Erwähnenswertes passiert war.

Um 4.57 Uhr hatte der Mensch die ersten Schritte auf dem Mond getan, und vier Stunden später, während die Erkundung des Trabanten fortgesetzt wurde, stapfte der Postbote über den Erdboden von Girifalco in Richtung Nervenheilanstalt. In Girifalco war alles genauso wie am Tag zuvor: Von Mariuzzas Balkon kam der Duft nach Bratkartoffeln und Paprika, das Wasser aus dem Brunnen auf der Piazza bildete dieselbe Pfütze wie immer, die alte Marcise strickte wie am Tag zuvor. Für die Häuser und Menschen im Dorf hatte sich nichts geändert. Mariuzza, der Brunnen und Signora Marcise pfiffen auf die Geschichte, obwohl sie sich am geometrischen Mittelpunkt der Erde befanden. Für Giovannuzzu galt das nicht: Als der Postbote an seinem Balkon vorbeiging, sprach er ihn an.

»Sie hatten recht, wir sind auf dem Mond gelandet.«

Und dann, nachdem er in seinem Rollstuhl näher ans Geländer gefahren war, fügte er etwas Überraschendes hinzu: »Jetzt wird auch mich jemand von oben betrachten!«

Der Postbote war gerade an Carmelas Haus vorbeigekommen und hatte einen Brief eingesteckt, den er ihr am Abend zuvor geschrieben hatte.

Carmela, die erste leidenschaftliche, sinnliche Frau, die er geliebt hatte, die Göttin des Körpers und des Fleisches, schien wie alle würdigen Bewohnerinnen des Olymps nicht den Gesetzen der Zeit zu unterliegen. Wenn sie auf dem Balkon stand und den Erdenbewohnern ihre eigenen Mondstrahlen darbot, wenn sie durch die Straßen lief, in eine farbenprächtige Bluse verpackt wie ein Babà, in das man beißen und an dem man saugen möchte, war sie in den wollüstigen Augen des Postboten dieselbe wie immer. In seinen Augen, aber nicht in ihren eigenen.

Ein paar Tage zuvor hatte der Postbote mit ihrem Ehemann Roccuzzu einen Aperitif getrunken und dabei erfahren, dass Carmela Rigonì aus Cortale, die Priesterin, die in ihrem Körper die Lust aller Frauen dieser Welt vereinte, das Gefühl hatte, allmählich alt zu werden. Zwar sagte der Mann es nicht ausdrücklich, aber er gab ihm zu verstehen, dass seine Frau in letzter Zeit zu Hause traurig und nervös war und auf seine Fragen gereizt reagierte, ja dass ihr sogar die Auberginen anbrannten – kurz und gut, sie war nicht mehr sie selbst und hatte sogar angefangen, sich teure Cremes und Salben zu kaufen. »Was soll's«, hatte er schließlich gesagt, »an seiner Frau hält man eben fest.«

Der Postbote dachte, wie gern er Carmela festgehalten hätte, über ihm, unter ihm, im Sitzen oder Stehen; wie gern hätte er sie jedes Mal genommen, wenn ihm danach war, die beste Methode, um Grübeleien und Philosophien im Keim zu ersticken. Das Leben hätte eine ganz andere Würze gehabt mit einer wie ihr, die nackt durchs Haus lief, sich bückte oder hinsetzte und ihm den Ursprung der Welt zeigte, ja, das wäre eine würdige Arché gewesen, die einen um den Schlaf brachte und einem den Verstand raubte.

Der Postbote stellte sich Carmela vorm Spiegel vor. Auf der Suche nach unsichtbaren Falten dehnte sie ihre Haut und löschte dann das Licht, denn vielleicht war das alles nur ein schlechter Traum. Arme Carmela. Ihr Roccuzzu war ein anständiger Kerl, aber er verstand nichts von Frauen, andernfalls hätte er sie an sich gedrückt und ihr gesagt, dass sie immer noch so schön war wie damals, als er sie zum ersten Mal gesehen hatte, noch schöner sogar, und er hätte sie geküsst wie seit Jahren nicht mehr, ihr die Bluse geöffnet, ihre Brüste berührt und ihr das alte gemeinsame Zauberwort ins Ohr geflüstert.

All das würde Roccuzzu nicht tun, und so fiel dem Postboten die Aufgabe zu, ihr zu schreiben:

*Carmela mia,*
*Du bist so schön wie die ersten Weintrauben an der Laube.*
*Dich zu packen, an Dir zu saugen, mir die Tropfen Deines Saftes in den Mund und die Kehle hinunterlaufen zu lassen bis in die Brust ... ganz klebrig zu werden von Dir, meine Traubenlese, mein Wein, meine Qual.*
*Ein Verliebter*

Vielleicht genügte das. Im grauen Alltag öffnete sich für Carmela mit einem Mal ein Fenster, durch das Licht hereinfiel. Sie würde sich wieder schön und begehrt fühlen, würde den Männern in die Augen sehen, um den heimlich Liebenden zu entdecken, nicht, um ihren Mann zu betrügen, sondern nur, um herauszufinden, wem sie ihr unerwartetes Aufblühen verdankte.

Der Postbote hatte die Post im Pförtnerhaus des psychiatrischen Krankenhauses abgegeben, als Lulù, der auf dem Mäuerchen saß, ihn zu sich winkte. Sein Gesicht war so angeschwollen, dass es aussah wie aufgepumpt; fast rechnete man damit, dass er plötzlich wegfliegen würde wie ein Heißluftballon.

Lulù, der vor einer Ewigkeit Antonio Aiello di Cutro geheißen hatte, war mit zwölf Jahren eingesperrt worden, weil er arm und Analphabet war. Da er unter Verrückten leben musste, war er allmählich selbst verrückt geworden und war nun besessen von Ameisen.

»Wir haben uns den Mond unter den Nagel gerissen«, sagte er zum Postboten. »Wussten Sie das?«

Der zähe Speichel auf seinen Lippen zeigte, dass die Medikamente nicht gewirkt hatten.

»Die ganze Nacht habe ich es gehört, im Radio. Wir nehmen uns den Mond, und wer rettet uns jetzt, uns Arme?«

»Warum müssen wir denn gerettet werden?«

Lulù legte den Kopf in den Nacken und blickte in den Himmel. »Von heute Nacht an ändert sich das Wetter. Jetzt sehen Sie es, *mò lu vidìti* ... Hören Sie zu, das Wetter ist nicht mehr so, wie es mal war. Nein, keine Jahreszeiten mehr, es regnet im August, und im Januar scheint jetzt die

Sonne. Die Natur hatte ihre Ordnung, aber wir sind zum Mond geflogen und haben sie zerstört.«

Woher hatte Lulù nur diese Weisheit, wieso wiederholte er mit eigenen Worten einen weiteren Lehrsatz von Viapiana, dass nämlich, sobald ein fremdes Element in ein System eindringt, dieses System nicht mehr dasselbe ist? Hatten sich die Abmessungen des Universums tatsächlich über Nacht geändert und leuchtete in Lulùs Kopf ein neues Licht der Vernunft?

Der Verrückte schlug sich mehrmals gegen die Schläfe, und er pendelte mit dem Oberkörper vor und zurück.

»Wie mein Kopf. Hier, genau hier. Wie mein Kopf, seitdem die Ameise da drin ist, funktioniert er nicht mehr richtig«, sagte er und patschte sich noch heftiger gegen die Schläfe, als wollte er das vermeintliche Insekt erschlagen.

»Na, hoffentlich stimmt das nicht«, sagte der Postbote.

»Aber ja, er hat's mir doch gesagt«, und Lulù zeigte auf einen alten Mann, der auf einer Bank schlief. Der Postbote nickte zustimmend.

»Er ist dagewesen, auf dem Mond, er hat mir alles erzählt, wissen Sie?«

»Ja, verstehe.«

»Sie glauben es vielleicht nicht, aber der Mond ist wie unsere Erde. Flüsse, Seen und Berge, auf denen Pilze wachsen, und mittendrin liegt ein Streifen Ödland, wo es alles gibt, was man sich wünscht, einfach alles: verführerische Frauen, die die Beine für Sie spreizen, Wein, so viel Sie wollen, Zigaretten, so lang wie die Pappeln auf dem Friedhof, Säcke voller Tabak, warmes Brot, gebratene Paprika, gefüllte Auberginen, *braciole di patate*, Bratwürste,

Hühnchen in Brühe, gefüllte Nudeln, *Nacatole, Zeppole,* gekochte und gewürzte Bohnen in Öl, dicke Bohnen und Zwiebeln. Und dann überquert man das Ödland und erreicht einen kleinen Berg, wo es Gläser mit den reparierten Gehirnen der Menschen gibt. Ihm geht's nämlich jetzt gut, und beim nächsten Mal nimmt er mein Gehirn mit, und dann bringe ich diese verdammte Ameise um, das hat sie verdient«, beendete Lulù seine Rede und schlug sich noch einmal aufs Ohr.

Auch der Postbote wäre gerne auf einen solchen Mond geflogen, denn vielleicht gab es hinter dem Berg der reparierten Gehirne noch ein Tal mit all den Menschen, die nicht mehr da sind, eine Mulde am Fuß des Berges des Jüngsten Gerichts, wo er seine Mutter finden und in den Arm nehmen könnte. Sie würde ihn zu einem Mann bringen und sagen, es wird Zeit, dass du deinen Vater kennenlernst, und er würde das Glück wieder spüren wie in dem Traum, an den er sich immer noch erinnerte, vielleicht, weil Lethe den Vergessen bringenden Teig aus Gerste und Honig nicht gründlich genug geknetet hatte.

»Machen Sie's gut, Lulù«, verabschiedete sich der Postbote wehmütig, »und machen Sie sich keine Sorgen. Früher oder später landen wir alle auf dem Mond.«

Diese Antwort an den verrückten alten Mann waren die letzten Worte des Postboten an einen der Dorfbewohner, denn am Dienstag, dem 22. Juli, verschwand er morgens aus Girifalco.

In den ersten Tagen waren die Dorfbewohner schwer enttäuscht, ihn nicht mehr zu sehen, denn inzwischen gehörte er zum Straßenbild wie ein Dachgesims oder ein Topf mit Geranien. Dann aber gewöhnten sie sich an seine

Abwesenheit wie an alle Veränderungen auf dieser Welt. Vermutungen über sein Verschwinden kamen in Umlauf und wurden noch genährt durch etwas Ungewöhnliches, das der Postbote am Abend zuvor getan hatte: Carruba war auf der Müllkippe in Musconì gewesen und hatte gesehen, wie der Postbote einen großen Karton voller Papiere auskippte und anzündete.

Am hartnäckigsten hielt sich das Gerücht, er sei mit Rosa in die Schweiz gegangen, weil ihr Besuch im Dorf seine Liebe zu ihr wieder entfacht habe. Wegen seines einsamen Lebens und des ausgiebigen Tratsches über ihn glaubten manche, er habe sich deprimiert in den Schlund der Hölle gestürzt. Neben der Flucht aus Liebe und dem Selbstmord gab es unzählige weitere Vermutungen: Er sei Schlafwandler und habe sich in den Bergen zwischen Covello und Contisa verirrt; er habe sein ganzes Geld zusammengerafft und sei hinaus in die Welt gegangen, um das Leben zu genießen; irgendein verzweifelter Mensch habe den Postboten umgebracht, damit sein Arbeitsplatz in Girifalco frei wurde. Niemand wusste von seinem Wunsch, nach Patagonien zu gehen, denn sonst wäre sicher auch diese Möglichkeit in Betracht gezogen worden.

In dem Moment, als er die Tür hinter sich zuzog, wusste der Postbote noch nicht, was er tun würde. Die letzten Monate waren ereignisreich gewesen. Er hatte den Eindruck, eine Zeit der Spekulationen durchlebt zu haben, in der sich nach und nach viele der Kreise seines Lebens geschlossen hatten, und vor allem schien ihm, dass diese Kreise auf eine gewisse Art auch untereinander verbunden waren. Ein Element vor allem verdeutlichte, wie ungewöhnlich diese Zeit gewesen war: Nie hatte er so viele

Zufälle aufgeschrieben wie in diesen Monaten. Der kleine Däumling war herangewachsen, und seine Hosentaschen quollen über vor Steinchen. Vielleicht war sein Leben deshalb zuletzt so echt und unverfälscht gewesen, oder besser gesagt, diese Monate waren der wahrhaftige Teil eines Lebens gewesen, das er jetzt als abgeschlossen empfand.

Er fühlte sich – um eines seiner Lieblingsbilder zu gebrauchen – wie der Regen, der fällt, wenn die Wolke zu schwer geworden ist: Die Aufgabe, mit der man ihn betraut hatte, war erledigt. Der Gedanke war dem Postboten beim letzten Brief an Teresa gekommen, den er auch geschrieben hatte, um sich selbst zum Aussteigen zu motivieren, zu Rückzug und Abstand. Wir vergehen, und in diesem Vergehen liegt unser Schicksal. Warum sich ängstigen, quälen, bereuen, wenn uns nichts anderes erwartet als das Ende?

In dem Moment, in dem er die Tür hinter sich zuzog, wusste der Postbote noch nicht, was er tun würde. Er hätte zu der Frau fahren können, die er liebte, oder nach Patagonien, er hätte sich auch in Argentinien niederlassen und den Namen Salvatore Crisante annehmen können.

In dem Moment, in dem er die Tür hinter sich zuzog, wusste der Postbote nur, dass er sich bewegen würde, dass er viel zu lange ausgeharrt hatte. Er kam sich fast vor wie eine der anonymen Botschaften, die er übers Land und über das Meer verschickt hatte, und er wäre gern so verwegen gewesen wie Vonella, der einen Zettel an seine Tür geheftet hatte: KOMME GLEICH WIEDER, ZIEHE GERADE DURCH DIE WELT. Stattdessen legte er seine letzte Botschaft neben das Foto seiner Mutter, damit die Tante wusste, dass die Nachricht für sie bestimmt war, so verdreht und unzusammenhängend sie auch sein mochte, weil ihr Neffe zuletzt offenbar nicht mehr ganz richtig im Kopf gewesen war. Und zum ersten Mal unterschrieb er mit seinem Namen, auch, weil er sich an jenem Tag fühlte wie der legendäre Sohn von Deukalion, Laertes und Antikleia am Vorabend der letzten von Teiresias prophezeiten Reise:

*Wenn der Teich voll ist,*
*tritt das Wasser übers Ufer.*
*Und dann muss man sich einen anderen suchen,*
*denn weitere Teiche warten darauf, gefüllt zu werden.*

*Wie Wasser strömen wir dahin,*
*denn wir sind Blüten an einem Zweig,*
*die aufblühen und vergehn.*

Odysseus S.

*Zufällig aber hatte die Seele des Odysseus als allerletzte das Los gezogen; so schritt sie jetzt zur Wahl und ging, durch die Erinnerung an die früheren Leiden von ihrem Ehrgeiz befreit, lange herum und suchte das Leben eines geruhsamen Privatmannes; nur mit Mühe fand sie es, denn es lag irgendwo unbeachtet von den anderen (...)*

Platon, Der Staat, Buch X

*Personen*

Jede Ähnlichkeit mit realen Personen oder Ereignissen beruht auf reinem Zufall, mit Ausnahme der folgenden Figuren, die tatsächlich leben oder gelebt haben: Vicenzuzzu Rosanò, ein Mann von seltenem Geschick, Ninuzza Palazzo, Pepè Mardente, der Dichter Francesco Zaccone, der Arzt Dottor Pietro Vonella, der Pfarrer Don Ciccio Palaia, die Maler Luigi Sabatino und Vincenzo Lamantea, der Tischler Michele Catalano, der Verkäufer Francesco Vonella, die Schwestern Catalano, Besitzerinnen der gleichnamigen Bar, der Drucker Rocco Melina, die Grundschullehrerin Gioconda Sabatini, der Unternehmer Turuzzu de Cecè, der sanfte Carruba, die Dichter Lorenzo Calogero und Michele Pane (Letzterer ist der Verfasser des Briefes auf S. 22).

Allerdings kann der Autor angesichts der unendlichen Wechselfälle des menschlichen Lebens, dessen Zeugen die Natur und die Geschichte sind, nicht ausschließen, dass ein Teil der hier berichteten Ereignisse sich an einem Ort und/oder zu einer Zeit, die ihm unbekannt sind, tatsächlich zugetragen haben.

Sollte es so sein, dann ist dies nicht seiner Absicht, sondern einem einfachen, aber genialen Zufall zuzuschreiben.

*Dank*

Den Schutzengeln des Premio Calvino, die mich auf den richtigen Weg geführt haben, und Riccardo Trani, weil er mich begleitet hat.

Ena Marchi für ihren wertvollen Rat und ihre Liebenswürdigkeit.

Marietta, Pepè, Mimmo und Silvio Rosanò für ihre gefühlte Anwesenheit.

Angela Migliazza, meiner lieben Nachbarin, die dieses Buch nicht lesen können wird.

Pepè und Aurora Mardente für ihre bedingungslose Liebe.

Meinen Kindern Francesco, Cassandra und Penelope, weil sie mich im Leben verankert haben.

Besonderer Dank gilt meiner Frau Rosella Demarco, einer aufmerksamen und kritischen Leserin, ohne deren Vorschläge, Empfehlungen, Hinweise und Anregungen dieses Buch vielleicht nicht entstanden wäre.

*Die wichtigsten Figuren*

**Der Postbote und Familie (in spe)**

Der Postbote – heimlicher Leser und Archivar der brieflichen Korrespondenz des Dörfchens Girifalco; liebt seine Jugendfreundin Rosa immer noch

Rosa Chillà – Jugendfreundin und frühere Verlobte des Postboten; lebt in der Schweiz

Assunta Chillà – Rosas Mutter; hatte vor Jahren eine geheime Liebschaft mit einem Dorfbewohner; wer könnte es gewesen sein?

Antonio »Totuzzu« Stranieri – der Vater des Postboten, den er nie kennengelernt hat; lebte in San Floro

Mariettuzza – liebende Tante des Postboten, deren Hobby es ist, ihn potenziellen Ehefrauen vorzustellen (bislang erfolglos)

Maria Beddicchia – Mariettuzzas Favoritin; verehrt den Postboten

Onkel Michele – eigentlich tot; genießt vielleicht aber auch derweil la dolce vita an der Côte d'Azur

**Salvatore und Teresa; Freunde und Feinde der beiden**

Salvatore Crisante – Teresas früherer Verlobter, zu Unrecht der Vergewaltigung angeklagt und viele Jahre im Gefängnis; was mag nur aus ihm geworden sein?

Teresa Sperarò – frühere Verlobte von Salvatore, jetzt Ehefrau von Agazio Cristofaro und Mutter von Agata und Domenico

Maria Teresa Migliazza – unscheinbare Freundin von Teresa

Rosinuzza – Mutter von Maria Migliazza; glaubt an das Glück als alles bestimmenden Faktor im Leben

Genoveffa Cratello – Opfer der Vergewaltigung, für die Salvatore Crisante schließlich ins Gefängnis ging

Rocco Cratello – Vater des Vergewaltigungsopfers

Peppino Cratello – der Onkel des Opfers und einziger Zeuge gegen Salvatore

Franco Cratello – ein weiterer Onkel Genoveffas

Maestro Paolo Farrise – örtlicher Mechaniker; damals heimlicher Zeuge der Vergewaltigung

Dottor Cordito – Psychiater in Catanzaro, hat Salvatore behandelt; ist er der Verfasser der Briefe?

## Kirche und Politik;
## Würdenträger und mit ihnen Verbandelte

Der Bürgermeister – plant, den schönen Monte Covello heimlich zur Mülldeponie zu machen; ein Fall für den Postboten?

Talarico Scozzafava – Ingenieur aus Catanzaro; entscheidet mit über Stellenvergabe im örtlichen Krankenhaus und lässt sich die Auswahl gern libidinös, vorzugsweise von hübschen Bewerberinnen und Bewerbergattinnen, versüßen

Santina Gargiastritta – Geliebte des Ingenieurs, die irgendwann die Faxen dicke hat und seine erpresserischen (und doppelt ehebrecherischen) Manöver beendet

Don Ciccio Palaia – Pfarrer von Girifalco

Don Paolo Tiramùacculu – Priesteranwärter und gut bestückter Adonis

Donna Mariana – Kirchendienerin; hat ein Auge auf den jungen Don Paolo geworfen

Marilena Cittacìtta – Expertin für amouröse Eroberungen; Geliebte Don Paolos

## Weitere Dorfbewohner
## (mit freundlichem Besuch aus San Floro)

Ciccio il Rosso – treuer Verfechter des Kommunismus; bereit, seine Stimme bei den Kommunalwahlen ausnahmsweise und aus Liebe zu seinem Sohn an die vermaledeite Democrazia Cristiana zu verkaufen; Freund von Verschwörungstheorien

Mariannuzza Carmelitana – Nachbarin von Ciccio il Rosso und eventuell Spionin der Democrazia Cristiania (vielleicht auch nur neugierig)

Dottor Vonella – der Dorfarzt

Francesco Vonella – Verkäufer; reist gern nach Russland

Pepè Mardente – in die Jahre gekommener Herzensbrecher des Dorfes und erblindeter Zwilling von Marcello Mastroianni

Carmela – schöne Nachbarin des Postboten, die zu seiner Freude gern ihre Spitzenunterwäsche auf dem Balkon aufhängt

Floro – der Postbotenkollege aus dem Nachbarort San Floro; war ein enger Freund von Totuzzu

Feliciuzza Combarise – unglückliche Mutter des durch die Welt reisenden Cecco

Michele Viapiana – früherer Mathematiklehrer des Postboten; Leitsatz: »Nichts wird erschaffen und nichts zerstört«; stirbt am Tag der Geburt seines Enkels und liefert damit ein Indiz für seinen eigenen Leitsatz

Lorenzo Calogero – melancholischer Dichter, der sich kürzlich in San Floro angesiedelt hat

Tilutàgghiu – testosteronbefeuerter Friseur des Ortes; Frauenschwarm Pepè Mardente ist sein Idol

Ntuani Carvunigru – Tabakhändler; auf strenge Diät gesetzt von seiner Frau Filomena

Don Alfredo – geschäftstüchtiger Lebensmittelhändler, torpediert gern die Diätschikanen von Ntuanis Frau, indem er ihm Köstlichkeiten aus der Wursttheke serviert

Tonino Jiddaco – Schwerenöter, der es unter anderem auf die glücklich verheiratete Peppina abgesehen hat

Mimmu Jaccaprunari – raubeiniger Ehemann der schönen Luigina und rasend eifersüchtig; verpasst Tonino Jiddaco eine Tracht Prügel, die sich gewaschen hat, eigentlich auf einer Verwechslung beruht, aber trotzdem irgendwie folgerichtig ist

Cecè Zàfaru aka Mastroianni Marcello – einsames Herz; sucht Frauen über Kontaktanzeigen und gibt sich als der schöne Pepè (Girifalcos Ersatz-Mastroianni) aus

Vincenzo Migliaccio, genannt Guardia (der Wächter) – lokaler Hobby-Denunziant, der notfalls auch die Tauben anzeigt, die ihm aufs Dach kacken

Vincenzuzzu Rosanò – Wirt aus Girifalco, bei dem es den besten Wein des Orts gibt

### ... und im Geiste:

Marcello Mastroianni – wunderschöner italienischer Filmstar; tritt leider nur in Person seines kalabresischen Zwillings Pepè Mardente auf

# Ein Dorffest in Italien, ein Zirkus und die Magie der Wünsche

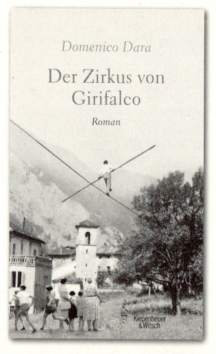

Im Dörfchen Girifalco sind Alt und Jung in heller Aufregung, die Weggegangenen kehren für ein paar Tage zurück, um gemeinsam mit den Dagebliebenen das alljährliche Fest zu Ehren des Patronatsheiligen San Rocco zu feiern. Als sich ein mysteriöser Zirkus nach Girifalco verirrt, kommt Bewegung in das Dorfleben und für unmöglich gehaltene Hoffnungen scheinen sich plötzlich erfüllen zu können.

Kiepenheuer & Witsch

Leseproben und mehr unter www.kiwi-verlag.de